살인범 협박 시 주의사항

후지타 요시나가 장편소설
이나라 옮김

제우미디어

KANOJO NO KYOKATSU

© 2018 Yoshinaga Fujita

Original Japanese edition published by Jitsugyo no Nihon Sha, Ltd., Tokyo, Japan
Korean edition published by arrangement with Jitsugyo no Nihon Sha, Ltd.
through Discover 21, Inc Tokyo and Korea Copyright Center Inc., Seoul.

살인범 협박 시 주의사항

후지타 요시나가

彼女の恐喝 ／ 藤田 宜永

JMbooks

목차

프롤로그

대형 태풍 20호가 세력을 유지한 채로 밤에는 도쿄를 습격한다. 충분한 경계 태세가 필요하다며, 등교하기 전에 본 텔레비전의 뉴스 진행자가 집요하게 말하고 있었다.

요즘 날씨 예보는 조금 야단스럽다고, 오카노 케이코는 생각했다. 최악의 사태를 강조해서 말해놓지 않으면, 무슨 일이 생겼을 때 시청자로부터 항의가 빗발친다. 방송국이 두려워하고 있는 건 태풍이 아니라, 그런 시청자 같았다.

들은 얘기에 의하면, 미국에선 날씨 예보가 빗나가도 불만을 표출하는 사람이 거의 없다고 한다.

예보는 어디까지나 예보. 빗나갈 때도 있다. 만사태평한 미국인의 태도가 훨씬 건전하다.

케이코는 도내의 여대에 다니고 있다. 나이는 스물두 살. 문학부 국문과 4학년이다.

그날 오후는 불어 수업을 들었다. 출석에 엄격한 교수라 빠질 수가 없었다.

수업 중 일하는 가게의 스태프에게 메일이 도착했다. 이런 날은 틀림없이 가게를 닫을 거라 예상했는데, 그 반대였다.

케이코는 롯폰기의 클럽에서 호스티스 아르바이트를 하고

있었다.

수업이 끝난 후, 케이코는 가게에 전화를 걸었다.

"태풍 부는데 손님 안 오지 않을까요?"

"긴자는 닫지만, 롯폰기는 영업할 거야. 태풍이 부는 밤은 의외로 손님이 많이 찾아오거든. 평소보다 빨리 닫기야 하겠지만, 운전해줄 사람은 있으니까 교통편은 걱정하지 않아도 돼. 그러니까 반드시 나와, 아야나."

케이코가 가게에서 쓰는 이름은 아야나이다.

"알았어요. 갈게요."

기분이 좋았다면 거절했을지도 모른다.

태풍이 부는 날에 외출하면 기운이 생길 것 같았다. 그런 기분이 들어 수락했다.

집을 나설 때는 이미 비가 내리고 있었고, 바람도 꽤 불고 있었다.

케이코는 스키니진에 부츠를 신은 뒤, 우비를 걸치고 맨션을 떠났다.

역에 도착할 때까지 세 번이나 우산이 날아갈 뻔했다.

롯폰기에 도착했다. 평소보다 오가는 사람은 적었지만, 그래도 교차로에는 후드를 뒤집어쓴 호객꾼들이 삼삼오오 모여 있었다.

가게로 들어간 건 8시 조금 전이었다.

가게는 이른 시간부터 북적이고 있었다. 가게 스태프가 말한 대로 태풍 같은 건 신경도 쓰지 않고 찾아오는 손님이 넘쳐났다.

당최 모르겠다. 뭐가 재밌다고 이런 날씨에도 클럽에 오는 건지. 가게에 온 손님들의 생각을 하나도 이해할 수 없었다.

연령대는 케이코의 취향이 아닌 40대들뿐이었다.

"전철 운행이 끊기면 택시도 잡기 힘들어져. 어디 가서 아침까지 마시자."

광고 대리점을 경영하고 있다는 남자가 들이댔다.

"바래다주는 사람이 있어서, 괜찮아요."

"그런 거 거절해버려."

남자는 케이코의 허리에 손을 감았다.

이런 희롱은 자주 있었지만, 도무지 익숙해지지 않았다.

이럴 때면 케이코는 자리를 박차고 일어나고 싶어졌다.

"잠깐, 안 된다니까요."

케이코는 웃으면서 남자의 손을 떼어, 그의 무릎 위에 돌려놓았다.

여러 자리에 불려 다녔다.

가게 안에서는 밖이 전혀 보이지 않았기에, 태풍이 어떻게 되는지 도무지 알 수 없었다.

10시 반 정도에 손님이 세 명 들어왔다. 그중 한 명은 텔레비전에서 자주 보는 50대 코미디언이었다. 몸을 뒤로 젖히고 앉아 있는데, 그 모습은 유명세로 코가 높아져서 으스대는 태도로 보였다. 젊은 남자는 매니저로, 차를 운전해야 하는지 술을 한·모금도 마시지 않고 있었다. 다른 한 남자는 세무사라고 했다. 코미디언과 세무사의 관계는 잘 알 수 없었다.

여자들이 손님들 사이에 앉았다. 케이코는 자리 끝에 살짝 걸터앉았다. 옆에는 세무사가 앉아 있었다. 이름은 시마자키라고 했다. 시마자키는 가게에 오기 전부터 꽤 술을 마신 것 같았다. 말수가 적은 얌전해 보이는 남자로, 코미디언이 손짓, 발짓 섞으며 떠드는 자기 자랑을 말없이 듣고 있었다. 이따금 이야기에 맞춰 입꼬리를 올렸지만, 그건 누가 봐도 억지웃음이었다.

시마자키가 케이코에게 눈을 돌렸다.

"이런 날까지 출근하니 고생이네."

"밖은 어떤가요?"

"난장판이지. 난 태풍이 오면 이상하게 흥분되더라."

"저도 태풍 좋아해요."

"잘 맞네."

"그렇네요."

손님이 비싼 샴페인을 주문하자, 담당 여자애는 신나 있었다.

점점 가게에 손님이 줄어들었다. 스태프가 케이코 곁으로 다가와 귓속말했다.

"데려다줄 차가 도중에 사고가 나서 못 오게 됐어."

"그럼 전철 타고 돌아갈게요. 조금 이따가 나가도 괜찮죠?"

"응, 괜찮아."

케이코는 스기나미구에 살고 있다. 집 근처 역은 마루노우치선의 미나미아사가야다.

"무슨 일 있어?"

시마자키가 물었다.

케이코는 사정을 간단히 설명했다.

"바래다줄게. 난 오기쿠보에 살고 있으니까."

"괜찮아요. 택시 잡는 것도 힘들 것 같으니까."

"역에서 집까지 거리가 얼마나 되는지는 모르지만, 걸어가면 비 맞은 생쥐 꼴이 될걸. 사양하지 말고 나한테 맡겨."

시마자키는 택시회사에 전화했다. 20분 정도 뒤에 택시가 온다고 한다.

케이코가 사는 맨션은 역에서 꽤 멀리 떨어져 있었다. 걷는 건 귀찮았다. 그렇지만 손님이 바래다주는 것도 조금 꺼려졌다.

호스티스 일을 처음 하기 시작했을 때, 맨션 앞까지 손님이 바래다준 적이 있었다. 이틀 뒤, 그 손님에게 메일이 왔다. 케이코는 공부 중이었다.

지금 맨션 앞에 와있다는 내용이었다. 차라도 한 잔 마시자고 꼬셔온 것이다.

베란다에서 살짝 엿보자, 좌석이 두 개밖에 없는 오픈카가 집 앞에 서 있었다.

겨우 그 정도라고 말한다면 겨우 그 정도지만, 불쾌한 감정을 억누를 수 없었다.

답장하는 것조차 화가 났다. 케이코는 무시했다. 그러자 또 메일이 왔다. 답장하지 않고 다시 노트북 화면으로 시선을 돌렸지만, 집중이 되지 않았다.

그 일이 있고부터 손님이 바래다주는 일이 생기면, 미나미아사가야역에서 내리게 되었다.

가게가 빨리 닫는다는 것을 알고, 코미디언이 계산을 부탁했다.

"지나가는 길이니까 제가 아야나 씨를 바래다줄게요."

시마자키가 마마[1]에게 말했다.

"잘됐네. 아야나."

케이코는 시마자키라고 하는 처음 만난 손님과 같이 갈 수밖에 없었다.

옷을 갈아입고 밖으로 나왔다.

비가 옆으로 들이치며 내리고 있었다. 길모퉁이에 세워둔 자전거가 쓰러져 있었다. 외국인 호객꾼도 가게 앞에서 비를 피하고 있었다. 그런 와중에도 지나가는 남자들에게 "사장님, 가슴, 가슴." 하고 말을 걸고 있었다.

우산을 들고 버티기 힘들 정도였다.

코미디언은 매니저가 운전하는 자동차로 돌아간다며, 가게를 떠났다.

---

[1] 물장사, 밤일 등을 하는 가게의 여주인을 칭하는 말. 한국에선 흔히 마담이라고 한다.

길가에는 택시를 기다리는 손님들이 줄을 서 있었고, 예약이라는 표시가 뜬 택시가 여러 대, 도로 끄트머리에 서 있었다.

시마자키는 본인이 예약한 택시를 발견했다.

케이코는 시마자키를 먼저 태우고 좌석에 앉았다.

고작 몇 분 서 있었을 뿐인데 얇은 코트에 빗물이 스며들어 있었다. 케이코는 젖은 코트를 벗고, 머리와 어깨를 손수건으로 닦았다.

택시는 가스미가세키에서 고속도로로 진입했다.

"같이 있던 코미디언분은 선생님의 고객이신가요?"

케이코가 물었다.

"내 부모님 고객이야. 실은 오늘 아버지가 올 예정이었는데, 대신 나가라 그래서 온 거야. 뭐가 됐던 고객이니까 신경 쓰느라 지쳤어."

시마자키는 등받이에 몸을 기댔다.

와이퍼가 빗방울을 이기지 못하고 있었다. 이따금 빗줄기가 창문을 두들겼다.

"네가 꽤 마음에 들었어."

"감사합니다." 케이코는 애매한 미소를 지었다.

시마자키는 흘깃, 케이코의 몸을 핥듯이 쳐다보았다.

"다음에 둘이서 데이트하자."

케이코는 눈을 내리뜨고, 입을 열지 않았다.

그의 손이 허리로 다가왔다. 몸을 살짝 비스듬하게 틀어 시마자키를 피하고, 창 너머를 바라봤다.

호우에 삼켜진 거리가 보였다.

"드레스도 좋지만, 사복이 더 귀엽네. 난 청바지가 어울리는 여자가 좋더라."

시마자키는 끈질겼다. 허벅지 안쪽으로 손가락이 한 뼘 한 뼘 다가왔다.

"그만 하세요." 케이코는 그의 팔을 밀어냈다.

시마자키는 케이코에게 몸을 훅 들이댔다.

"같이 밥 먹으러 가자. 일식, 양식, 중식 뭐가 좋아?"

"……."

"동반 할당량[1] 있지? 도와줄게."

"가게에선 몰랐는데, 많이 취하셨네요."

케이코는 문에 몸을 찰싹 붙이고, 시마자키의 손을 다시 밀어냈다.

택시기사가 백미러로 이쪽을 보고 있었다.

"의외로 철벽이네." 시마자키는 언짢은 표정을 지었다.

"조금 만지는 건 괜찮잖아."

미친. 갑자기 만져대는데 괜찮은 여자가 있을 리 없잖아. 케이코는 마음속으로 욕을 퍼부었다.

그건 그렇고, 이렇게 손을 대는 남자라고는 생각지 못했다. 가게에 있었을 때 얌전했던 건, 같이 온 사람들이 있었기 때

---

[1] 호스티스가 출근할 때 손님을 데려오는 것을 속되게 동반이라고 말한다. 개인당 할당량이 있는 경우도 있다

문이겠지.

빨리 택시에서 내리고 싶었다. 하지만 고속도로를 달리고 있는 동안에는 어찌할 도리가 없었다.

비바람이 택시를 에워싸고 있었다. 차내까지 습도가 올라간 듯한 기분이 들었다.

이윽고 택시는 신주쿠에서 고속도로를 빠져나왔다.

맥빠진 분위기가 감돌고 있었다.

시마자키는 아무 말도 하지 않았다.

택시는 오메카이도를 달리기 시작했다.

이대로 집 앞까지 갈 수는 없다.

나카노사카우에로 접어들자, 신호가 빨간불로 바뀌었다.

"기사님, 여기서 내릴 테니 문 좀 열어주세요."

자초지종을 아무 말 없이 지켜보던 택시기사는 곧장 문을 열어주었다.

"아야나, 바래다준다고 했잖아." 갑자기 팔을 붙잡혔다.

"놔!" 케이코는 목소리를 높였다.

시마자키는 그 기세에 눌렸는지, 손을 떼었다.

케이코는 우산도 쓰지 않고 밖으로 뛰쳐나와 달리기 시작했다.

나카노사카우에역에 도착했을 땐, 머리에서 물방울이 뚝뚝 떨어질 정도로 흠뻑 젖어있었다. 비참하기 짝이 없었다. 시마자키의 말을 강하게 거절했어야 했다. 케이코는 후회했다.

지하철은 운행 중이었다. 미나미아사가야역에서 내렸다. 본격적으로 비바람이 거세졌다. 거리 위를 달리는 비는 하얀 천처럼 파도치고 있었다. 가로수가 크게 흔들리며, 이파리를 길바닥에 흩트리고 있었다. 돌풍에 발을 제대로 가누지 못하고, 순간 몸이 날아갈 것 같았다.

걷어 올린 코트 옷자락도 신경 쓰지 않고, 오메카이도를 따라 오기쿠보 방면으로 걷기 시작했다. 우산이 부러졌다. 제대로 펴지지도 않는 우산으로 바람을 막고, 발을 앞으로 움직였다.

찌그러진 커피 캔이 소리를 내며 보도블록 위를 굴러갔다.

울고 싶은 기분이었다. 젖은 옷이 살에 찰싹 달라붙어 기분이 나빴다. 그 세무사에게 몸이 여기저기 만져진 듯한 느낌이었다.

갑자기 주변이 일제히 어두워졌다.

무슨 일이 일어났는지 알 수 없었다. 케이코는 멈춰 섰다. 빗발이 용서 없이 뺨을 때려왔다.

신호가 꺼져있었다. 정전이 난 것이다.

달리고 있는 자동차의 전조등에 의지하며 걷기 시작했다. 인도에는 케이코 외에 아무도 없었다.

교차로에 접어든 차들은 모두 서행하고 있었다. 길게 꼬리를 끄는 경적이 들려왔다.

제대로 펼쳐지지 않는 우산의 끝자락 너머로 앞을 보며, 발밑을 조심히 살피며 걸어갔다.

갑자기 전방에서 한 남자의 형태가 나타났다. 왼쪽에 있는 건물에서 나온 것 같았다. 남자는 우산을 펼치려 했지만, 잘되지 않았다. 남자가 입고 있는 비옷이 격하게 펄럭이고 있었다.

전조등 불빛이 남자의 얼굴을 비추었다.

낯익은 얼굴이었다. 가끔 가게에 찾아오는 쿠니에다라는 남자다.

쿠니에다는 주변을 살펴보고는 케이코를 등지고, 바람에 지지 않게 등을 굽힌 채 걷기 시작했다.

말을 걸 새도 없었다. 쿠니에다의 걸음은 빨랐고, 무언가에 쫓기는 듯한 느낌이 들었다.

케이코는 쿠니에다가 오른발을 조금 절고 있다는 것을 눈치챘다. 다치기라도 한 걸까.

머지않아 쿠니에다는 골목으로 모습을 감췄다.

오후 11시 45분이 조금 지났을 때였다.

쿠니에다가 나온 건물 앞을 지났다. 낡은 맨션이었다.

쿠니에다는 분명 시나가와에 살고 있다고 말했었다.

태풍이 부는 날, 시나가와에서 멀리 떨어진 곳에 있는 맨션에서 뭘 하고 있던 걸까. 어쩌면 그 맨션에 내연녀가 살고 있을지도 모른다.

쿠니에다는 쉰다섯이라고 했다. 결혼도 했다고 들었다. 온화한 이미지의 남자로, 불륜을 저지를 사람이라곤 생각지 못했다. 그렇지만 인간은 여러 가지 모습을 가지고 있다. 그 세무사도 여자에게 함부로 손을 댈 인간처럼 보이진 않았었다. 젠틀한 쿠니에다가 불륜을 저질렀다 해도 전혀 이상하지 않다.

그런 생각을 하며 케이코는 어두운 인도를 걸어 집을 향했다. 골목으로 들어가니 어두컴컴해 아무것도 보이지 않아, 전봇대에 부딪힐 뻔했다.

그래도 어떻게든 맨션에 도착했다. 비상유도등에 불이 들어와 있었다. 맨션 현관의 자동 잠금이 해제되어 있어서, 수동으로 열 수 있었다. 엘리베이터는 가동 중이었지만, 혹시나 멈추기라도 할까 4층까지 계단으로 올라갔다.

집에 들어와, 손전등을 찾았다. 두 개의 손전등을 책상 위에 올려놓았다.

그리고 바로 옷을 벗었다. 몸이 몹시 차가웠다. 뜨거운 물은 나오지 않았다. 몸과 머리를 수건으로 닦고서 실내복으로 갈아입었다.

가지고 있던 하프사이즈 와인이 떠올라, 와인을 잔에 따랐다.

알코올이 조금 몸을 데워주었다.

양초에도 불을 붙였다.

휴대전화로 정전에 대해 검색했다. 트위터에 지금 상황이 올라와 있었다.

스기나미구 대부분이 정전된 모양이다.

세무사에게 만져진 불쾌함이 몸 전체에 남아있었다.

케이코는 퐁타를 끌어안고서 그저 촛불을 지그시 바라보았다.

희미하게 흔들리는 불꽃이 벽에 비치고 있었다.

"짜증 나는 놈을 만났어. 그런 놈은 죽어버리면 좋을 텐데."

케이코는 퐁타의 머리를 몇 번이고 쓰다듬었다.

조금 진정을 되찾았다.

그런데 쿠니에다는 이렇게 태풍이 부는 날, 어디로 사라진 걸까.

사람은 누구나 비밀을 갖고 있기 마련이다.

케이코는 그가 가게에 와도 이 일은 말하지 않겠다고 다짐했다.

제1장
케이코의 결심

◆　◆　◆

　　모든 것이 싫증 나기 시작했다.

　　수업에 나가는 것도, 화장을 하는 것도, 고향에 있는 엄마의 전화를 받는 것도, 친구의 메일에 답장하는 것도.

　　식사 준비도, 청소도, 모든 것이 싫증이 났다.

　　희망, 미래, 꿈……. 그런 말들이 텔레비전에서 들려오면, "다 개소리야!" 하고 화면 속에서 웃음 짓고 있는 사람들을 향해 독을 내뿜었다.

　　꽉 막힌 기분을 풀어주는 건 퐁타뿐.

　　퐁타는 초등학생 때부터 잠자리에 들 때, 언제나 같이 있어주는 봉제 인형으로, 키가 25㎝ 정도 되는 하얀 토끼이다. 너무 작아서 안기에 적합하진 않지만, 매일 밤 머리맡에 두고 있다. 그리고 기분이 안 좋을 때면 무릎에 앉히고 보들보들한 감촉을 느끼며 쓰다듬었다.

　　"퐁타, 나는 열심히 하고 있는데, 이젠 지쳤어. 귀찮은 일들뿐이야….."

　　최근 들어 퐁타에게 말을 거는 횟수가 늘었다. 십몇 년을 계속 만져왔기에, 하얀 털은 잿빛이 되었고, 일부분은 조금 까매져 있었다. 가끔 세탁했지만, 원래 색으로는 돌아오지 않았다.

케이코는 출판사를 지망하고 있어서 여러 입사시험을 치렀다. 그렇지만 모두 불합격 통보를 받았다. 요즘은 신입을 모집하는 회사 수보다 지원자가 적어, 경쟁률이 낮은 편이었지만, 케이코가 그 덕을 보는 일은 없었다.

언젠가 자신의 얼굴을 보고 소름이 돋은 적이 있다. 자신도 모르는 사이에 화장이 진해져 있었다. 캬바쿠라 화장처럼 화려하진 않았지만, 학생다운 화장이라고는 말하기 힘들었다. 물론 밤일을 하는 것도 아닌데 화려하고 진한 화장을 하는 학생도 더러 있지만.

호스티스 아르바이트를 시작한 지 2년 반. 이 업계 특유의 분위기가 몸에 밴 걸지도 모른다.

그렇게 생각하니 하루라도 빨리 그만두고 싶어졌다. 하지만 그만둘 수가 없었다.

모자가정에서 자란 케이코는 집에서 한 푼도 지원을 받고 있지 않았다. 입학금도 수업료도 생활비도, 전부 스스로 해결하고 있었다. 호스티스 아르바이트를 시작하기 전까진 언제나 생활고에 허덕이고 있었다.

호스티스 일은 평범한 아르바이트보다 많은 돈을 벌 수 있고, 수업도 제대로 받을 수 있다. 그렇기에 처음 권유를 받았을 때, 망설이지 않고 면접을 보러 갔다.

영업이 끝나고 손님이 꼬셔오는 일은 적지 않다. 흔히 말하는 애프터라는 것이다. 케이코는 되도록 애프터는 피해왔다. 오전 1시에 영업이 끝나면, 가게에서 준비한 차를 타고 빠르게 집으로 돌아갔다.

하지만 언제까지고 손님의 요청을 거절할 수는 없었다. 마마에게 한 소리 듣고, 손님과 노래방이나 바에 가서 어울리다 보면 귀가가 오전 3시를 넘길 때도 있었다.

술을 너무 마시면 얕은 잠을 자게 돼서 수업에 집중하지 못할 때도 종종 있었다. 그렇다 해도 공부를 게을리할 수는 없었다. 성적은 늘 상위권을 유지하고 있었다.

그런데 요즘 들어 기분이 영 시원찮다. 10월의 가을 냄새가 풍겨오는데, 취직할 회사는 정해지지 않았기 때문이다.

케이코는 학자금 대출을 빌리고 있었다. 졸업하면 수십 년에 걸쳐 갚아야 한다.

좋은 대학에 입학하기만 하면 미래가 보장된다고, 케이코는 고등학교 시절부터 아무런 근거 없이 그렇게 믿고 있었다.

지금 와서 생각해보면 바보 같은 꿈이었다. 대졸자는 발에 치일 정도로 많고, 케이코가 들어가고 싶은 출판사는 문이 좁아서 성적이 조금 좋은 정도로는 상대도 해주지 않았다.

이대로 호스티스를 계속하게 된다면 밥벌이는 할 수 있고, 대출도 갚을 수 있지만 그러면 무엇을 위해 열심히 노력해온 것인지 알 수 없게 돼버린다.

함께 같은 가게에 들어온 아키코는 호스티스 일이 체질에 맞았던 모양인지 언제부터인가 학교엔 거의 나가지 않고, 1년 사이에 두 번이나 가게를 바꾸고는 놈팽이 같은 남자들과 놀아 다니다 어느 IT 기업 사장의 내연녀가 되었다.

그런 삶도 나쁘지 않겠지. 그렇지만 케이코는 절대로 아키코같이 되고 싶지 않았다.

학생답지 않은 수입을 벌어들이고 있었지만, 사치는 부리지 않았다. 열심히 저금했고, 화장품 또한 편의점에서 살 수 있는 싼 제품들로만 쓰고 있었다.

결혼? 생각도 한 적 없다.

연애는?

도쿄에 올라온 뒤로, 신주쿠에서 우연히 만난 고등학교 시절 동급생과 여러 번 만나다 보니, 마음이 맞아 사귀게 되었다. 그런데 상대는 점점 케이코의 생활에 간섭하기 시작했다. 당시 케이코는 편의점에서 아르바이트하고 있었는데, 그는 일을 쉬어서라도 자기한테 맞춰달라고 말하기 시작했다. 케이코가 거절하자, 생떼를 쓰며 마치 어린애처럼 행동했고 결국 감당할 수 없었다. 아르바이트도 있고, 공부도 해야 했다. 케이코는 그 남자와 사귀는 게 진심으로 싫어졌다.

롯폰기의 클럽에서 아르바이트를 시작하게 된 건 그때부터였다.

그에게 아르바이트를 바꿨다고 알려주었다. 상대는 호스티스 일을 한다는 얘기를 듣고 무작정 화를 내기 시작했다.

그게 계기가 되어, 그에게 이제 그만하자고 전했다. 상대는
뭐라 불만을 중얼중얼 얘기했지만, 케이코는 무시하고 자리
를 떠나버렸다.

어느 날 밤. 일이 끝나고 가게 차로 집에 돌아왔을 때, 그가
맨션 앞에 서 있었다.

"케이코, 나⋯⋯." 그의 숨소리는 거칠었다.

케이코는 공포에 시달렸다.

그를 무시하고, 맨션 안으로 뛰어들어갔다.

"케이코 이 멍청한 것!"

남자의 목소리가 주변에 울리고 있었다.

설마 그가 스토커 같은 행동을 할 줄은 꿈에도 생각지 못했
다.

그로부터 한동안 외출을 할 때도, 귀가할 때도, 주변을 경
계하게 되었다.

그런 일이 있었음에도, 연애하고 싶다는 마음이 완전히 사
라지지는 않았다. 멜로드라마를 보고 가슴이 뛸 때도 있었다.
그렇지만 드라마는 드라마. 사랑의 마지막 형태가 훤히 보였
다. 결혼까지 가면 해피엔딩. 그렇지 않으면 차거나 차이거
나, 이별이 찾아온다. 막장으로 끝나지 않더라도, 심리적 고
통은 꽤 오기 마련이다. 추한 꼴을 보이지 않고 헤어지는 건
멜로보다 판타지에 가까우리라.

같은 과인 아사미는 사귀고 있던 타구마라는 선배에게 차

였다. 갑자기 메일도 전화도 모두 차단당해, 상당한 우울함에 빠져 있었다. 차단 같은 건 비겁하다. 절대로 용서할 수 없다. 케이코는 아사미에게 감정 이입해 분노했다.

"혼내주고 싶어." 아사미가 그렇게 툭 하니 내뱉은 적이 있었다.

얌전하고 소극적인 아사미의 입에서 혼내주고 싶다는 소리가 나온 것에 대해 케이코는 적잖아 놀랐다.

"혼내주고 싶다니, 어떻게 하려고?"

"불법 사이트 중에는 상처 입은 여자 대신에 상대를 혼내주는 곳이 얼마든지 있어."

"이상한 생각은 하지 마. 경찰 소동이라도 나면 어쩌려고."

아사미는 짤막하게 웃었다.

"농담이야. 난 그런 무서운 짓 못 해."

그 말을 듣고 두 달 뒤, 캠퍼스에서 타구마와 마주쳤다. 머리에 붕대가 감겨있었고, 목발을 짚고 있었다.

"무슨 일 있었나요?" 케이코가 타구마에게 물었다.

"이상한 녀석이 시비를 걸어서 이렇게 됐어."

케이코의 안색이 변했다.

아사미가 불법 사이트에서 사람을 고용했다고 생각하고 싶지 않았다. 단순한 우연이겠지. 케이코는 그렇게 자신에게 되뇌었다.

"타구마 씨가 다친 거 알아?"

타구마와 만난 직후, 아사미에게 물어봤다.

"몰라. 무슨 일 있었어?"

"이상한 녀석이 시비 걸어서, 엄청 다쳤대."

"천벌이네."

아사미는 통쾌하다는 얼굴로 내뱉었다.

케이코는 눈동자를 움직이지 않고 아사미의 옆얼굴을 몰래 엿보았다.

이 애가 혹시 누군가한테 부탁해서…….

의심이 케이코의 가슴속에서 소용돌이쳤다. 하지만 이 이상 그 일에는 간섭하지 않았다.

아사미는 고향인 에히메현에 있는 건설회사에 취직되었다. 차인 아픔도 다 나은 것 같아, 완전히 기운을 되찾고 있었다.

그녀의 온화한 표정을 볼 때마다, 목발을 짚은 타구마가 떠올랐다.

친구의 이러한 경험은 케이코가 연애를 동경하면서도, 연애와 멀어지게 하는 원인이 되었다.

케이코는 자신의 모습을 그럭저럭 괜찮다고 생각하고 있었다. 넓은 볼과 작은 눈이 콤플렉스였지만, 입체감 있는 입술과 핀셋으로 집어서 올린 듯한 코가 마음에 들었다.

가게에서도 케이코는 인기가 있는 편이라, 그녀를 보러 가게에 드나드는 손님도 적지 않았다.

케이코는 보조였기에 프로 호스티스의 조수 일을 하고 있었다. 동반 할당량은 있었지만 영업 메일을 보내는 일은 거의 없었다.

세무사인 시마자키는 꽤 악질인 손님에 속하지만, 그 정도까진 아니더라도 이상한 손님은 잔뜩 있다.

메일을 교환하고 갑자기 '같이 여행 가자.'라고 보내온 남자가 있었다. 포르쉐를 몰고 다니는 걸 자랑하는 경박한 남자였다. 큰 절의 주지 스님 아들이라고 했다. 그 사실을 알았을 때, 케이코는 너무 놀라 입이 딱 벌어졌다.

호스티스 아르바이트를 하게 되면서, 케이코는 남자와는 더욱 멀어지게 되었다.

가게에 오는 사람들은 회사 사장이라는 직책에 불혹이 넘었음에도 마치 자기중심적인 유치원생 같았다.

턱받이 대신에 넥타이를 매고 있다.

케이코는 몰래 그렇게 생각하며, 내심 그들을 바보 취급하고 있었다.

케이코는 5, 60대 손님의 자리에 앉는 걸 좋아했다. 얌전히 마시고, 케이코의 이야기도 잘 들어주기 때문이다. 케이코는 가게에서 '할배 킬러'라고 불리고 있었다.

케이코는 자신이 편히 있을 수 있는 손님 쪽에 가고 싶었을 뿐이지만 그렇게 불리고 보니, 자신은 꽤 연상인 남자가 타입일지도 모른다고 생각했다…….

태풍이 지난 다음 날, 케이코는 한낮이 되었는데도 침대 위이불 속에서 빠져나가지 못했다.

토요일이라서 수업은 없었다. 가게도 쉬는 날이었다.

바람은 세게 불고 있었지만, 태풍은 이미 지나가서 해가 얼굴을 내밀고 있었다.

토스트와 샐러드로 늦은 아침을 먹었다. 시리얼은 가격이 비싸서 자주 먹지 않았다.

오후가 되자 마트에 장을 보러 나갔다. 마트를 가기 전에는 항상 신문의 광고페이지를 보고, 되도록 싸게 사려고 했다.

부자까지는 바라지도 않았지만 10엔, 20엔 차이에 목매지 않아도 되는 삶까지는 살고 싶었다.

어젯밤에 비를 맞은 탓일까, 조금 목이 아팠다. 감기에 걸린 걸지도 모른다.

집에 돌아와 일반 감기약을 먹고, 졸업논문에 손을 대기 시작했다. 3학년부터 준비해왔지만 완성되기까지 시간이 좀 걸렸다. 졸업논문으로 선택한 건 다자이 오사무였다. 졸업논문의 주제로 다자이 오사무를 고르는 학생은 드물지 않지만, 케이코는 그의 작품을 통해서 현대 젊은 층의 생태까지 다룰 예정이었다. 그래서 젊은 사회학자가 쓴 책도 여러 권 읽어야 했다. 매수는 100매. 케이코에게 꽤 벅찬 작업이었다.

저녁까지 졸업논문과 눈싸움을 한 뒤, 식사 준비를 했다. 그날 저녁 메뉴는 카레라이스로 정했다.

카레를 먹으며 텔레비전을 멍하니 보고 있었다.

뉴스가 나오기 시작했다.

숟가락을 움직이던 손이 멈췄다.

스기나미 구의 맨션에서 한 여성이 예리한 날붙이로 목과 얼굴을 수차례 찔려 쓰러져 있는 것을 집에 들어온 가족이 발견하고, 스기나미 경찰서에 신고했습니다. 해당 여성은 과다출혈로 사망했으며, 이에 경찰은 수사를 시작했습니다. 피해자는 꽃꽂이 교실의 강사, 사야마 사토코씨, 42세.

수사관계자의 말에 따르면, 방안에는 다툰 흔적이 있었고, 오후 11시 40분 정도에 비명을 들은 주민과 직후에 계단을 뛰어 내려가는 발소리가 들렸다는 증언이 확보되었다고 합니다. 범행 현장인 맨션은 오메카이도에 인접하여 사람의 왕래가 잦은 곳이지만, 어젯밤은 태풍이 원인으로 일대에 정전사태가 일어나, 비명이 들린 시각에는 주위에 설치된 CCTV가 모두 작동하지 않았던 것으로 보입니다.

케이코는 화면을 뚫어지게 쳐다보았다.

화면에 나온 맨션은 어젯밤 쿠니에다가 나왔던 맨션과 같은 곳이었다. 케이코는 비명이 들렸다는 시각이 조금 지나, 쿠니에다를 목격했다. 어째서 발을 끌고 있었던 걸까.

자신과는 관계없는 일이지만, 의문이 머릿속에서 떠나지 않았다.

식사 후, 설거지를 마치고 케이코는 집을 나섰다. 감기 기운도 있으니 얌전히 집에 있는 게 나을 텐데, 라고 또 하나의 자신이 말하고 있었지만, 케이코의 다리는 쿠니에다가 나왔던 맨션을 향하고 있었다.

맨션이 가까워질수록 심장박동이 격해지고 다리도 빨라졌다. 맨션 주변은 딱히 평소와 다를 게 없었다. 경찰이나 기자의 모습도 보이지 않았다. 맨션을 올려다봤다. 3층 왼쪽 끝 베란다에 파란 가림막이 설치되어 있었다.

맞은편에서 걸어온 두 젊은 남자와 스쳐 지나갔다.

"장난 아니야. 살인사건이 일어난 맨션의 주민은 일단 모두 조사받는다고."

키가 큰 남자가 그렇게 말하는 게 귀에 들어왔다.

어깨너머로 남자들을 엿보자, 그들은 그 맨션으로 들어갔다.

이걸로 틀림없다. 그날 쿠니에다가 나온 맨션에서 살인사건이 일어난 것이다.

쿠니에다가 죽인 건가. 설마. 그저 우연히 범행 추정시간에 맨션에서 나온 게 아닐까.

그런데 어째서 이렇게 신경 쓰이는 건지 케이코는 알 수 없었다.

다음 날, 그 살인사건의 속보가 뉴스로 나왔다.

부검 결과, 사망 추정시각은 당일 밤 오후 11시부터 오전 0시

사이로 단정되며, 경찰은 그 시간대에 맨션에서 나온 인물이 없었는지 조사하고 있다고 했다. 하지만 정전 탓에 난항을 겪고 있는 것 같았다.

쿠니에다가 맨션에서 나온 건 11시 45분쯤이었다.

한 주가 지나 월요일이 되어도, 쿠니에다가 머릿속에서 지워지지 않았다. 하지만 되도록 생각하지 않으려 하며 학교에 갔다.

나와는 상관없는 일이라며 되새기는 사이에 평범한 생활로 돌아왔다. 평범하고도 우울한 생활. 공부를 열심히 해도 취직은 되지 않고, 호스티스 아르바이트도 이제 진절머리가 났다.

케이코는 가게에서 빌려준 드레스를 입는 것이 사실 싫었다. 가슴골을 강조한 드레스. 벌이는 되지만, 인신 공양의 제물이 된 느낌이 싫었다.

혼자서 대기실에 앉아 편의점에서 산 주먹밥을 먹고 있을 때, 선배인 유이카가 들어왔다.

"그 얘기 들었어?"

"무슨 얘기 말인가요?"

"에리코 체포됐대."

에리코라는 호스티스는 AV도 찍은 여자로, 꽤 질이 나빴다.

"왜요?"

"손님을 협박하고 있었대!"

"협박이요?" 케이코는 눈을 동그랗게 뜨고 물었다.

"걔 손님 중에 금융업 하는 키 큰 손님 있었잖아?"

"기억해요. 그 사람 자리에 앉은 적은 없었지만."

"그 사람이 있지, 각성제를 했는데 그걸 알게 된 에리코가 그를 협박해서 100만 엔을 뜯어낸 모양이야. 겨우 100만 엔으로 체포당하다니 멍청해라."

다른 사람을 협박한다. 그런 생각을 해본 적도 없는 케이코는 그저 놀랄 뿐이었다.

그날 밤, 복도를 걸어 안쪽 자리로 향하는 손님을 보고, 케이코는 일순간 숨이 멎었다.

쿠니에다가 오랜만에 나타난 것이다. 평소처럼 미노베라는 남자와 함께였다.

이전까지의 케이코라면 쿠니에다의 자리로 가고 싶다고 생각했겠지만, 폭풍우 속에서 등을 굽히고 발을 질질 끌며 떠나던 쿠니에다의 모습이 뇌리를 스치자, 그의 곁으로 가면 안 될 것 같았다. 그렇지만 지명될 것이 뻔했다.

15분 정도 지났을 때였다.

"아야나 씨."

스태프가 말을 걸어왔다.

같이 있던 손님들에게 인사를 하고 나서, 아야나는 자리에서 일어났다.

그렇게 케이코는 쿠니에다의 자리로 불려 갔다.

"안녕하세요. 실례하겠습니다."

케이코는 쿠니에다의 옆에 앉았다.

"잘 지냈어?"

쿠니에다가 차분한 목소리로 물어왔다.

"네. 미즈와리[1]로 괜찮나요?"

"응."

케이코는 잔에 얼음을 넣고 위스키를 따랐다.

"너도 마셔."

"감사히 받겠습니다."

자신이 마실 술도 만들었다.

쿠니에다는 담배를 입에 물었다. 케이코가 불을 붙였다. 손님과 호스티스 사이에서 벌어지는 아주 흔한 일인데, 라이터를 쥔 손에는 평소와는 다르게 힘이 들어가 있었다.

쿠니에다는 남색 정장에 하얀 셔츠를 입고 있었다. 넥타이는 매고 있지 않았고, 머리는 7:3으로 정리되어 있었다. 관자놀이 주변이 살짝 하얗다. 잘 정돈된 이목구비였지만, 이렇다 할 특징은 없는 평범한 사람으로, 색기는 없지만 깔끔함이 있는 남자였다.

쿠니에다는 인재파견회사를 경영하고 있다. 파견회사라고는 하지만, 조금 특수한 회사로, 엔지니어만 파견한다고 한다. 정보 시스템, 전자 공학, 기계 공학 등의 숙련자를 사원

---

1) 위스키나 소주 등에 물을 타서 마시는 방법

으로 고용해 필요한 인재를 각 기업에 보내는 모양이다.

케이코는 이야기를 들어도 잘 이해되지 않았지만, 쿠니에다가 자신은 흔한 파견회사에 다니는 게 아니라고 말하고 싶어 한다는 건 알았다.

쿠니에다가 가게에 올 때는 언제나 미노베와 함께 있었다. 결코, 혼자서 오거나 다른 사람을 데리고 오는 일은 없었다. 미노베는 쿠니에다가 다니고 있는 치과의 원장이다. 골프 친구가 된 것을 계기로, 가끔 같이 술을 마시게 되었다고 한다.

"나는 이런 장소 익숙하지가 않아."

처음 왔을 때, 쿠니에다는 그렇게 말했었다.

미노베는 원체 클럽을 좋아해서 다른 가게의 단골이기도 했다. 그런 미노베가 권하지 않았다면, 쿠니에다는 이런 가게에 제 발로 올 일이 없었으리라.

케이코는 이런 곳에 자주 드나드는 남자에게 사랑이라는 감정이 싹트지 않았다. 미래에 누군가와 결혼해야 한다면, 유흥을 꺼리는 남자와 하고 싶다고 생각했다.

"취직은 어때?" 쿠니에다가 물었다.

그러고 보니 쿠니에다가 전에 왔던 건 양력으로 칠석쯤이었다. 케이코가 취업에 실패했다는 걸 알게 된 건 8월이 되고 난 후이다.

"물어보지 말아 주세요."

케이코는 웃으며 대답했다.

"전부 떨어졌어요."

"그렇구나. 쓸데없는 걸 물어봤네."

"괜찮아요. 현실은 녹록지 않는다는 걸 깨달았어요."

"지망은 출판사였지? 나는 업계가 다르니까, 별 도움이 되지 못하겠네."

쿠니에다는 면목 없다는 듯이 말하고서, 잔을 비웠다.

케이코는 그의 잔을 자기 앞으로 가져와, 위스키 병마개를 열었다.

"요전번 태풍 때도 가게 영업했었어요. 저희 가게 대단하죠?" 미노베 곁에 붙어 있는 마미의 목소리가 귀에 들어왔다.

"그런 폭풍우 치는 날에도 손님이 와?"

미노베가 놀라 물었다.

"꽤 오셨어요." 마미가 대답했다.

쿠니에다는 케이코에게 시선을 향했다.

"너도 나왔니?"

"네."

"집에 돌아가는 거 고생이었지?"

"저 스기나미에 살고 있다고 말했었죠?"

"응."

"정전이 나서 신호등도 꺼져있었어요."

"그러고 보니 신문에서 읽었어."

등에서 식은땀이 흐르는 게 느껴졌다. 쿠니에다가 살인이 일어난 맨션에서 나왔을 때, 주변은 이미 정전상태였다.

쿠니에다는 거짓말을 하고 있다. 왜 감추는 걸까.

"그날 밤에는 뭐하고 계셨나요?"

"뭐 하고 있었더라."

쿠니에다는 조금 생각하더니 입을 열었다.

"집에 있었어. 그 태풍은 장난 아니었지. 집 근처 건설현장의 바닥이 무너져서 말이야."

"누군가 다쳤나요?"

"무너진 게 늦은 밤이라서, 다행히 근처에는 아무도 없었던 모양이야."

쿠니에다는 굵지만 맑은 목소리를 가지고 있었다. 어떤 이야기를 하더라도 몸을 포근히 감싸는 느낌이 드는, 그런 상냥함이 느껴지는 목소리.

이런 사람이……. 케이코는 뇌리를 스친 생각을 황급히 지웠다.

쿠니에다가 사람을 죽였다니. 상상조차 되지 않는다. 내연녀의 집에 있었으니 사실을 얘기하지 못하는 거겠지.

그런데……. 케이코는 잔에 입을 대었다.

다시 그날 밤의 일을 떠올려봤다.

맨션에서 나온 쿠니에다는 택시를 잡으려고 하지도 않고, 골목으로 사라졌다. 그 폭풍우 속에서 왜 그런 행동을 한 걸까. 보통 바로 택시를 잡으려고 하지 않는가.

어째서? 가슴 속에 검은 생각이 퍼져갔다.

그 시마자키라는 세무사가 집적대지 않았다면, 집 앞까지 택시를 타고 편히 도착했겠지. 그랬다면 쿠니에다와 만나지 않았을 것이다. 만나지 않았다면 의문을 품을 일도 없이 쿠니에다와 즐거운 대화를 할 수 있었을 텐데. 케이코는 시마자키라는 남자에게 부아가 치밀어왔다.

"정말 아야네 씨는 기특하네."

쿠니에다가 눈썹을 내리고 케이코를 바라봤다.

"왜요?" 케이코는 애써 표정을 만들고 물었다.

"공부하면서 이런 일을 하는 건 힘들잖아."

"그렇지 않아요. 낮에 일하시는 분들이 더 힘들 것 같아요."

"빨리 취업해서, 이 일 그만두게 되면 좋겠네."

"저, 이 일 딱히 싫어하지 않아요."

케이코는 웃으며 거짓말했다.

이 자리에서 호스티스 일 관련 불평은 하고 싶지 않았다.

"좋은 의미로 아야나 씨는 신입 같아. 이 일을 오래 하는 여자아이라고 생각도 못 하겠어."

"그만두세요." 마미가 몸을 좌우로 움직이고 있었다.

미노베가 뒤에서 손을 돌려 마미의 가슴을 만지고 있었다.

자주 있는 일이지만, 언제 봐도 불쾌한 기분이 들었다.

쿠니에다는 절대로 그런 짓을 하지 않는다. 재미없는 농담도 하지 않는다. 언제나 진지한 대화를 하게 된다. 케이코는 쿠니에다를 좋은 사람이라고 생각하고 있다. 그가 같이 밥을 먹자고 청한다면 분명 그에 응하겠지. 호감이 가는 사람. 그런 사람의 비밀을 알게 되었다. 케이코의 마음에 그늘이 드리웠다.

"스기나미까지 올 일이 있나요?"

케이코는 과감히 물어봤다.

"거의 안 가지. 갈 일이 없으니까."

쿠니에다는 담담하게 대답했다.

"무슨 일 있어?"

"아뇨. 업무차 여러 곳을 다니시니까, 스기나미도 오시는지 물어봤어요."

"사원을 파견하는 곳에는 자주 가지만, 스기나미에는 고객이 없어서. 스기나미 어느 쪽에 살고 있어?"

케이코는 대략적인 장소를 알려주었다.

"그 주변은 전혀 가질 않으니까 하나도 모르겠네."

쿠니에다의 거짓말을 듣는 게 괴로웠다. 그런데도 그런 마음과 반대로 그가 어째서 태풍이 부는 날에 그 맨션에서 나온 건지 알고 싶어졌다. 케이코의 상상을 뒤집는 밝은 진실이 튀어나오면 좋을 텐데.

"아야나."

미노부의 목소리가 날아 들어왔다.

"둘이서 무슨 얘기하고 있는 거야."

"딱히 아무것도 아니에요."

"선생님, 여긴 여기대로 즐기고 있으니까 신경 쓰지 말아 주세요."

쿠니에다가 농담조로 말했다.

"사장님은 아야나가 마음에 들어서, 다른 가게에 가자고 해도 전부 거절한단 말이야."

"난 아야나 씨가 마음에 들거든."

쿠니에다가 딱 잘라 말했다.

케이코는 쿠니에다가 이름에 '씨'를 붙여준 게 왠지 기뻤다. 가볍게 불리는 것보다 거리감은 있지만, 쉽게 거리를 좁히는 클럽에서 제대로 선을 긋고 있는 그 태도가 쿠니에다의 품위를 느끼게 했다.

"근데 발은 이제 괜찮은 거야?"

미노베가 쿠니에다에게 물었다.

"네. 다행히 골절은 피한 것 같습니다."

"무슨 일 있었나요?" 케이코가 물었다.

순간 쿠니에다의 눈이 초점을 잃었다.

"별일 아니야. 발 위에 아령을 떨어트려서 말이지. 타박상으로 끝나서 다행이지만, 정말 아팠어."

쿠니에다는 또 거짓말을 하고 있었다. 살인사건이 일어난 맨션에서 무슨 일이 생겨 발을 다친 게 분명하다.

케이코는 참을 수 없어 무심코 잔을 단숨에 비워버렸다.

"깜짝 놀랐어. 아야나 씨가 그렇게 마시는 거 처음 봐."

쿠니에다가 옅은 웃음을 지었다.

"사장님과 만나니 기분이……."

"나빠진 거니?"

"아니에요." 케이코는 당황하며 부정했다.

"안심돼서 마시고 싶어졌어요. 다른 자리라면 꽤 긴장하는데, 사장님 옆자리는 편하게 있을 수 있어서."

"그럼 다행이지만."

"죄송해요."

"괜찮아. 안심된다면 얼마든지 마셔도 돼."

마미는 앞니 사이가 벌어져 있는 걸 미노베에게 얘기했다. 미노베는 자기 병원에 오면 바로 고쳐주겠다고 말했다.

그 뒤로도 두서없는 대화가 이어졌다.

그런 와중에도 케이코의 머릿속은 쿠니에다의 거짓말로 가득 차 있었다.

"선생님, 슬슬 일어날까요?"

미노베가 손목시계로 시선을 떨궜다.

"벌써 시간이 이렇게 됐나."

쿠니에다와 미노베는 각자 따로 계산하기에, 계산서는 두 장 준비했다.

계산을 마치고 그들은 자리에서 일어났다.

자리에 있던 호스티스는 엘리베이터 앞까지 가서 배웅했다.

케이코는 웃는 얼굴로 그 둘에게 손을 흔들고, 깊게 고개를 숙였다.

그날 밤, 집에 돌아온 케이코는 화장을 지우고 샤워를 마친 뒤에 텔레비전을 켰다.

밤에 방송되는 시사 프로그램을 녹화해놓았다.

주제는 학자금 대출이었다.

미래를 계획하는 데 참고가 되리라 생각했기 때문이다.

배가 조금 출출해서, 크래커 두 장 사이에 슬라이스 치즈를 넣어 먹었다. 단것을 먹고 싶었지만 살이 찌니 참았다. 리모컨을 조작했다.

방송에는 학자금 대출을 갚지 못해 힘들어하는 사람들이 등장했다. 한 명은 대학을 졸업했지만, 직장을 구하지 못해 빌린 돈의 곱절을 갚게 되었다고 했다. 다른 한 명은 대학 졸업 후 한동안 구직활동을 했지만, 원하던 곳에 취직하지 못해 결국 하고 싶던 일과 동떨어진 일을 하고 있다고 했다. 독촉이 예전보다 심해져 석 달 이상 체납하면 블랙리스트에 이름이 올라간다고 한다. 블랙리스트에 올라가면 신용카드를 가질 수 없게 되고, 주택담보 대출도 거절당하는 경우가 있다고 했다.

방송에 예시로 나온 학자금 대출은 케이코와 같은 대출이었다.

보지 말 걸 그랬다. 케이코는 우울한 기분으로 영상을 멈췄다.

출판사에 들어가 문예 편집자가 되고 싶다면, 졸업하고 한 동안 구직활동을 해야 하거나 계약직으로 들어갈 수 있는 회사를 찾는 수밖에 없다.

희망하고 있는 길을 포기하고, 대출을 갚기 위해 아무 직장이라도 들어가 정사원이 되는 선택지도 있지만…….

호스티스를 하는 한, 돈은 어떻게든 해결되겠지만 불안함은 항상 뒤따라오게 된다.

최근 들어 동반 횟수가 꽤 줄었기 때문에, 갑자기 해고당할 가능성도 충분히 있었다. 해고를 당하더라도 뽑아줄 가게는 있으리라. 롯폰기의 교차로에서 자주 스카우트를 당하니 말이다.

하지만 그러면 대체 무엇을 위해 도쿄에 온 건지 알 수 없어진다. 본말전도. 호스티스 일은 하루라도 빨리 끝내고 싶었다. 그런 생각이 한층 더 강해졌다.

조금씩 저금을 하며, 작게 사는 게 화가 나기 시작했다.

케이코는 퐁타를 무릎에 앉혔다.

불안과 고독이 천천히 커지면서 파도처럼 케이코를 덮쳐왔다.

철썩. 파도가 무너졌다. 공허한 기분이 가슴에 퍼져갔다.

퐁타를 침대에 눕히고, 노트북을 열었다. 검색 사이트에 들어갔다.

입력한 글자는 '공갈죄'였다.

'공갈(恐喝)은 재산상의 불법적인 이익을 얻기 위하여 다른 사람을 협박하는 일이다. 사람을 공갈하여 재물의 교부를 받거나, 재산상의 이익을 얻거나, 또는 제삼자에게 재물의 교부를 받게 하거나 재산상의 이익을 얻게 하는 범죄이다.'

검색창에는 그렇게 적혀있었다.

10년 이하의 징역에 처한다고 한다.

각성제를 한 손님을 협박했다는 에리코라는 호스티스를 떠올리고 노트북을 연 것이다.

케이코는 섬뜩했다. 하지만 화면에서 눈이 떨어지지 않았다.

가슴 속 아주 깊은 곳에, 지금까지 경험한 적 없는 검은 무언가가 일렁이고 있었다.

대체 이 마음은 뭘까.

무서워진 케이코는 노트북을 닫고, 세면대로 향했다. 그리고 이를 닦았다. 세면대에 달라붙은 물때를 브러쉬로 닦아내는 듯한, 끈덕지게 긴 양치질이었다.

그런데도 마음의 술렁임은 진정되지 않고, 가슴이 흔들릴 정도로 격한 심장 고동이 이어지고 있었다.

침대에 누운 케이코는 작은 퐁타를 가슴에 끌어안았다.

정체 모를 무언가가 가슴 속에서 태어나, 어디론가 튀어 나갈 것만 같았다.

케이코는 매달리듯이 퐁타를 더 세게 끌어안았다.

토요일 밤, 케이코는 요시키 코타로라는 남자의 맨션에 들렀다. 그곳에서 열린 모임에 참가한 것이다.

　　코타로와는 반년 정도 전에, 반 친구인 타카이 야요이의 집에서 만났다. 야요이는 덴엔초후의 저택에서 살고 있었고, 아버지는 투자 컨설팅 일을 하고 계신 모양이었다.

　　부모님이 해외여행을 떠나서, 집을 자유롭게 쓸 수 있게 된 야요이가 집에서 모임을 연 것이다. 아사미도 같이 있었다.

　　천장까지 뻗은 유리창 너머에는 넓은 정원이 펼쳐져 있었고, 잔디가 쫙 깔려있었다. 가죽으로 된 소파는 스모선수 세 명이 넉넉하게 앉을 수 있을 정도로 컸다.

　　그런 집 풍경에 압도된 것도 잠시, 너무나도 높은 수준 차이에 감히 이런 집에서 살고 싶다는 생각조차 들지 않았다.

　　야요이는 취미로 골프와 테니스를 즐기며, 소형 벤츠를 몰고 있었다.

　　모든 인간은 평등하다. 하지만 그건 위선에 불과하다. 태어날 때부터 저마다 차이가 있는 것이다. 이런 집에서 태어나 어릴 때부터 용돈을 잔뜩 받으며 아무런 부족함 없이 살아온 야요이와 모자가정에서 자란 자신의 차이는 메꿀 수 없다고 케이코는 생각했다.

케이코가 안고 있는 고민이나 고생을 야요이는 이해할 수 없겠지. 편협한 생각이 아니라고 하면 거짓말이다. 그렇지만 야요이가 싫지는 않았다. 성격이 좋은 아이였다. 그런 성격도 분명 여유가 있는 생활에서 만들어진 거겠지만, 그렇게 생각하는 나는 역시 마음이 삐뚤어진 사람일지도 모른다.

같은 세미나 모임에 소속된 남학생 중 누가 제일 멋있는지 이야기했다. 여러 남자의 이름이 언급됐다. 아사미와 야요이는 취향이 크게 달랐다. 아사미는 수염이 진하고 말수가 적은 남자를 좋아했다. 한편 야요이는 말수가 많고 마른 남자가 이상형이라고 했다. 케이코는 언급되는 남자 중 그 누구에게도 흥미가 없었다.

세미나 교수에 관한 이야기도 나눴다. 교수는 한번 이혼한 과거가 있는데, 그 사람과 또 재결합했다고 한다. 같은 상대와 두 번이나 결혼하는 인간은 도대체 무슨 생각을 하는 걸까, 케이코는 전혀 이해할 수 없었다.

한창 이야기꽃이 피었을 때, 야요이의 오빠가 친구들을 데리고 돌아왔다. 그들과 같이 술을 마시게 되었다.

그 친구 무리에 있던 사람이 요시키 코타로였다. 대화를 나누는 와중에 코타로가 같은 고향 출신이라는 것을 알게 되었다. 그는 케이코가 알고 있는 술집의 아들로 그의 여동생은 케이코보다 두 살 위의 같은 고등학교 육상부 에이스였다.

공통된 지인도 있었기에 케이코는 코타로와 금방 허물없이 얘기할 수 있었다.

코타로는 케이코에게 명함을 건네주었다. 대기업 섬유회사의 사원이었다. 나이는 스물일곱이라고 한다.

"메일 교환하지 않을래요?"라는 제안에 케이코는 망설임 없이 응했다.

코타로는 부드러운 말투를 가진 착한 남자였다.

야요이의 집에서 만난 다음 날, 코타로에게서 메일이 도착했다.

> 같은 고향의 후배와 만나서 엄청 즐거웠어. 공부 열심히 해.

짧고 담백한 메일이었다.

> 저도 즐거웠어요. 일 힘내세요.

그 뒤로도 정중한 문장의 메일을 받았다. 업무 중 실수했던 일을 유쾌하게 메일로 보내온 적도 있었다.

데이트 요청을 받은 것은 만나고 한 달 정도 지난 뒤였다. 코타로라면 같이 밥을 먹어도 좋다고 생각했지만, 일이 있어서 거절할 수밖에 없었다.

답장할 때 케이코는 부모의 지원 같은 건 일절 받을 수 없어서, 호스티스 일을 하며 생계를 꾸리고 있다고 자신의 상황을 솔직하게 전했다.

> 전부 혼자 해결하며 학교에 다니는 건 아무나 할 수 있는 일이
> 아니야. 케이코는 성실한 아이네. 투정 부리고 싶은 일도 잔뜩 있
> 을 텐데. 다른 사람한테 하기 힘든 얘기가 있다면 내게 말해줘.
>
> 큰 도움은 주지 못하겠지만, 다른 사람과 얘기하는 것만으로도
> 기분이 풀릴 때가 있으니까. 주말이면 나랑 만나서 놀아줄 수 있어?

케이코는 '네.'하고 답하고, 다음 주 토요일에 데이트하기
로 했다. 코타로는 미나미아오야마에 있는 꽤나 멋진 이탈리
안 레스토랑에 데려다주었다.

코타로는 다른 사람의 이야기를 잘 들어주는 사람이었다.
그렇기에 마음속에 담아두던 얘기들을 솔직하게 꺼낼 수 있
었다.

그가 말하기 편한 상대임은 틀림없었다. 그렇지만 케이코
는 자신이 코타로를 남자로 보고 있지 않다는 사실을 깨달았
다.

얼굴이 잘 정돈되어 있고, 키도 크다. 태도도 신사적이며
이렇다 할 결점이 보이지 않는 남자인데, 단 하나 마음에 들
지 않는 점을 꼽자면 그것은 목소리였다. 코맹맹이 같은 높은
목소리. 케이코는 생리적으로 거부감이 들었다.

허물없이 대화할 수 있는 선배. 케이코에게 코타로는 그 이

상, 그 이하도 아니었다.

그 뒤로도 가끔 같이 밥을 먹었지만, 자주 만날 일은 없었다.

그와의 대화는 대부분 메일로 이루어졌고, 이성으로 보이지 않는 이성 친구는 오히려 마음이 편했다.

취직되지 않는 것도, 가게에서 벌어지는 짜증 나는 일도, 같은 과 아이의 험담도 코타로에게 모두 메일로 전했다.

그때마다 코타로는 케이코를 감싸는 말들을 보내왔다.

그렇게 코타로는 케이코에게 굉장히 소중한 메일 친구가 되어있었다.

코타로의 맨션은 시나가와의 주택가에 있었다. 모르는 사람들이 모이는 곳에 코타로가 케이코를 부른 데에는 이유가 있었다.

오는 사람 중 한 명이 대형 출판사의 총무로 일하고 있어서, 도움이 되는 정보를 얻을 수 있을지도 모른다고 생각했기 때문이다. 얼굴을 비춰서 손해는 없으리라. 출판사에는 아는 사람도 없고, 연줄도 없었다. 케이코는 코타로의 배려에 진심으로 감사했다.

코타로의 맨션에는 케이코를 포함한 총 다섯 명이 참석했다. 그 중, 여자는 케이코를 제외하면 한 명뿐이었다. 이름은 사쿠라이 리츠코. 그녀는 30대 정도로 보였다. 외국계 제약회사에 근무하고 있다고 했다.

출판사에 근무하고 있는 남자는 타구치 카즈마사라. 타구치는 누가 봐도 코타로보다 한참 형이었다. 나머지 두 남자도 회사원이라고 한다.

그들은 공통된 취미를 갖고 있었다. 다섯 명 모두 성(城)을 좋아해서, 쉬는 날에는 다 같이 성을 보러 돌아다닌다고 했다.

코타로가 성을 좋아한다는 얘기는 들은 적이 있었지만, 잊고 있었다.

"다음엔 어디로 갈까."

맥주회사에서 근무하고 있는 오오야우치라는 남자가 말했다.

"미나구치 성은 어때?" 요네지마가 제안했다.

요네지마는 자동차 회사의 사원이라고 했다.

"가보고 싶네."

타구치는 그렇게 말하고 와인 잔을 비웠다.

"케이코 씨도 같이 가지 않을래요?"

사쿠라이 리츠코가 물어왔다.

"저는 성에 대해 하나도 몰라요."

"소풍 간다고 생각하고 오면 돼."

코타로가 끼어들었다.

케이코는 애매한 웃음을 짓고 고개를 좌우로 저었다.

소풍 같은 기분이 될 리가 없다. 도쿠가와 이에미쓰가 어땠는지, 본채 주변의 돌담이 어쩌고저쩌고, 전문적인 이야기로 한나절을 떠드는 무리 사이에 끼고 싶은 생각은 없으니까.

성에 관한 이야기가 조금 식었을 때, 코타로가 타구치에게 말을 걸었다.

"타구치 씨, 오카노 씨는 출판사 취업을 희망하고 있는데 아쉽게도 이번에 잘 안 풀린 모양이야."

"우리 회사에도 지원했어?"

"네. 1차 면접에서 떨어졌어요."

"누가 면접관이었는지 기억나?"

면접관은 총 네 명 있었다. 이름이 떠오른 건 그중 한 명뿐이었다.

"야마베라는 분이 계셨어요."

"문예의 야마베 씨구나." 타구치가 짧게 웃었다.

"그 사람은 예전에 우리 회사에서 아르바이트하던 사람인데 그 뒤에 계약사원이 되고, 정사원이 됐어. 그 사람 본인은 제대로 된 시험을 보고 들어온 게 아니지. 정식 채용 절차로 입사한 사람이 아닌데, 면접관이 된 게 참 이상하지?"

"타구치 씨 회사에선 계약사원도 뽑고 있나요?"

"응. 2년 계약에 1회 갱신이니까, 평범하게 회사 생활하면 4년은 일할 수 있어. 보너스도 나오고."

"저 계약사원이라도 좋으니 출판사에 취직하고 싶은데."

회사 사람들한테 잘 좀 말해달라는 부탁이 목 근처까지 올라왔지만, 입에는 담지 않았다. 처음 만나는 상대에게 그런 부탁을 하면, 오히려 인상이 나빠진다고 생각했기 때문이다.

"타구치 씨, 어떻게 도와주실 수 없나요?"

타구치는 곤란한 얼굴을 하고, 머리를 쓸어 올렸다.

"지금은 뽑고 있지 않은 모양이야. 빈자리가 없으니까 누가 그만두지 않으면 힘들 것 같네."

"아르바이트는 어떤가요?" 케이코가 물어봤다.

"그것도 마찬가지. 요전번에 두 명 뽑았으니까."

"한 명 정도는 어떻게 되겠죠. 그녀에 대해선 제가 보증할게요. 게다가 면접까지 갔으니까 계약사원이 될 정도의 자격은 충분하지 않나요?"

"작가의 소개 같은 게 있으면 간단하게 들어올 수 있는데 말이지. 그래도 한번 물어볼게."

"부탁드립니다."

케이코는 머리를 숙였다.

"메일 주소 가르쳐주지 않을래? 연락할 테니까."

"네."

타구치와 두서없는 잡담을 나누는 사이에 시간에 꽤 흘렀다.

그 틈에 이야기 주제는 다시 성이나 무장(武将)으로 넘어가게 되었다.

시간은 오후 10시가 지나있었다. 케이코는 슬슬 자리를 뜨기로 했다.

"모두 성 얘기만 하니까 끼어들기 힘들었지? 미안해."

코타로가 사과했다.

"별로 기대는 하지 말고 기다려."

타구치가 케이코를 지긋이 바라보며, 그렇게 말했다.

"이야기를 들은 것만으로도 도움이 되었어요. 그럼, 좋은 밤 되세요."

케이코는 먼저 코타로의 집을 나섰다.

주택가에 인기척은 없었고, 자동차도 지나가지 않았다.

타구치의 말을 들어보니, 계약사원으로 일하는 것도 힘들 것 같은 느낌이 들었다. 아르바이트라도 출판사 일을 하고 싶었지만, 그마저도 힘들지 모른다.

깊은 한숨을 쉬고, 어두운 하늘을 올려다보며 시나가와역으로 향했다.

작가 연줄이 있으면 간단하구나. 역시 가정 사정이 좋지 않으면 출판사에 들어가는 건 어려울지도 모른다. 한부모 가정에 학자금 대출을 포함한 모든 것을 혼자 부담하고 있는 자신은 취업 시장에서 '제외 대상'이지 않을까. 요즘 시대는 차별을 피하고자 면접에서 부모에 대해 절대 물어보지 않는다. 하지만 그런데도…….

역시 나는 삐뚤어져 있다. 싫다. 정말 싫다.

케이코는 길 위에 드리워진 자신의 그림자를 바라봤다.

외톨이. 갑자기 외로움이 부글부글 솟아났다.

전조등 빛과 함께 엔진 소리가 들렸다. 전방에 택시 한 대가 나타났다. 좁은 길이었기에 케이코는 길 가장자리에 몸을 붙였다.

케이코의 옆을 지나가던 택시가 도중에 멈췄다. 뒷좌석 창문이 열렸다.

"아야나 씨."

케이코를 보며 미소 짓고 있는 건 쿠니에다였다.

깜짝 놀라서 바로 목소리가 나오지 않았다.

"나야, 쿠니에다."

"안녕하세요." 케이코는 허둥지둥 표정을 만들었다.

"이런 곳에서 뭐 하고 있어?"

"저쪽에 사는 지인 집에서 술자리가 있었어요. 쿠니에다 씨, 이 주변에 살고 계셨군요?"

"응. 조금 더 들어가면 집이야. 아야나 씨는 이제 집에 돌아가는 거야?"

"네."

"그럼 조심해서 돌아가. 또 가게에 들를게."

"기다리고 있을게요."

창문이 닫히고, 택시가 떠났다.

케이코는 멈춰선 채, 택시의 후미등을 바라보고 있었다.

그 살인사건이 그날부터 계속 머리 한구석에 남아있었다. 텔레비전의 뉴스를 봐도, 신문을 읽어도 무심코 그 사건의 정보를 찾아보게 되었다.

아직 새로운 뉴스는 없는 것 같다.

쿠니에다가 범인이다. 그 사실을 알고 있는 건 자신뿐이다.

안 돼. 그런 말도 안 되는 생각을 하다니. 정신이 이상해진 것 같다. 케이코는 고개를 휙휙 저었다.

시나가와역에서 야마노테선 열차를 탔다. 그리고 신주쿠에서 마루노우치선으로 갈아탔다.

미나미아사가야역에서 내린 건 오후 11시 정도였다.

살인이 일어난 맨션 앞을 지났다. 한창 태풍이 불어 닥칠 때, 맨션에서 뛰쳐나온 쿠니에다의 모습이 되살아났다.

케이코는 빠른 걸음으로 맨션 앞을 지났다.

집에 도착한 직후부터 목덜미에서 땀이 나기 시작했다.

가방에 넣어 둔 휴대전화가 보이지 않았다.

전철 안에서 잃어버렸다고는 생각되지 않는다.

타구치와 메일 주소를 교환했을 때, 테이블 위에 놓았다. 테이블 위는 술잔이나 식기가 가득했다.

타구치의 이야기는 케이코를 실망하게 했고, 의기소침해진 케이코의 귀에 들어온 건 아무 관심도 없는 성 얘기였다. 케이코는 돌아갈 기회만 엿보다가 주의력이 떨어졌던 모양이다.

지금 당장 가지러 가야겠다. 케이코는 바로 다시 집을 나섰다. 그리고 먼저 큰길로 나와 공중전화를 찾았다. 하지만 좀처럼 보이지 않았다. 케이코는 초조해지기 시작했다. 초조해

해도 소용없는 일인데 말이다.

겨우 찾은 공중전화 부스에 뛰어들어가, 자신의 휴대전화 번호로 전화를 걸었다.

바로 누군가가 받았다.

"연락할 줄 알았어."

코타로의 목소리를 싫어했지만, 지금 이 순간만큼은 나쁘지 않게 들렸다.

"아…, 다행이다. 바로 가지러 가도 될까요?"

"지금 어디에 있는데?"

"집 근처에요."

"시나가와까지 오는 건 너무 멀지? 내가 신주쿠까지 가져다줄게."

"그런 폐를 끼칠 순 없어요."

"괜찮아. 신주쿠의 기노쿠니야 앞에서 만나자."

"아직 다들 계시지 않나요?"

"아니, 한참 전에 다 돌아갔어. 케이코가 먼저 도착할 것 같으니까 기다리고 있어."

"알겠어요."

케이코는 또다시 전철을 탔다. 기노쿠니야 서점 앞에 도착한 건 오후 11시 50분 정도였다. 역으로 향하는 사람들의 모습이 보였다. 하지만 기노쿠니야의 앞을 지나는 사람은 거의 없어서 낮의 활기찬 모습이 무색하게 느껴졌다. 막차로 집에 돌아가긴 힘들겠지. 택시 요금도 무시할 수 없다. 칠칠치 못한 자신에게 화가 나기 시작했다.

15분 정도 지났을 때, 눈앞에 택시가 멈췄다. 코타로가 택시에서 내렸다. 그의 손에는 작은 봉투가 들려있었다.

"많이 기다렸어?"

"아뇨."

"이 안에 휴대전화 넣어놨어."

작은 봉투를 받은 케이코는 코타로에게 감사를 전했다.

"바로 돌아갈 거야?"

코타로가 물었다.

바로 집에 돌아가고 싶었지만, 신주쿠까지 휴대전화를 가져와 준 코타로를 이대로 돌려보내는 건 실례라고 생각했다.

"차라도 마시지 않을래요? 술은 더 마시고 싶지 않아서."

"나도. 오늘 밤은 너무 마셨으니까."

케이코는 코타로를 따라 가부키초를 향했다. 그리고 상가주택 2층에 있는 찻집에 들어갔다. 케이코와 코타로 둘 다 블렌디드 커피를 주문했다.

"코타로 씨는 정말 좋은 분이시네요."

케이코는 진심으로 말했다.

"신경 쓰지 않아도 돼."

"타구치 씨를 소개해주신 것도 감사해요."

코타로의 낯빛이 어두워졌다.

"그 뒤로도 타구치 씨와 네 얘기를 했어. 케이코를 실망하게 하기 싫지만, 지금은 꽤 힘든 모양이야."

케이코는 옅은 웃음을 짓고 커피를 홀짝 마셨다.

"대충 그럴 것 같았어요. 역시 연줄이 없으면 안 되는 것 같네요."

"그렇지도 않은 거 같은데, 타쿠치 씨가 너를 회사에 넣을 정도의 힘은 없는 것 같아. 미안, 이렇게 이야기가 돼서."

케이코는 크게 고개를 저었다.

"괜찮아요. 코타로 씨가 저를 위해 해준 일은 평생 잊지 않을게요."

"잠깐 너무 지나친 얘기야."

코타로가 짧게 웃었다.

"출판사는 포기하고, 정사원으로 뽑아줄 곳을 찾을 수밖에 없겠네요."

"아직 희망은 버리지 않는 게 좋아. 호스티스 일을 하는 동안은 그다지 돈이 부족한 건 아니잖아?"

"그래도…. 전에 말했지만, 이쪽 일에서 빨리 벗어나고 싶어요."

"다른 사람들한테는 네가 호스티스 일을 하고 있다고 말하지 않았어. 나는 얘기해도 상관없다고 생각하지만, 케이코가 싫어할 테니까."

"역시 호스티스 일을 하고 있다는 걸 알면, 어느 회사라도 좋아하지 않겠죠?"

"말하지 않으면 아무도 몰라. 호스티스 일을 하는 여대생은 은근히 많으니까."

"코타로 씨처럼 이해해주는 사람들이 많으면 좋을 텐데."

"조금 다른 얘기인데."

코타로가 입가에 의미심장한 웃음을 띠었다.

"타구치 씨, 네가 귀엽다고 말하더라. 꽤 마음에 드는 모양이야."

"그런가요."

바보 같은 대답이라고 생각했지만, 그 말밖에 할 수 없었다.

"정도를 보아하니, 꼬시면 넘어올지도 몰라."

"저, 타구치 씨를 그런 눈으로 보고 있지 않아요."

코타로가 소리 없이 웃었다.

"그 사람 꽤 끈질겨."

타구치에게도 아무런 흥미가 없었다. 사귄다고 해도 그의 회사에 들어갈 수 있는 게 아니다. 성가신 일이 하나 늘어났다고 생각하니 기분이 우울해졌다.

케이코는 커피를 다 마시고, 손목시계로 시선을 떨궜다.

"저 슬슬 가볼게요."

"응. 알았어."

"커피값 정도는 제가 내게 해주세요."

"괜찮아. 혼자서 열심히 사는 네게 얻어먹을 수는 없으니까."

"그래도……."

코타로는 씩 웃고 계산서를 손에 들었다.

찻집에서 나온 케이코는 코타로와 같이 야스쿠니 거리를 향했다.

도중에 코타로가 지갑에서 만 엔을 꺼냈다.

"이거 차비로 써."

케이코는 걸음을 멈춰 서고, 강하게 거절했다.

"취업도 생각대로 잘 안 풀리고, 우리가 하는 성 이야기에 억지로 어울리느라 오늘 힘들었지? 그 사과의 표시는 아니지만 어쨌든 받아 둬."

코타로는 케이코의 손을 잡고 만 엔 지폐를 쥐게 했다.

"거스름돈은 다음에 만날 때 돌려드릴게요."

코타로는 어깨를 들썩이며 웃기 시작했다.

"그런 거 못 받아."

"하나부터 열까지 신세를 져서 죄송해요."

케이코는 또 고개를 숙였다.

거리를 건넌 곳에서 케이코는 택시를 탔다.

"나중에 연락할게."

"저도 나중에 연락할게요."

케이코는 작게 손을 흔들고, 코타로와 헤어졌다.

코타로는 진심으로 신뢰할 수 있는 남자이다. 그렇지만 이상한 부분도 있다. 이렇게까지 친해졌는데, 코타로는 일절 자신을 꼬시려고 달려들지 않는다.

그건 케이코에게도 고마운 일이지만, 자신에게 매력이 없는 건가, 하는 생각이 문득 들었다. 그래도 상관없지만 복잡한 기분이다.

코타로에게 받은 만 엔 지폐를 손에 쥔 상태였다.

동정받고 있다는 기분이 들었다. 겨우 만 엔이고, 상대는 연상 남자. 그의 말대로 신경 쓰지 않으면 그만이지만, 케이코의 마음은 어두워졌다.

돈만 있으면 호스티스 일도 그만둘 수 있고, 차분히 기업을 고를 수 있다.

대체 나는 얼마가 있어야 안심할 수 있을까. 백만 엔 정도로는 당연히 부족하다. 역시 못해도 천만 엔 정도는 있으면 좋겠다.

케이코는 네 번 접혀있던 만 엔을 펼치고 지갑에 넣었다.

그리고 작은 봉투에서 휴대전화를 꺼냈다.

메일 알림이 화면에 표시되어있었다.

쿠니에다였다.

> 너와 그런 곳에서 만나다니. 왠지 모르지만 기뻤어. 그걸 전하기 위해 메일 보냈어. 다시 언젠가 느긋하게 얘기하자. 그럼 좋은 밤 보내.

답장하는 건 꺼려졌다. 가정을 가지고 있는 사람에겐 평일에만 메일을 하기로 정했기 때문이다.

쿠니에다 씨······.

멍하니 창밖을 바라보며, 케이코는 마음속으로 중얼거렸다.

◆ ◆ ◆

다음 날 오후, 택배가 도착했다. 어머니로부터였다.

상자 안에는 쌀과 사과가 들어있었다. 사과 양이 꽤 많았다. 편지는 들어있지 않았다.

케이코는 후쿠이현 출신이다. 후쿠이시에서 차를 타고 30분 정도 떨어진 마을에서 태어나 자랐다.

보내준 것들을 정리하고 어머니에게 전화했다.

"택배 받았어. 고마워."

"사과는 나가노의 삼촌이 보내준 거야."

"고맙지만, 이렇게 많이 보내면 혼자서 다 못 먹어."

"금방 상하는 게 아니니까 괜찮잖아."

"뭐 그렇지. 엄마는 별일 없고?"

"그럭저럭 잘 지내고 있지. 네가 놀랄만한 일이 있었어. 무라코시 씨 집에 빈집털이가 들어왔는데, 범인이 카메라 가게의 아들이래."

"뭐?!"

케이코는 카메라 가게의 아들과 중학교 때 같은 반이었다. 그는 공부를 정말 못 했지만, 검도부에서 활약하는 학생이었다.

"지금 카메라 가게 문 닫고 있더라. 부모가 마을 사람들 볼 낯이 없겠지. 너도 문단속 꼭 잘해."

"응."

아주 조금 침묵이 흘렀다.

"그래서 너 이제부터 어쩔 계획이니?"

"지금은 졸업논문 쓰고 있어."

"학교야 잘 다니고 있겠지만, 회사는 다 떨어졌잖아."

"어떻게든 할 거야."

"어떻게든, 이라니 방법은 있고?"

"여러 사람에게 부탁하고 있어."

"도쿄에서 취업 못 하면 이쪽으로 돌아올래? 엄마가 미츠다 상사의 부사장하고 아는 사이니까, 넌지시 네 얘기 해두었어. 대학만 나오면 경력직으로도 입사할 수 있을 거야."

미츠다 상사는 후쿠이에선 꽤 큰 회사이다.

"엄마, 나 시골로 돌아갈 생각 없어. 계약사원이긴 하지만, 짓코출판에 들어갈 수 있을지도 몰라."

케이코는 거짓말로 어머니를 안심시키려 했다.

"계약직이나 파견, 그런 건 그만두는 게 좋아. 엄마 보면 알잖아."

어머니는 지금 큰 신사복 가맹점에서 정사원으로 일하고 있지만, 그전까지는 몇 번이나 일을 바꾸었다. 여자 혼자서 딸을 키워오면서 가계는 항상 궁핍한 형편이었다. 케이코는 고등학생 때도 아르바이트를 하며, 학교에 다니고 있었다.

아버지에게 다른 여자가 생겨 이혼했지만, 양육비를 보내준다는 약속이 지켜진 건 처음 몇 달 뿐이었다.

"이쪽에 돌아오는 것도 염두에 둬."

"그럴 생각 없다고 말했잖아."

엄마와 이런 이야기를 하는 건 짜증이 난다.

"엄마가 너한테 뭐라 할 처지가 아니라는 건 알고 있어. 넌 전부 스스로 해왔으니까. 그렇지만 엄마는 걱정돼. 편의점 아르바이트는 돈이 되지 않잖아."

어머니에겐 호스티스 아르바이트를 하고 있다고 말하지 않았다.

이야기가 슬픈 분위기로 흘러가기 시작했다.

"나름대로 열심히 노력하고 있으니까, 참견하지 마."

케이코의 목소리가 날카로워졌다.

"그건 알고 있지만, 그래도……."

"이제 밖에 나가야 하니까 끊을게."

"가끔은 이렇게 목소리 들려줘."

"나중에 또 전화할게. 엄마도 몸조심하고."

"응, 너도."

전화를 끊은 케이코는 휴대전화를 손에 든 채 깊은 한숨을 쉬었다.

원하는 대로 일이 풀리지 않는다고 해도, 도쿄를 떠날 생각은 추호도 없다.

도쿄에 온 뒤로, 어떻게 해서든 혼자서 해결해왔다. 졸업한 후에도 그럴 것이다.

시골에 돌아간다 해도, 엄마가 사는 곳은 2DK의 임대 맨션이다. 고향의 기업에 취직해 엄마와 같이 살면서, 집세의 반을 내며 따분한 나날을 보내는 건 상상만으로도 정말 싫다.

어머니도 쉰둘이 되었다. 미래에는 엄마를 편히 쉬게 해드리고 싶다고 생각하고 있지만, 지금은 저 자신만으로도 벅찼다.

코타로에게 감사 메일을 보냈다.

신경 쓰지 않아도 된다는 짧은 메일이 도착했다.

공부해야 했지만, 할 기분이 들지 않았다.

신주쿠로 외출하기로 했다. 뭔가 목적이 있는 건 아니다. 백화점을 돌아다녔다. 코트를 새로 사고 싶었지만, 마음에 드는 코트들은 비싸서 살 수가 없었다.

쇼핑하며 스트레스를 푸는 것조차 할 수 없는 저 자신이 한심했다.

외식하기로 했다. 뒷골목에 있는 카페 레스토랑에서 파스타 세트를 주문했다. 바깥쪽 벽이 유리로 되어있어, 지나가는 사람들의 모습이 잘 보였다.

가전제품 양판점 봉지를 양손에 들고 있는 젊은 남자, 명품 가방을 어깨에 걸고 남자와 손을 잡고 걷고 있는 여자……

모두 휴일을 즐기고 있다. 아니, 그렇지 않다. 밝은 얼굴을 하고 있어도 고민을 품고 있는 사람이 있을 터이다.

그런 생각을 하며, 케이코는 파스타를 입에 옮겼다.

조그만 사치를 부리고 싶었다. 딸기 요구르트를 디저트로 정했다. 새콤달콤한 맛이 입안에 퍼지자, 조금 행복해졌다.

집에 돌아온 케이코는 아직 읽지 않은 신문을 펼쳤다. 인터넷에 돌아다니는 뉴스만으로도 충분하지만, 케이코는 도쿄에 오고, 쭉 신문을 정기구독하고 있다.

신경 쓰이는 기사가 있었다.

'도쿄도 치요다구에 본사를 둔 야마다야 빵집에 협박문을 보내 돈을 갈취하려 한 혐의로, 경시청 수사 1과와 코우지마치 경찰서는 도쿄도 스미다구에 거주 중인 자영업자, 테루야마 노부오(45)를 공갈 미수 혐의로 체포했다.

경찰은 용의자가 제품에 독극물을 넣겠다는 내용의 협박문을 보내어 삼천만 엔을 갈취하려던 것으로 보고 있다.'

공갈이라는 글자만 크게 확대되어 눈에 들어왔다.

심장이 세게 요동쳤다.

야마다야 빵에 협박문을 보낸 남자는 어떻게 삼천만 엔을 손에 넣으려고 한 걸까.

지정한 장소에 어슬렁어슬렁 모습을 드러내면 잡힐 게 뻔하지 않은가. 애당초 기업을 상대로 협박을 하려고 하다니 어리석다. 협박당한 기업이 경찰에 신고할 것이 뻔한데 말이다.

손바닥에 땀이 나기 시작했다.

협박하는 상대가 살인을 저질렀다면, 경찰에 신고할 일은 절대로 없다.

쿠니에다에게 협박장을 보내면, 얌전히 돈을 건넬 게 분명하다.

신문을 들고 있던 손이 희미하게 떨리기 시작했다. 상반신이 아프게도 가려웠다.

무슨 생각을 하는 거야. 그런 무서운 짓을 할 수 있을 거라 생각해? 바보네.

신문을 테이블 위에 놓고, 부엌으로 가서 사과를 하나 손에 들고 돌아왔다. 그리고 침대 끄트머리에 앉아 사과를 한 입 베었다.

눈 깜짝할 새에 전부 먹어 치워버렸다.

심이 다 드러난 사과를 응시했다.

엄마가 대량으로 보내준 사과를 매일 같이 먹게 되는 걸까.

공감죄로 잡힌 '에리코'라는 호스티스가 뇌리를 스쳤다. 협박
상대가 잡히지 않았다면 에리코의 범행도 들키지 않았겠지.

만약 쿠니에다를 협박해서 돈을 손에 넣었다고 해도, 쿠니
에다가 잡혀버리면 협박당한 사실을 경찰에 얘기할 게 분명
하다. 그렇게 되면 나도 체포당하게 된다. 체포당하면 내 인
생은 전부 물거품이 돼버린다. 게다가 면식이 있는 쿠니에다
에게 협박 같은 건 할 수 없다.

손에 들고 있던 사과 심을 주방에 있는 쓰레기통에 버렸다.
그리고 손을 씻었다.

협박하는 걸 겁내는 주제에, 협박 계획이 케이코의 머릿속
에서 떠나지 않고 있었다.

케이코는 자기 자신을 결코 좋은 사람이라고 생각하고 있
지 않았다.

카메라 가게의 아들같이 절도범이 될 생각은 추호도 없었지
만, 세상에 대해 앙심과도 같은 어두운 마음을 품고 있었다.

초등학교 동급생 중에 집이 부자인 여자아이가 있었다. 그
녀는 예쁘고 공부도 잘했다. 그 아이가 교통사고로 크게 다쳤
다. 케이코는 동정하는 표정을 짓고 있었지만, 마음속 어딘가
에선 그렇게 된 걸 유쾌하게 느끼고 있었다. 야요이가 불행해
졌다 듣게 된다면, 분명 같은 마음을 품을 것 같았다.

내 마음은 검다.

어렸을 때부터 그렇게 생각하고 있었다.

그런 검은 마음이 다른 형태로 모습을 드러내려 하고 있다.

쿠니에다의 자산이 얼마나 되는지는 모르겠지만, 적당한 금액이면 협박에 응하겠지.

상대가 누군지 모르게 하고 협박하는 건 가능할까.

야마다야 빵집을 협박한 사람처럼 협박문을 익명으로 보내면 들키지 않고 끝난다. 그렇다면 돈은 어떻게 받으면 되는 걸까.

"아!"

케이코는 무심코 목소리를 높였다.

검은 마음으로부터 도망치고 싶다.

텔레비전을 켜고 생각을 떨치려 했지만, 마음처럼 되지 않았다.

화장을 지우고 잘 준비를 하고서 와인을 마셨다.

잠옷의 어깨 부근에 구멍이 난 걸 발견했다. 몇 년이나 빨고 입고, 입고 빠는 사이에 옷감이 닳은 것이다.

구멍 난 잠옷을 입고 있는 자신이 비참하게 느껴졌다.

취업만이라도 생각대로 이루어졌다면, 협박 같은 건 생각도 하지 않았겠지.

인간은 무섭다. 케이코는 자신의 마음을 들여다보고 그렇게 생각했다.

검도부에서 활약하고 있던 얌전한 카메라 가게의 아들이 물건을 훔치다니, 상상조차 하지 못했다.

자신도 똑같았다. 협박 같은 걸 진지하게 생각하고 있으니까.

살인을 했다면, 쿠니에다는 얼마든지 돈을 내겠지. 그렇지만 일억 엔 같은 큰돈은 설령 손에 넣었다고 해도 무거운 짐이 될 것이다. 현찰 일억 엔이 어느 정도 크기의 가방에 들어갈지는 모르겠지만, 어느 형태로 받든 지 간에 너무 큰 돈이다.

천만 엔이라면……. 빌린 학자금 대출은 오백만 엔 가까이 있다. 더 요구하지 않으면 의미가 없다.

케이코는 노트북을 열었다. 그리고 만 엔의 크기, 무게를 알아봤다.

세로가 7.6㎝. 가로가 16㎝. 한 장당 약 1.02g. 천만 엔이면 약 1㎏. 두께는 10㎝가 되는 모양이다.

만 엔 지폐의 양쪽 끝을 잡고 눈앞에 대어보았다. 그리고 코를 가까이했다. 옅게 지폐 냄새가 났다.

케이코의 얼굴에 미소가 번졌다.

지폐 수가 늘어나면 늘어날수록 냄새는 강해지겠지.

쿠니에다를 협박해서 돈을 뜯어내자. 아니, 역시 그런 당치 않은 짓을 할 수 있을 리 없다. 그렇지만 지폐 냄새가 코에서 사라지지 않는다.

계획만이라도 세워보자.

문제는 돈을 받는 방법이다.

쿠니에다와 만나지 않고 돈을 받으려면, 어떤 방법이 가장 안전할까.

물품 보관함을 사용할까. 이 경우에는 열쇠를 놓을 장소를 지정해야만 한다. 안전하게 열쇠를 손에 넣을 수 있는 장소는 어디일까. 공중전화 부스라든지 공원의 벤치에 놓게 한다. 찻집에 일부러 두고 나오게 해서 점원이 보관하게 한다……. 뭔가 다 미묘하다. 역 같은 곳에 설치된 물품 보관함을 쓰는 건 위험하다. 대부분 물품 보관함 근처는 감시 카메라가 있다.

그렇다면 도서관의 물품 보관함이 안전하겠지. 돈을 넣은 보관함 열쇠를 주운 물건이라고 도서관 사람에게 맡기게 한 뒤, 때를 봐서 가지러 가면 된다. 그렇지만 쿠니에다가 어딘가에서 몰래 지켜보고 있을지도 모른다. 그도 협박을 한 사람이 누군지 알려고 할 테니까.

케이코는 노트북에 '사서함'이라고 입력했다.

케이코는 한번 쓱 훑어보고 고개를 저었다. 사서함은 쓸 수 없다. 사설 사서함이라고 해도 본인확인이 의무적으로 필요하기 때문이다.

노트북을 닫은 케이코는 세수 후, 침대로 파고들었다.

좀처럼 잠이 오지 않았다. 케이코는 퐁타를 꼭 안았다.

돈을 받을 방법을 찾지 못하면, 일은 풀리지 않는다.

역시 이 계획은 단념해야 하는 걸까.

"네가 나 대신에 돈을 가지러 갈 수 있으면 좋을 텐데."

케이코는 퐁타를 보며, 그렇게 속삭였다.

가슴이 답답해서 몇 번이나 몸을 뒤척였다.

동이 틀 무렵에 눈이 떠졌다. 케이코는 꿈을 꾸고 있었다.

유럽의 어디인지는 모르겠지만 고성(古城)이 호수에 비치는 조용한 곳에 있었다. 혼자가 아니었다. 같이 있던 건 쿠니에다였다.

쿠니에다의 안내로 고성을 보러 다녔지만, 둘은 연인관계가 아니었고, 쿠니에다는 그저 안내인이었다.

코타로와 그 동료들이 성 이야기를 하던 것이 꿈에 영향을 끼친 모양이다.

케이코는 유럽을 좋아했다. 여행하게 되면 프랑스나 이탈리아를 돌아다녀 보고 싶었다.

꿈속의 케이코는 돈 때문에 고생하고 있지 않았다. 운전사가 딸린 하얀 자동차에 퐁타와 함께 타고 있었으니까.

월요일 저녁, 쿠니에다에게 보낼 메일을 입력했다.

> 메일 감사합니다. 토요일에 우연히 만나서 깜짝 놀랐어요. 그 주변은 놀 곳이 참 많죠. 시간 나면 또 가게에 들러주세요.

메일을 다 입력한 케이코는 잠시 멍하니 있었다.

쿠니에다를 협박하려고 계획을 세우고 있으니까, 이렇게

평범한 문자를 입력하는 것만으로도 긴장이 됐다.

화요일 심야에는 마마를 따라, 손님 두 명과 함께 롯폰기의 뒷골목에 있는 가라오케 스낵[1]에 갔다.

손님 중 한 명은 오자키 유타카의 노래를 열창하고 있었다. 케이코는 마츠 다카코의 'Let it go~있는 그대로~'를 소극적으로 불렀다.

손님과 바에 가는 것보다 노래방이 더 편했다. 술을 억지로 많이 마시지 않아도 되고, 노래를 부르면 술이 깨기 때문이다. 그리고 지루한 대화를 하지 않아도 된다. 혼자서 만족해하는 노래를 듣고 있는 건 따분하지만 이것도 일이라고 체념하고, 노래를 끝낸 사람에게 큰 박수를 보냈다.

"마마, 오랜만이에요."

가게로 들어온 커플의 여자 쪽이 마마에게 인사했다.

이쪽 일에 잔뜩 물이 든 동급생 아키코였다.

아키코가 케이코를 바라봤다.

"잘 지내고 있어?"

"응. 아키코 많이 변했네. 순간 누군지 몰랐어."

케이코가 알고 있는 아키코는 단발머리였다. 그런데 눈앞에 있는 그녀의 헤어 스타일은 웨이브 파마를 넣은 긴 머리였다. 머리카락 색도 밝게 변해있었다. 게다가 화장법도 바꾼 것 같았다. 이전보다 더 화장이 진해져 있었다.

---

[1] 노래방 기계가 설비되어 있는 bar

"이거 가발이야. 이런 머리를 좋아하는 손님이 있어서 가끔 쓰고 있어. 나중에 한번 밥이라도 먹자."

"그래."

아키코는 마마에게 가볍게 인사하고, 손님이 기다리는 자리로 떠났다.

자신도 여자이지만, 여자는 얼마든지 겉모습을 바꿀 수 있다는 것에 다시금 놀랐다.

문득 생각했다. 어떤 식으로 돈을 손에 넣든지 간에 변장은 필수라고.

가발을 준비해서 한껏 화장하고 복장을 바꾼다. 아키코 덕분에 힌트를 얻게 되었다.

하지만 아무리 변장을 한다고 해도, 쿠니에다와 얼굴을 마주하면 들키고 만다. 역시 돈은 어디론가 보내게 하는 게 가장 좋은데…….

"아야나."

마마의 말에 제정신으로 돌아왔다.

그날 밤은 바로 잠이 오지 않았다.

사서함을 못 쓴다고 하면, 보낼 곳을 지정할 수 없다.

뭔가 방법이 있을 터이다. 아이디어를 짜내어 보려고 해도 머리는 제자리걸음을 할 뿐이었다.

다음 날 오후, 코타로에게 메일이 왔다.

지금 업무차 히로시마의 공장에 와 있어. 나는 베개가 바뀌면 잠을 못 자서, 호텔에서 제대로 못 잤어. 케이코는 뭐해? 어제 늦게까지 일했니? 잠이 안 와서 메일 보내려고 했는데, 자고 있을까 봐 그만뒀어. 그 뒤로 타구치 씨한테 연락은 왔어? 다음에 또 느긋하게 만나자.

수고 많으세요. 어젯밤에는 손님과 노래방에 가서 집에 늦게 도착했어요. 애프터는 지긋지긋해요.

답장을 보내고 난 뒤, 케이코의 눈빛이 변했다. 목을 두세 번 좌우로 움직였다.

호텔을 이용하는 방법은 어떨까. 호텔이라면 가명을 쓰고 묵을 수 있다. 돈을 호텔로 보내게 하면 된다.

나쁘지 않다. 호텔은 예약해두고, 방에 계속 있을 필요는 없다. 도착한 짐은 프런트에서 맡아주겠지. 호텔에는 변장하고 간다.

문제는 호텔을 예약할 타이밍이다.

명함을 받아서 쿠니에다의 회사 주소는 알고 있었다. 협박장은 회사로 보내면 되지만, 돈을 보낼 날짜를 지정해도 쿠니에다가 그걸 지킨다는 보장이 없다. 호텔을 하루 예약하는 것만으로는 부족할지도 모른다.

문득 떠올린 협박을 현실화시키려니, 케이코는 끝이 보이지 않는 불안을 느끼게 되었다.

만약 쿠니에다가 범인이 아니라면, 협박장을 받고 어떻게 할까. 당연히 경찰에 신고하겠지?

역시 그만두는 게 좋을지도 모른다.

케이코는 눈을 감았다. 그리고 태풍이 불던 그날 밤을 다시 떠올려보았다. 쿠니에다의 행동은 부자연스러움 그 자체였다. 택시를 잡지 않고 골목으로 사라지다니, 무언가 뒤가 구린 짓을 했기 때문에 그런 행동을 했을 터이다. 발을 질질 끌고 있던 것도 피해자와 몸싸움 후 발을 다쳤기 때문일 것이다.

역시 협박하자.

뜯어낼 금액을 얼마로 할지 고민했다.

바로 준비할 수 있는 금액이어야 하고, 눈에 띄지 않게 옮길 수 있는 양이어야 한다.

저번에 적어 놓은 만 엔 지폐의 크기대로 종이를 잘라 늘어놓았다.

쿠니에다가 삼천만 엔을 바로 준비할 수 있을까? 아무리 한 회사의 사장이라고 해도 현금을 얼마나 갖고 있을지는 모른다.

이천만 엔이라면? 신발 상자에 들어갈 정도의 양이다. 쿠니에다의 은행 계좌에 그 정도 돈은 들어있을 것 같았다.

요구할 금액은 이천만 엔으로 정했다.

가발은 인터넷에서 얼마든지 살 수 있지만, 집으로 배송이 오는 것은 피하고 싶었다.

신주쿠에 복식 수예 용품 전문점이 있다. 그곳에는 가발도 팔고 있다.

협박문은 어떻게 하면 좋을까. 가지고 있는 노트북으로 입력할 생각은 없다. 신문을 쓰기로 했다. 만일에 대비해 지문이 남지 않게 해야 한다. 일회용 장갑도 사기로 했다.

다음 날, 케이코는 학교를 쉬었다. 그리고 신주쿠로 나갔다. 여러 호텔을 돌아다녔다.

결국, 신주쿠 구청과 가까운 곳에 있는 호텔을 협박 금액 수령 장소로 정했다. 좁은 로비가 결정적인 요인이 되었다. 로비가 좁으면 사람의 움직임을 확인하기 쉬울 것 같았다. 만약 경찰에 신고당하게 됐을 경우를 생각한 것이다.

그리고 가발, 화장품, 속눈썹, 선글라스를 준비했다. 옷도 바꿀 필요가 있다. 하운드투스 원피스에 하얀 재킷으로 정했다. 그리고 돈키호테에 가서 일회용 장갑과 풀, 비닐봉지를 샀다.

역 매점에서 스포츠 신문을 여러 장 사고 집에 돌아왔다.

그리고 바로 변장 예행연습을 했다.

평소에 얌전한 화장을 하고 있었기에, 화려하게 하는 것 외에는 변화를 줄 방법이 없었다.

눈 화장을 진하게 하고, 입술 색도 베이지에서 빨간 립스틱으로 바꾸었다. 케이코의 속눈썹은 길지 않다. 뷰러로 올리고 마스카라를 써보았다. 그리고 인조 속눈썹을 붙여보았다. 긴 머리를 뒤로 모으고 단발머리의 가발을 썼다. 마지막으로 선글라스를 써보았다.

자신조차 놀랄 정도로 얼굴이 달라 보였다.

전형적인 캬바쿠라[1] 화장법이었다.

신주쿠에는 캬바죠[2]를 동경하는 시골 소녀들이 모여든다.

케이코는 그런 시골 소녀로 분장한 것이다.

그렇기에 신주쿠에 있는 호텔을 골랐다.

호텔의 공실 상황을 인터넷으로 알아봤다. 눈도장을 찍어 둔 호텔은 다행히도 아직 만실 상태가 아니었다.

일할 기분이 사라졌다. 몸이 안 좋다고 말하고 가게도 쉬기로 했다.

변장으로 다른 사람이 된 케이코는 대담해졌다.

반드시 이 계획을 성공시키겠다.

변장을 한 채로 복사용지에 협박문을 연습 삼아 적었다.

문장이 정해질 때까지 꽤 시간이 걸렸다.

장갑을 끼고 새로운 복사용지를 한 장 준비했다. 그리고 역 매점에서 산 스포츠 신문에서 필요한 글자를 잘라 떼어 복사용지에 붙여 나갔다.

---

[1] 일본의 유흥업소
[2] 유흥업소에서 근무하는 여성

봉투의 [받는 이]에는 쿠니에다의 회사 홈페이지를 인쇄해서 잘라 붙였다. 다소 어설프지만 어쩔 수 없다.

협박문을 완성한 케이코는 거울을 보았다.

자신과는 다른 사람이 옅은 웃음을 짓고 있었다.

쿠니에다 고로 씨

당신은 살인범. 틀림없는 사실이지

지금까지 들키지 않고 무사히 지냈던 것처럼 계속 평화롭게 살고 싶다면

20일 오전 중으로 2,000만 엔을 보내.

장소는 신주쿠 가부키초 「호텔·보테」/ 요코타 료코

돈을 보내지 않으면 당신이 살인범이란 걸 경찰에 바로 알리겠어.

◆　◆　◆

　협박문을 우체통에 넣는 건 14일의 수요일로 정했다.

　돈은 20일 오전 중에 도착하도록 지정해두었으니까, 6일의
시간이 있다.

　6일 동안의 간격을 둔 명확한 이유는 없다. 만약 쿠니에다
의 수중에 이천만 엔이 없다면, 준비할 시간이 필요하겠지.
2~3일 전에 협박문을 보내는 건 너무 여유가 없는 것 같았
다. 그렇다고 해서 일주일 이상 시간을 주는 것도 긴장감이
없는 것 같았다.

　돈을 받을 무대가 되는 '호텔·보테'의 예약은 끝내두었다.

　하루만 묵을지 이틀을 묵을지 꽤 고민했지만, 결국 하루만
예약했다. 만약 예정대로 일이 풀리지 않았을 때는 다시 협박
문을 보내기로 했다.

　호텔은 협박문에 쓴 '요코타 요시코'라는 이름으로 예약했
다. 주소는 '히로시마현 히로시마시 사에키구 XX 요코타 제
일 광고'로 적었다. 인터넷에 나온 회사명을 쓴 것이다. 왜 히
로시마현을 골랐는가. 코타로가 히로시마에 출장을 갔다고
했던 게 머릿속에 남아있었기 때문이다.

　호텔 측은 무슨 일이 발생하지 않는 한, 어지간해서 예약자

에게 전화를 걸지 않을 것이다. 그렇게 예상하고 가상의 전화 번호를 입력해두었다.

연달아 자잘한 일이 생겨 머리를 싸맸다.

어디에 있는 우체통에 넣으면 좋을까. 쿠니에다가 경찰에 신고하지 않는 한, 우체통 장소는 딱히 문제가 되지 않는다. 하지만 만일을 대비하고 싶었다.

집 근처의 우체통은 안 된다. 이용자가 많은 터미널 역 부근의 우체통이 괜찮겠지.

지문이 묻지 않도록 장갑을 끼고 봉투를 가방에 넣기로 했다. 우체통에 넣을 때는 어떻게 할까. 겨울도 아닌데 장갑을 끼고 있는 건 이상하다.

손수건으로 잡은 뒤에 우체통 구멍에 밀어 넣자. 손수건은 새하얀 손수건. 색이 들어있으면 눈에 띄기 때문이다.

14일 아침은 평소보다 이르게 눈이 떠졌다.

커튼 사이로 밖을 보았다. 가랑비가 쉴 새 없이 내리고 있었다.

아침은 시리얼로 때웠다. 비싸서 좀처럼 먹지 않았지만, 어제 큰맘 먹고 사 왔다.

쿠니에다로부터 이천만 엔이 손에 들어온다. 그렇게 생각했기에 시리얼에 손이 간 걸까.

이천만 엔과 시리얼의 가격은 차이가 너무 크지 않나. 그 정도의 돈이 수중에 들어온다고 생각하면 좀 더, 좀 더, 돈을 써도 될 텐데. 케이코는 가난에 익숙해져 버린 자신의 작은 그릇에 쓴 웃음을 지었다.

화장을 끝낸 뒤, 거울에 비친 자신을 보며 입을 벌리고 크게 숨을 뱉었다.

청바지를 입고 검은 스웨터에 잿빛 카디건을 걸쳤다.

비는 계속해서 내리고 있었다.

자신에겐 축복의 비라고, 케이코는 생각했다.

우산을 쓰고 우체통에 문제의 편지를 넣을 수 있다. 얼굴도 손도 다른 사람들에게 보이지 않고 끝낼 수 있다. 협박문을 가방에 넣을 필요는 없다. 비옷 주머니에 넣어두면 바로 우체통에 집어넣을 수 있다.

준비가 끝나고 케이코는 퐁타에게 볼을 비볐다. 그리고 꼿꼿이 선 퐁타의 귀에 입을 맞췄다.

"잘 되겠지?"라며 속삭이듯이 말했다. 그리고서 퐁타의 뒤통수를 여러 번 가볍게 눌렀다.

퐁타가 끄덕이는 걸 보며, 케이코는 다시 입술을 벌리고 숨을 뱉었다.

모자를 쓴 뒤에 마스크를 쓰고 집을 나섰다.

세상 사람의 70% 이상이 평소에도 마스크를 쓴다고 한다. 마스크 여자[1]라는 말도 있다.

---

[1] 감염 예방이나 꽃가루 대책 용도가 아닌, 얼굴을 감추기 위해 혹은 패션용으로 마스크를 착용하고 있는 여자를 일컫는 일본의 신조어.

마스크 여자는 대체 무슨 생각인 걸까. 콤플렉스를 감추고 싶은 걸까. 표정을 보이고 싶지 않은 걸까. 아니면 신비로운 분위기를 자아내고 싶은 걸까.

친구가 아는 미국인이 도쿄에 왔을 때, 마스크를 쓰고 있는 사람이 너무 많아서 전염병이 돌고 있는 게 아니냐며 의심했다고 한다.

케이코는 평소에 마스크를 걸리적거린다며 싫어했다. 하지만 그날은 많은 사람이 마스크를 쓰고 있어서 다행이라고 생각했다.

'마스크 여자 만세!' 다.

투명한 비닐우산은 쓰지 않았다. 크고 검은 우산을 썼다. 케이코가 남성용 우산을 쓴 데에는 이유가 있다. 이 우산은 갑자기 비가 올 때, 가게에 들른 손님에게 건네주는 가게 전용 우산이다. 호스티스도 급할 땐 쓸 수 있었다.

신주쿠역에서 내렸다. 역 주변의 우편함을 쓸 생각이다.

동쪽 출구 로터리에 있는 우체통으로 향했다. 우편함 앞에는 사람이 서 있었다. 우산을 어깨에 걸고 있는 점퍼 차림의 남성이 한 묶음으로 된 우편물을 넣는 중이었다.

기다리면 되는데 케이코는 마음을 추스르지 못하고 자리를 떴다.

남쪽 출구에 가봤다. 역을 빠져나오자마자 바로 우체통이 보였다. 우체통 코앞에 택시가 늘어서 있었다. 운전사에게 모습을 보이고 싶지 않았다. 케이코는 우체통 앞을 지나쳤다.

루미네[1] 앞에도 우체통이 있었다. 사람들이 꽤 지나다니고 있었다. 사람들 모두가 자신의 행동을 보고 있는 듯한 공포에 사로잡혔다.

너무 신경질적으로 변하고 있다. 그렇게 생각했지만, 루미네 앞의 우체통도 피했다.

돌아서 서쪽 출구로 갔다. 계단 옆에 있는 우체통을 발견했다. 우체통 위에는 빈 커피 캔이 놓여있었다.

우체통은 그늘 밑에 놓여있었다. 그런 곳에서 우산을 쓰고 있으면 이상하다.

결국, 케이코는 처음에 향했던 동쪽 출구 로터리에 있는 우체통으로 돌아왔다.

아까보다 비가 더 내리고 있었다.

손수건으로 협박문을 넣어둔 봉투를 쥐었다. 그리고 주변에 날카로운 시선을 보냈다.

주변을 지나가는 사람은 없었다. 지금이다.

비옷 주머니에서 봉투를 꺼내어, 우체통 입구로 옮겼다. 희미하게 손이 떨리고 있었다.

가볍게 밀자, 협박문은 우체통의 빨간 입에 삼켜져 보이지 않게 되었다.

케이코는 도망치듯 그 자리를 떠났다.

---

1) 일본의 복합 쇼핑몰

오전 9시 반이 조금 지났을 때였다.

신주쿠 거리로 나온 케이코는 그저 걸었다. 이세탄[1]을 지나도 걸음은 멈추지 않았다.

방심상태. 이런 짓을 해도 정말 괜찮을까. 두려움, 불안, 걱정, 여러 감정이 가슴을 점점 메워나갔다.

"It's too late, It's too late."

케이코는 입속으로 두 번 그렇게 중얼거렸다. 왜 영어가 나왔는지는 몰랐다.

그날은 남은 힘을 쥐어짜서, 학교에도 가고 가게도 쉬지 않았다.

하지만 무슨 일을 해도 붕 뜬 기분이라, 가게에선 술잔을 엎고 손님의 바지를 더럽히고 말았다.

마치 누름돌이 놓인 듯, 시간은 느릿하게 흘러갔다.

다음 날은 더 불안해졌다. 쿠니에다의 회사에 협박문이 도착했을 것이다.

출장을 나가 회사에 없다면……. 메일을 보내면 확인할 수 있지만 보내지 않기로 했다.

쿠니에다가 협박문을 읽는 모습이 눈앞에 그려졌다. 그리고 이천만 엔을 상자에 넣고 있는 모습도.

그날 밤, 타구치에게 메일이 왔지만, 접객 중이었기에 바로 읽지 않았다.

---

1) 일본의 백화점

손님이 돌아가고 다른 자리에 불려가기 전, 메일을 읽었다.

> 잘 지내고 있어? 네게 부탁받은 일, 인사담당 임원한테 얘기해
> 봤는데, 역시 지금은 좀 힘든 모양이야. 다른 회사에 아는 사람이
> 있으니까 한번 물어보려고 해. 만나고 싶은데 괜찮으면 연락 줘.

> 내일 오후에 연락할게요.

그렇게 입력하고 메일을 보냈을 때, 자신을 부르는 소리가
들려왔다.

코타로의 말대로라면 타구치는 케이코가 마음에 드는 모양
이다. 연락하면 분명 꼬시려 들겠지.

다른 회사 사람에게 자신을 얘기해주는 건 기쁘지만, 20일
이 되기 전까지는 잘 알지도 못하는 타구치와 만나고 싶지 않
았다.

그래도 다음 날 오후, 약속대로 타구치에게 메일을 보냈다.

> 잘 알지도 못하는 저를 신경 써주셔서 대단히 감사합니다.
> 다른 회사에 연락 잘 부탁드립니다.

30분도 채 지나지 않아, 타구치에게 답장이 왔다.

> 다음 주 20일 밤에 밥이라도 같이 먹지 않을래? 그때 아는 사람
> 얘기도 하자.

케이코는 휴대전화를 쥔 채 한숨을 쉬었다.

20일 밤……. 일은 쉬고 있어도, 그날 밤은 누구와도 만나고 싶지 않은데.

어쩜 이렇게 타이밍이 나쁠까. 타구치 탓이 아닌데 그에게 화가 나기 시작했다.

> 죄송하지만, 밤에 만나는 건 힘들 것 같아요. 지금은 이런저런
> 일로 바빠서, 21일 이후 낮 시간대에 얘기를 듣고 싶어요. 기껏 연
> 락 주셨는데 죄송해요.

> 알겠어. 나중에 다시 연락할게.

미련 없는 깔끔한 답장을 보고, 케이코는 안심했다.

그로부터 1시간도 채 지나지 않아, 이번엔 코타로에게 메일이 도착했다.

> 내일 밤에 시간 괜찮으면 만나지 않을래?

코타로 같은 건 잊고 있었다.

내일은 토요일. 케이코는 어떻게 할지 고민했다.

지금까지의 인생 중 가장 긴 주말이 될 것 같았다.

케이코는 코타로의 제안을 받아들였다.

다음 날은 맑은 가을 하늘이 펼쳐진 기분 좋은 날씨였다.

데님 원단의 튜닉에 단이 약간 짧은 하얀 바지를 입었다. 3년 전에 산 뒤로 여러 번 입어온 싸구려 옷이다.

이천만 엔이 손에 들어오면, 옷 정도는 새로 사려고 했다.

케이코의 기분은 난기류를 만난 비행기처럼 불안정했다.

'협박에 실패하면 어쩌지?'하고 불안해진다. 그렇지만 곧 수중에 들어올 돈을 생각하면, 쇼핑이나 여행 같은 행복한 상상이 부풀어 올랐다.

그런 난기류도 코타로와 같이 있으면 해소될 것 같았다.

약소 장소는 스키야바시 교차로의 파출소 근처였다.

코타로의 모습은 보이지 않았다. 케이코가 약속 시각보다 이르게 도착한 것이다.

스크램블 교차로를 건너는 인파를 멍하니 보고 있었다.

쿠니에다는 돈을 준비했을까. 했을 게 분명하다. 꽃꽂이 교실의 강사를 죽인 건 쿠니에다니까.

사흘 뒤에는 인생이 바뀐다. 케이코는 20일의 행동을 머릿속으로 몇 번이고 반복해서 생각했다.

갑자기 뒤에서 케이코의 얼굴을 들여다보는 사람이 있었다.

케이코는 어깨를 움츠리고 몸을 떨었다.

"아까부터 말 걸었는데 멍하니 서서 뭐해?"

코타로가 눈썹에 힘을 풀고, 미소 지었다.

"갑자기 얼굴을 바짝 쳐다보길래 깜짝 놀랐어."

케이코도 웃음을 보였다. 하지만 자신의 볼이 굳어있다는 것을 느꼈다.

코타로가 안내해준 가게는 조금 멋들어진 인테리어의 닭꼬치 가게였다. 와인저장실이 통로 옆에 자리 잡고 있었다. 코타로가 예약한 건, 카운터가 아니라 칸막이 석이었다.

"싫어하는 건 없어?"

코타로가 물었다.

"없어요."

"그럼 요리는 가게에 맡기자. 더 못 먹을 것 같으면 말해줘."

"네."

"술은 백포도주로 괜찮아? 닭꼬치엔 백포도주가 어울려."

케이코는 고개를 끄덕였다.

코타로는 샤블리를 주문했다.

케이코는 다시 한번 코타로에게 휴대전화를 신주쿠까지 가져와 주고, 택시비까지 내준 것에 대한 감사를 표했다.

코타로는 가볍게 고개를 젓고 씩 웃었다.

와인이 나오고, 가볍게 잔을 부딪쳤다.

"긴자에는 자주 안 와?"

"자주 안 가요."

"역시 신주쿠로 갈 일이 많겠네?"

"네."

닭꼬치가 나왔다. 처음 자리에 놓인 건 츠쿠네[1]였다.

"이 가게 맛있네요."

"맛없으면 안 데려왔지."

케이코는 평소처럼 편히 있을 수 있으리라 생각했는데, 평소와는 무언가 달랐다. 귀에 거슬리는 코타로의 목소리가 평소보다 더 신경 쓰였다.

"그러고 보니 이삼일 전이었나, 아침 9시쯤에 신주쿠에 있지 않았어?"

자신도 모르게 말문이 막혔다. 꼬치를 손에 든 채, 케이코는 눈을 깜빡거렸다. 심장 고동이 빠르게 울리기 시작했다.

"저를 봤나요?"

케이코는 정신을 차리고 물었다.

"저번에 우리 집에 왔던 요네지마 씨, 기억하지?"

"자동차 회사에 근무하고 계신 분이죠?"

요네지마는 그날 밤에 모인 사람 중 가장 얌전한 사람이었기에, 그다지 기억에 남지 않았다.

"그가 신주쿠역에서 너를 봤다고 하더라."

잘못 본 걸 거예요. 그 말이 목구멍까지 나왔지만, 케이코

---

1) 일본식 완자

는 입을 다물고 말았다.

코타로의 볼에서 웃음기가 사라졌다.

"안색이 안 좋아."

"그런가요?"

케이코는 웃음으로 얼버무리고, 꼬치를 입으로 옮겼다.

다니고 있는 대학교는 오차노미즈에 있다. 마루노우치선으로 미나미아사가야역에서 환승 없이 갈 수 있다.

오전 9시에 신주쿠에서 내릴 명분이 없다. 그렇지만 뭔가 그럴싸한 이유를 대야만 한다.

"전철 안에서 아는 사람을 만났어요. 오랜만에 봐서 신주쿠에서 같이 내리고, 역 구내의 찻집에서 차를 마셨어요."

"그랬구나."

그렇게 말한 코타로가 자신에게서 시선을 떼지 않는다.

그 눈이 무서워서 어쩔 수가 없었다. 코타로가 의심하고 있을 리 없는데, 그렇게 느껴진 것이다. 원인은 자신의 두려움. 그 일은 아무도 모르는 일이니까 당당하게 있으면 돼. 케이코는 그렇게 자신에게 몇 번이고 되뇌었다.

잔을 비웠다. 코타로가 와인병을 손에 들고 와인을 따라주었다.

"타구치 씨에게 연락이 왔어요."

케이코는 주제를 바꿨다.

"취업 때문에?"

"타구치 씨 회사는 역시 안될 것 같지만, 다른 출판사에 아는 사람이 있어서 물어봐 주겠다고 하셨어요."

코타로가 얼굴을 불쑥 앞으로 내밀고, 눈웃음을 지었다.

"꼬시려고 하진 않았어?"

케이코는 타구치가 보낸 메일 내용을 솔직하게 알려주었다.

"역시."

"그래도 거절했어요."

"밤에는 일이 있으니까."

"그것도 있지만, 딱히 그와 데이트 하고 싶지 않으니까요."

"전에도 말했지만, 그렇게 간단히 물러나진 않을 거로 생각해. 내가 케이코는 밤에 일하고 있다고 말해놓을까?"

"괜찮아요. 다음에 만날 때 제가 직접 말할 테니까."

코타로가 크게 고개를 끄덕였다.

"그렇네. 그런 일은 관계없는 사람이 끼어들 게 아니지."

케이코는 닭똥집을 입에 옮겼다.

"역시 오늘 케이코 이상해. 무슨 일 있었어?"

"딱히 아무 일도 없어요. 조금 지쳐있을 뿐이에요."

"졸업논문 잘 되고 있어?"

"최근엔 좀 농땡이 피우고 있어요. 대학을 졸업해도 취직할 곳이 없잖아요. 그래서 약간 맥이 빠진 것 같아요."

케이코는 어머니와 전화로 나눴던 말도 코타로에게 털어놓았다.

"미츠다 상사라. 고등학교 동창이 한 명 근무하고 있는데, 거기 급여 엄청 낮다고 들었어."

"고향으로 돌아갈 생각은 전혀 없어요. 취준생이 되더라도 도쿄에 남아있을 거예요."

"나도 시골로 돌아가서 뭘 할 생각은 안 드네."

"하지만 코타로 씨는 장남이니까, 부모님이 뭐라 하지 않으세요?"

"뭐 그렇지. 그래도 나는 대를 이어 술장수가 될 생각은 없어."

어떤 주제로 얘기를 해도, 협박이라는 두 글자가 머릿속에서 떨어지질 않았다. 그렇지만 술과 시답잖은 얘기가 기분을 편하게 해주었다.

"가끔 고향에 가기도 하나요?"

케이코가 물어봤다.

"가끔은. 올해 정초에는 친구들하고 오키나와에 간다고 고향에 가진 않았지만."

"오키나와에 가서도 성을 보러 다녔나요? 오키나와에도 유명한 성이 있었죠? 슈리성이었나."

코타로가 하얀 이를 보이며 웃었다.

"성만 보러 다니는 게 아니야."

케이코는 눈을 약간 치켜뜨고 코타로를 바라봤다.

"친구들은 여성분들인가요?"

"아냐. 네 친구인 야요이도 같이 갔었어. 야요이 오빠가 데려와서."

듣고 보니 야요이가 오키나와에 갔다 온 이야기를 들은 적이 있었다.

"타카이의 취미 알아?"

야요이 오빠의 취미 같은 건 알 리가 없다. 케이코는 고개를 저었다.

"맞춰봐."

"그런 말씀을 하셔도……."

"웃기니까."

"여장?"

코타로가 웃음을 뿜었다.

"갑자기 그쪽이야? 하지만 틀렸어."

"피규어나 인형 수집?"

"그런 게 아니야. 힌트는 돈."

"돈인가요."

케이코는 고개를 갸웃거렸다.

"모르겠어요. 알려주세요."

"취미는 복권. 무조건 사고 있어."

케이코는 기가 막힌 얼굴로 코타로를 바라봤다.

"그렇게 부자인데 돈이 더 필요하다니 어이가 없네요."

"아니, 돈이 궁해서가 아니야. 한때 빙고를 해서 상품으로 복권을 열 장 받은 적이 있었는데, 그중 하나가 당첨돼서 백만 엔을 받은 모양이야. 그게 계기가 돼서, 복권을 계속 사고 운을 시험하게 됐대. 큰 금액은 아니지만, 그 녀석 꽤 잘 당첨돼."

"불공평하네요. 돈이 없어서 일확천금을 꿈꾸며, 복권 판매점에 줄을 서는 사람 중 대부분은 삼백 엔밖에 당첨되지 않는데."

"여유를 가지고 사러 가는 사람에게 신은 웃어주는 모양이야."

야요이 오빠의 차는 분명 포르쉐이다. 포르쉐를 타고 복권을 사러 간다면, 그건 사람을 약 올리는 짓이다. 케이코는 손에 들고 있던 꼬치를 땡그랑 하고 통 안에 던졌다.

"케이코는 복권 사?"

"사본 적은 있지만, 최근엔 한 번도 안 샀어요."

"난 타카이가 추천해서, 꽤 사게 되었어."

"당첨되던가요?"

"전혀. 운이 나쁜 모양이야. 빙고도 매번 빗나가고. 그래도 케이코는 성실하네. 일확천금 같은 걸 노리지 않고, 제대로 학교에 가면서 열심히 일하고 있으니까."

케이코의 마음에 어둠이 드리웠다. 갑자기 먹구름이 하늘을 덮은 듯이.

"가난에 익숙해진 모양이에요. 코타로 씨는 일확천금을 꿈꾸나요?"

"복권을 사고 나서부터 1등에 당첨된다면 어떻게 할까 생각해봤어. 돈은 한번 쓰면 금방 없어지지만, 쓰는 데는 상상력이 필요해. 만약에 3억 엔을 하루 만에 다 쓰라고 하면 좀 곤란하지?"

케이코는 먼 산을 바라보는 듯한 눈으로 말했다.

"하루에 3억 엔이라. 저로선 다 쓰지 못할 거예요."

"경마에 3억 엔을 쏟아붓는 바보 같은 짓을 하지 않는 한, 다 쓰는 건 어려워."

"그렇네요."

이천만 엔을 손에 넣으면 자신은 어떻게 할까. 쓸데없는 지출은 절대 하지 않을 생각이지만, 정신이 해이해져 자신도 모르게 낭비해버릴지도 모른다.

"케이코."

정신을 차리자 코타로가 케이코를 지긋이 바라보고 있었다.

현실로 돌아온 케이코는 작게 미소 짓고 잔을 비웠다.

코타로는 삼억 엔이라는 꿈같은 이야기를 하고 있었다. 하지만 자신은 이천만 엔이라는 검은돈을 생각하고 있었다.

코타로의 밝은 얼굴이 눈부시게 느껴졌다.

식사를 마치자, 코타로가 근처 바에 가자고 제안했다.

케이코는 한 가게만 더 어울리고 돌아가기로 했다.

긴자의 뒷골목을 걸었다. 브랜드 숍의 조명은 꺼져있어, 평일에는 활기찼을 클럽 거리도 한산했다.

코타로는 상가주택 지하로 향하는 계단을 내려갔다.

조용한 재즈 음악이 흐르는 바였다. 카운터에서 두 여성이 술을 마시고 있었다. 둘 다 사십 대로 보였다. 쇼핑하고 돌아가는 길에 식사를 마치고, 바에 온 것 같았다.

케이코와 코타로는 카운터의 가장자리에 앉았다.

코타로는 미즈와리 위스키를 주문했다.

케이코는 위스키를 마시고 싶지 않았다. 일 때문에 매일 같이 마시게 되는 술이다. 보는 것도 싫었다.

칵테일을 마시려고 했지만, 뭐로 주문할지 좀처럼 정하지 못했다. 마티니는 취향이 아니었다. 결국, 솔티 독을 주문했다.

술이 나오고 다시 건배했다.

"최근에는 억지로 만진다든지, 재수 없는 손님 없어?"

"없어요. 점잖은 분들 쪽에만 가거든요."

"손님이 좋아진 적은 없어?"

"없어요." 케이코는 말이 떨어지기 무섭게 부정했다.

"이상한 질문 해서 미안해. 그래도 사람 일이니까, 호스티스가 손님을 좋아하게 될 일도 있을 것 같아서."

"마음에 드는 손님과 그렇지 않은 손님은 있어요. 전 싫어하는 손님은 아무리 돈이 된다고 해도 가까이 가지 않아요. 좋고 싫음이 얼굴에 바로 드러나는 성격이라서."

케이코의 머릿속에 쿠니에다의 얼굴이 스쳐 지나갔다.

쿠니에다를 협박하고 있는데, 케이코는 쿠니에다가 싫지 않았다. 가게에 오는 손님 중에 가장 좋아할지도 모른다. 물론 연애감정은 없지만, 꽤 호감을 느끼고 있었다.

그런 사람에게 협박장을 보냈다. 가슴이 아파져 왔다.

하지만 만약 쿠니에다가 재수 없는 남자였다면 이번 계획을 세우지 않았을 것이다.

쿠니에다의 좋은 인품이 케이코를 안심시킨 결과, 협박을 강행하게 된 것이다. 근본적으로 쿠니에다를 좋은 사람이라 믿고, 그러면 괜찮을 거라는 기대를 품고 있었다. 그리고 그 기대가 범죄의 허들을 낮춰버린 것이다.

"동반 할당량 채우기 꽤 힘들지?"

"네. 전 별로 동반 출근을 하지 않으니까 급여가 줄어들어요. 영업도 별로 안 좋아해서 손님에게 메일도 거의 하지 않고요. 그래서 언젠가 잘릴지도 모르죠."

"괜찮아. 케이코는 귀엽고 사람들이 좋아할 성격이니까."

케이코는 애매한 미소를 짓고, 잔을 손에 들었다.

"한번 가게에 놀러 가볼까."

코타로가 아무렇지 않게 중얼거리듯이 말했다.

"그만두세요. 저희 가게 롯폰기에서도 꽤 비싼 편이니까,

돈이 아까워요. 게다가 이렇게 평범하게 만나고 싶은 사람한 테 연기하고 있는 모습을 보이는 건 좀⋯⋯."

"케이코가 싫다면 그만둘게. 그래도 복권이 크게 당첨되면 가봐야지."

"오셔도 괜찮지만⋯⋯."

"괜찮지만?"

"코타로 씨가 와서 백만 엔을 써주셔도, 제 수입이 늘어나 는 게 아니에요. 그러니까 헛일이죠."

"아, 그래?"

케이코는 간단하게 일하고 있는 가게의 시스템을 설명했 다. 아무것도 모르는 코타로는 흥미진진하게 얘기를 들었 다.

바에 들어오고 한 시간 정도 지났다. 그 사이에 코타로는 술을 추가로 주문했지만, 케이코는 한 잔으로 끝내두었다.

가게를 나온 건 10시 반이 지날 무렵이었다. 긴자에서 마 루노우치선을 타면 환승 없이 집에 돌아갈 수 있다.

지하철 입구를 향해 걸었다.

"오늘 밤도 얻어먹어서 죄송해요."

"신경 쓰지 마."

코타로가 밤하늘을 올려다보았다.

"나는 널 가만히 놔둘 수가 없어."

"무슨 의미인가요?"

"아무것도 해줄 수 없지만, 케이코를 지켜보고 싶어."

"제가 미덥지 못해 보이나요?"

"응. 솔직히 말하면 그래."

케이코는 입을 다물고 말았다. 둘의 발소리가 겹치기도 하고, 멀어지기도 했다.

"화났어?"

"아뇨, 전혀 화 안 났어요. 전에도 말했을지 모르지만 코타로 씨와 얘기하면 긍정적인 기분이 들어요."

"그거 기쁘네."

지하철 입구에 도착했다.

"그럼 전 이만 갈게요."

"나중에 또 만나자."

코타로가 손을 내밀어 왔다. 케이코는 코타로와 악수를 했다. 코타로의 손에는 습기가 차 있었다.

손을 떼고 계단을 내려갔다. 도중에 뒤를 돌아보자, 코타로는 아직 같은 곳에 서 있었다.

코타로는 웃음을 지어 보이고, 손을 흔들었다.

전철 안은 사람이 적었다. 매너모드로 설정해 둔 휴대전화를 가방에서 꺼내어 확인했다. 아무 연락도 와 있지 않았다.

'케이코를 지켜보고 싶어.'

그 말이 신경 쓰였다. 무슨 생각으로 그런 말을 한 걸까. 이해가 되질 않았다.

코타로는 사실 여자를 다루는데 서투른 걸지도 모른다. 고백에 실패하면, 다시 만나지 못하게 될 수도 있다. 지금처럼 친구 이상, 연인 미만인 상태로 있으면 관계는 계속 이어진다. 코타로도 그렇게 생각하고 있을 것이다.

조금 성가시지만, 그와 이야기 하는 건 즐겁다. 신뢰도 하고 있다. 그렇기에 지금의 관계를 계속 이어나가면 되겠지.

그건 그렇고, 요네지마라는 남자가 봤을 줄이야.

그 생각을 하니, 등줄기에 식은땀이 흘렀다.

◆ ◆ ◆

20일 아침이 밝았다.

전날 밤은 애프터로 귀가가 늦어져, 집에 돌아왔을 때는 이미 오전 3시가 지나있었다.

술을 너무 마신 탓에 얕은 잠을 잤다.

좁고 가파른 계단을 올라가는 꿈이었다. 주변은 어두웠고 케이코는 공포에 떨고 있었다. 계단을 한 칸씩 무거운 발걸음으로 올라가고 있었지만, 긴 계단이 끝없이 이어질 뿐이고 어디에도 도달하지 못했다.

퍼뜩 잠에서 깼다. 목덜미에 땀이 조금 나 있었다.

목이 말랐기에 물을 벌컥벌컥 마시고 나서, 다시 침대 위로 누웠다.

꾸벅꾸벅 조는 사이에 오전 8시가 되었다. 좀 더 자고 싶었지만, 신경이 곤두서 있어서 더는 잠이 오지 않았다.

행동을 개시하는 건 오후부터다. 그때까지 어떻게 시간을 죽일까. 아무런 생각도 떠오르지 않았다.

청바지를 입고, 겉옷을 걸치고 맨션을 나섰다.

옅은 구름이 하늘에 깔려있었다. 약한 햇빛이 길 위를 비추고 있었다.

케이코는 큰길로 나와, 오기쿠보 방면으로 걸었다. 목적지는 없었다. 마음이 진정되지 않아서 걷고 싶었을 뿐이다.

오기쿠보에 도착하고, 패밀리 레스토랑에 들어가 팬케이크를 먹었다.

팬케이크를 입으로 옮기는 동안, 오늘의 계획을 몇 번이고 되뇌며 머릿속에 그렸다.

집으로 돌아와, 샤워를 했다.

대학 수험 때도 이렇게까지 긴장하지 않았다.

'성공한다. 해낼 수 있어.'

케이코는 마음속으로 기도하듯이 중얼거렸다.

변장용 화장을 시작한 건 오후 1시가 지날 때였다.

거실 테이블 위에 올려놓은 휴대전화가 울리기 시작했다. 문자가 온 모양이다. 세면대 앞에 있던 케이코는 휴대전화를 그대로 내버려 두었다.

빨간 립스틱, 인조 속눈썹……. 케이코는 점점 바뀐다. 가발을 쓰고 나서 거울 너머의 자신을 봤다. 오카노 케이코가 아니었다.

화장을 끝내고 거실로 돌아와 휴대전화를 확인했다. 야요이가 보낸 문자였다. 토요일에 같이 술을 마시자는 내용이었다.

토요일에는 일이 있어서 힘들 것 같아. 미안해.

오늘 일이 끝나기 전에는 아무것도 계획할 수 없다. 휴대전화를 매너모드로 설정했다. 더는 마음을 어수선하게 하고 싶지 않았다.

여행용 캐리어를 준비했다. 호텔을 예약했지만 묵을 생각은 없었다. 필요할 거라 생각되는 물건을 캐리어에 넣었지만, 양은 그다지 많지 않았다.

평소에 쓰고 있는 핸드백 속의 물건을 새로운 핸드백으로 옮겼다. 조그마한 핸드백을 엊그제 사 왔다. 여고생이 쓴다해도 이상하지 않을 법한 귀여운 것으로 골랐다.

선글라스를 쓰고, 다시 한번 세면대 앞으로 가서 자신의 모습을 봤다.

완벽했다.

"다녀올게."

케이코는 풍타를 꽉 끌어안고 나서 심호흡을 한 뒤, 캐리어를 손에 쥐었다.

맨션에 사는 다른 사람들에게 변장한 모습을 보이고 싶지 않았다. 엘리베이터를 타지 않고 비상계단을 통해 1층으로 내려갔다.

1층에 도착하고 문틈으로 맨션 현관을 살펴보았다.

아무도 없었다. 케이코는 빠른 걸음으로 밖으로 나왔다.

변장하고 밖을 걷는 건 처음이다. 어딘가 이상한 곳은 없는지 걱정되어, 지나가는 사람들을 정면으로 바라보지 못하고 흘끗흘끗 훔쳐봤다.

아무도 케이코를 쳐다보거나 뒤돌아보지 않았다.

지하철을 타기 전에 화장실에 가서, 자신의 얼굴을 다시 한번 확인했다.

자신도 놀랄 정도로 인상이 바뀌어 있다는 걸 확인하자, 조금 기분이 진정되었다.

신주쿠에 도착해 야스쿠니 거리로 나왔다. 목적지는 신주쿠 구청에서 적당히 가까운 곳에 있는 공중전화 부스였다.

전화 부스 안에는 사람이 있었다. 외국인 여자였다. 필리핀 사람 같았다.

여자는 긴 통화를 했다. 딱히 서두르고 있는 게 아닌데, 케이코는 신경질이 났다.

드디어 여자가 전화 부스 안에서 나왔다. 숨이 턱턱 막히는 향수 냄새가 남아있었다.

수화기를 귀에 대었다. 손바닥이 떨리고 있었다.

"네, 호텔·보테 프런트, 시오자키입니다."

"오늘 하루 예약한 요코타 요시코인데요, 제 앞으로 택배가 도착해있나요?"

"잠깐 기다려주세요."

케이코는 수화기를 꽉 쥐고, 마른 침을 삼켰다. 시오자키라고 이름을 댄 종업원은 꽤 긴 시간 돌아오지 않았다. 가슴이 답답해지기 시작했다. 입안이 바싹 말라 있었다.

"기다리게 해서 죄송합니다. 택배가 하나 와있습니다."

"……."

"요코타 님……?"

직원은 바로 반응하지 않은 케이코를 의아하게 생각한 모양이다.

"아, 죄송해요. 체크인은 3시죠?"

케이코는 빠른 어조로 말했다.

"네."

"조금 이따가 갈게요."

"기다리고 있겠습니다."

수화기를 놓은 케이코는 전화 부스 안에서 꼼짝 않고 서 있었다.

이걸로 제 1관문은 돌파했다. 하지만 아직 더 해야 할 일이 남아있다.

전화 부스를 나와, 구청 거리로 들어간 뒤 호텔·보테 근처에 도착했다. 주변에 날카로운 시선을 보냈다. 택배업자의 트럭이 멈춰있었고, 짐을 내리고 있었다. 그 외에도 여러 대의 자동차가 길 위에 주차되어 있었다.

오가는 사람은 적었다. 젊은 호스트 풍의 남자가 담배를 물고 걷고 있었다. 정장을 입은 남자의 모습도 눈에 들어왔다.

쿠니에다가 돈을 보냈다고 단정하기는 아직 이르다. 쿠니에다가 그 사건과 관계가 없다면 경찰에 신고했을 것이다. 그러면 경찰은 수사원을 이곳으로 보내고, 쿠니에다에게 요구한 돈을 가지러 오는 사람이 있는지 감시하겠지. 호텔 출입구를 감시하고 있는 형사가 있을 수도 있다.

호텔·보테의 로비는 좁다. 가죽으로 된 소파와 팔걸이가 달린 의자 세 개가 놓여있다.

하지만 로비는 조금 어두워서 문 너머로는 잘 보이지 않았다.

케이코는 호텔을 지나쳐, 풍림회관이 있는 요쓰쓰지까지 걸었다. 거기서 다시 한번 거리를 살펴보았다.

경찰이 잠복하고 있는 게 가장 무섭지만, 불안 요소는 그것만이 아니었다.

쿠니에다가 범인이라면 협박문을 보낸 상대가 누군지 알고 싶을 게 분명하다. 상대가 누군지 모르는 것만큼 무서운 건 없고, 협박이 한 번으로 끝날 거라는 보장이 없다. 그렇다면 스스로 나와서 정체를 밝히려 할지도 모른다. 아니, 그 이상의 일을 생각하고 있을 가능성도 있다.

쿠니에다는 이미 한 명을 죽였다. 협박 상대를 발견하면 기회를 엿보다 저세상 사람으로 만들 수도 있다.

복수를 결심하고, 회사를 쉰 뒤에 '요코타 요시코'라는 이름을 댄 사람을 찾으려 할 것이다.

쿠니에다가 자신을 보게 되면, 아무리 변장을 하고 있다고 하더라도 정체를 들키게 된다. 그것만은 반드시 피하고 싶었다.

협박은 단 한 번. 쿠니에다에게 들키지 않고 돈을 손에 넣는다.

키가 작은 가로수가 바람에 흔들리고 있었다.

호텔 근처에 서 있는 사람이 없는지, 눈을 부릅뜨고 살펴봤다. 가드레일에 걸터앉은 사람도 없고, 건물 그늘에서 쉬고 있는 사람도 없었다.

케이코는 가방 속에서 휴대전화를 꺼냈다. 그 순간, 세로로 줄이 그어진 정장을 입은 중년 남성이 케이코의 앞에 섰다. 피부색이 어두운 눈이 큰 남자였다.

케이코는 아연실색해서 입이 움직여지지 않았다.

"아까부터 보고 있었는데 길을 잃은 거야?"

"아뇨."

"어디 가는데?"

케이코는 아무 대답 하지 않고, 캐리어를 끌어 남자에게서 떨어졌다.

남자가 따라왔다.

"시간 있으면 차라도 마시지 않을래?"

케이코는 무시하고, 왔던 길을 빠른 걸음으로 돌아갔다.

케이코는 뒤를 살펴보며 야스쿠니 거리까지 돌아왔다.

남자의 모습은 이제 보이지 않았다.

진한 화장을 하고, 캐리어를 끌면서 가부키초 한가운데를 어슬렁거리고 있었다. 상대는 분명 시골 소녀라고 착각하고 추파를 던진 거겠지.

그런데 왜 하필 이런 중요한 때에.

"젠장." 케이코는 입안에서 뱉어내듯이 말했다.

근처에 찻집이 있었다. 케이코는 그곳에 들어가서 커피를 주문했다.

길에서 휴대전화를 보는 건 그만두기로 했다.

커피가 나오자 목을 축이고 휴대전화를 손에 들었다.

그리고 연락처에서 쿠니에다 고로를 찾아, 번호를 눌렀다. 메일이 아니라 전화를 한 것이다.

"여보세요." 쿠니에다는 바로 전화를 받았다.

"어라……. 아야나인데요, 쿠니에다 씨인가요?"

"응, 맞아."

"죄송해요. 잘못 건 모양이에요. 쿠니타라고 하는 친구에게 전화를 걸려고 했어요."

쿠니에다가 짧게 웃었다.

"덜렁이네."

"일 중이시죠?"

"지금 회의가 막 끝난 참이야."

전화가 울리는 소리가 들려왔다. 분위기를 보아하니 회사에 있는 건 틀림없는 것 같았다.

"이런 실수라면 얼마든지 환영이야. 학교는?"

"오늘은 쉬는 날이에요."

"네 목소리를 들으니, 뭔가 한숨이 놓이네."

쿠니에다가 힘없이 말했다.

"그렇게 말해주시니 기뻐요. 시간 나시면 또 놀러 와주세요."

"응, 그럴게."

전화를 끊은 케이코는 숨을 가다듬었다.

쿠니에다가 회사에 있다고 생각해도 되겠지. 협박 상대를 찾아내려고 이 호텔에 와있는 건 아니라는 뜻이다.

그런데 전화를 받은 쿠니에다의 목소리는 침착했다. 협박당한 사람이라고 도저히 생각할 수 없었다.

하기야 인간은 어떠한 범죄를 저질렀더라도, 침착하게 행동하는 습성이 있다. 자신이 죽여 놓고 아무렇지도 않은 얼굴로 피해자의 장례식에 참가하는 인간도 있으니까. 자신 또한 이렇게 터무니없는 협박을 하고 있는데, 주변 사람들에게는 평소처럼 행동하고 있지 않은가.

시간은 3시를 조금 지나있었다.

케이코는 호텔·보테로 향했다.

쿠니에다의 냉정함이 다시 신경 쓰이기 시작했다.

관계없는 일로 협박당했으니, 경찰에 신고했다. 뒷일은 경찰에게 맡기고, 그는 평정심을 유지할 수 있는 걸지도 모른다.

의심은 점점 심해질 뿐이었다. 그렇지만 여기까지 온 이상 물러날 수는 없다.

다시 호텔 앞에 도착했다. 휴대전화를 꺼내고 귀에 댔다. 통화하고 있는 척하고 싶었기 때문이다. 그렇게 호텔을 출입하는 사람을 지켜봤다.

여자 셋이 호텔로 들어갔다. 셋 다 양손에 들기 힘들 정도로 큰 봉투를 들고 걷고 있었다. 쇼핑을 마구 한 모양이다.

목소리가 들려왔다. 그 셋은 중국인 같았다.

자동문이 열리자 케이코는 로비를 살펴봤다.

소파와 의자에는 아무도 앉아 있지 않았다.

케이코도 중국인들의 뒤를 따라 로비로 들어갔다.

주의 깊게 주변을 살펴봤다.

의자에 중년 여성이 앉아 있었다. 경찰로 보이진 않았다.

기둥 뒤도 살폈다. 사람의 모습은 보이지 않았다.

조금 전 중국인들이 탄 엘리베이터가 내려오는 걸 기다리고 있었다.

다시 한번 주변을 살펴보고, 프런트까지 걸어갔다.

긴장이 정점에 달했다.

"어서 오세요."

인사를 건넨 프런트 담당자의 명찰을 봤다. 아까 전화를 받은 시오자키라는 남자였다.

"오늘 예약한 요코타 요시코인데요."

시오자키는 컴퓨터로 이름을 확인했다.

케이코는 슬그머니 뒤를 살펴봤다. 두 남자가 프런트로 걸어오고 있었다.

만약 형사라면…….

케이코는 아슬아슬하게 실신하지 않을 정도로 동요하고 있었다.

"요코타 님, 이곳에 기재 부탁드립니다."

남자들이 케이코의 옆에 섰다. 키가 큰 남자가 힐끗 케이코를 쳐다봤다.

그 시선은 볼이 타들어 갈 정도로 뜨겁게 느껴졌다.

남자는 번호표를 프런트 담당 종업원에게 건넸다.

안도했다. 맡긴 짐을 가지러 온 손님인 모양이다.

케이코는 외워둔 히로시마의 주소를 적었다. 희미하게 손이 떨리고 있었지만, 어떻게든 겨우 다 적었다.

"방은 801호실입니다. 조식은 따로 제공되지 않습니다."

"네."

요금은 선불이었다.

"택배는 지금 가지고 오겠습니다. 앉아서 기다려주세요."

카드키를 손에 쥔 케이코는 캐리어를 끌고, 소파 근처로 갔지만, 앉지는 않았다.

얼마 지나지 않아, 시오자키가 큰 봉투를 들고 케이코에게 다가왔다.

누구나 알고 있는 가전제품 양판점의 봉투였다. 봉투 입구는 박스 테이프로 꽉 닫혀있었다.

봉투를 받은 케이코는 "감사합니다." 하고 고개를 숙였다.

말한 직후, 얼굴이 화끈해졌다. 케이코의 말투는 이상할 정도로 공손했기 때문이다.

엘리베이터로 향했다.

경찰이 잠복해있지도 않고, 쿠니에다의 모습도 보이지 않았다.

엘리베이터를 타자. "아아……." 하고 무심코 목소리를 내고 말았다.

잠시 기다려도 엘리베이터는 움직이지 않았다. 그도 그렇다. 케이코는 버튼을 누르는 걸 잊고 있던 것이다. 주의 깊은 케이코는 10층 버튼을 누르고 계단을 통해 8층으로 내려갔다.

케이코는 방안에 들어와서도 즉각 봉투를 열어보려 하지

않았다. 짐을 문 근처에 놓은 채, 침대로 곧장 달려가 천장을 보고 누웠다.

몸에 힘이 없었다. 올해 할 긴장을 오늘 전부 한 것 같았다.

10분, 20분……. 시간은 흘러갔지만, 얼마나 지났는지 케이코는 알지 못했다.

일어나서 냉장고를 열었다. 아무것도 들어있지 않았다.

엘리베이터 옆에 자판기가 있는 게 떠올랐다.

케이코는 지갑을 들고 방을 나와, 미네랄워터를 샀다. 그리고 침대에 걸터앉아 단숨에 마셨다. 입가로 물이 줄줄 새어 나올 기세였다.

방의 창문은 길고 얇았으며, 작았다.

창 너머로 보이는 건 음식점이 입점해있는 빌딩과 평온한 가을 하늘이었다.

케이코는 커튼을 쳤다. 그리고 캐리어를 침대 위에 올려놓고 열었다. 안에 넣어 둔 여러 장의 비닐봉지를 꺼냈다. 그리고 양판점 봉투를 손에 들었다. 전표의 [의뢰인] 칸에는 '위와 같음'이라고 적혀있었다. 남자 글씨인 건 분명했다. 박스 테이프를 뜯었다.

안에는 신발 상자 정도 크기의 상자가 들어있었다. 그것도 봉투에서 꺼내어 침대 위에 올려놓았다. 상자 뚜껑도 제대로 박스 테이프로 고정되어 있었다.

테이프를 뜯어 벗기고 뚜껑을 열었다.

만 엔 지폐가 묶음으로 들어있었다. 종이로 된 띠가 감겨있었다. 은행에서 돈을 찾아 그대로 상자에 넣은 모양이다.

케이코의 얼굴에 미소가 번졌다. 승리의 웃음이었다.

지폐를 셀 필요는 없겠지.

지폐를 비닐봉지에 나눠 담았다. 그리고 준비한 하얀 종이봉투에 넣었다.

쿠니에다가 보낸 양판점 봉투를 써도 상관없었지만, 새로운 곳에 옮겨 담는 게 안심이 되었다.

하얀 종이봉투를 들어보았다. 그렇게 무겁지 않았고, 종이봉투가 부풀지도 않았다. 매우 자연스러웠다.

빈 상자는 찌그러트려 평평하게 하고, 양판점 봉투와 같이 캐리어에 넣었다.

시계를 보자 4시 5분이 지나있었다.

방을 나서기 전에 휴대전화를 확인했다. 알림이 표시되어 있었다.

심장이 덜컹했다. 쿠니에다였다.

실수라고 해도, 너와 얘기할 수 있어서 즐거웠어.

이런 메일을 보내준 사람을 속이고 있다. 다시 한번 가슴에 바늘이 찔린 것 같았다.

저도 목소리를 듣게 되어 기뻤어요.

자신은 얼마나 나쁜 여자인가. 쿠니에다는 케이코를 열심히 일하며 번 돈으로 대학에 다니고 있는 매우 성실한 사람이라 생각하고 있다. 그런 마음을 짓밟고, 그에게서 돈을 갈취했다. 케이코는 자기 자신에게 혐오감을 느꼈다. 하지만 이미 해버린 협박이다. 쿠니에다의 앞에서는 앞으로도 평소처럼 행동하는 것 외의 선택지는 없겠지.

케이코는 세면대 앞에서 얼굴을 봤다. 가발 상태도 어색하지 않았다.

하얀 종이봉투를 손에 들고 방을 나섰다.

이제 걱정하지 않아도 되는데, 로비 구석구석까지 살펴보고 말았다.

이천만 엔이라는 돈을 들고, 전철을 탈 생각은 하지 않았다.

거리로 나오자 바로 빈 택시가 보였다.

케이코는 그 택시를 타고 집으로 돌아왔다. 맨션에 들어갈 때도 이웃 사람들과 마주치지 않을까 걱정했지만, 운 좋게 아무도 만나지 않았다.

방에 들어오자마자, 커튼을 치고 불을 켰다. 가발을 벗고 화장을 지우자 평소의 모습으로 돌아왔다.

돈을 어디에 숨겨놓으면 좋을지 생각했다. 화장실 변기의 물탱크는 표적이 되기 쉽다고 텔레비전에서 들었다. 화장실에 숨기는 건 그만두자. 침대 밑도 위험하다.

이틀 전, 화장을 지울 때 문득 떠오른 게 있었다.

어제 상자 높이가 9㎝ 정도 되는 갑 티슈를 샀다. 세 상자가 한 묶음으로 구성된 갑 티슈. 비닐을 위쪽부터 정성스럽게 벗기고, 상자를 하나하나 꺼냈다. 그리고 여섯 상자 중 네 상자의 바닥 면을 만 엔 지폐보다 살짝 크게 커터 칼로 잘라, 안에 들어있는 티슈를 대충 꺼냈다. 거기에 지폐를 넣기로 한 것이다.

지폐를 테이블 위에 올려놓고, 몇 다발은 손에 들어 냄새를 맡았다.

퐁타의 코에도 가져가, 냄새를 맡게 했다.

"퐁타! 잘 풀렸어. 네가 지켜봐 준 덕이야. 고마워."

퐁타의 귓가에 그렇게 속삭이고서 작업을 재개했다.

지폐에 감긴 띠를 자르고, 지폐를 차곡차곡 넣어 나갔다. 오백만 엔이 약 5㎝. 사용한 티슈 상자는 네 상자다.

돈을 다 넣고, 잘랐던 부분을 스카치테이프로 바닥에 붙였다. 그리고서 자르지 않은 상자를 위에 놓고, 뜯었던 비닐로 다시 포장했다. 비닐의 윗부분을 원상복귀 시키는 건 할 수 없어서 그대로 두었지만, 딱히 부자연스럽지 않았다.

그것을 세면대 밑 수납장에 넣었다.

빼놓은 티슈는 봉투에 담아 싱크대 밑에 던져 넣었다.

왠지 몸을 움직이고 싶었던 케이코는 청소기를 돌렸다. 구석구석까지 청소했다. 그러자 적당히 땀이 났다.

샤워를 마치고 겨우 진정을 되찾았다.

그날 밤, 케이코는 가게에 나가서 평소처럼 손님 응대를 했다. 그렇지만 이따금 숨겨놓은 돈이 도둑맞는 게 아닐까 하고 불안해졌다. 돈이 생기자, 생각지도 못한 정신적 피로가 쌓인다는 걸 깨달았다.

다음 날도 아침 일찍 일어났다. 추가로 해야 할 일이 있었다. 변장하고, 다시 호텔로 돌아갔다. 마찬가지로 택시를 타고 갔다.

오전 9시 즈음 호텔에 도착했다. 프런트에 있는 사람이 힐끗 케이코를 보고 있었다. 아침에 돌아왔다고 오해하고 있는 것 같았다.

방에 들어와 샤워한 것처럼 위장하고, 구비 된 가운도 구겨놓았다.

한 시간 반 동안 방안에서 아무것도 하지 않고 있었다.

그리고 캐리어를 끌고 엘리베이터를 탔다.

카드를 반납하고, 호텔을 나섰다. 돌아갈 때도 택시를 탔다.

맨션 로비에서 맨션 주민 남자와 마주쳤다.

"안녕하세요."

케이코가 먼저 말을 걸었다. 남자도 인사해왔다.

상대가 4층에 사는 여자라고 눈치챘을지 어떨지는 알 수 없다. 설령 눈치챘다고 하더라도 문제 될 일은 없다. 무사히 돈을 받은 직후니까.

히로시마에서 신주쿠 호텔까지 올라온 요코타 요시코는 이걸로 완전히 이 세상에서 모습을 감췄다.

갑자기 배가 고파왔다. 케이코는 어머니가 보내준 사과를 앞니를 세우고 덥석 물었다.

◆　◆　◆

돈을 숨겨놓은 티슈 상자가 사라지지는 않았을까 매일 확인했지만, 돈에는 일절 손도 대지 않았다.

마음에 드는 옷을 발견해도, 바로 사야겠다는 생각이 들지 않았다. 언제든지 살 수 있다는 여유가 도리어 구매 의욕을 감소시킨 것 같았다.

사람들이 종종 '부자는 구두쇠'라고 말하지만, 지금까지 케이코는 그 말이 와닿지 않았다. 하지만 큰돈을 손에 넣은 지금은 그 말이 실감이 났다.

겨우 이천만 엔으로 부자가 된 여유를 만끽하는 자신의 그릇이 작다고 생각했지만, 부끄러운 기분이 들지는 않았다.

나는 부자야. 부자라고

마음속으로 몇 번이고 히죽거리며 외쳤다.

학교에서 돌아온 뒤, 집에서 공부하다 가게로 나갔다. 평소와 똑같은 생활을 이어갔지만, 범행을 저지르기 전의 자신으로는 돌아갈 수 없었다. 무슨 일을 해도 집중이 되지 않았다.

자신이 한 짓이 들킬 리는 없다고 생각하지만, 역시 마음 깊은 곳에서는 불안함이 일렁이고 있었다.

일에도 간절함이 들어가지 않았다. 생활비를 벌기 위해서 했던 일이니까 무리도 아니었다.

끈질기게 만져대는 손님은 말할 가치도 없지만, 그 외에도 귀찮은 손님은 잔뜩 있다. 자기 자랑만 잔뜩 늘어놓는 손님, 기분이 언짢으면 호스티스의 대답에 일일이 트집을 잡는 손님……. 이런 손님들에게도 좋은 얼굴을 보이는 게 이전보다 더 큰 스트레스로 다가왔다.

여태까지 웬만해서 쉰 적이 없었는데, 이틀 연속으로 감기를 핑계 삼아 가게에 나가지 않았다.

그렇다고 해서 당장 가게를 그만둘 생각은 없었다. 일할 회사가 정해지면 가게를 그만두고, 티슈 상자 속에 잠들어 있는 지폐를 써도 되겠지만, 장래가 불투명한 지금은 참고 계속 일할 수밖에 없다고 생각했다.

타구치 카즈마사와 만난 건, 돈을 손에 넣고 열흘 정도 지났을 때였다.

점심시간에 그가 근무하고 있는 출판사 앞에서 만나기로 약속했다.

자신을 떨어트린 회사 빌딩을 올려다봤다. 이 건물에 내년 봄부터 다니게 되었더라면, 협박이라는 터무니없는 짓을 하지 않았겠지. 그런 생각이 스쳐 지나갔다.

타구치는 약속 시각보다 조금 늦게 나타났다. 그는 근처의 초밥집으로 케이코를 데려갔다.

특선 초밥을 2인분 주문한 타구치가 지긋이 케이코를 바라봤다.

"살이 조금 빠졌네?"

"그런가요? 전 잘 모르겠는데."

몸무게를 재보진 않았지만, 한동안 이어진 긴장 상태가 몸에 변화를 준 걸지도 모른다.

"전에는 의외였어."

타구치가 먼 산을 바라보는 눈으로 말했다.

"전이라뇨?"

"코타로 집에서 만났을 때 말이야. 코타로가 편집자를 지망하고 있는 학생을 불렀다고는 들었지만, 케이코 씨 같은 귀여운 여자아이가 올 줄은 생각도 못 했어."

타구치의 눈빛에서 '남자'를 느꼈다. 뭐라 할 말이 없었다. 케이코는 조용히 눈을 내리떴다.

타구치가 자신에게 관심이 있다는 건 틀림없어 보인다. 취직을 도와준다고 한 것은 자신과 만날 구실에 불과한 걸지도 모른다.

초밥이 나오기 전에 준비한 이력서를 가방 속에서 꺼내, 그에게 건넸다.

알려져서 곤란한 정보가 적혀있는 건 아니었지만, 천천히 읽고 있는 타구치를 보고 있자니, 벗겨진 기분이 들었다.

초밥이 나왔다.

타구치는 고개를 들고 말했다.

"죠겐샤라는 출판사 알아?"

"아뇨."

"작은 회사지만, 질이 좋은 번역서를 내는 곳이야. 거기 사장과 아는 사이라서, 케이코 씨 얘기를 해보려고 해. 사원이 10명도 안 되는 회사라 아마도 급여는 되게 적고, 솔직히 말해서 언제 망할지도 몰라. 그래도 좋다면…. 어때, 관심 있어?"

"망할 것 같은 회사는 곤란해요."

케이코는 짧게 웃었다.

"그건 그렇지만, 그런 회사는 은근히 망할 것 같은데 망하지 않는 부분도 있어. 뭐, 일단 초밥 들자."

"네."

케이코는 초밥을 집었다.

"꼭 문예 편집자가 되고 싶다면, 우리 같은 대형 출판사보다는 문예 전문 출판사가 나을지도 몰라. 우리 회사는 부서이동이 심하니까, 희망한 부서에 계속 있을 수 있는 게 아니라서."

"그 회사에 대해 인터넷으로 알아봐도 되나요?"

"상관없어."

케이코는 휴대전화로 죠겐샤의 홈페이지를 확인했다.

소설, 희극, 철학 논문 등 번역서를 출판하고 있는 회사였다. 노벨상 작가의 책도 내고 있었다. 오천 엔이나 하는 책도 드물지 않게 있었다. 발행 부수를 최소화해서, 정말 그 책을 원하는 독자를 대상으로 삼고 있는 출판사인 모양이다. 일본인 작가의 소설은 출간하지 않은 것 같았다.

케이코는 일본인 작가를 상대하는 편집자가 되고 싶었기에, 자신과는 맞지 않는다는 느낌이 들었다. 그렇지만 그걸 이 자리에서 타구치에게 전하는 건 꺼려졌다.

"타구치 씨 말씀대로, 좋은 책을 내는 회사 같네요."

"소개해도 괜찮아?"

"잘 부탁드립니다."

"그럼 바로 사장한테 연락해볼게."

"타구치 씨, 주제넘은 말이지만 급여가 맞지 않으면 거절할지도 몰라요. 그래도 괜찮나요?"

타구치는 입을 우물거리며 끄덕였다.

"그래도 상관없어. 내 소개라고 해서 너무 신경 쓰지 마. 케이코의 인생이 걸린 일이니까."

'케이코'라고 친근하게 불려도, 담담한 말투였기에 신경 쓰이지 않았다.

"근데 코타로랑 자주 만나?"

"가끔 밥을 얻어먹고 있어요."

타구치가 불쑥 몸을 앞으로 내밀어, 들여다보는 듯한 자세로 케이코를 쳐다봤다.

"코타로와 사귀고 있는 거야?"

먹고 있던 초밥이 목에 걸릴 뻔한 케이코는 급하기 차를 마셨다.

"타구치 씨, 이상한 말 하지 말아 주세요. 코타로 씨와는 고향이 같아요. 고향 친구이자 이야기하기 편한 상대, 그뿐이에요."

"아마도 그럴 것 같다고는 생각했지만, 코타로가 여자애를 우리한테 소개해준 건 처음이라 조금 흥미가 생겨서 말이야."

"코타로 씨, 여자친구는 없는 모양인데 지금까지는 어땠나요?"

"궁금해?"

"상냥하고 다른 사람 말을 잘 들어주는 좋은 분이니까, 여자친구가 없는 게 신기해서요."

"그 녀석과는 2, 3년 정도 알고 지냈지만, 여자의 '여'자도 본 적 없어. 그래서 케이코가 맨션에 나타났을 때 깜짝 놀랐어. 케이코는 그 녀석한테 마음이 없다고 해도, 그 녀석은 있지 않을까."

"그런 거 한 번도 느껴본 적 없어요."

"그럼 괜찮겠네."

타구치가 입을 다문 채 웃음을 지었다.

"뭐가 괜찮나요?"

"케이코, 가까운 시일 내로 밤에 시간 내줬으면 해. 느긋하게 밥이라도 먹자."

자신과 코타로 사이에 그런 관계가 없다는 걸 알게 된 타구치는 본성을 드러냈다.

"타구치 씨, 연세가 어떻게 되세요?"

"서른셋이야."

"결혼은 하셨나요?"

타구치는 입을 반쯤 열고, 케이코를 쳐다봤다.

"밥 먹을지 말지 정하는데, 나이나 결혼 여부가 상관있어?"

"그런 건 아니지만, 알고 싶어져서요."

타구치의 입가에 비꼬는 듯한 미소가 나타났다.

"아이는 있냐고 안 물어봐?"

"있나요?"

"세 살 된 아들이 있어. 그래서 어때? 아내와 자식 딸린 서른셋 남자와 밥 먹을 생각 있어?"

케이코는 차를 홀짝 마시고 눈을 내리떴다.

"타구치 씨에게 하나 말해야 하는 게 있어요."

"그렇구나, 사귀는 사람이 있는 거네."

"그런 사람은 없어요."

"그럼 뭔데?"

케이코는 생계를 위해 호스티스 아르바이트를 하고 있다고 말했다.

"신주쿠에서?"

"롯폰기에서요."

타구치는 가게의 이름을 알고 싶어 했다. 숨기는 것도 이상하니, 솔직하게 가르쳐주었다.

"아, 거기구나. 꽤 비싼 가게란 말이지."

"오신 적 있으신가 보네요."

"주간지 부서에 있을 때 몇 번 가봤어."

"그런 이유로 밤에는 만날 수 없어요."

"주말밖에 시간이 나지 않는구나."

타구치가 중얼거리듯이 말했다.

가족이 있는 타구치는 그렇게 간단히 주말 밤을 마음대로 쓸 수 없는 거겠지.

"코타로는 이 얘기 알고 있어?"

"이미 이야기했어요."

타구치는 조금 시간을 두고, 이렇게 말했다.

"2주 뒤 토요일은 어때?"

"2주 뒤 토요일이라……."

케이코는 천장을 올려다보며 생각하는 척했다.

약속 같은 건 없었지만 있다고 거짓말하고, 타구치의 요청을 거절했다.

타구치의 휴대전화가 울렸다.

화면을 본 타구치가 눈을 동그랗게 떴다.

"호랑이도 제 말 하면 온다더니, 코타로야. 나랑 같이 있는 거 이 녀석 알고 있어?"

"아뇨."

타구치가 휴대폰을 귀에 댔다.

"응. 무슨 일이야? ……아니, 아직 안 정해졌어. 뭐가 됐든 사쿠라이는 참가 못 한다고 하더라."

코타로는 고성 탐방 일정을 물어보려, 타구치에게 전화한 모양이다.

"……그 일은 오늘 밤 중에 답할게. 그보다 네가 깜짝 놀랄 일이 있어. 지금 말이지, 오카노 케이코 씨와 같이 초밥을 먹고 있어. 응, 아직 거기까진 얘기하지 않았어. 이력서를 막 받은 참이니까……. 알았어 힘내볼게. 전화 바꿀까?"

타구치가 휴대폰을 케이코에게 건넸다.

"안녕하세요."

"케이코가 같이 있다니, 깜짝 놀랐어. 좋은 회사 소개받을 수 있을 것 같아?"

"네."

"꼬시려 들진 않았고?"

코타로는 농담 서린 어조로 물어왔다. 그게 오히려 자신을 떠보는 것 같아, 조금 성가셨다.

"아뇨, 그런 일 없어요."

"호스티스 일 한다는 거, 얘기했어?"

"네."

"나중에 연락할게. 타구치 씨 바꿔주지 않을래?"

케이코는 휴대전화를 타구치에게 돌려주었다. 타구치는 짧게 얘기하고 바로 전화를 끊었다.

타구치의 휴식 시간이 슬슬 다 끝나가고 있었다.

"그 회사와 연락이 닿으면, 네 이력서 보내놓을게."

"고맙습니다."

"돈 잘 쓰는 부서 녀석 꼬드겨서, 오랜만에 롯폰기 클럽에 가볼까."

"그만두세요. 일하고 있는 모습을 보이는 건 싫어요."

"뭐가 어때서 그래. 가게 끝나면 어딘가 가자."

타구치는 주저하는 모습도 보이지 않고 그렇게 말했다. 케이코는 애매하게 웃어넘겼다.

타구치와 헤어지고 케이코는 집에 돌아가기 전, 신주쿠에 들렀다. 돈키호테에서 잠옷을 샀다. 이걸로 구멍이 난 잠옷을 버릴 수 있다고 생각하니 조금 기분이 풀렸다. 화장품 가게로도 발을 옮겼다. 아주 작은 사치를 부리고 싶어져서, 지금까지 써본 적 없는 아이라이너와 립스틱을 구매했다.

죠겐샤의 급여가 궁금했다. 너무 낮으면 거절해야 할까. 아니면 일단 출판사에 들어갈 수 있으니까 참아야 할까. 이천만 엔을 조금씩 쓰면, 급여가 낮아도 꽤 긴 시간 버틸 수 있다. 그사이에 이직할 기회가 찾아올지도 모른다.

돈이 있어서 여유를 가지고 생각할 수 있다는 게 감사했다.

◆　◆　◆

그날 밤, 가게는 사람들로 가득했다. 케이코는 여러 자리에 앉혀졌다.

즐겁게 있을 수 있는 손님이 있는가 하면, 그렇지 않은 손님도 있었다. 뭐가 됐든 케이코는 손목시계만 볼 뿐이었다. 일이 끝나면 빨리 집으로 돌아가고 싶었다.

금융 관련 일을 하는 손님으로부터 애프터 요청을 받았지만, 이미 선약이 있다고 거절했다.

영업 마감 시간이 한 시간 정도 남았을 때, 스태프가 케이코를 불렀다.

쿠니에다가 온 것이다. 그것도 혼자서.

스태프에게 지시를 받아, 케이코는 쿠니에다의 자리에 앉게 되었다.

케이코는 좁은 통로를 나아갔다. 점점 쿠니에다에게 가까워져 간다. 압박감이 가슴을 옥죄었다.

"어서 오세요."

케이코는 작게 고개를 숙이고, 쿠니에다의 앞에 앉았다.

스태프가 와서 술병을 테이블 위에 올려놓았다. 병에는 두 이름표가 걸려 있었다. 언제나 같이 오는 치과의 미노베와 쿠니에다가 공동으로 맡기고 있는 술이다.

"지금 오셨네요. 전혀 몰랐어요."

"이 가게는 언제와도 사람들이 많네."

"그렇지 않은 날도 많이 있어요. 오늘은 사람이 많지만. 미즈와리로 괜찮죠?"

"목이 마르니까 맥주 한잔할까? 아야나는 어떻게 할래?"

"그럼 저도."

케이코는 스태프에게 맥주를 두 잔 부탁했다. 그리고 서서히 입을 열었다.

"사장님이 혼자서 오시는 건 처음이네요."

"그렇네."

"미노베 선생님은 뭐하시고 계세요?'

"한동안 만나질 않았어."

맥주가 나왔다.

"오랜만이에요."

케이코는 그렇게 말하고서 쿠니에다와 잔을 부딪쳤다.

쿠니에다는 맛있게 맥주를 마셨다.

케이코는 쿠니에다를 똑바로 볼 수 없었다. 그렇지만 고개를 숙이고 있을 수도 없는 노릇이었다.

"일 바쁘세요?"

케이코는 최대한 밝은 목소리로 물었다.

"사무적인 일이 많아서."

쿠니에다가 크게 한숨을 내뱉었다.

"오늘 밤은 많이 지치신 것 같네요."

"응. 아야네 씨에게 말할 일은 아니지만, 좀 힘든 일이 있어서."

힘든 일……. 케이코에겐 그게 협박당한 일을 말하고 있는 것으로밖에 들리지 않았다.

쿠니에다의 입장이 되어보면, 익명의 협박범에게 돈을 보낸 뒤로도 고민이 많았을 것이다. 협박이 한 번으로 깨끗이 끝나는 일은 드물지 않을까. 한번 협박을 한 사람은 보통 돈을 다 쓰게 되면 또 협박을 하고 싶어진다.

수중에 있는 이천만 엔이 사라지면, 자신은 또 쿠니에다를 협박하고 싶어질까? 그럴 일은 절대 없다. 우체통을 고른 것만으로도 그렇게 신경을 썼고, 변장을 하고 가명으로 호텔을 예약하는 건 두 번 다시 하고 싶지 않았다.

쿠니에다 씨, 안심하세요. 두 번 다시 그런 일은 일어나지 않을 테니까.

케이코는 마음속으로 그렇게 말했다.

기운이 없는 쿠니에다를 보고 있자, 죄책감으로 가슴이 막힐 것 같았다.

죄책감을 지우기 위해 태풍이 불던 밤, 쿠니에다의 행동을 떠올리려 했다.

이 남자는 살인범이다. 그러니까 돈을 보낸 거야. 자신이 한 짓은 비겁하지만, 죄책감에 시달릴 필요는 없다.

"오늘 밤은 왠지 모르게 아야나 씨 얼굴이 보고 싶어져서."

쿠니에다의 굵고 맑은 목소리가 귓가를 맴돌았다.

"그렇게 말해주시는 것만으로도 기뻐요."

"요전번의 잘못 걸린 전화……."

쿠니에다의 표정이 누그러졌다.

덜컥했다. 그날 얘기만은 피하고 싶었다. 그렇지만 피할 수도 없는 노릇이었다.

"죄송해요. 저 덜렁이라서, 자주 그런 실수를 해버려요."

"메일로도 말했지만 내게는 즐거운 실수였어. 그 전화로 네 목소리를 듣고 나니, 너와 만나고 싶다고 생각한 거겠지."

쿠니에다는 자신의 말을 확인하는 듯한 어조로 중얼거렸다.

케이코는 눈을 약간 치켜뜨고 쿠니에다를 봤다.

"그때, 사장님은 회사에 계셨던 거죠?"

"그거야 그렇지, 그게 왜?"

"회의 중이신가 해서, 전화를 잘못 걸고 얼굴에서 불이 날 것 같았어요."

어쩜 잘도 뻔뻔하게 그런 거짓말을 하네.

또 하나의 자신이 그렇게 말하고 있었다.

쿠니에다의 맥주잔이 비자, 잔에 얼음을 넣고 위스키를 따랐다. 그리고 물을 넣어 휘저었다. 오늘은 쿠니에다가 권하는 대로 마시기로 했다.

"아야나 씨, 골프는 안 쳐?"

"안 쳐요. 전 운동을 못 해서, 어렸을 때 운동회에서 달리기하면, 자랑은 아니지만 거의 꼴찌였어요. 사장님은 운동 잘하시나요?"

"잘하는 정도는 아니지만 좋아해. 고등학교 때는 축구부였어."

"중학교 때 같은 반에 축구부로 활약하고 있던 애가 있어서, 그를 좋아했었어요."

"그 아이와 사귀었어?"

"아뇨, 짝사랑이에요. 그 아이는 여자애들한테 엄청 인기가 많아서, 체조부 아이랑 사이가 좋았었어요."

"그 애는 지금 뭐 하고 있는데?"

"토공 일을 하는 집안이라, 아버지와 같이 일을 하고 있어요. 어쩌다 우연히 만났는데, 예전의 멋진 모습은 온데간데없고 엄청 살이 쪄있었어요."

이런 시시한 얘기를 하고 있어도, 긴장감은 사라지지 않았다.

눈 깜짝할 새에 폐점 시간이 가까워졌다.

"아야나 씨, 뒤에 약속 있어?"

케이코는 순간 입을 다물고 말았다.

"약속 없으면, 둘이서 한 잔 마시고 싶다고 생각해서."

"없어요. 시간 괜찮아요."

"정말 괜찮아?"

"네."

오전 1시가 조금 지났을 때, 쿠니에다는 계산을 부탁했다. 케이코는 자리를 떠나, 스태프에게 바래다주는 차를 취소해 달라고 부탁하고, 사복으로 갈아입었다.

케이코의 기분은 혼란스러웠다.

갑자기 나타난 쿠니에다를 보고 크게 동요됐기 때문에, 애 프터까지 어울리는 건 힘들었다. 그렇지만 딱 잘라 거절할 마음은 들지 않았다. 속죄라는 이유도 있었지만, 좀 더 말로 표현할 수 없는 감정의 움직임이 쿠니에다의 요청을 거절하지 않은 것 같다. 범인이 범행 현장에 돌아가고 싶어 하는 것과 비슷한 심리상태가 된 것이다.

계산을 끝낸 쿠니에다와 함께 가게를 나섰다.

"배는 안 고파?"

쿠니에다가 물었다.

"괜찮아요."

"내가 놀자고 해놓고 이런 얘기 하면 실례지만, 애프터로 갈만한 가게를 하나도 몰라. 롯폰기엔 거의 와보질 않아서. 아야나 씨가 가고 싶은 곳을 골라줄래?"

"혹시 노래방 가고 싶으신가요?"

"아니, 노래방은 좀. 조용한 곳이 좋겠네."

"그럼 평범한 바는 어떤가요?"

"좋아."

케이코는 바를 여러 군데 알고 있었다. 손님이 데려다준 곳은 피하고, 스태프와 술을 마신 적이 있는 바를 골랐다.

그곳은 롯폰기 묘원이라는 묘지 근처에 있었다. 가게에 있는 바텐더는 둘 다 오십을 넘긴 듯했고, 조용한 재즈 음악이 흐르고 있었다. 쿠니에다의 마음에 들 것으로 생각했다.

케이코가 먼저 지하로 통하는 계단을 내려갔다.

비교적 넓은 가게지만, 카운터는 꽉 차 있었다. 바텐더 한 명이 케이코 쪽을 쳐다봤다.

케이코 뒤에 서 있는 쿠니에다에게 시선을 향했다.

"칸막이 석인데 괜찮으십니까?"

쿠니에다는 눈을 가늘게 뜨고, 카운터 쪽을 보고 있었다. 쿠니에다의 얼굴이 굳어져 갔다.

"이 가게는 좀 그렇네. 다른 가게로 가지 않을래?"

쿠니에다는 빠른 어조로 말하고, 가게를 나갔다.

"죄송해요, 나중에 또 올게요."

시선이 맞은 바텐더에게 사과하고, 쿠니에다의 뒤를 쫓아

밖으로 나갔다.

묘지 앞에 서 있던 쿠니에다가 미소를 지었다. 억지웃음 같
았다.

"미안해."

"왜 그러세요?"

"거래처 사람이 카운터에서 마시고 있길래. 술버릇이 별로
좋지 않은 사람이라."

"그럼 안 가길 잘했네요."

"따로 알고 있는 가게 있어?"

"네."

케이코는 롯폰기 거리에 있는 바를 향했다.

그 사이 쿠니에다는 아무런 말도 하지 않았다. 조금 전, 바
에서 봤다고 한 거래처 사람에 대해 생각하고 있는 걸까.

도망치듯 바를 나가는 쿠니에다를 보자, 그날 밤 골목으로
사라지던 그의 모습이 떠올랐다.

다음으로 간 가게는 한적했다. 카운터 끝자리에 앉았다.

케이코는 더는 위스키를 마시고 싶지 않았기에, 백포도주
를 한 잔 주문했다. 쿠니에다는 술 선반을 잠시 둘러보고, 칼
바도스를 주문했다.

술이 나오고, 다시 잔을 부딪쳤다.

그 뒤로 취업이 어떻게 되었는지 쿠니에다가 물어왔다. 케
이코는 타구치의 이야기를 하고, 연락을 기다리고 있다고 대

답했다.

"요즘 책이 잘 팔리지 않는 추세니까, 그런 회사라면 급여가 정말 적을지도 모르겠네."

"그 점을 걱정하고 있어요."

"학자금 대출, 어느 정도 빌리고 있어?"

"사백만 엔 넘게 빌렸어요."

"큰일이네. 출판사를 고집할 상황이 아니지 않아?"

"그건 맞지만, 지금 시기가 힘내야 할 때라고 생각하고 있어요. 다른 직종에 취직하게 되면, 아마 그대로 출판사에는 들어가지 못할 것 같아서."

"이런 걸 묻는 건 실례지만, 모아둔 돈은 있어?"

"호스티스 일을 하는 덕에 조금은 있어요."

가슴이 차가워지기 시작했다. 케이코는 눈동자를 크게 움직이지 않고, 쿠니에다를 엿보았다.

쿠니에다는 칼바도스를 음미하며 마시고 있었다.

오늘 밤, 쿠니에다는 혼자서 가게로 찾아와 애프터를 청했다. 지금까지 이런 일은 없었다. 그리고 학자금 대출이나 저금까지 물어왔다.

협박한 사람이 나라고 의심하고 있는 걸까. 아냐, 설마 그건 말도 안 된다.

변장까지 해가며, 용의주도하게 일을 진행했다. 의심받을 일은 절대 없다.

쿠니에다는 자신을 걱정해서 물어본 게 분명하다.

잠깐만.

쿠니에다는 상대가 누구일지 생각하고 있을게 당연하다. 주변에 있는 사람 모두에게 의심의 눈길을 보냈을 때, 아야나라는 호스티스도 머릿속에 떠올랐을지 모른다.

범행 현장은 케이코의 집 근처였다. 그게 마음에 걸린 걸 수도 있다.

살인이 일어난 맨션에서 나온 쿠니에다는 주변을 둘러봤다. 그때 근처를 걷고 있던 자신에 대해 눈치챘을까.

그럴 리 없겠지. 설령 사람의 모습을 봤다고 하더라도 누군지 알 리가 없다. 당시 그 일대는 정전이었다. 제대로 상대의 얼굴이 보였으리라고 생각하지 않는다.

당황하지 않아도 된다. 평소대로 대하면 되는 거다. 케이코는 그렇게 자신에게 되뇌었다.

"민감한 걸 물어봐서 불쾌하게 생각할지도 모르지만, 다른 생각은 없어."

거기까지 말하고, 쿠니에다는 케이코를 지긋이 바라봤다.

"네가 마음에 들어서 그런 거야."

"감사합니다."

"감사 같은 건 하지 않아도 돼. 아무런 도움이 되지 못하니까."

"그렇지 않아요. 사장님 자리에 앉아 있으면, 제가 호스티스라는 사실을 잊어버리곤 해요. 사장님과 있으면 편안해요."

케이코가 한 말은 거짓말이 아니다. 쿠니에다가 자신을 떠 보고 있는 게 아닐까 하는 의심에 사로잡혀있음에도 불구하고, 쿠니에다와 같이 있으면 편했다. 그가 살인자라는 사실이 실감 나지 않았다.

코타로가 뇌리를 스쳤다. 케이코에게 그는 무척 이야기하기 편한 상대이다. 신뢰도 하고 있다. 하지만 케이코는 쿠니에다가 훨씬 좋았다.

케이코의 부모님이 이혼한 건 그녀가 초등학교 6학년 때였다. 아버지는 그림 도구와 교재를 판매하는 일을 하고 있었기에, 거의 집에 있지 않았다. 말을 잘하는 상냥한 남자로 딸을 매우 애지중지했다. 그런 아버지로부터 "아빠는 이제 엄마랑 너랑 헤어지고, 멀리 떠나."라는 말을 들었을 때는 아버지에게 달라붙어 흐느껴 울었다.

아버지에게 다른 여자가 생겼다는 걸 알게 된 건 좀 더 나중의 일이다. 어머니는 헤어진 아버지의 악담을 자주 했다. 아버지가 어머니를 괴롭게 한 건 알지만, 진심으로 아버지가 싫어지지는 않았다.

케이코는 자신이 파더 콤플렉스라고 생각하고 있다.

케이코는 코타로에게는 느껴지지 않는 무언가를, 쿠니에다로부터 느끼고 있었다.

질문만 잔뜩 받고 있었기에, 케이코는 역으로 쿠니에다의 사생활을 물어보기로 했다.

"사장님은 결혼한 지 꽤 되셨나요?"

"십 년 정도 됐나. 나는 결혼이 꽤 늦었어. 실은 데릴사위라서, 지금 회사는 아내의 아버지가 세운 회사야."

"자녀분은 안 계셨죠?"

"아내가 한 살 연상인데, 무리해서 낳지 못할 것도 없었지만, 그 기회를 놓치고 말았어."

"자식이 없는 부부는 사이가 좋다고 들었는데, 사장님 댁도 그런가요?"

"사이가 좋은지 어떤지는 모르겠지만, 나쁘진 않다고 생각해."

쿠니에다는 쓴웃음을 지으며 답했다.

"멋지네요."

"뭐가?"

"사장님 말이에요."

"내 어디가 멋진데?"

"아내 험담을 하는 손님은 꽤 있어요. 전 자기 아내를 나쁘게 말하는 남자는 믿음이 안 가요."

"클럽에서 자기 아내 자랑을 하는 바보는 없을 거로 생각하지만, 대부분 부끄러워서, 나쁘게 말하는 것도 있을 거야."

"그럴지도 모르지만, 아내를 담담하게 칭찬하는 사람은 멋지다고 생각해요. 아내도 여자예요. 그리고 부인 얘기를 듣고

있는 저도 여자잖아요. 그래서 여자의 험담을 듣고 있는 기분
이 들어요."

"하지만 만약에 네가 가족이 있는 손님을 좋아하게 돼서 관
계가 이어지면, 거짓말이라도 좋으니까 아내를 나쁘게 말해
줬으면 하지 않아?"

"그건 그럴지도."

케이코는 생글생글 미소 지으며 잔을 비웠다.

"아직 더 마실 수 있어?"

"네."

쿠니에다가 같은 술을 다시 주문해주었다.

"제가 만약 결혼한 사람과 사귄다면, 아내의 칭찬을 잘하
는 남자가 그 아내 이상으로 절 좋아하게 되는 게 이상적이에
요."

쿠니에다가 어깨를 들썩이며 웃었다.

"그건 사치스러운 바람이네."

"하지만 사장님. 저, 역시 불륜은 싫어요. 평범하게 결혼해
서 평범하게 아이를 낳고 싶어요."

"불륜은 나쁘지만, 결혼했어도 다른 사람을 좋아하게 되는
건 자연스러운 감정이라 생각해."

케이코는 쿠니에다를 눈꼬리로 흘끗 봤다.

"사장님은 그런 경험이 있나 보네요."

쿠니에다가 피식하고 웃었다.

"있다고 대답하고 싶지만, 아쉽게도 나는 바람을 피워본 적이 없어."

"정말로? 저한테는 뭐든지 말씀하셔도 괜찮아요."

"없는 건 없는 거야."

"믿을게요. 사장님은 성실하시니까."

쿠니에다는 옅은 미소를 짓고, 담배에 불을 붙였다.

케이코의 마음에 그늘이 드리웠다. 케이코는 더는 견딜 수 없어, 자리에서 일어나 화장실로 향했다.

볼 일을 마쳐도 화장실에서 바로 나가지 않았다.

그 맨션에서 살해당한 건 마흔두 살의 여자였다. 쿠니에다는 그 여자와 깊은 관계가 되었다. 쿠니에다는 아내와 이혼하고 너와 함께 있을 거라고 말한 걸지도 모른다. 하지만 다른 많은 기혼자처럼, 그건 침대 속에서 얘기한 꿈같은 이야기에 불과할 뿐이었다. 그 사실을 알게 된 여자가 화를 내며 아내에게 사실을 전부 얘기하겠다고 협박했다. 데릴사위인 쿠니에다는 그녀가 그런 짓을 하면 직장까지 잃을 수도 있었다. 그래서 범행을 저지른 걸지도 모른다.

쿠니에다가 방탕한 남자라고 도저히 생각되지 않는다. 꽃꽂이 교실의 강사를 진심으로 좋아하게 된 게 틀림없다. 그게 문제가 되어서, 궁지에 몰리게 된 것이다. 성실했기 때문에 범해버린 살인이었다. 케이코는 그런 생각밖에 들지 않았다.

경찰은 피해자의 신변을 철저하게 조사하고 있을 것이다.

수사 선상에 쿠니에다가 올라가 있을까. 평범하게 생각하면, 아무리 은밀하게 사귀고 있었다고 해도 둘의 관계를 알고 있는 사람이 있을 것이다. 그 사건이 일어났을 때, 쿠니에다는 현장에 있었다. 알리바이는 없다. 경찰이 쿠니에다를 주시하고 있다고 보는 게 맞겠지. 쿠니에다가 알리바이 공작을 했을지도 모르지만, 그래도 경찰은 쿠니에다를 주요 용의자로 보고 있을 게 분명하다.

쿠니에다가 오늘 밤에 혼자서 가게를 찾아온 건, 자신을 의심하고 있기 때문이 아니라 경찰의 눈을 속이기 위함일지도 모른다.

참고인으로서 임의로 조사를 받은 쿠니에다는 경찰이 미행하고 있을지도 모른다고 생각해, 술을 마시러 나온 것이다. 오늘의 애프터 신청은 다른 여자와 적당히 만나고 있는 장면을 경찰에게 보이고 싶었기 때문일지도 모른다.

경찰이 중요 참고인도 미행하는지는 모르겠지만 상상이 맞는다고 하면, 자신에 대해서도 경찰이 조사할지 모른다.

지나친 생각. 다 지나친 망상이야.

케이코는 마음속으로 몇 번이고 그렇게 되뇌고 화장실을 나섰다.

쿠니에다가 칼바도스를 새로 주문하고 있던 참이었다.

"가끔은 이렇게 만나서 같이 느긋하게 대화해줄래?"

"물론이죠."

"난 내 입장을 알고 있으니까, 손님으로서 가게에 들를게. 결코, 무리한 요청은 하지 않을 테니까. 그리고 동반 횟수가 적으면 사양 말고 얘기해. 시간이 나지 않을 때는 거절하겠지만, 어떻게든 도와줄 테니까."

"그렇게까지 해주시는 손님은 사장님뿐이에요."

"잠깐, 그 사장님이라는 호칭 그만둬줄래?"

"죄송해요. 그럼 쿠니에다 씨로 바꿀게요."

쿠니에다는 말없이 끄덕였다.

그리고 30분 정도 후, 가게를 나왔다.

케이코는 슬며시 주변을 살펴봤다.

형사가 쿠니에다를 미행하고 있을지도 모른다는 생각이 머릿속을 떠나지 않았기 때문이다.

2시 반이 넘었지만, 롯폰기는 아직 많은 사람이 오가고 있었다.

아무리 주변을 둘러봐도 행인들과 형사를 구별할 수 있을 리 없었다.

쿠니에다는 "이걸로 돌아가."라고 말하고, 케이코에게 만엔 지폐를 한 장 건넸다. 그리고 택시를 잡아주었다.

케이코는 택시에 타고, 도로 위에 서 있는 쿠니에다에게 작게 고개를 숙였다.

겨우 몇 시간 쿠니에다와 같이 있었을 뿐인데, 지금껏 느껴보지 못한 막대한 피로가 몰려왔다.

쿠니에다는 노골적인 작업 멘트를 일절 입에 담지 않았지만, 자신과 친해지고 싶어 한다는 게 느껴졌다.

만약 쿠니에다가 자신에게 고백한다면 어떨까. 당연히 거절하겠지? 자신이 협박한 상대. 더구나 살인범인 남자와 깊은 관계가 될 수 있을 리 없다.

그렇지만 쿠니에다를 남자로서 보면 어떨까, 하고 케이코는 문득 생각했다. 굵고 맑은 목소리로 꼬신다면 넘어가 버릴지도 모른다.

앞으로도 쿠니에다와 계속 만나게 되는 건 분명하다. 모순된 감정을 안고서 쿠니에다와 만나야 하는 게 괴로웠다…….

아무 일 없이 달이 바뀌었다. 타구치에게 취업 관련 연락은 오지 않았다.

31일부터 학원제가 열려서, 문화의 날[1]에 아사미와 야요이를 만났다. 그 뒤에 술자리가 시작됐다.

"오빠한테 들었는데 케이코, 코타로 씨랑 자주 만나고 있다며?"

야요이가 호기심을 숨김없이 드러내며 물었다.

"만나고 있어."

"코타로 씨라면, 그때 야요이 집에서 본 사람?"

아사미가 끼어들었다.

"그래서 어때?"

---

[1] 일본의 공휴일

"뭐가 어때."

케이코는 계란말이를 먹으며 반문했다.

"좋은 느낌인지 어떤지."

"전혀 그런 거 없습니다."

케이코는 딱 잘라 말했다.

천지가 뒤집힌다고 해도, 코타로와 사귈 생각은 없었다. 타구치가 조금 더 낫지만, 그에게도 흥미가 없다.

순간 쿠니에다가 머릿속에 떠올랐다.

그 뒤로도 야요이와 아사미랑 즐겁게 마셨지만, 스스로가 협박을 저지르기 전과는 확연하게 달라졌다는 걸 깨달았다. 어디가 어떻게 바뀌었는지는 잘 모르겠지만, 야요이와 아사미가 왠지 무척 어려 보였다.

집에 도착하자, 먼저 세면대로 걸어가, 돈을 숨겨놓은 티슈 상자가 사라지지 않았는지 확인했다.

사라질 리 없는데, 그렇게 확인하지 않으면 안심이 되지 않았다.

샤워를 마치고, 잘 준비를 하고서 침대 끄트머리에 앉아 텔레비전을 켰다. 11시부터 시작한 뉴스가 흐르고 있었다.

미네랄워터를 마시면서 멍하니 보고 있었다.

'……지난 2일 밤, 도쿄도 스기나미구에서 꽃꽂이 교실의 강사, 사야마 사토코 씨(42세)가 자택에서 예리한 날붙이에 베여

과다출혈로 사망한 사건으로…….'

케이코는 화면에 집중했다.

'……경찰은 오늘 오후, 살해당한 사야마 씨의 맨션 근처에 사는 회사원, 후쿠모토 코우지 씨를 살인 혐의로 체포했습니다. 피해자의 손톱에 남은 피부 DNA 감정 결과, 후쿠모토 용의자의 DNA와 일치한다는 점이 결정적인 단서가 되었습니다.

후쿠모토 용의자는 혐의를 인정하고 있으며, 수사관계자의 말에 따르면 후쿠모토 씨는 사야마 씨가 근무하고 있던 꽃꽂이 교실의 학생으로, 이전부터 일방적으로 호의를 표현하고 있었던 것으로 보입니다. 범행 당일 밤, 피해자의 집을 찾아가 강간을 시도하려 했으나, 피해자가 저항해 살인에 이르게 되었다고 보고 있습니다. 가해자는 범행에 사용한 흉기를 젠푸쿠지강에 버렸다고 진술했지만, 아직 발견되지 않았습니다. 수사본부는 자세한 사정과 동기를 조사하는 중입니다. 이어서 내일 날씨입니다…….'

케이코는 황급히 채널을 돌렸다. 다른 채널에서는 스기나미의 살인사건이 보도되고 있지 않았다.

귀를 의심케 하는 뉴스에 케이코는 어안이 벙벙해져, 텔레비전 리모컨을 쥔 채로 굳어버렸다.

몸이 희미하게 떨리기 시작했다.

얼마나 그렇게 있었는지는 모른다. 뉴스가 끝나고, 코미디언의 시끄러운 목소리가 들려왔다.

케이코는 텔레비전을 끄고, 천장을 향해 침대에 누웠다.

방에는 정적이 흘렀다. 그 정적이 무서웠다.

무언가 잘못된 거야. 후쿠모토라는 남자는 형사의 집요한 조사를 버티지 못하고 거짓 자백을 한 게 분명하다. 용의자는 피해자와 싸웠을 수도 있지만, 그렇다고 해서 죽였다고는 볼 수 없어.

싸운 용의자가 도망쳐 나온 뒤, 쿠니에다가 피해자의 방으로 들어가 죽인 것이다.

자신은 쿠니에다를 협박했다. 그리고 쿠니에다는 지시받은 대로 이천만 엔을 준비했다. 살인을 저지르지 않았다면 그런 일은 절대로 하지 않았을 것이다.

후쿠모토라는 남자가 한 게 아니다. 범인은 쿠니에다라고 생각할 수밖에 없다.

그렇지만 후쿠모토는 흉기를 버린 장소를 진술하고 있다. 자백을 강요받아 입에서 나오는 대로 아무렇게나 말한 걸까. 그렇다고 해도 너무 구체적이다.

토가 나올 것 같았다. 케이코는 비틀비틀 일어나서 화장실로 들어가, 변기 앞에 쭈그렸다.

숨이 거칠어지고 있었다. 가슴에 막힌 걸 토해내려 했지만,

생각대로 잘되지 않았다. 세면대의 수도꼭지를 비틀어 손으로 얼굴을 씻었다. 하지만 조금도 기분이 나아지지 않았다.

세면대 앞바닥에 주저앉고 말았다. 눈앞의 수납장 문을 바라봤다. 그 안에는 협박으로 얻은 돈이 숨겨져 있었다.

케이코는 쿠니에다가 범인이어야 한다. 하지만 냉정하게 생각해보면 잡힌 용의자가 죽인 거겠지. 경찰은 뉴스에서 다루지 않은 다른 증거를 발견했기 때문에 용의자를 잡았을 것이다.

쿠니에다가 꽃꽂이 교실의 강사를 죽이지 않았다면…….

"아…….”

케이코의 입에서 힘없는 목소리가 흘러나왔다.

계획을 실행할 때도 불안과 공포에 시달렸지만, 지금은 그 이상의 공포가 케이코를 붙잡고 놔주지 않았다.

이번 체포가 경찰의 실수이기를, 하고 케이코는 간절하게 빌었다. 쿠니에다가 범인이 아니라면 자신의 정신이 버티지 못한다.

쿠니에다에게 진실을 말하고, 왜 돈을 보냈는지 묻고 싶은 충동이 솟구쳤다. 그 정도로 진범 체포 뉴스는 케이코에게 큰 충격을 준 것이다.

휴대전화가 울렸다. 무시할 생각이었지만 케이코는 자리에서 일어났다.

찬장 위에 올려놓은 휴대전화를 손에 들었다. 코타로였다.

> 일이 바빠서 한동안 연락하지 못했어. 아직 안 자면, 잠깐 전화
> 하고 싶어.

상대가 누구든 간에 이야기 같은 건 하고 싶지 않았다. 그렇지만 무시는 하지 않았다. 조금 간격을 두고 답장을 보냈다. 메일을 입력하는 것으로, 냉정함을 되찾으려고 한 것이다.

> 오늘은 학원제에 가서 지쳐서, 이제 자려고요. 미안해ㅐ요

'미안해ㅐ요'에 'ㅐ'가 하나 많았지만, 케이코는 눈치채지 못했다. 케이코는 얼굴을 양손으로 감싸고, 몇 번이고 거친 숨을 뱉었다.

또 휴대전화가 울렸다. 케이코의 얼굴이 일그러졌다. 눈치 없는 코타로에게 화가 나기 시작했다.

휴대전화 화면을 슬쩍 봤다.

쓱 하고 몸의 열이 빠져나가, 다시 떨리기 시작했다.

이번 메일은 코타로가 아니라 쿠니에다였다.

몸을 벌벌 떨며 메일을 확인했다.

> 자고 있을지도 모르겠지만, 메일 보내고 싶어졌어요. 모레 시간이
> 날 것 같습니다. 아야나 씨가 괜찮다면, 동반할 수 있습니다. 연락해
> 주세요.

이 타이밍에 쿠니에다한테 메일이 왔다. 뭔가 꿍꿍이가 있는 게 아닐까. 꿍꿍이가 있다면 도대체 무슨 꿍꿍이일까. 아무런 예상도 되지 않았다. 머리가 깨질 듯이 아파졌다.

동반 요청을 거절하는 건 간단하지만, 앞으로 쿠니에다와 완전히 연락을 끊는 건 쉽지 않다.

쿠니에다와 가까워져도 진상을 알 수 있을 리 없지만, 케이코는 자신을 안심시키기 위해서라도, 쿠니에다와는 앞으로 평소 이상으로 만나보자고 생각했다.

> 동반해주신다니, 정말 기뻐요. 내일 오후에 메일 보낼게요. 잘 부탁드립니다.

메일을 입력한 케이코를 덮친 건 허탈감이었다.

취업도, 졸업논문도, 가게도 전부 어떻게 되든 상관없어졌다. 이천만 엔이라는 돈도 이제 보고 싶지 않았다.

제2장

고로의 비밀

＊　＊　＊

　쿠니에다 고로가 미나미아사가야역에서 내린 건 문화의 날 다음날이었다.

　그날 밤은 결혼으로 회사를 그만두게 된 여사원을 위해, 여러 사원이 시나가와역 근처의 술집에 모이기로 했다. 고로도 얼굴을 비추기로 했다. 가족적인 분위기를 중요하게 생각하는 고로가 그런 자리에 출석하는 건 처음 있는 일이 아니었다.

　1차가 끝날 무렵에 고로는 계산을 끝내고 먼저 자리를 뜨기로 했다. 사장이 이런 자리에 오래 있는 건 예의가 아니다.

　"오랫동안 정말 많은 신세를 졌습니다. 감사합니다."

　퇴직하는 사원의 눈이 울먹이고 있었다.

　사원에게 베풀어줄 수 있는 경영자를 목표로 달려온 고로는, 그 모습에 자신도 눈물이 나올 뻔했다.

　하지만 혼자가 되면 퇴사하는 사원도, 회사에 대해서도, 머릿속에서 전부 사라졌다.

　가슴 깊은 곳에서 불안이라는 이름의 구름이 피어올랐다.

　목적지는 후미에의 맨션이었다. 태풍으로 거리 전체가 정전되었던, 그날 밤 이후로 후미에와 만나지 못했다. 전화로는 몇 번 이야기 했지만.

쿠니에다 고로가 결혼하기 전의 성(姓)은 카와무라였다. 하지만 진짜 카와무라 고로는 먼 옛날에 이미 죽었다.

시모오카 코우헤이라는 본명을 쓰지 않게 된 지 어언 25년이라는 세월이 흘렀다.

하지만 잊으려고 해도 잊을 수 없는 일이 있었다.

협박을 당한 뒤로는, 그 괴로운 사건이 계속해서 꿈에 나와 고로를 힘들게 했다.

시모오카 코우헤이는 나가노현의 휴양지, 가루이자와에서 태어났다. 4인 가족으로 두 살 아래의 여동생이 있었다.

집은 가전제품 가게를 하고 있었고, 그는 중학생 때부터 아버지의 일을 돕고 있었다. 고등학교를 졸업하고 전기공사 회사에서 일을 배운 뒤에 가게를 잇는 것이 장남인 코우헤이가 걸어야 할 길이었을지도 모르지만, 공부를 곧잘 했던 그는 도쿄에 있는 대학에 진학하고 싶었다. 아버지는 가게를 이어줬으면 했는지 무어라 투덜거렸지만, 어머니가 코우헤이의 든든한 아군이 되어주었다.

대학 시절에는 편집 프로덕션에서 사전을 편찬하거나, 가정교사, 카바레의 보이[1], 중화요리점의 점원 등. 여러 아르바

---

[1] 유흥업소의 남자 종업원

이트를 했다. 그렇지만 다른 길로 새는 일 없이, 수업을 제대로 듣고 학점을 따고 있었다.

좋아하는 여자가 생긴 건 막 3학년이 된, 봄의 끝자락 즈음의 일이었다. 하숙집을 바꿔서 버스로 통학하게 되었다. 그 버스 안에서 같은 대학에 다니는 여자애와 마주쳤다. 볼이 탱탱하며 눈이 둥글고 귀여운 아이였다.

코우헤이는 흔들리는 버스에 몸을 맡기며 그녀를 계속 몰래 훔쳐봤지만 말을 걸진 못했다.

말을 걸 기회가 찾아온 건 버스에서 처음 보게 되고, 한 달 정도 지났을 무렵이었다. 그녀가 학교 식당에 혼자 앉아 있는 것을 보았다. 코우헤이는 눈 딱 감고 그녀의 앞에 앉았다. 작게 고개를 숙이고 살짝 미소 짓자, 그녀도 입가에 미소를 머금었다. 코우헤이가 자신의 이름을 대자, 그녀도 이름을 알려 주었다.

그때는 무난한 대화를 나눴을 뿐이었지만, 다음 날 버스에서 만났을 때는 나카네 미사코의 옆에 앉게 되었다.

그렇게 미사코와 친해진 코우헤이는 머지않아, 그녀와 차를 마시고 영화를 보러 가는 사이가 되었다.

미사코는 나고야 현에 있는 여관의 딸로 도쿄에 있는 친척 집에 묵으며 학교에 다니고 있었다.

펍에서 술을 마시고 돌아가는 길에 코우헤이는 미사코의 손을 잡았다. 미사코도 그 손을 꼭 쥐었다. 코우헤이는 자신이 미사코에게 품고 있는 솔직한 마음을 전했다. 미사코도 그와 같은 마음을 가지고 있다고 작고 귀여운 목소리로 대답했다. 미사코와 관계를 갖게 된 건 여름방학 바로 전이었다. 첫 경험이었기에 긴장했지만, 다행히 실패하는 일은 없었다. 코우헤이는 성급하다고 느끼면서도 미사코와의 결혼을 막연하게 생각할 때도 있었다.

그녀가 묵고 있는 친척 집에 처음 바래다주러 갔을 때 깜짝 놀랐다. 시부야의 한적한 주택가에 세워진 저택. 친척이 부자라고 해서 미사코까지 부자인 건 아니지만, 오래된 여관이라고 했으니 유복한 가정에서 자란 게 분명했다. 작은 가전제품 가게의 아들을 미사코의 부모님이 받아주지 않을 수도 있겠다는 불안함을 느끼게 되었다.

하지만 그런 불안을 품을 필요는 전혀 없었다.

새해가 밝고 미사코에게 데이트하자고 말할 때면, 공부가 힘들다든가 친척 집에서 문제가 생겼다든가 그런 말을 하며 만나주지 않게 된 것이다.

그런 어느 날, 충격적인 일이 일어났다.

긴자의 한 중화요리점에서 아르바이트를 끝내고 돌아갈 때, 미사코가 꽤 나이가 많은 남자와 팔짱을 끼고 긴자 거리를 걷고 있는 모습을 보게 되었다.

그날은 잠자리에 들지 못하고 술로 밤을 지새웠다.

다음 날, 학교에서 미사코를 붙잡고 할 얘기가 있으니 수업이 끝나면 하숙집에 와달라고 말했다.

"알았어. 나도 할 얘기가 있으니까."

미사코는 담담히 그렇게 말하고 떠났다.

저녁에 미사코가 하숙집에 나타났다. 코우헤이는 어젯밤 본 것을 얘기했다.

미사코는 한동안 입을 열지 않았다.

"그 남자는 뭐야."

코우헤이가 추궁했다.

"나 이제 너랑 헤어지고 싶어."

"그 남자를 좋아하게 된 거야?"

미사코는 눈을 감고 끄덕였다.

"내 어디가 마음에 안 드는 거야?"

코우헤이는 겨우 목소리를 냈다.

"난 꽤 나이 차이가 많이 나는 연상이 취향인 것 같아. 당신 탓이 아니야. 그렇지만 이 이상 우리 사이를 이어갈 순 없어."

"난 너와 결혼까지 생각했어."

"그런 게 성가시단 말이지."

차갑고 가시 돋친 말투에 코우헤이는 화가 치밀어 올랐다. 호흡이 거칠어지고, 어느새 양손을 꽉 쥐고 있었다.

"더는 연락하지 말아줘."

미사코는 그 말을 남기고 튀어 오르듯이 일어나, 방에서 나갔다.

그녀가 사라지고, 코우헤이는 위스키병을 손에 들었다. 마셨다. 토할 때까지 전부 마셨다. 아르바이트에도 나가지 않고, 학교도 가지 않는 날이 한동안 이어졌다.

미련의 꼬리를 끊지 못하고 몇 번씩 전화도 했지만 미사코와 얘기를 나누지 못했다. 학교에서 마주치면 그녀는 빠른 걸음으로 떠나갔다.

코우헤이를 정신 차리게 한 것은 얄궂게도 어머니의 돌연사였다. 아침이 되도 일어나지 않아서 동생이 보러 가니 이불 속에서 죽어있었다고 한다. 사인은 심부전이었다.

어머니를 잃은 슬픔이 상처 입은 마음을 잊게 해주다니, 코우헤이는 뭐라 형용할 수조차 없는, 참을 수 없는 기분을 느꼈다.

그 뒤로도 미사코와 교내에서 마주친 적이 있었다. 상처가 다 아물지 않았다는 걸 그때마다 통감했다.

대학을 졸업하고 그대로 도쿄에 남아, 큰 인쇄회사에 취직했다.

스물아홉이 되던 해. 이번엔 아버지가 일하던 도중에 지붕에서 떨어져, 목뼈가 부러져 사망했다.

여동생이 가게를 도와주고 있었지만 혼자서는 운영하기 힘들었다. 가게를 닫을지 말지 여동생과 의논했다. 여동생은 코우헤이가 가게를 이어줬으면 좋겠다고 말했다.

코우헤이는 어렸을 때부터 여동생과 무척 사이가 좋았다. 여동생의 슬픈 얼굴을 보고 있자니, 그녀가 원하는 걸 들어주고 싶어졌다.

코우헤이가 가루이자와에 돌아와서 시모오카 전기의 뒤를 잇게 된 것은 일왕의 사망 소식이 뉴스에 떠돌고, 한 달 뒤의 일이었다.

고등학생 때까지 아버지 일을 돕고 있었기에 어느 정도 요령은 알고 있었고, 간단한 수리라면 할 수 있었다. 하지만 그것만으로는 충분하지 않았기에 아버지의 친구였던 전기공사 사장에게 가르침을 받았다.

골든위크[I]는 별장 손님이 찾아오기에 몹시 바빴다. 여름 휴가철에는 더 눈코 뜰 새 없이 바빴다.

그런 어느 날, 가게 앞에 빨간 파제로[II]가 멈추고, 큰 선글라스를 쓴 여자가 호쾌하게 가게로 들어왔다. 앞머리를 올린 긴 머리. 하얀 민소매 원피스가 잘 어울렸다.

여동생은 손님을 잘 알고 있는 듯이 친근하게 인사했다. 그리고 아버지의 부고 소식을 전하고, 코우헤이에게 손님을 소개했다.

"이분은 유우키 씨라고 하는데, 굉장한 단골손님이셔."

코우헤이는 자기소개를 했다.

I) 5월에 있는 일본의 대형 휴가 시즌
II) 미쓰비시의 SUV형 승용차

"거실에 있는 텔레비전을 새로 바꾸고 싶은데, 뭐가 좋을까요?"

가게에는 텔레비전이 여러 대 놓여있었다. 코우헤이는 막 발매된 물건을 추천했다.

여자는 선글라스를 벗고 텔레비전을 봤다. 나이는 마흔이 조금 안된 것 같았다.

선명한 쌍꺼풀의 큰 눈을 가진 여자로, 콧날이 날카롭고 입술은 도톰했다. 세련된 윤곽을 가진 미인이었다.

코우헤이는 문득 미사코를 떠올렸다. 왠지 눈가가 닮았다는 생각이 들었다.

여자는 손에 쥔 선글라스를 가볍게 돌리며, 코우헤이를 쳐다봤다.

"이거랑 같은 걸 가져와 주세요."

"내일 저녁에는 배달할 수 있을 것 같습니다."

"그럼 5시 즈음으로 예상하고 기다릴게요."

"알겠습니다."

코우헤이는 가게에서 나가는 여자의 뒷모습을 보고 있었다.

여동생이 히죽 웃었다.

"오빠 반했어?"

"바보 같은 소리 하지 마."

"방금 그 사람, 좋은 분이지만 소문이 많아."

"어떤 소문?"

"이쪽에 가족이 오지 않을 땐, 몰래 젊은 남자를 부른대."

"누가 그런 소리를 하는 거야."

"우치보리 씨 친척이 우연히 아침 일찍 별장 근처를 지나가다 젊은 남자가 나오는 걸 봤대. 아내만 별장에 내려왔을 때는 젊은 남자를 부르는 거지. 그 젊은 남자는 토미나가 씨의 오빠였던 모양이야."

중학생 때 같은 반이었던 토미나가 슌지는 도쿄로 올라가고, 그의 형이 가업인 찻집을 이어받았다고 들었다.

"근데 믿기 어렵네. 별장에 남자들 데려오는 건 너무 대담하잖아. 남편에게 걸리기라도 하면 큰일인데."

"남편은 교통사고로 척수를 다쳐서, 휠체어 생활을 보내고 있어. 나이도 이제 예순다섯 넘은 모양이니, 부인은 몸을 주체 못 해서 욕구불만인 게 아닐까."

여동생은 호기심 가득한 눈으로 이야기하고 있었지만, 코우헤이는 자신의 생활과 동떨어진 곳에서 일어나고 있는 연애 사건에 하나도 흥미를 느끼지 못했다.

"유우키 씨는 무슨 일 하는 사람이야?"

"부동산 업자인데, 빌딩을 많이 가지고 있는 모양이야."

주문한 텔레비전은 다음 날 오후에 도착했다. 혼자서는 옮길 수 없었다. 이럴 때는 세키구치라는 남자에게 도움을 요청했다. 세키구치는 아버지의 친구로서, 그도 예전에 가전제품 가게를 운영했지만, 뒤를 이을 사람이 없어 가게를 닫게 되고 지금은 아무 일도 하고 있지 않다. 나이는 일흔. 종업원을 고용할 여유가 없는 시모오카 전기는, 한가한 세키구치를 편하게 쓰고 있다. 세키구치도 용돈이 들어오니 기쁘게 달려왔다.

저녁에 코우헤이는 물건을 경트럭에 싣고, 세키구치를 태운 뒤 가게를 나섰다.

"나도 유우키 씨 별장에 네 아버지랑 여러 번 가봤어."

"꽤 단골손님인 모양이네요."

"부인이 새로운 물건을 참 좋아한단 말이지. 텔레비전도 4, 5년 전에 산 걸 아직 더 쓸 수 있을 텐데, 아깝지."

"그런 손님이 있어 줘야죠. 전구나 건전지를 파는 정도로는 돈이 안 되니까."

유우키 가(家)의 별장은 약간 높은 언덕의 한 모퉁이에 있었다. 구불구불한 언덕길을 올라갔다. 세키구치가 길 안내를 해주었다.

긴 돌담을 따라 나아가니, '유우키'라고 적힌 표지판이 걸린 문기둥이 눈에 들어왔다. 차를 앞에 댈 곳이 있는 별장이었다. 차고 앞에는 토요타 센추리와 빨간 파제로가 서 있었다. 파제로의 번호판에 적힌 지역은 나가노였다. 이쪽에 올 때만 쓰는 자동차인 듯했다.

센추리에 왁스를 바르고 있는 남자가 있었다. 아마도 운전사이리라.

단층집이지만 꽤 크다. 현관을 중심으로 좌우로 팔을 벌린 듯한 모습의 집이었다. 차고 뒤에 다른 건물이 있었다. 아마 운전사가 그곳에서 숙박하는 거겠지.

본채의 인터폰을 누르자, 덜컥 문이 열렸다.

"엄마, 가전제품 가게 사람이야."

반바지에 빨간 폴로셔츠를 입은 소년이 문을 열고, 안을 향해 말했다. 손에는 금속 배트를 쥐고 있었다.

중학생으로 보이는 소년은 시건방진 눈으로 코우헤이 일행을 훑더니, 밖으로 뛰쳐나갔다.

현관에는 경사길이 놓여있었다. 남편이 휠체어 생활을 보내고 있다는 걸 떠올렸다.

부인이 모습을 나타냈다. 청바지에 노란 티셔츠를 입고 있었다.

코우헤이는 세키구치와 같이 텔레비전을 거실로 옮겼다.

천장이 굉장히 높고 넓은 거실로, 가죽 소파나 의자가 ㄷ자로 놓여있었다. 거실의 옆은 주방으로 긴 테이블이 놓여있었다. 10명 이상이 편하게 식사를 즐길 수 있는 공간이었다.

베란다 너머에는 맑은 하늘이 펼쳐져 있어, 프린스 호텔의 스키장이 잘 보였다.

낡은 텔레비전에 비디오테이프 레코드가 설치되어 있었다. 선을 뽑고 있을 때, 휠체어에 탄 남자가 거실로 들어왔다.

작고 처진 어깨를 한 남자였다. 이마가 처마처럼 나와 있다. 안으로 푹 들어간 눈이 날카로운 빛을 뿜고 있었다. 음침한 분위기의 남자다.

"실례하겠습니다."

코우헤이는 남자에게 머리를 숙였다.

"남편이에요." 아내가 끼어들었다.

"아버지가 돌아가셨다지."

"네." 코우헤이는 작업을 하며 대답했다.

"꼼꼼하게 일을 하는 사람이었어. 지식도 있었고."

"아버님에겐 도쿄에 있는 가전제품도 부탁했었어요."

부인이 말했다.

"그랬었군요."

"대가 바뀌면 일의 질도 떨어지기 마련이야. 새겨둬."

남편은 무뚝뚝한 얼굴을 한 채 거실에서 나갔다.

"죄송해요. 붙임성이 없는 사람이라서."

아내가 면목 없다는 표정을 짓고, 작은 목소리로 사과했다.

아내는 코우헤이에게 자주 말을 걸어왔다. 언제 이쪽에 돌아온 건지, 도쿄에서는 뭘 했는지, 결혼은 했는지 등……. 출신 대학까지 물을 때는 조금 당황했지만, 코우헤이는 성실히 대답했다.

개인적인 일을 계속 질문받자, 이 여자가 토미나가의 장남과 불장난을 했다는 소문이 떠올랐다.

자신도 노려지고 있는 걸까. 그건 지나친 생각이겠지. 그렇지만 뭐가 됐든 손님의 부인과 관계를 맺을 일은 없다.

새로운 텔레비전의 안테나와 채널을 맞추고, 비디오테이프 레코드를 새로 연결하는 작업이 끝났다.

가루이자와는 여름이어도 에어컨이 필요 없지만, 그날은 몹시 더운 날이었기에 땀을 흘렸다.

코우헤이가 수건으로 목에 난 땀을 닦고 있을 때, 부인의 시선을 느꼈다. 부인이 입가에 옅은 웃음을 띠고, 코우헤이를 바라보고 있던 것이다.

"남자의 땀은 좋네."

부인이 아무렇지 않은 듯이 말했다.

그 한마디에 놀란 건 코우헤이뿐만이 아니었다. 세키구치도 눈을 동그랗게 뜨고 있었다.

코우헤이는 기존의 텔레비전과 다른 점을 설명해주고, 낡은 텔레비전과 골판지 상자를 밖으로 옮겼다.

부인이 현관까지 나왔다.

"수고하셨어요. 또 무슨 일이 있으면 연락할게요."

"네."

코우헤이는 머리를 숙이고, 세키구치와 함께 별장을 뒤로 했다.

"남자의 땀은 좋네, 라니."

세키구치가 담배에 불을 붙이며 눈웃음을 지었다.

"나 같은 늙은이의 땀이 아니라, 코우헤이 씨 같은 젊은 남자의 땀이 좋나 보지. 부러워 나 참."

"뭐가 부럽습니까."

"그 부인 굶주려있어. 여자로서 한창 무르익을 때니 말이지."

코우헤이는 긴 시간, 여자와 깊게 엮이는 걸 피해왔다. 도쿄에서 일하고 있었을 때도, 조금 마음에 드는 여자 사원이 있었지만 가까이하지 않았다. 미사코에게 심하게 차인 마음의 상처는 아주 먼 옛날에 아물었지만, 그 이후로 여자를 무서워하게 되었다. 한심한 얘기다. 그런데 마음을 바꾼다고 해도 만남이 없으면 아무것도 시작되지 않는다.

관계를 한다든지, 그런 거창한 일은 조금도 생각하고 있지 않지만, 그 부인이 자신을 보던 눈빛이 신경 쓰였다.

그 뒤에 유우키가로부터 연락은 오지 않았다. 코우헤이는 '한창 무르익을 때의 여자' 같은 건 잊고 있었다.

아사마 산의 단풍이 나기 시작하고, 주변 나무들이 옷을 바꿔 입기 시작할 때였다. 오후 6시 반을 조금 지났을 때 전화가 울렸다. 가게의 영업시간은 이미 끝난 뒤였다. 그렇지만 영업시간이 아니더라도 손님이 곤란해하면 달려가고 있었다.

상대방은 유우키가의 부인이었다. 거실 천장의 전구 3개가 한 번에 수명이 다 되었다고 한다.

"……천장이 높아서 저로선 어찌할 방법이 없어요. 바꿀 전구는 있으니, 혹시 민폐가 아니라면 오늘 밤에 바꿔줬으면 하는데."

하룻밤 정도는 참을 수 있을 것 같은데, 라고 생각했지만 바로 가기로 했다. 천장의 높이는 4m라고 한다.

여동생에게 가게 문단속을 맡기고, 높이 3m의 사다리를 경트럭에 실은 뒤 별장으로 향했다.

자동차 소리를 들은 듯, 부인이 문을 열고 기다리고 있었다. 사다리를 거실로 옮긴 뒤, 소파를 치우고 사다리를 세울 공간을 만들었다.

겨우 세 개의 전구를 바꿀 뿐인데 꽤 시간이 걸렸다.

작업을 끝냈을 때, 부인이 커피를 들고 왔다.

"마시세요."

"감사합니다."

이미 준비되어 있으니, 거절할 수도 없었다.

"설계사는 생활할 때 불편함 같은 건 딱히 신경 쓰지 않고 만들기만 하니까, 전구를 바꾸는 것만으로 이렇게 귀찮은 일이 되어버려요." 부인이 말했다.

그 말에는 아무런 대답도 하지 않고, 커피를 입에 대었다. 그리고 전부 마시지 않고 일어났다.

"전 슬슬……."

"시모오카 씨, 잠깐 할 얘기가 있어요."

"제게 말인가요?"

"네."

부인은 입을 다문 채 웃으며, 코우헤이를 바라봤다.

"앉으세요."

코우헤이는 그 말에 따랐다.

"시모오카 씨, 착각이라면 미안한데 혹시 당신 '나카네 미사코'라는 여자를 알고 있지 않나요?"

놀란 나머지, 바로 입을 움직일 수 없었다.

"역시 알고 있네."

"같은 대학에 다니고 있던 사람입니다. 유우키 씨가 어떻게 나카네 씨를 알고 있나요?"

"내 사촌이야."

"그녀는 나고야 출신으로, 분명 시부야에 사는 친척 집에서 통학했던 것으로 기억하고 있습니다."

부인은 등받이에 몸을 기대고 웃기 시작했다.

"시부야에 살았던 건, 우리 세 번째 삼촌이 미사코를 맡아주고 있던 거였어. 나도 시부야에 있는 삼촌과는 친하게 지냈으니까 미사코랑 자주 만났지. 한때 그 애가 사귀고 있는 사람에 대해서 말한 적이 있어. 이름은 말하지 않았지만, 가루이자와 출신에 집은 가전제품을 하고 있다고 행복한 표정으로 얘기했지. 당신과 만나기 전에는 까맣게 잊고 있었는데, 겉보기에 미사코랑 비슷한 나이 같고, 도쿄에 있었다고 하니까 그녀가 한 말이 떠올라서 말이야. 출신 학교를 듣고 틀림없다고 생각했지."

"그녀는 잘 지내고 있나요?"

"나고야로 돌아가서, 부모가 소개한 사람과 선을 봐서 결혼했어."

"그녀가 선을 봐서 결혼했나요. 믿기지 않네요."

코우헤이는 먼 산을 바라보는 듯한 표정을 지었다.

부인이 눈을 치켜뜨고 코우헤이를 봤다.

"당신과 나, 무척 인연이 있는 것 같네."

"저는 미사코한테 심하게 차였어요."

"지금도 그 일을 신경 쓰고 있어?"

"그렇진 않아요."

부인이 자리에서 일어나, 창가에 섰다.

"내일 밤에 우리 집으로 놀러 오지 않을래?"

"저는 출장기사, 부인은 손님이에요."

"당신이 마음에 들었어. 미사코는 어렸으니까 성급히 헤어진 거 같은데, 멋진 남자 보는 눈이 없었네."

미사코의 사촌 누나가 자신을 유혹하고 있다. 묘한 기분이 들었다.

"당신 가게 뒤편에 작은 공원 있지? 오후 9시에 그곳으로 나와. 내가 파제로를 타고 마중 나갈 테니까."

"……."

부인이 갑자기 돌아봤다.

"난 마흔이야. 당신에겐 아줌마지."

"그렇지 않아요."

"내게 매력이 안 느껴져?"

자신 가득한 말투였지만, 빈정대는 말투가 아니라 시원시원한 말투처럼 느껴졌다.

"어때? 확실하게 말해."

"부인은 매력적이에요. 하지만……."

"뭘 무서워하는 거야? 남편도 아들도 도쿄에 있어."

"그런 문제가 아니라."

"그럼 뭐가 문제인데?"

이렇게까지 적극적으로 다가오면, 뒤로 물러날 수 없다. 아니, 그것만은 아니다. 멀리 떨어뜨려 놓고, 피하고 있던 수컷 부분이 머리를 쳐들기 시작한 것이다.

"공원 맞은편에 유치원이 있습니다. 유치원 앞에 차를 세워 주세요. 그쪽이 다른 사람들 눈에 잘 안 보일 테니까."

"그럼 그렇게 할게."

그렇게 말하고 부인이 입가에 미소를 지었다.

"술은 어떤 걸 좋아해?"

"안 가리고 마십니다."

코우헤이는 자리에서 일어나, 사다리를 들고 현관으로 향했다. 마음에 붕 떠 있던 건지 사다리 끄트머리를 기둥에 부딪치고 말았다.

"죄송합니다."

부인이 부딪힌 부분을 살펴봤다.

"조금 흠집이 났지만, 자세히 보지 않으면 몰라. 괜찮아."

코우헤이는 다시 한번 사과하고 "그럼 실례하겠습니다."라고 말한 뒤, 머리를 숙이고 밖으로 나갔다.

일단 가게에 들러, 사다리를 놓은 뒤 집으로 돌아왔다. 집은 가게 바로 뒤에 있었다.

안방에서 여동생이 밥을 먹고 있었다.

"배고파서 먼저 밥 먹고 있었어."

코우헤이는 아무 말도 하지 않고, 식탁 근처에 앉았다.

"늦었네?"

"소파랑 의자를 옮겨야 해서 꽤 시간이 걸렸어. 게다가 돌아오는 길에 대학 친구랑 우연히 만났거든. 내일 밤에 그 녀석이랑 술 마시기로 했어."

"그 사람도 별장 가지고 있어?"

"응."

코우헤이는 빠르게 식사를 끝내고, 방으로 들어갔다.

침대 위에 누워, 담배를 태웠다.

오랜만에 미사코를 떠올렸다. 결혼까지 생각한 여자의 웃는 얼굴이 머릿속에 떠다녔다. 완벽한 자신의 이상형이었다고, 새삼스레 생각했다.

미사코의 얼굴이 어느새 유우키 부인으로 바뀌었다. 무슨 전개가 기다리고 있을지 상상도 되지 않지만 어떻게든 되겠지, 하고 웃으며 담배 연기를 천장을 향해 내뱉었다.

다음 날 밤, 코우헤이는 약속한 시각에 유치원으로 향했다. 평소에 술을 마시러 나갈 때는 자동차를 몰고, 돌아올 때 대리기사를 불렀다. 그렇지 않고 걸어서 나가려고 하자, 여동생이 의아한 표정을 지었다.

"갑자기 산책하고 싶어져서."

적당한 이유를 대고, 코우헤이는 집을 나섰다.

유치원 앞에 빨간 파제로가 서 있었다. 코우헤이는 주변을 살펴봤다. 인기척도 없고, 지나가는 자동차도 없다.

파제로의 조수석에 올라탄 코우헤이는 준비한 선글라스를 썼다.

부인이 피식하고 웃었다.

"신중하네."

"작은 동네니까요. 부인도……."

"잠깐, 부인이라고 하는 건 그만둬. 내 이름은 하츠코야."

"하츠코 씨도 소문이 나는 건 싫잖아요."

"뭐 그렇지."

하츠코의 운전은 거칠었다. 가로등 빛에 이따금 그녀의 옆모습이 비쳤다. 깜짝 놀랐다. 미사코와 매우 닮았기 때문이다.

별장 거실에는 이미 술이 준비되어 있었고, 얼음 통 안에는 샴페인 병이 들어있었다.

하츠코가 오디오에 전원을 넣었다. 방안에 재즈 보컬이 흘렸다.

"어젯밤은 미사코에 대해서 떠올리지 않았어?"

"그리운 기분이 들었습니다. 미사코, 아이는 있나요?"

"작년에 남자애가 태어났어. 만나고 싶어?"

"전혀요."

"미사코는 예전부터 나랑 닮았다는 소리 많이 들었어. 어때?"

코우헤이는 고개를 갸웃거렸다.

"그런 느낌은 들지 않습니다만…."

왜 거짓말을 했는지 알 수 없었다. 그렇지만 닮았다는 걸 인정하고 싶지 않았다.

"여름에 남자애를 봤는데, 하츠코 씨 아들이죠?"

"전 남편 사이에서 태어난 아이야."

"몇 살인가요?"

"14살이야. …… 테루히사라고 하는데, 꽤 애먹고 있어."

"무슨 일 있나요?"

"한마디로 말하면 양아치야. 나쁜 친구들이랑 놀면서 술 마시고 담배도 피우고, 밤에 놀러 나가기만 해. 여러 번 경찰 신세도 졌어. 내가 육아를 못 했지만, 애 아빠가 그 아이에게 너무 엄해. 남편과 아들 사이가 좋아지질 않으니까 곤란하단 말이지."

"남편분은 꽤 예전부터 휠체어 생활을 하고 계신 건가요?"

"올해로 딱 10년 됐어. 내가 그와 재혼한 그다음 해에 그렇게 됐지. 예전부터 자주 화를 내는 사람이었는데, 휠체어를 타게 된 뒤로는 더 심해졌어."

"그래도 부인 아니, 하츠코 씨가 제대로 돌봐주시잖아요."

"응. 할 수 있는 건 제대로 하고 있어. 그래도 놀 땐 노는 거야. 그러지 않으면 버틸 수가 없잖아."

하츠코 씨가 추파를 보내왔다.

코우헤이는 조용히 끄덕이고, 잔을 비웠다.

"샴페인은 맛있지만 금방 질린단 말이지. 위스키 마시지 않을래?"

"하츠코 씨에게 맡길게요."

하츠코는 미즈와리 위스키를 만든 뒤, 코우헤이의 옆으로 자리를 옮겼다. 은은하게 향수 냄새가 풍겨왔다.

"그러고 보니, 아직도 당신의 이름을 듣지 못했네."

"코우헤이입니다."

"코우헤이 씨, 긴장하지 마."

하츠코가 쓱 가까이 다가왔다.

코우헤이는 위스키로 목을 축인 뒤에 하츠코를 안았다.

하츠코는 얼굴을 약간 들어 올렸다. 무방비한 도톰한 입술이 코우헤이의 눈에 들어왔다. 그 입술에 입술을 맞췄다.

혀가 뒤섞였다. 하나의 소프트콘을 둘이서 할짝거리듯 진한 키스가 이어졌다.

하츠코의 몸이 무너지듯이 소파 위로 등부터 떨어졌다. 치마는 말아 올려져, 검은 티 팬티가 살며시 얼굴을 내밀었다.

코우헤이의 이성은 안개처럼 빠르게 흩어져 사라졌다. 하츠코는 스스로 스웨터를 벗어 던지고 브래지어를 풀었다. 형태도 좋고 탄력 있는 가슴에 코우헤이가 달라붙었다.

"날 공주님처럼 안고 내 방으로 데려가 줘."

하츠코의 달콤한 목소리가 귓불을 간질였다.

코우헤이는 하츠코를 안아 들고 복도로 나갔다. 하츠코의 방은 거실 복도 왼편에 있었다. 가장 안쪽의 오른쪽 문을 열어달라고 했다.

침대 위에 하츠코를 눕히고, 코우헤이는 서두를 필요가 없는데도 허둥지둥 알몸이 되었다. 하츠코는 천천히 치마를 벗었다.

경험이 적은 코우헤이는 하츠코의 몸에 맹렬하게 달라붙었다.

"좀 더 이쪽."

하츠코는 그녀가 느끼는 곳에 코우헤이의 손가락을 유도했다.

계속 애무하고 있자, 하츠코는 더욱 음란해졌다. 하츠코의 안에 들어갔다. 이윽고 큰 파도가 몰려와서 코우헤이를 데려갔다.

하츠코를 끌어안자, 그녀는 코우헤이의 가슴 속에서 작아졌다.

"나를 안았을 때, 미사코에 대해 떠올렸어?"

"설마요."

"솔직히 말해도 괜찮아."

코우헤이는 곁눈질로 하츠코를 봤다.

"스무 살 소녀를 떠올릴 리 없잖아요."

"그런가. 그럴지도 모르겠네."

하츠코는 중얼거리듯이 말하고, 거실에서 술을 가져와달라고 부탁했다.

코우헤이는 알몸인 채로 침실을 나섰다. 손님의 아내와 이런 관계가 되다니, 있어선 안 될 일이다. 하지만 코우헤이는 신경 쓰지 않기로 했다. 몸이 불편하고 성격이 예민해진 남편과 말을 듣지 않는 아들을 가진 하츠코에게 한순간의 위로용으로 이용당한 건 알고 있지만, 이렇다 할 즐거움도 없이 일만 하는 코우헤이에게도 이 정사는 더할 나위 없는 해방이었다.

다시 한번 하츠코를 안은 뒤, 곤란한 사실을 깨달았다.

돌아갈 차가 없다. 술을 마신 하츠코에게 보내 달라고 할 수는 없다. 택시를 부르면 운전사에게 이 일이 들키고 만다.

코우헤이는 하츠코에게 그 얘기를 했다.

"자고 가면 되잖아?"

"그럴 순 없어요."

둘이서 의논해, 별장 주변까지 그녀가 바래다주기로 했다. 별장 주변이라면 사고를 내지 않는 한, 음주운전이 들킬 일은 없겠지. 거리로 나와서 택시를 부르면 된다. 아는 운전사라면, 인적이 드문 심야 길에 뭘 하고 있었는지 의심하겠지만 어쩔 수 없다.

"난 이틀 뒤에 도쿄로 돌아가. 내일 또 만나지 않을래?"

"만나는 건 괜찮지만⋯⋯."

"자동차가 문제네."

"응."

코우헤이는 차를 끌고 오기로 했다. 차는 차고에 넣어두면 아무에게도 목격되지 않는다. 술을 마시지 않고 심야가 되기 전에 집으로 돌아가면 여동생도 이상하게 생각하지 않겠지.

다음 날, 코우헤이는 계획대로 행동하고 다시 하츠코와 격하게 침대 위에서 뒤섞였다.

정사의 여운이 아직 사라지지 않았을 때, 코우헤이가 하츠코에게 물었다.

"다음엔 언제 가루이자와에 와?"

"크리스마스에 오는데, 가족도 함께야."

"봄까진 혼자 오지 않는다는 소리야?"

"새해가 밝으면 올게. 난 겨울의 가루이자와를 무척 좋아해."

새해까지 만나지 못한다고 생각하니 코우헤이의 가슴에 그늘이 드리웠다.

"내가 도쿄로 올라가면 만나줄래?"

"당신과의 관계는 이곳으로만 제한하고 싶은데……."

"알겠어. 참을게. 어차피 난 일요일밖에 시간이 나질 않으니까."

"내년까지 기다려."

하츠코가 코우헤이의 뺨에 입을 맞춰왔다.

겨우 이틀의 관계였지만, 코우헤이는 하츠코의 포로가 되어버렸다.

하츠코가 없는 가을의 가루이자와는 쓸쓸했다. 청구서를 보내는 곳은 도쿄의 자택이었기에, 주소도 전화번호도 알고 있었다. 그렇지만 연락할 용기는 나지 않았다.

코우헤이에게도 하츠코와의 관계는 그저 놀이에 불과했다. 그런데도, 줄곧 하츠코에 대해서만 떠올리고 있었다.

하츠코가 없다는 것이 코우헤이의 그리움에 박차를 가했다.

가루이자와에 함박눈이 내린 추운 날의 일이었다. 모르는 남자로부터 편지가 도착했다. 봉투를 열어보았다. 하츠코가 가명으로 쓴 편지였다.

가루이자와 외에는 밖에서 만나지 말자는 말을 했었는데, 2주 뒤 일요일에 도쿄에서 만나고 싶다고 적혀있었다.

계절 인사도 아무것도 없는 쌀쌀한 문장이었지만, 코우헤이는 두근거리는 마음으로 편지를 읽었다. 물론 거절할 생각은 없었다.

약속한 날에 대학 친구를 만나러 간다고 여동생에게 둘러댄 뒤, 집을 나섰다.

지정받은 장소에 코우헤이가 먼저 도착했다. 찬바람이 불고 있었지만, 이미 기온이 영하를 기록하고 있는 가루이자와에 비하면 따뜻했다.

하츠코가 나타났다. 후드가 달린 캐멀색 코트에 자주색 스카프를 목에 두르고 있었다.

"오랜만이야."

코우헤이는 하츠코를 보며 웃음 지었다.

"잘 와줬어."

"그런 편지를 받을 줄은 꿈에도 생각 못 했어."

"나도 어떻게 된 것 같아."

하츠코가 짧게 웃었다.

"이제 뭐 할래?"

"쓸데없는 걸 물어보네."

차갑게 그렇게 내뱉고, 하츠코는 걷기 시작했다.

목적지는 재건축 중인 오쿠보 병원 근처에 있는 호텔이었다. 러브호텔은 아니지만, 사정 있는 커플이 이용하기에 안성맞춤 같았다.

코트를 벗은 하츠코를 코우헤이는 뒤에서 끌어안았다.

"만나고 싶었어."

"나도."

코우헤이는 키스를 한 채, 하츠코를 침대에 쓰러트렸다.

일이 끝난 뒤 하츠코가 말했다.

"여섯 시까진 집에 돌아가야 해. 바빠서 미안."

"괜찮아. 나도 하루를 묵지는 못하니까."

"사실을 말하자면, 남편을 배신한 건 처음이 아니야."

"소문으로 들은 적 있어."

"하지만 도쿄까지 부른 건, 코우헤이가 처음이야."

"불러주면 언제든지 날아갈게. 아주 짧은 시간이라도 만날 수 있다면 괜찮아. 영화를 보거나 식사를 하는 것만으로도 나는 만족해."

"영화도 오랫동안 보질 않았네."

"다음엔 뭔가 재밌는 영화를 보러 가자."

"코우헤이는 귀엽네."

"역시 영화로는 부족해?"

"그렇지. 좀처럼 만날 수 없으니까, 영화를 보는 시간이 아까워."

"난 섹스만이 목적은 아니야."

"그건 나도 그래. 당신을 좋아하지 않았더라면, 도쿄까지 부르지 않았어. 하지만 우리들의 관계는 목적지가 없는 여행 같은 거야. 뭐가 됐든 둘이서 이 여행을 이어갈 수밖에 없어. 아마 당신이 누군가와 결혼할 때까진 이 여행이 계속되겠지?"

"난 결혼 같은 거 생각한 적 없어. 여동생과 둘이서 가게를 운영하는 게 편하니까."

"여동생도 결혼할 생각 없어?"

"아직은 없는 모양이야. 부끄러운 얘기지만, 미사코에게 차였을 때의 상처가 원인으로 여자가 무서워져서, 줄곧 깊은 관계를 피해왔어."

"내가 연상의 유부녀라서 안심한 거네."

"그렇기도 하지만, 그다지 알고 지낸 것도 아닌데 마음이 움직였어."

"내 안에서 미사코를 본 거네."

"전에도 말했지만 그건 아니야."

"당신이 눈치채지 못하고 있는 걸지도 몰라."

"그럴 일 없다니까."

코우헤이는 웃어넘기고, 하츠코를 꽉 껴안았다.

하츠코가 도쿄로 부른 게 계기가 되어, 그녀와의 목적지 없는 여행이 그 뒤로도 이어졌다. 2주 뒤의 일요일에도 도쿄로 올라가 같은 호텔에서 정사를 나눴다.

크리스마스이브 전날, 하츠코의 남편으로부터 가게에 전화가 왔다. 가습기가 망가져서 바꿔 달라는 내용이었다. 카탈로그를 가져갈까요? 하고 제안하자, 일단 가게에 있는 걸 가져와 달라고 했다.

가루이자와는 습해서 제습기가 필요한 곳이 많지만, 하츠코의 별장 주변은 건조했다.

바로 별장으로 향했다. 일주일 전에 내린 눈이 길가에 남아 있었다.

파제로는 보이지 않았다. 하츠코는 외출한 듯했다.

문을 열어준 건 아들이었다. 껌을 쫙쫙 씹어대며, "들어와."라고 말했다.

복도 왼쪽 안에 있는 문이 열리고, 하츠코의 남편이 얼굴을 내밀었다.

"이쪽."

코우헤이는 복도를 나아가서 방으로 들어갔다. 그곳은 남편의 서재였다. 하츠코의 방은 정반대 편에 있기에 꽤 떨어져 있었다.

포장을 풀고 새로운 가습기를 설명했다. 하츠코의 남편은 조용히 들어주었다. 남편이 날카로운 눈으로 쳐다보고 있으니, 기분이 진정되지 않았다.

낡은 가습기의 뚜껑을 열어보았다. 석회가 달라붙어 있었다.

"가루이자와의 물은 석회가 많아서, 이렇게 되어버려요."

코우헤이는 안을 보여주며 말했다.

"그런 건 나도 알고 있어."

"실례했습니다."

이 무슨 성격 더러운 남자인가. 이런 남자와 결혼한 하츠코의 생각을 이해할 수 없었다.

한 해가 지나고 하츠코에게 연락이 왔다. 별장에서의 밀회가 다시 시작되었고, 코우헤이는 일요일에 당일치기로 도쿄에 가는 횟수가 늘었다.

"오빠, 도쿄에 좋은 사람이라도 있어?"

여동생이 물었다.

"있을 리 없잖아. 도쿄는 한숨 돌리러 가는 것뿐이야."

여동생이 히죽거렸다.

"풍속점이네."

"아니야."

"가도 괜찮아. 남자니까."

봄방학 시즌이 되었다. 하츠코가 가족과 함께 가루이자와에 와 있는 건 알고 있었다. 가까이 있는데 만날 수 없다니. 쓸쓸함은 커져만 갔다.

하츠코의 남편으로부터 가게에 전화가 온 건 3월이 얼마 남지 않은 시점이었다. 서재에 있는 비디오테이프 레코드의 상태가 안 좋으니 봐달라는 의뢰였다.

하츠코의 남편과는 만나고 싶지 않았지만 거절할 수도 없었다. 코우헤이는 출장을 나갔다.

파제로도 센추리도 보이지 않았다. 아들이 있는지 어떤지는 모르겠지만, 별장은 쥐 죽은 듯 조용했다.

"재생 버튼을 눌러도 작동하질 않아."

코우헤이는 책상다리를 하고 앉아서 전원을 넣었다.

얼마 지나지 않아 코우헤이의 바로 뒤로 하츠코의 남편이 이동하는 기척이 느껴졌다.

"테이프는 들어있어. 한번 작동시켜봐."

코우헤이는 비디오의 전원을 켜고 재생 버튼을 눌렀다.

화면에 영상이 나오기 시작했다.

문제없이 작동했다.

코우헤이의 눈이 화면에 고정됐다. 어디선가 본 적 있는 장면이었다.

코우헤이는 입을 떡하니 벌리고 화면에 빠져들었다. 일의 중대함이 점점 느껴지자, 심장박동이 빠르게 울리기 시작했다.

텔레비전 화면에는 호텔의 외관이 나오고 있었다. 하츠코와 밀회하기 위해 들렀던 신주쿠의 호텔.

장면이 바뀌었다. 자신과 하츠코가 그 호텔에 들어가는 모습이 나오고 있었다.

"네놈을 용서할 수 없어."

하츠코의 남편이 낮게 신음하는 목소리로 말했다.

변명의 말 같은 건 하나도 떠오르지 않았다. 그저 고개를 떨궜다.

그 순간, 오른쪽 어깨에 충격이 느껴졌다. 코우헤이는 어깨를 감싸고 그 자리에서 쓰러졌다.

금속 배트를 양손으로 쥔 남편의 모습이 눈에 들어왔다. 금속 배트 같은 건 방안에 들어올 땐 보이지 않았다. 어딘가에 숨겨뒀던 모양이다.

금속 배트가 이번엔 코우헤이의 등을 노렸다.

코우헤이는 신음을 내며, 바닥을 기었다.

"죽어. 죽어서 속죄해라."

"하츠코 씨는……." 겨우 목소리가 나왔다.

"그 년도 죽여주지."

하츠코의 남편과 눈이 맞았다. 푹 파인 눈이 튀어나올 듯이 커져 있었다.

휠체어를 능숙하게 조작해, 하츠코의 남편이 코우헤이에게 가까이 다가왔다.

코우헤이는 겨우 일어났다. 금속 배트가 공중을 갈랐다.

패닉에 빠진 코우헤이는 아무 생각도 할 수 없었다. 코우헤이의 오른쪽에는 장식품이 놓인 선반이 있었다. 여자 동상이 눈에 들어왔다.

코우헤이는 그걸 손에 들고, 바싹 다가온 남편의 머리를 정신없이 내리찍었다.

하츠코의 남편은 신음도 내지 못하고, 휠체어에 탄 채 옆으로 쓰러졌다.

코우헤이는 그대로 동상을 손에 쥐고 가만히 서 있었다.

냉정함이 돌아왔다. 터무니없는 짓을 하고 말았다. 몸이 떨렸다.

하츠코의 남편은 축 늘어진 채 움직이지 않는다. 죽은 걸까. 하츠코의 남편에게 다가가, 상태를 확인하려 할 때였다.

서재 문이 열렸다. 하츠코의 아들이 이쪽을 가만히 보고 있었다.

격한 동요에 덮쳐진 코우헤이는 그 자리에서 동상을 버리고, 문으로 달렸다.

하츠코의 아들이 코우헤이를 노려보고 방으로 들어갔다.

코우헤이는 비틀비틀 복도를 걸어 현관으로 향했다. 맞은 어깨와 등에서 통증이 느껴졌다. 어깨를 싸매며 경트럭을 타고 별장에서 도망쳤다.

그 상태면 하츠코의 남편은 죽었다고 봐도 되겠지. 먼저 공격해온 건 상대다. 자신은 몸을 지키려고 했을 뿐이다. 하지만 현장을 본 사람은 아무도 없다. 더구나 상대는 휠체어에 탄 사람이다. 과잉방위로 보일 게 분명하다. 어떡하면 좋을까.

큰길로 나온 코우헤이는 자동차 경적에 제정신으로 돌아왔다. 교차로에서 신호를 무시해 트럭과 부딪힐 뻔했다.

집으로 돌아온 코우헤이는 가게에 있는 여동생을 전화로 불렀다.

머지않아 여동생이 찾아와, 머리를 싸매고 울고 있는 코우헤이의 앞에 섰다.

"오빠, 왜 그래?"

"사람을……."

"사람을?"

"죽여 버렸어."

"……."

"나는 유우키 씨 부인과 꽤 예전부터 관계를 맺고 있었어. 그걸 안 남편이, 날 금속 배트로 공격했어. 나는 정신없이 주변에 있던 동상으로 남편의 머리를 때렸어. 그러자 죽어버렸어. 아내도 죽인다는 말에 나도 모르게 발끈한 걸지도 몰라. 도망치는 모습을 아들이 봤어. 자수할 수밖에 없어."

"정말로 죽었어?"

"확인할 새도 없었지만, 죽었어."

"도망쳐. 지금 당장 도망쳐."

여동생이 빠른 어조로 말했다.

코우헤이는 얼굴을 들고, 찬찬히 여동생을 바라봤다.

"오빠를 교도소에 들어가게 하고 싶지 않아."

"계속 도망칠 수 없을 거야."

"해보지 않으면 모르잖아. 밑져야 본전이니 도망쳐."

"……."

"빨리 도망치지 않으면 경찰이 올 거야. 있는 돈은 다 가져가도 되니까, 도망쳐."

전화가 울렸다. 여동생이 전화를 받았다.

"……오빠요? 일하러 나갔는데요. 네? 그런……. 확실히 돌아가셨나요? 오빠가 그런 짓을 할 리 없어요. 뭔가 착오가 있는 걸 거예요."

여동생은 딱 잘라 말하고서 수화기를 돌려놓았다.

"부인이지?"

"응. 아들이 가전제품 가게 사람이 아버지를 패고 도망쳤다고 말한 모양이야. 남편이 죽은 건 틀림없어."

여동생이 옷장에 감추어 둔 현금을 테이블 위에 올려놓았다.

"자동차를 타고 도망칠 수 있는 곳까지 도망쳐."

"알겠어, 그렇게 할게."

"나랑은 반드시 연락해. 돈이 필요할 일이 있으면, 어떻게든 숨어있는 곳에 보낼 테니까."

여동생이 코우헤이를 세게 안았다.

"살아남아."

코우헤이는 또다시 울음이 터졌다.

"정신 차려."

여동생이 미소 지었다. 무리해서 지은 웃음이었다.

일단 가방에 필요한 걸 쑤셔 넣고 집을 나섰다.

이미 근처까지 경찰이 왔을지도 모른다. 자동차를 타고, 샛길로 향했다.

어깨와 등의 통증은 계속됐지만, 상처를 확인할 겨를조차 없었다.

코모로 방면으로 차를 몰았다. 코모로에서 특급열차를 타고 나가노로 향했다. 나가노에서 마쓰모토로 나와 중앙선으로 나고야에 다다랐다. 그리고 며칠 뒤, 하카타까지 도망쳐 막노동 생활을 시작했다. 머리를 다 밀고, 수염을 기르고, 도수가 들어있지 않은 안경을 쓰게 되었다. 운 좋게도 맞은 곳은 타박상에 그친 모양이다.

신문은 일절 읽지 않았다. 자신이 범한 사건으로부터 눈을 돌리고 싶었기 때문이다.

여동생에게 연락을 취한 건 하카타에 온 다음이다. 밤늦게 동전을 가득 준비하고 공중전화로 전화를 걸었다.

"오빠, 연락 기다리고 있었어."

여동생의 목소리를 들으니 안심이 되었다.

"가게는 어떻게 되고 있어?"

"운영하고 있어. 세키구치 씨가 매일 도와주게 됐어."

"손님은 줄었지?"

"아주 조금."

"난 전국에 지명수배되겠지."

"응. 나도 경찰이 주시하고 있는 모양이야. 유우키 씨, 말기 암이라고 하더라. 살날이 얼마 남지 않아, 오빠를 덮치고 부인도 죽이려 한 걸지도 몰라. 그래서 지금 어떻게 지내고 있어?"

코우헤이는 간단하게 어떤 생활을 하고 있는지 이야기했다.

여동생과 얘기하고 일주일 뒤, 코우헤이는 일터를 바꿨다. 그 뒤로도 규슈를 전전하다, 한 번에 홋카이도까지 날아갔다. 같은 장소에 길게 있을 수 없는 생활이 3년 정도 이어졌다. 이름도 여러 이름을 썼다. 여동생에게 비용을 준비하게 해서 성형을 하는 것도 생각했지만, 오히려 정체가 들킬 위험이 있을 것 같아 그만두었다. 이렇게까지 도망칠 수 있었던 건, 이렇다 할 특징이 딱히 없는 얼굴 덕분이다. 어설픈 행동은 하지 않는 게 좋으리라.

그렇지만 언젠가 잡히는 게 아닐까 하고 떨면서 사는 건 가혹했다. 건축 작업자들 싸움에 말려들어 안 좋은 경험을 한 적도 있었고, 감기에 걸려도 병원에 갈 수 없는 게 괴로웠다. 자수하는 편이 훨씬 낫겠다고 여러 번 생각했다. 하지만 이미 도망자 신세가 되었으니, 계속 도망칠 수밖에 없다고 자신에게 되뇌었다. 마음을 지탱해주는 건 여동생이었다. 여동생과 얘기하면 망가진 마음이 치유되었다.

오사카 아이린지구에 살게 된 건, 서른셋일 때의 일이다. 그곳에서 어느 노숙자를 알게 되었다. 그 남자가 자동차에 치일 뻔한 것을 코우헤이가 도와주었다.

술에 빠진 안색이 나쁜 남자였다.

그 남자가 어느 날, 코우헤이에게 잔뜩 취한 눈을 하고 말했다.

"당신, 범죄를 저질렀지?"

"뭐?"

"쫓기고 있구만. 경찰이 지나갈 때마다 안절부절못하잖아."

"아무 짓도 하지 않았어."

코우헤이는 웃음으로 얼버무렸다.

"내 호적, 당신한테 줘도 돼."

"뭐?"

"난 죽을 날이 머지않았어. 어차피 곧 죽을 게 분명해. 당신은 날 살려주었어. 어차피 죽을 거, 자동차에 치여도 비슷하지만, 구해준 건 감사하게 생각하고 있어."

그렇게 말하며 남자는 헐렁한 주머니 속에서 호적 등본, 주민 등록증, 건강 보험증을 꺼냈다.

남자의 이름은 카와무라 고로. 본적지는 아키타. 나이는 코우헤이와 같았다.

"난 죽어도 가족 곁에 가고 싶지 않아. 신원미상으로 장례를 치르고 싶어. 신분을 보증할 물건은 전부 당신한테 줄게.

마음대로 써줘. 내 가족은 날 찾거나 하지 않으니까."

코우헤이는 카와무라가 건넨 물건을 받았다. 그렇지만 바로 쓰진 않았다. 그리고 열흘 정도 지났을 때, 카와무라가 길 위에서 죽었단 걸 알게 되었다. 주민 등록증에 의하면 카와무라는 4년 전까지 도쿄의 나가노에 살고 있던 모양이다. 건강 보험은 오랜 기간 미납된 상태겠지. 여러모로 귀찮은 일은 있겠지만, 코우헤이는 카와무라 고로가 되어 살기로 했다.

여동생에게 전화해, 이 일에 대해 자세하게 말했다.

"오빠, 그 이름으로 방을 빌리는 게 어때? 돈은 내가 어떻게든 할 테니까."

"나도 그렇게 하고 싶어."

"오사카는 너무 머니까, 사는 곳은 도쿄로 해."

"나도 그럴 생각이야."

"오빠랑 만나고 싶어. 다음 주에 도쿄에서 만나지 않을래? 그때 돈도 건넬 테니까."

"……."

"이제 괜찮아. 나한테 이제 미행 붙어 있지 않으니까."

일주일 뒤, 코우헤이는 우에노의 찻집에서 여동생과 만났다. 코우헤이의 얼굴을 본 순간, 여동생은 울먹이기 시작했다.

"오빠, 많이 변했네."

"넌 예전 그대로네. 울지 마. 눈에 띄니까."

"백만 엔 준비해왔어."

"그렇게까지….."

"가루이자와에선 돈을 쓸 일이 없는걸."

거기까지 말하고, 여동생은 주변을 둘러봤다.

"그 사람의 별장, 매물로 나온 모양이야. 그런 일이 있기도 했고, 거품이 꺼져서 파산했다고 해."

"그녀는 어떻게 지내고 있을까."

"아직도 그 사람을 마음에 두고 있어?"

"아니야."

코우헤이는 여동생이 준비해준 돈으로 하네다에 있는 작은 아파트를 빌렸다. 보증인에 관해서는 적당히 적어두었는데, 순조롭게 통과되었다.

그리고 직업을 찾기 시작했다. 신문을 보고 분쿄구에 있는 대학의 용무원[1]일을 찾았다. 말소 처리된 주민 등록증을 새로 발급했다. 그리고 일을 하며, 면허증도 취득했다.

대학에서 용무원으로 2년 정도 일을 하고 이직했다.

이직처는 아내의 아버지가 경영하는 회사였다.

일을 열심히 하는 '카와무라 고로'는 사장에게 인정받아, 쿠니에다 가(家)의 데릴사위가 되었다. 코우헤이가 마흔한 살 때의 일이었다. 아내인 사치코는 초혼이었다. 겉모습은 나쁘지 않은데, 마흔둘이 될 때까지 초혼이었다. 그녀가 열여섯일 때, 어머니가 돌아가시고, 그 뒤로 사치코가 가사를 해서 아

---

1) 학교 환경의 정비, 청소, 경비 등의 잡무를 하는 직원

버지를 돕게 되었다. 사치코가 생각하는 이상적인 남성상은 아버지였던 모양이다. 나중에 들은 얘기지만, 여러 번 자택에 찾아온 '카와무라 고로'에게 사치코는 첫눈에 반했다고 한다. 고로는 사치코에게 연정 같은 건 품고 있지 않았다. 카와무라에서 쿠니에다로 성이 바뀐다면, 더 안전하게 생활할 수 있을 거라는 판단 끝에 데릴사위로 들어가는 것을 받아들인 것이다. 그렇기는 해도 같이 살아가면서 조금씩이지만, 사치코에 대한 애정이 싹터 갔다.

마흔다섯이 된 해에 시효가 지났다. 완전한 평온함이 찾아오지는 않았지만, 기분은 꽤 편해졌다.

이렇게 살인범으로서 지명수배가 내려졌던 시모오카 코우헤이는 도망자로 살아남아, 지금에 이르게 된 것이다…….

쿠니에다 고로가 비밀리에 만나고 있는 후미에라는 여자는 애인도 뭣도 아니다.

시모오카 후미에. 그녀는 코우헤이의 여동생이다.

◆ ◆ ◆

시모오카 후미에가 도쿄로 이사 온 건 8년 전, 오빠의 공소시효가 지나고 2년 뒤의 일이었다.

가게를 운영하고 있던 오빠가 사라지고, 세키구치가 본격적으로 가게를 도와주었다. 그의 연줄로 아르바이트생도 찾게 되어, 일손이 부족한 것도 해결되었다.

어느 날, 세키구치가 이런 말을 입에 담았다.

"이제 나도 나이가 있다 보니 언제까지 몸이 움직일지 몰라. 후미, 시집갈 생각은 없어?"

"오빠가 그런 일을 저지르고 도망치고 있어요. 나는 살인범의 여동생. 이런 여자와 결혼해 줄 사람은 없어요."

"포기가 너무 빨라. 후미는 예쁘니까 남자는 반드시 있을 거야."

후미에는 애매한 웃음을 짓고, 전표를 정리하기 시작했다.

결혼? 생각한 적 없었다. 시집을 가든 집에 사람을 받아들이든, 오빠가 전화를 걸어오면 편히 얘기할 수 없고 방심하기라도 하면 오빠와 연락을 하고 있다는 게 들킬지도 모른다.

오빠에게 도망을 권한 건 자신이다. 왜 그때 아무런 주저없이 "도망쳐."라고 말한 걸까. 냉정하게 돌이켜보면 잘 알수 없었다. 하지만 뭐가 됐든 오빠가 자유롭게 살길 바랐다. 도망치는 것이 얼마나 가혹한지 알게 된 건, 도망 중인 오빠의 이야기를 듣고 나서였다. 그렇지만 후회는 하지 않았다. 어떤 형태든 간에 오빠를 도와주겠다고 후미에는 굳게 맹세했다.

사건이 일어나고 6년이 흐른 겨울에, 세키구치가 뇌출혈로 세상을 떠났다. 가게의 소중한 일꾼을 잃어버린 후미에는 아르바이트를 고용해서 일을 가르치고, 어떻게 겨우 가게를 유지했다. 그런 와중에 안 좋은 일도 있었다. 요코하마에서 온 남자를 고용했는데, 2년 정도 지났을 때 매상을 들고 모습을 감췄다. 그 청년을 굉장히 좋게 평가하고 있었기 때문에, 후미에의 정신적 충격은 더욱 컸다.

오빠와 연락을 취하며 열심히 살아온 후미에가 사랑에 빠진 건, 막 마흔이 되었을 때였다. 친구와 옆 동네 술집에서 술을 마시고 있을 때, 전기공사 회사의 사장을 알게 되었다. 그는 가루이자와에도 자주 일이 있었기에, 공통된 손님이 있었다. 이야기가 무르익고 전화번호를 교환했다.

남자가 데이트 요청을 했을 때는 오랜만에 화장에 정성을 들이고, 백화점에서 새로운 옷도 샀다.

관계를 할 때까지 시간은 그다지 걸리지 않았다. 소문이 나는 게 두려워, 근처의 러브호텔은 피했다. 온천여행도 여러 번 떠났다.

오빠에게는 모든 걸 얘기했다.

"……나, 오빠랑 똑같은 짓 하고 있네."

"그래도 행복해 보여. 네 밝은 목소리를 듣는 건 오랜만이야."

"미안해. 오빠는 힘든 생활을 보내고 있는데."

"난 신경 쓰지 마. 활기찬 너와 이야기하는 건 나도 기뻐."

"그렇지만 언젠간 끝날 거야. 끝내야 한다고 생각하고 있어."

"뺏어버려."

"그런 짓 할 수 있을 리 없잖아."

그렇게 말할 때도 후미에의 목소리는 들떠있었다.

그 남자와는 4년 동안 이어졌다. 파국이 찾아온 건 동네에서 소문이 나고, 그 일이 상대의 아내 귀에 들어가고 나서다. 세심하게 주의하며 비밀리에 만나고 있었지만, 역시 좁은 동네였다. 누군가에게 들킨 모양이다.

남자의 아내가 집에 들어와 고함을 쳤다.

"하필이면 살인범의 여동생이 우리 남편한테 꼬리를 치다니. 뻔뻔한 것도 정도가 있지."

후미에는 그 말을 듣고 발끈해서 아내를 노려보았다.

"뭔데 그 눈은? 날 죽이고 싶어? 당신이라면 할 수 있겠네. 오빠와 같은 악마의 피가 흐르고 있으니까."

"앞으로는 일절 남편분과 만나지 않을 테니 안심하세요."

"시건방진 소리를 하는 여자네. 또 만나면 법정에서 보게 될 줄 알아."

아내는 그 말을 남기고 집에서 나갔다.

장본인인 그에게선 편지가 도착했다. 아내의 무례함을 사과하고 헤어질 수밖에 없다고 적혀있었다.

후미에는 매달릴 마음도 들지 않고, 올 것이 왔음을 받아들인 채, 연락을 취하지도 않았다.

혼자가 되자 어째선지 오빠를 떠올렸다.

남자와의 이별이 찾아온 건, 오빠가 도망친 뒤로 17년이 지났을 때의 일이다.

자신의 비밀 관계는 겨우 4년 만에 다른 사람이 알게 되었다. 오빠는 잘도 17년 동안 정체를 숨기고 있네, 하고 새삼 놀랐다.

전기공사 회사의 사장과 헤어진 후미에는 일에 집중하지 못하게 되고, 태어나고 자란 가루이자와에 있는 것도 싫어졌다.

오빠에게 연락이 왔을 때 무슨 일이 있었는지 얘기하고, 자신의 마음을 전했다.

"과감히 전부 처분하고 도쿄로 오지 않을래? 지금의 나라면 널 돌봐줄 수 있어. 안심하고 나와."

오빠의 말이 결정타가 되어, 가게도 집도 팔고 도쿄로 나온 것이다.

가게도 집도 입지조건이 좋은 장소에 있었기에, 금방 처분이 되고 후미에는 목돈이 생겼다.

도쿄로 나온 후미에는 오빠의 도움을 받지 않고, 맨션을 빌린 뒤에 일을 찾았다. 마흔다섯이 된 후미에는 좀처럼 좋은 일을 찾지 못해, 빌딩의 청소부 일부터 시작하게 되었다. 청소부를 1년 정도 한 뒤, 인터넷 구인란에서 본 의류 전문 검품 회사에 다니게 되었다. 성실히 일하던 후미에는 상사에게 좋은 평가를 받아, 작년에 주임으로 발탁이 되었다. 그 후에 누가 어디서 듣게 되었는지는 모르겠지만, 후미에가 살인범의 여동생이라는 사실이 직장 사람들에게 알려져, 그때까지 같이 자주 술을 마시러 가던 동료도 그녀에게서 멀어져 갔다. 후미에는 신경 쓰지 않고 일했지만, 올해 들어 회사가 경영난에 빠지면서, 9월이 되자 정리해고를 당해 현재는 무직이 되었다.

가루이자와에 있던 가게와 집을 팔고 남은 돈에는 손을 대지 않았기에, 생활에는 아무런 지장이 없었다. 그래도 오빠는 후미에를 걱정하며 집세를 내주겠다고 말했다. 거절했지만, 다음 일을 찾을 때까지라며 돈을 건네주었다.

오빠는 달에 한 번씩 맨션에 찾아왔다. 오빠가 진정으로 긴장을 풀 수 있는 순간은 자신과 같이 있을 때뿐이라 했다. 맥주를 한 캔 마신 것만으로 소파에서 졸기 시작한 적도 있었다. 후미에는 조금이라도 오빠를 쉬게 해주고 싶어, 옆방으로 들어가 몇 시가 되든 신경 쓰지 않고 깨우지 않았다.

예상치 못한 사건이 일어난 건, 9월 하순의 일이었다.

점심을 먹은 뒤 편의점에 갔다. 그리고 맨션으로 돌아가려 했을 때, 등 뒤에서 어떤 남자가 다가왔다.

돌아보자 남자는 웃고 있었다.

"역시 후미네."

후미에의 표정이 굳어졌다. 하지만 그건 한순간이었다. 표정을 만들고 입가에 웃음을 띠었다.

"설마 토미나가 씨?"

토미나가 슌지는 오빠의 중학생 시절 동급생. 오빠의 운명을 바뀌게 한, 유우키 부인과 관계를 했다고 소문이 났던 남자의 남동생이다.

"몇 년 만인가 이게."

슌지가 추억에 잠긴 표정을 지었다.

"30년 가까이 됐나?"

"용케 저를 알아보셨네요."

"편의점에서 봤을 때, 어디선가 본 얼굴이라고 생각했어. 후미라고 떠올릴 때까지 그다지 시간은 걸리지 않았지. 그래서 허둥지둥 뒤를 쫓아온 거야."

거기까지 말하고, 슌지는 후미에의 맨션으로 시선을 향했다.

"여기서 살고 있구나."

"네."

"가게도 집도 다 팔고 도쿄로 갔다는 얘기는 들었어. 후미, 차라도 같이 마시자."

후미에는 오빠의 과거를 알고 있는 사람과는 웬만하면 친하게 지내고 싶지 않았다. 그렇지만 거절하는 것도 이상했다.

후미에는 슌지를 따라서, 길가에 있는 패밀리 레스토랑으로 들어갔다.

순지는 흡연석에 앉았다. 그리고 바로 담배에 불을 붙였다.

순지의 체형은 젊은 시절과 다름없이 날씬했다. 부드러운 머리카락도 그대로였지만, 꽤 벗겨져 있었다. 얇은 눈도 넓은 코도 예전 그대로였지만, 피부는 거뭇해졌고 살가죽이 늘어져 있었다. 입고 있는 잿빛 정장은 다 구겨져 있었다. 중학교 때부터 질이 나빴지만, 거기에 박차를 가한 외견이었다.

"이 근처에 살고 있나요?"

커피를 주문한 뒤, 후미에가 물었다.

"오기쿠보에 있는데, 사정이 있어서 지금은 지인 집에서 지내고 있어. 부동산 관련 일을 하고 있었는데, 실수해서 말이야. 그 지인의 일을 도와주면서 겨우 입에 풀칠하고 있어."

순지가 주문한 건 맥주였다.

"후미, 결혼은 했어?"

"독신이에요."

"일은?"

"일하던 회사가 경영난에 빠져서, 정리해고를 당하고 지금은 아무것도 하고 있지 않아요. 당분간은 쉬려고 생각하고 있어요."

"가게도 집도 좋은 가격으로 팔렸다고 들었어. 유유자적하겠지."

떠보는 눈빛이 느껴졌다. 싫은 느낌이다.

"분명 좋은 사람이 있는 거겠지. 정곡을 찔렀지?"

"있을 리 없잖아요."

"뭐 그런 셈 치자." 씩 웃고서, 잔을 반 정도 비운 슌지가 힘껏 몸을 앞으로 내밀었다. 그리고 의미심장한 눈으로 후미에를 봤다.

"코우헤이는 지금쯤 뭐 하고 있을까."

후미에는 아무 말 하지 않고 고개를 저었다.

"내 형도 그 여자와 사귀고 있었어. 남편에게는 들키지 않은 모양이지만, 코우헤이는 운이 나빴던 거야."

"……."

"그 사건, 이미 공소시효가 지났겠지?"

"토미나가 씨, 오빠 얘기는 그만해주세요. 전 죽었다고 생각하고 있으니까."

"그 녀석은 죽지 않았어. 반드시 살아있을 거야. 머리가 좋은 녀석이니까, 지금쯤 이름이나 모습을 바꾸고 당당히 살고 있을지도 몰라. 후미한테는 연락 없어?"

"없어요. 내게도 괴로운 시간이었어. 그러니까 떠오르게 할 말은 하지 말아줘요."

"미안. 계속 말하기 그렇지만, 재밌는 일이 있어서 말이야."

후미에의 심장박동이 격해졌다.

"오빠와 관계된 일?"

"응."

"어디서 오빠를 본 거야?"

"봤으면 후미한테 바로 알려줬지."

후미에는 가슴을 쓸어내렸다.

"어쩌다 테루히사와 알게 되었어."

"테루히사가 누구야?"

"후미는 만난 적 없던가? 테루히사는 유우키 하츠코의 아들이야."

"그러고 보니, 그 여자에게 아들이 있었지. 얼굴을 잠깐 본 적은 있는데 이름까진 몰랐어. 그는 지금 몇 살이야?"

"몇 살이었더라?"

슌지는 조금 생각하더니 대답했다.

"아마 마흔 정도 된 거 같아. 얼마 전까지 긴자의 클럽에서 종업원으로 일하고 있었는데, 지금은 나랑 같은 무직 백수야."

께름칙함이 마음속으로 계속 흘러들었다. 오빠가 범행 후, 별장에서 도망치는 걸 목격한 아들의 이야기는 듣고 싶지 않았다.

"나 슬슬 가볼게."

"벌써 가는 거야?"

"다른 일이 있으니까."

슌지가 전화번호를 교환하자고 말했다. 거절할 수도 없었기에 번호를 넘겼다.

슌지를 만나고, 다음 날 밤의 일이다.

휴대전화가 울렸다. 등록되어 있지 않은 번호였다.

"시모오카 후미에 씨인가요?"

"그런데요."

"유우키 테루히사입니다. 토미나가 씨에게 들었을 거로 생각하지만."

유우키 테루히사는 힘없이 말하는 남자였다.

"네. 무슨 일이시죠?"

"한번 뵙고 싶은데요."

"저를요? 왜요?"

"딱히 별일은 없습니다. 최근 들어 가루이자와에 별장이 있던 시절이 그리워서. 전 당신에 대해서도 잘 기억하고 있어요."

"전 기억이 없어요."

"단도직입적으로 말하겠습니다. 전 지금 돈이 필요해요. 5, 6만 엔이라도 괜찮으니, 빌려주실 수 있나 해서요. 양아버지긴 해도, 아버지가 살해당하고 우리 집은 파산했습니다. 그 뒤로 제 인생에는 여러 일이 있었죠. 말 그대로 파란만장했습니다. 아버지를 죽인 건 당신의 오빠니까 5, 6만 정도는 빌려주셔도 괜찮잖아요?"

"거절할게요. 현재 일을 하고 있지 않아서 돈도 없고, 만약 있다고 해도 당신에게 빌려줄 이유는 없어요."

"차갑네. 당신 오빠를 찾아내면 민사재판으로 돈을 뜯어낼 수 있을지도 모르지만, 행방불명이라서 말이야."

"실례할게요."

후미에는 일방적으로 전화를 끊었다. 휴대전화를 쥐고 있는 손에 땀이 나 있었다.

바로 다시 걸려올 거로 생각했지만, 휴대전화는 울리지 않았다.

곧장 오빠에게 연락을 취하고 만나기로 했다.

약속한 날은 태풍이 부는 날이었지만, 오빠는 맨션에 와주었다.

"뭔 막돼먹은 놈이야!"

이야기를 듣고 있던 오빠가 분개했다.

"옛일을 구실 삼아 네게 돈을 뜯어내려 하다니."

"또 전화가 오면 어쩌지?"

"내버려 두면 돼."

"그 녀석은 내가 오빠와 만나고 있다는 걸 알고 있을지도 몰라."

"그럴 리가. 만약 그렇다면 네가 아니라 내게 연락을 했을 거야."

"그렇네."

"그래도 조심은 해야겠어."

태풍은 시간이 지날수록 거세졌지만, 그 와중에 오빠는 집으로 돌아갔다.

다음 날 아침, 후미에의 집으로 형사 두 명이 찾아왔다. 후미에는 눈앞이 캄캄해졌다. 오빠 일로 뭔가 있는 게 분명하다. 시효가 지난 사건이라고 해도, 경찰은 '살인범'을 봤다는 증언을 들으면 조사할 게 분명하다. 이 맨션을 출입하는 오빠를 보고, 25년 전 가루이자와에서 일어난 살인사건의 범인이란 것을 눈치챈 누군가가 경찰에 신고한 걸지도 모른다.

긴장하며 문을 열었지만, 후미에는 형사들의 이야기를 듣고 안심했다.

같은 맨션 밑층의 304호실에 사는 여자가 살해당했다고 한다. 어젯밤 11시 45분 정도에 비명을 듣지 않았냐는 질문을 받았지만, 후미에는 듣지 못했기에 그대로 대답했다.

살해당한 여자와 아는 사이인지 물어왔다. 사야마 사토코라는 이름은커녕, 304호실의 주민이 여자라는 사실조차 후미에는 알지 못했다.

형사들은 바로 떠났다.

맨션 안이 시끄러웠다. 베란다에서 밖을 보자, 경찰 차량이 몇 대나 길가에 서 있었다.

오빠에 관한 일이 아니라서 후미에는 안심했지만, 바로 다시 불안함이 엄습했다.

오빠가 맨션을 나간 건 밤 12시 조금 전이었다. 비명이 들린 시간에 범행이 일어났다면, 감시 카메라에 찍힌 오빠에게 의심의 눈초리가 갈지도 모른다.

아니, 잠깐. 오빠가 방을 나가기 직전에 정전이 일어났다. 전기가 복구될 때까지 잠시 기다렸지만, 빨리 복구되지 않았기에 오빠는 어두운 계단을 내려갔다. 정전 중이라 감시 카메라는 작동하지 않았을 것이다.

그게 확인된 건 그날 오후의 일이었다. 장을 보러 나갈 때, 맨션 로비에서 주민 여자 셋이 살인사건에 관해 얘기하고 있었다. 여태까지 주민과 어울린 적 없는 후미에였지만, 그때만큼은 그녀들의 대화에 끼어들었다. 자연스레 감시 카메라에 관해 묻자, 한 여자가 말했다.

"형사가 그러는데, 정전 중엔 감시 카메라가 작동되지 않았다고 해요."

장을 보고 돌아온 후미에는 오빠에게 전화를 걸어, 무슨 일이 일어났는지 전했다. 그리고 당분간 맨션에는 오지 말라고 말했다.

사건이 해결될 때까지는 형사들이 여러 번 맨션에 서성일 것이 분명하다. 경찰은 주민들에 대해서도 몰래 조사하겠지. 시모오카 후미에가 살인범인 시모오카 코우헤이의 여동생이란 걸 알게 되면, 경찰이 주시할 가능성도 있다.

오빠는 상황을 이해하고, 연락은 전화로만 할 것을 재차 확인했다. 지금까지 오빠와는 메일을 주고받지 않았다. 메일은 매번 작성하기 답답하기도 하고, 증거로 남을 가능성이 있기 때문이었다.

◆　◆　◆

　시나가와의 술집에서 나온 고로가 후미에의 방에 도착한
건 오후 10시 조금 전이었다.

　후미에는 오지 말라고 신신당부했지만, 고로는 그 자리에
가지 않으면 안 될 것 같았다.

　그날 밤 11시에 유우키 테루히사가 후미에를 찾아오기로
했기 때문이다.

　한동안 연락이 없던 테루히사가 전화를 걸어온 건 엊그제
의 일이었다.

　고로는 테루히사를 여동생의 집에 부르고, 자신은 옆방에
숨어서 무슨 말을 하는지 몰래 훔쳐 듣고 싶다고 말했다. 너
무 위험하다고 후미에는 반대했지만, 여동생에게만 맡길 수
는 없는 노릇이었다.

　협박장이 도착한 건 10월 15일. 후미에가 토미나가와 우연
히 만나고, 테루히사의 전화를 받은 지 2주가 지났을 때였다.

　협박은 테루히사와 관계된 걸까. 테루히사뿐만이 아니라
토미나가도 연관된 걸까.

그건 알 수 없지만, 그 사건의 관계자인 테루히사에게 연락이 온 뒤, 갑자기 이천만 엔을 요구받았다.

어떻게 인재파견회사의 사장인 '쿠니에다 고로'가 '시모오카 코우헤이'란 것을 알아낸 건지 짐작도 가지 않지만, 협박을 한 사람은 옛 지인이 아닐까.

대규모 정전이 일어난 밤. 새카만 어둠에 휩싸인 계단을 내려갈 때, 발을 헛디뎠다. 오른발을 강하게 부딪친 고로는 발을 질질 끌며 밖으로 나왔다. 신호등도 꺼져있었다. 바람이 거세 우산도 잘 펼쳐지지 않았다. 택시를 잡으려고 주변을 둘러봤지만, 빈 차가 지나갈 것 같진 않았다.

오른편에서 사람이 걸어오는 게 보였다. 여자 같았다. 태풍이 부는 날 홀딱 젖어 서 있는 자신을 여자는 수상하게 생각할지도 모른다. 긴 세월, 사람의 눈을 피해 도망쳐 온 고로는 반사적으로 여자에게 등을 보이며 골목으로 들어갔다.

시간이 조금 지난 뒤에 다시 큰길로 나왔다. 오기쿠보역에서 겨우 택시를 탔다.

후미에에게 들은 말대로, 토미나가 슌지는 오기쿠보에 사는 지인의 집에 머물고 있다고 한다.

택시에 탔다고 했지만, 택시를 바로 탄 것은 아니다. 줄이 길게 서 있었다. 근처를 지나는 사람도 한둘이 아니었다.

주변은 어두웠지만 어쩌면 슌지가 자신을 발견하고, 뒤를 밟았을지도 모른다. 자택을 알아내면 쿠니에다 고로를 조사하는 건 어려운 일도 아니겠지.

아니, 자신을 발견한 건 슌지가 아니라 테루히사일 수도 있다. 택시를 기다리는 줄 속에 슌지를 만나러 온 테루히사가 있었을 가능성도 있다.

아야나와 애프터로 들어간 바에서, 용무원을 하던 시절 알게 된 남자와 닮은 사람이 눈에 들어왔다. 정체를 들킨 건 아니지만, 만약 그 남자가 아는 체한다면 귀찮아질 것 같아서 바를 나왔다. 아야나에겐 적당한 거짓말을 했다.

언제 어디서 누구와 만나게 될지, 누가 나를 지켜보고 있을지는 아무리 조심한다고 해도 모른다.

협박범을 슌지, 혹은 테루히사라고 단정 지을 수도 없고, 만약 협박범을 찾아내더라도 어찌할 방법도 없다. 그래도 적을 알 수 없는 긴장과 불안은 지우고 싶었다.

하지만 지정받은 호텔로 돈을 보내고 2주일 동안 아무 일도 일어나지 않았다. 협박범이 테루히사나 슌지였다고 해도, 또 다른 요구를 하지 않는다면 그걸로 됐다고 생각하며 위안했다.

그런데 테루히사가 다시 여동생과 만나고 싶다고 연락을 해왔다.

협박과 관계없을지도 모르지만, 뭐가 됐든 테루히사가 무슨 말을 하는지 직접 귀로 듣고 싶었다.

여동생의 방에 들어갈 때, 고로는 벗은 신발을 손에 들었다. 그리고 침실로 통하는 미닫이문을 열었다. 신발은 쓰레기통 옆에 놓았다.

거실로 돌아가자, 여동생이 차를 따라주었다.

"그 녀석이 오기 전에 사진 좀 보여줘."

"응. 근데 정면에서는 찍지 못했어."

후미에가 휴대전화를 열고 고로에게 건넸다.

협박장이 도착한 날, 고로는 후미에에게 전화를 걸어 모든 걸 얘기했다.

"뒤에서 조종하고 있는 건 테루히사야."

후미에는 딱 잘라 말했다.

"그렇다면 본인이 직접 날 협박하러 와도 되잖아."

"오빠의 사건은 시효가 지났어. 오빠가 경찰에 출두하면 잡히는 건 테루히사야. 그걸 피하고자 자기 여자를 공범으로 끌어들인 게 아닐까? 아니, 그게 아니라 그가 스스로 여장을 하고 나타날지도 몰라."

"여장해도 목소리는 바꿀 수 없어. 금방 들킬 거야."

"들켜도 상관없어. 호텔 측은 여장을 하고 여자 이름을 쓰고 있다고 해도 숙박을 거절하지 않아. 게다가 거절당한다고 해도 택배는 받을 수 있으니까."

"어쨌든 난 돈을 보낼 생각이야."

"한 번으로 끝날까?"

"그 뒤의 일은 지금 생각한다 한들 답이 없어."

"내가 그 호텔에 가볼게. 아마도 그 여자는 테루히사의 동료일 거야. 테루히사와 같은 호텔에 머물면서, 호텔 안에서 짐을 받으려고 하는 거겠지. 내가 여자의 사진을 몰래 찍을게. 오빠가 알고 있는 여자일 수도 있으니까."

후미에는 20일 오전 중에 호텔·보테로 향했다. 줄곧 로비에 있을 수는 없었기에 적당히 출입해가며, 밖에서 호텔을 드나드는 여자를 휴대전화로 찍었다고 한다.

프런트 직원에게 전자제품 양판점의 봉투를 받은 여자를 발견한 건 오후 3시 넘어서였다. 후미에가 로비 의자에 앉아 있던 때다.

고로가 지금 보고 있는 건 '협박범으로 추정되는 여자'의 사진이었다. 사진을 고로의 휴대전화로 보낼 수도 있었지만, 메일은 주고받지 않기로 정했기 때문에 후미에는 보내지 않았다. 고로는 빨리 그 여자의 사진을 보고 싶었지만, 꾹 참았다.

왼쪽에서 비스듬히 찍힌 사진을 먼저 봤다.

머리는 단발이었고, 큰 선글라스를 쓰고 있었다. 하운드 투스 원피스에 하얀 재킷을 걸치고 있었다. 그리고 작고 빨간 가방을 메고 있었다. 캬바죠처럼 보이는 젊은 여자다.

"빨간 립스틱에 꽤 화장이 진했어. 아는 여자야?"

후미에가 물었다.

"이 사진으론 잘 모르겠지만, 모르는 여자야."

"다음 사진은 여자가 엘리베이터에 타고 한동안 멍하니 있었을 때 찍은 건데 셔터를 누른 순간, 앞에 남자가 지나가서 얼굴을 찍지 못했어. 사진 찍기 딱 좋을 때였는데 말이지. 여자가 10층에서 내린 것 같아서 나도 올라가 봤는데, 아무것도 알 수 없었어."

"먼 거리에서 휴대전화로 찍은 사진이니까, 이렇게만 봤을 땐 누군지 모르겠네."

그렇게 말하면서도, 고로는 사진을 확대해서 몇 번이고 봤다. 그리고 고개를 들며 중얼거리듯이 이렇게 말했다.

"누구랑 닮은 거 같은데……."

"누구?"

"그걸 알면 고생 안 하지. 이런 느낌의 여자는 얼마든지 있으니까. 역시 모르는 여자 같아."

"전화로도 말했지만 실패야. 조금 지나고 여자가 로비로 내려왔는데, 그때 뒤를 밟았어야 했어. 난 여자의 동료가 돈이 들어있는 봉투를 들고나올 줄 알아서, 그 뒤로 한 시간이나 로비에 있었어. 하지만 동료는 없었어."

"테루히사와 관계되어 있다고 속단한 게 실수였던 것 같아."

"하지만 나는 아직도 그가 얽혀있다고 생각하고 있어. 전화로는 말하지 않았지만, 아침부터 로비를 계속 어슬렁거리며 사진을 찍고 있으니까, 호텔 사람한테 찍혀서 뭘 하냐고 의심당했어. 그래서 더는 호텔에는 있을 수 없었어. 계속 있었다면 여자의 동료를 확실하게 찾을 수 있었을 것 같아."

고로는 손목시계로 시선을 떨궜다. 15분 뒤에 11시가 된
다.

후미에가 찻잔을 치우고, 고로는 침실로 숨었다. 미닫이문
에 아주 조금 틈을 만들었다. 그 틈으로 엿보니, 소파 한가운
데가 아주 잘 보였다.

테루히사가 그곳에 앉는다면 움직임도 볼 수 있다.

준비를 마친 고로는 침대에 누웠다.

테루히사가 여자를 써서 자신을 협박했다 친다면, 어째서
2주 뒤에 여동생을 찾아온 건지 진위를 알 수 없었다.

협박범은 따로 있고, 테루히사는 관계없을지도 모른다. 그
렇다고 해도 이해가 되지 않는 방문이다.

인터폰이 울린 건 11시가 되기 3분 전이었다.

고로의 몸에 긴장이 퍼졌다. 미닫이문 곁으로 가서, 책상다
리를 하고 틈새에 오른쪽 눈을 가까이 댔다.

"들어오세요."

테루히사는 아무 말도 하지 않고 거실로 들어왔다. 후미에
가 소파에 앉으라고 하자, 테루히사는 소파에 앉았다. 미닫이
문 틈 사이로 테루히사의 얼굴이 잘 보였다.

테루히사는 그가 어린 시절에 두세 번 봤을 뿐이다. 그렇기
에 얼굴은 거의 기억나지 않았다.

마흔이 되었다는 테루히사의 둥글둥글한 눈은 어머니인 하

츠코를 닮은 듯했다. 얇은 얼굴. 살짝 나온 턱에 수염을 기르고 있었다. 두툼한 입술에 앞니 두 개가 나와 있다. 머리는 짧게 서 있었다. 덱 브러시를 연상케 하는 머리다.

차분한 파란색 재킷에 검은 바지를 입고 있다. 해골 모양의 펜던트를 걸고 있었다.

테루히사는 방을 둘러봤다. 태도가 불량스럽다. 소년이었을 때의 시건방진 눈이 떠올랐다.

후미에는 테루히사의 정면에 앉아 있었지만, 고로의 시선을 방해하고 있진 않았다.

"이 맨션에서 얼마 전에 살인사건이 일어났죠?"

"네. 범인이 잡혀서 안심하고 있어요. 근데 잘도 그런 일을 알고 계시네요."

"토미나가한테 들었어요."

침묵이 흘렀다.

테루히사가 윗옷 주머니에서 담배를 꺼냈다. 후미에는 주방에서 재떨이를 가져와, 테루히사의 앞에 놓았다.

테루히사는 담배에 불을 붙이고, 소파에 몸을 맡겼다.

"돈에 관한 일이라면 거절하겠어요."

"제 어머니는 당신 오빠와 깊은 관계가 되었죠. 아버지는 탐정을 써서 어머니의 행동을 조사하고, 둘이 쓰고 있던 호텔을 알아냈어요. 그리고 아버지는 탐정이 찍은 비디오를 당신 오빠에게 보여줬죠. 그게 싸움의 원인이 되었는지 어떤지는 모르겠지만, 그런 일이 일어나버렸습니다. 당신은 오빠가 어머니와 내통하고 있었다는 사실을 알고 있었나요?"

"전혀 몰랐어요."

테루히사가 눈을 치켜뜨고 후미에를 쳐다봤다.

"정말? 내가 들은 바에 의하면, 둘은 아주 사이가 좋은 남매였어. 오빠가 당신에게만은 뭐든지 얘기할 것 같은데 말이죠."

"용건은 돈이죠?"

"뭐 그렇지만, 당신 얼굴을 보니, 생각 이상으로 옛날 일이 떠올라버렸어요."

테루히사는 그렇게 말하고 입을 다문 채, 웃음을 지었다.

"돈 외에 다른 목적이 있는 게 아닌가요?"

"다른 목적? 예를 들면 뭔가요?"

"저도 모르겠지만, 당신은 오빠를 찾고 있는 게 아닌가요?"

"그런 말을 들으면 오히려 이야기하기 편해지네요. 맞아. 난 당신 오빠를 찾아내고 싶어."

"뭐를 위해?"

"아버지를 죽인 남자가 태평하게 살아있어. 내겐 용서할 수 없는 일이야."

후미에는 입을 다물고 말았다.

테루히사가 윗옷 품에서 장지갑을 꺼내, 그곳에 들어있는 봉투를 후미에에게 건넸다.

"뭐죠 이게?"

"확인해주세요."

후미에는 봉투 안에 들어있는 내용물을 꺼냈다. 신문 조각 같았다.

"이건……."

후미에는 긴장한 목소리로 중얼거리고, 바로 봉투에 돌려 넣었다.

"사건에 대해 적힌 당시 신문입니다. 당신 오빠의 얼굴 사진도 있죠. 나는 쭉 이걸 지니고 있어요."

"왜 저한테 보여주는 거죠?"

"내 기분을 이해해줄까 싶어서."

"오빠가 심한 짓을 저질러서 당신에게 괴로운 경험을 하게 한 건 사실이지만, 저한테 이러셔봤자."

"당신은 오빠가 어디 있는지 알고 있어."

테루히사는 딱 잘라 말했다.

"알고 있을 리 없잖아요. 알고 있다는 증거라도 있나요?"

"내 감이 그렇게 말하고 있어. 당신과 당신 오빠가 매일 연락을 하는지 어떤지는 모르겠지만, 적어도 시효가 지난 뒤에 유일한 가족인 당신에게 전화 정도는 했을 것 같은데 말이죠."

"오빠는 제가 가루이자와의 가게를 접고, .도쿄로 나온 것조차 모를 거예요. 그러니 연락을 취하고 싶어도 취할 수 없겠죠."

"도망 중에 줄곧 당신과 연락을 하고 있었다면, 이야기가 다릅니다."

테루히사가 끈적한 말투로 말했다.

테루히사는 시모오카 코우헤이가 쿠니에다 고로라는 사실을 정말 모르는 걸까. 아니면 알고 있음에도 불구하고 여동생과 만나러 온 것일까.

여하튼 테루히사의 행동의 의미가 읽히지 않는다.

"유우키 씨, 제게 달라붙어도 소용없어요. 전 오빠와 만나지 않았고, 어디에 있는지도 모르니까요."

테루히사가 천천히 담뱃불을 껐다.

"어머니는 최근 저와 만나면 카루이자에서의 이야기를 자주 합니다. 오빠 분과 만나고 싶다고도 말했었어요."

"어머님 연세가 어떻게 되세요?"

"예순여섯입니다. 심근경색이 오고 나서는 완전히 기운이 없어져서 말이죠."

"결혼은?"

"하지 않았습니다. 아버지가 살해당하고, 집도 재산도 사라졌지만, 집안이 유복하니까 이래저래 아무것도 하지 않고 살고 있어요."

"어머니에게 부탁하면 돈은 어떻게든 되지 않나요?"

"나한텐 한 푼도 안 줘요."

그렇게 말하는 테루히사는 봉투를 지갑에 넣고, 이번엔 메모용지 같은 걸 꺼내어 테이블 위에 놓았다.

"어머니는 지금 여기에 살고 있습니다."

"왜 이런 걸 저한테?"

"오빠한테 연락이 오면 가르쳐주세요. 그렇게 된 원인은 자신에게 있다고 어머니는 말했었습니다. 오빠를 만나서 사과하고 싶다고 말했죠. 어머니가 당신 오빠에 대해 다른 사람한테 얘기할 일은 절대 없습니다. 나도 마찬가지지만."

"유우키 씨, 당신은 어디에 살고 있나요?"

"볼펜 빌릴게요."

테루히사는 펜꽂이에서 필기 용구를 꺼내, 테이블 위에 놓은 메모 뒤에 무언가 적기 시작했다.

메모를 받은 후미에가 말했다.

"당신, 시나가와에 살고 있군요."

"네. 어머니가 있는 곳에서 그다지 떨어지지 않은 곳에서 지내고 있습니다."

유우키 모자는 시나가와에 살고 있다. 고로의 미간이 찌푸려졌다.

"토미나가 씨에게서 들었는데, 긴자의 클럽에서 일하고 있다면서요."

"한 클럽의 상무를 하고 있었는데, 사장과 싸워서 그만뒀습니다. 스카우트 같은 건 지금도 하고 있지만. 후미에 씨, 5, 6만 엔이어도 괜찮습니다. 그 정도는 어떻게든 되잖아요. 돈이 생기면 반드시 돌려줄 테니까. 오빠가 한 짓을 미안하게 생각하고 있다면, 그 정도의 돈은 빌려줘도 괜찮잖아요."

"전 강요받을 이유가 없는데요."

테루히사가 큰 소리를 내며 웃었다.

"난 강요 같은 건 하지 않았어. 돈을 빌려달라고 부탁하고 있을 뿐입니다. 당신 오빠가 이 사실을 알면, 분명 그 정도의 돈은 무슨 짓을 해서라도 준비할 거예요."

테루히사의 말투는 확신에 가득 차 있었다. 허세인지 아닌지 잘 모르겠다.

"당신의 감은 틀렸어요. 반복해서 말하지만, 저는 오빠와 그 사건이 일어난 날부터 단 한 번도 만나지 않았어요."

"그날 오빠가 도망치기 전에 만났죠?"

"오빠는 제게도 아무 말도 하지 않고 사라져버렸어요."

테루히사는 코웃음을 치고, 다시 담배에 불을 붙였다.

"오빠 분은 지금 뭐 하고 지내고 있을까요? 전혀 다른 사람이 되어, 의외로 부자가 되어있을지도 몰라요."

"……."

"아니, 역시 그럴 리 없겠지. 일용직 같은 일을 하며 연명하고 있겠죠."

"이 이상 당신과 할 얘기는 없어요. 돌아가세요."

"5, 6만 엔 정도 주는 게 그렇게 힘든가요?"

후미에가 고개를 저었다.

테루히사는 피우던 담배를 끄고, 천천히 자리에서 일어났다.

"만약 오빠와 연락이 닿으면 돈에 관해 얘기 좀 해주세요. 어머니에 대해서도 알려주면 좋겠네요. 아주 짧은 시간이었지만, 그 둘은 진심으로 사랑했던 모양이니까. 그럼 난 이만."

테루히사의 모습이 보이지 않게 되었다. 머지않아 문이 열리고 닫히는 소리가 들렸다.

후미에는 일어나서 문을 잠그고 있었다.

고로는 만일에 대비해 침실에서 바로 나가지 않았다. 후미에가 돌아오지 않는다. 인터폰 모니터로 복도를 살펴보고 있는 것이리라.

조금 지나 후미에가 침실의 미닫이문을 열었다.

"이제 나와도 돼."

고로는 책상다리를 한 채로 고개를 떨궜다.

"왜 그래? 오빠."

"머릿속이 혼란스러워."

"맥주 마실 건데, 오빠는?"

"나도 마실래."

거실로 돌아온 고로는 테루히사가 앉아 있던 곳에 몸을 맡겼다.

"거기서 얼굴은 잘 보였어?"

캔맥주를 잔에 따르며, 후미에가 물어왔다.

"응. 그 녀석은 대체 뭘 꾸미고 있는 걸까."

고로는 중얼거리듯이 말하며, 잔에 입을 대었다.

"이야기 들으면서 생각했는데, 그 녀석은 오빠에게 앙심을 품고 있는 거야."

"과연 그럴까? 테루히사는 아버지를 싫어했어. 살해당해도 괜찮을 거라고는 단언할 수 없지만, 앙심을 품진 않겠지."

"아버지가 살해당하고 회사는 도산했어. 그 결과로 집까지 잃고 사치스러운 생활을 할 수 없게 됐지. 그 원인을 만든 인간에게 복수하고 싶은 게 아닐까?"

"회사가 도산한 건 버블 경제가 끝난 것도 관계있어. 아버지가 죽은 것만이 원인은 아니야."

"실제로는 그렇지만, 나라의 경제 상황과는 상관없이 아버지가 죽었다는 사실만이 머릿속에 들어있는 게 아닐까?"

"뭐가 됐든 테루히사는 협박범이 아니야. 그 녀석의 이야기를 듣고 확신했어."

"평범하게 생각하면 그렇지만, 그의 속내를 모르겠어. 협박하니 간단하게 이천만 엔이 손에 들어와서, 그다음엔 더 터무니없는 걸 계획하고 내게 접근한 걸지도 몰라."

"터무니없는 게 뭔데?"

"오빠의 회사를 뺏는다든지. 오빠를 파산하게 한다든지."

"만약 그렇다고 해도 너와 만날 필요는 없잖아."

"그러니까 앙심 때문인 거지. 여동생인 내게 피해를 주는 것도 그 녀석이 노리는 것 중 하나야. 그렇게 야금야금 오빠에게 다가가는 거지. 처음 협박했을 때는 아직 쿠니에다 고로가 시모오카 코우헤이라는 확증이 없었을지도 몰라. 하지만 돈을 보내와서 확신하게 된 거야. 협박을 반복하는 것보다 나를 이용해 오빠를 흔들고, 적절한 시기를 봐서 오빠에게 접촉한 뒤, 오빠를 파멸시키는 거지. 앙심을 품고 있다면 그 정도 일을 벌인다고 해도 이상하지 않아."

거기까지 말한 후미에의 눈빛이 바뀌었다.

"그래. 이렇게 생각할 수도 있겠네. 이천만 엔을 손에 넣은 뒤에는 조금씩 돈을 뜯어내자고 생각한 걸지도 몰라. 매달 5, 6만엔 정도의 돈을 나한테서 뜯어내는 거지. 그 돈은 오빠한테서 나오고 있으니, 복수와 동시에 확실하게 돈이 들어오는 거야. 일단 돈을 주면, 머지않아 금액을 올릴 생각일지도 몰라."

고로는 힘없이 고개를 젓고 잔을 비웠다.

"난 협박범은 따로 있다고 생각해. 테루히사는 네게 접근해서 나를 찾으려고 하는 거겠지. 만약 내가 괜찮은 생활을 하고 있다면 돈을 뜯어낼 목적으로 말이야."

고로가 담배에 불을 붙이려고 할 때, 그의 휴대전화가 울렸다.

아야나가 보낸 메일이다. 자정이 막 지날 때였다. 아야나는 아직 일 중일 텐데. 고로는 메일을 열었다.

쿠니에다 씨, 죄송해요. 오후에 메일 보내드린다고 했는데, 바빠서 약속을 지키지 못했어요. 화나셨나요? 동반에 관한 생각이 바뀌신 건 아닌지 걱정하고 있어요. 만나는 날을 무척 기대하고 있어요. 쿠니에다 씨와 같이 있으면 마음이 편안해져요. 결코, 입에 발린 말이 아니에요. 다른 사람과 동반할 때는 느낄 수 없는 기분을 느끼고 있어요.

-아야나

오후에 메일을 보내준다던 아야나에게 연락이 없었다. 성실한 아야나답지 않아서 조금 신경 쓰였지만, 그럴 겨를이 없어서 잊고 있었다.

아야나의 메일을 읽은 고로는 한순간이지만 긴장이 풀렸다.

자신이 어떤 과거를 가진 인간인지도, 직면하고 있는 문제가 무엇인지도 모르는 아야나는 고로에게 마음의 안정을 주는 상대였다.

"이런 시간에 누구야?" 여동생이 물어왔다.

"롯폰기에 있는 클럽의 호스티스야."

"사귀고 있는 사람?"

"설마." 고로는 간단하게 아야나에 대해 설명했다.

"오빠, 그 여자한테 빠져있는 것 같네. 신난 얼굴 하고 있는걸."

"빠져있진 않지만, 그녀와 있으면 안심이 돼. 그래도 오해

하지 말아줘. 그 아이와 연애할 생각은 전혀 없으니까. 뭐가
됐든 기특한 아이야."

후미에가 흘깃 쳐다보는 눈으로 고로를 봤다.

"괜찮아?"

"뭐가?"

"오빠는 여자 보는 눈이 없으니까."

"깊은 관계가 될 일 없으니까, 보는 눈이 없어도 위험한 일
은 일어나지 않아. 지금 내 상황에서 따로 여자를 만드는 일
은 절대로 없어."

풀려있던 후미에의 표정이 일변했다.

"그 아이라는 말은 아닌데, 호스티스 중에 테루히사와 친
한 여자가 있을지도 몰라. 테루히사가 오빠를 목격하고, 그
여자로부터 오빠에 대해 여러모로 들었을 가능성도 있어. 테
루히사는 긴자의 클럽에서 일했다는데, 난 그쪽 일은 잘 모르
지만, 롯폰기에서 일하던 여자가 긴자 쪽으로 옮기는 건 흔한
일 아니야?"

"자주 있는 일이지."

"오빠, 일할 때 긴자 쪽 찻집에 가기도 해?"

"가끔은."

"내 추리가 맞을지도 몰라."

"아까도 말했지만, 테루히사는 협박과 관계없어."

"테루히사가 관계없다고 해도, 롯폰기의 호스티스가 얽혀

있을지도 몰라. 아까 보여준 사진 속 여자는 누가 봐도 호스
티스 일을 하게 생겼는걸."

"그런 젊은 여자가 내 정체를 간파했을 것 같지 않아. 그도
그럴 게, 사건이 일어났을 때 사진 속 여자는 아마 태어나지
도 않았을 테니까."

"뒤에서 조종하는 사람이 있고, 조종자가 오빠 정체를 간파
한 거야."

"그럴 수도 있지만, 어쨌든 테루히사는 아니야."

그렇게 말하며 고로는 테루히사가 두고 간 메모를 손에 들
었다.

유우키 하츠코의 주소를 보고 심장이 두근거렸다. 하츠코
는 다카나와 4초메에 있는 맨션에 살고 있다. 자신이 사는 곳
은 기타시나가와. 다카나와 4초메에서 엎어지면 코가 닿은
거리다. 메모에는 전화번호도 적혀있었다.

테루히사는 히가시시나가와 1초메에 살고 있었다.

테루히사가 협박범이 아니라고 생각하면서도, 사는 곳이
가까운 게 신경 쓰였다.

고로는 둘의 주소를 휴대전화의 메모장에 입력했다.

"오빠, 설마 부인과 만날 생각은 아니지?"

"그런 바보 같은 짓을 할 리 없잖아. 일단 둘의 주소를 파
악해두면, 그 주변을 피할 수 있으니까."

"그럼 됐지만."

"근데 어째서 테루히사는 나를 어머니와 만나게 하려는 걸까."

"정말로 만나게 하고 싶은지 어떤지는 몰라. 좌우지간, 그녀석은 우리를 혼란스럽게 하려는 거야."

"그 여자는 정말로 나와 만나고 싶은 걸까."

고로가 중얼거리듯이 말했다.

"그럴 리 없잖아. 25년 전의 불장난 상대를 만나고 싶어 할 리 없어."

고로는 눈썹에 힘을 풀고 한숨을 쉬었다.

"네 말대로야."

"어쨌든 그 녀석은 내가 오빠와 연락을 하고 있다고 확신하고 있어. 그건 맞았지만."

"네가 나와 접촉하는 걸 기다리고 있는 거네."

"그런 것 같아."

"그렇다고 해도 24시간 널 감시하는 건 무리야."

"오빠는 다시 한동안 이 근처에는 가까이 오지 말아줘."

"응."

"난 토미나가 씨와 만나볼게."

고로는 여동생을 쳐다봤다.

"만나서 어쩌려고?"

"아무렇지 않게 떠보려고."

"쓸데없는 짓은 하지 않는 게 좋아. 네가 테루히사에 대해 알아보면, 오히려 신경 쓰고 있다는 게 상대방에게 전해지잖아."

"가만히 있는 게 더 이상해. 테루히사는 옛날 사건을 다시 들먹였잖아. 그러니 내가 기분 나빴다고 토미나가 씨에게 얘기해도 전혀 이상하지 않아."

"설사 네 말대로 협박범이 테루히사라고 해도, 혹은 테루히사가 그 협박과는 관계없고, 그 녀석이 노리는 게 돈이 아니란 걸 알게 된다고 해도, 우리는 아무것도 할 수 없어. 우리가 움직여서 좋은 일은 하나도 없어."

"그건 그렇지만, 협박범이 누군지 알게 되면 조금은 기분이 개운해져. 이대로라면 불안해서 배길 수 없는걸."

확실히 진상이 밝혀지면 대책을 짜진 못한다고 해도, 어둠 속을 걷는 듯한 기분은 해소되겠지.

고로는 여동생이 하고 싶은 대로 하게 놔두기로 했다.

오전 1시가 조금 지나있었다.

"무슨 일 있으면 전화할게." 후미에가 말했다.

"무리는 하지 마."

"꼬리가 밟히는 짓은 안 해."

고로는 지갑을 꺼내고 여동생에게 돈을 건넸다.

"미안, 오빠."

"괜찮아. 마음에 드는 일을 찾을 때까지 천천히 준비해. 그 정도의 돈은 어떻게든 되니까."

고로는 여동생의 맨션을 뒤로했다. 거리로 나올 때 주변을 살펴봤다. 테루히사가 감시하고 있을 것 같진 않았지만, 조심해서 나쁜 건 없다. 보도에는 인기척이 없었다. 길가에 세워진 자동차도 하나하나 눈을 부릅뜨고 살펴봤지만, 문제는 없어 보였다.

빈 택시를 잡았다. 한동안은 뒤가 신경 쓰일 것 같다. 미행은 없는 모양이다.

고로는 눈을 감고, 깊게 숨을 마신 뒤 천천히 내뱉었다.

불안한 나날을 강요받던 도망 생활 중엔 늘 긴장의 끈을 놓지 않았지만, 쿠니에다 가의 사위가 된 후로는 마음이 풀릴 때가 종종 있었다. 그러던 와중, 협박이 계기가 되어 불안한 나날이 다시 시작됐다. 거기다 자신이 죽인 남자의 아들이 내 여동생을 만나러 오다니. 고로의 신경은 더욱 곤두섰다.

후미에가 말한 대로, 테루히사는 무슨 형태이건 간에 그 협박과 관계있는 걸까. 협박은 테루히사가 여동생에게 전화한 이후에 일어났다. 그건 단순한 우연일까.

맥박이 빨라졌다. 가슴이 괴롭다.

고로는 창문을 열고 볼에 바람을 맞혔다.

다시 한번 심호흡하고 창문을 닫았다. 그리고 휴대전화를 꺼냈다.

아야나 씨, 메일 고마워요. 동반 괜찮아요. 뭔가 맛있는 걸 먹죠. 오후에 전화하겠습니다. 약속장소는 그때 정해요. 만남을 기대하고 있겠습니다.

아야나와 만나는 건 작은 즐거움에 불과하다. 하지만 그 작은 즐거움이 한순간이지만 고로를 구해주고 있었다.

◆ ◆ ◆

텔레비전 뉴스에서 흘러나오는 건 전부 잘못된 사실이야. 경찰이 실수했거나 오보야.

자신을 구하고 싶었던 케이코는 그렇게 생각하려고 노력했다.

과거에도 이와 같은 일이 일어났지 않은가.

고등학교 입학시험 결과 발표일, 게시된 번호를 보러 갔다. 케이코의 수험번호는 없었다. 무조건 붙었을 거라는 자신이 있었기에, 이건 뭔가 잘못됐다고 생각해 학교 측에 문의했다. 처음에는 상대도 해주지 않았지만, 다음 날이 되어 연락이 왔다. 케이코는 합격했었다. 학교 측의 실수로 그녀의 수험번호가 빠진 것이다.

이번에도 있지도 않은 실수가 일어난 거다. 꼿꼿이 교실의 강사를 죽인 건 쿠니에다밖에 없다.

케이코는 몇 번이고 그렇게 자신에게 되뇌었다.

하지만 동요는 멎지 않았다.

보도가 사실이겠지, 하고 무의식중에 인정하고 있는 또 하나의 자신이 있었다.

그러면 쿠니에다는 어째서 범인도 아닌데, 이천만 엔이라는 거금을 협박범의 지시대로 보낸 걸까.

사야마 사토코 살해사건의 용의자로 체포당한 후쿠모토 코우지를 조종하고 있던 게 쿠니에다는 아닐까.

그럴 리 없다. 범행이 일어난 당일 밤, 쿠니에다는 그 맨션에서 나왔다. 후쿠모토라는 남자를 살인범으로 고용했다면, 쿠니에다는 확고한 알리바이를 만들었을 것이다. 범행 현장에 발을 들일 리 없다. 게다가 후쿠모토는 피해자에게 일방적으로 호의를 품고 있었다고 하니, 쿠니에다가 굳이 그를 고용할 이유가 없다.

케이코는 말도 안 되는 이야기를 만들어서라도, 쿠니에다가 범인이라고 믿고 싶었다.

하지만 케이코를 양심의 가책에서 구해줄 법한 이야기는 전혀 떠오르지 않았다.

술을 마시고 누워, 얕은 잠을 잤다. 식은땀이 나 있었다. 속옷 대신 입고 있던 셔츠가 젖었고, 두피에서 흘러나온 땀이 머리카락을 따라 볼을 지났다.

옷을 갈아입고 다시 잠자리에 들었다.

꿈을 꿨다.

자신은 숲속의 전원주택 같은 곳에 있었다. 남자가 방에 들어왔다. 손에는 날붙이를 쥐고 있었다. 자세히 보니, 그 남자는 코타로였다. 멀리서 비명 같은 소리가 들려왔다. 그 소리가 점점 커져 눈이 떠졌다. 소리를 내고 있던 건 자기 자신이었다.

꿈이라는 건 항상 어딘가 삐뚤어져 있기 마련이다. 어째서 코타로가 날붙이를 들고 나타난 건지는 모른다.

텔레비전을 켰다. 오전 뉴스에서 그 사건의 속보가 흘렀다.

흉기로 사용한 날붙이는 체포당한 후쿠모토 코우지의 진술대로 젠푸쿠지강에서 발견되었다고 한다.

케이코는 살아있는 기분이 아니었다. 침도 쉽게 삼켜지지 않았다. 학교에 나갈 기분이 전혀 들지 않았다.

인터넷에서 그 사건에 대해 몇 번이고 찾아봤다. 아니, 찾아봤다는 건 정확한 표현이 아니다. 그저 멍하니 보고 있었을 뿐이었다.

처음 협박을 생각했을 때처럼, 쿠니에다 고로의 이름을 인터넷에 검색해봤다. 동명이인은 의외로 적었다. 또 회사 홈페이지를 열어봤다. 사장의 경력도, 사진도 올라와 있지 않았다.

이런 일을 한다고 해결이 되는 건 아니지만, 사건에 대해 알아보는 동안은 시간이 빠르게 지나가는 느낌이었다.

불안함은 기묘한 행동으로 이어졌다.

전철로 신주쿠까지 나가서, 야마노테선으로 갈아탔다. 열차에서 내려보니, 시나가와역이었다.

케이코는 무의식에 쿠니에다의 회사로 향한 것이다.

쿠니에다의 회사는 동쪽 출구에서 그다지 멀지 않은 빌딩이었다.

쿠니에다의 정체를 알면 수수께끼도 풀릴 것이다. 막연히 그렇게 생각했지만, 그의 회사 주변을 어슬렁거려도 아무런 소용이 없다는 걸 알고 있다. 그런데 쿠니에다의 회사가 가까워질수록, 긴장하고 있는데 어딘가 마음 한편으로는 안심하고 있는 저 자신을 발견했다.

이 무슨 모순된 정신 상태일까. 쿠니에다로부터 멀리 떨어져 있으면 불안함이 커지고, 그가 근처에 있다고 생각하는 것만으로도 진정이 된다.

만약 24시간 쿠니에다를 감시할 수 있다면, 분명 자신은 그렇게 했으리라.

쿠니에다의 회사가 있는 빌딩을 지나칠 때, 휴대전화가 울렸다.

코타로에게 전화가 왔다. 케이코는 무시했다. 누구와도 얘기하고 싶지 않았다.

알림이 끊기고 조금 지났을 때, 이번엔 메일이 도착했다.

좋은 날씨네. 외출하고 있으려나? 나는 오늘 회사를 쉬었어. 어제 친구들과 너무 마셔서 말이야. 지금 시나가와역 근처 시장에서

> 장을 보고 있어. 다음 주 토요일에 같이 밥 먹지 않을래?

코타로와 식사를 해도 기분이 풀릴 것 같지 않았다. 거절하기로 했다. 그렇지만 답장은 하지 않았다. 메일을 입력할 기력도 없었다.

케이코는 시나가와역 구내로 들어갔다. 무언가 떠올라 숨이 멎었다. 코타로는 역 근처의 시장에서 장을 보고 있다고 했다.

시나가와역은 넓다. 그렇기에 코타로와 마주치게 되는 일은 쉽게 일어나지 않겠지만 주변을 둘러보게 되었다.

전화도, 메일도 무시한 상대와 만나게 되는 건 거북하다.

가게도 쉬기로 하고, 스태프에게 연락했다.

"……몸이 안 좋으면 어쩔 수 없지만, 이번 달은 동반 노력해 줘. 저번 달은 하나도 못 했으니까."

"네."

전화를 끊은 케이코는 쿠니에다에게 메일을 전송하려 했지만, 이내 주저하게 되었다.

쿠니에다와 만나고 싶은 주제에, 만나면 무슨 말을 해야 할지 몰랐다. 집에 돌아가서 기분을 진정시킨 뒤에 메일을 보내기로 했다.

전철을 타고 신주쿠로 향했다. 배는 고프지 않았지만, 자주 이용하는 레스토랑에서 이른 저녁을 먹었다. 파스타 세트를 주문하고, 절반도 채 먹지 못했다. 이 가게에서 딸기 요구르트를 시키며, 조그만 사치에 행복한 기분을 맛보던 때를 떠올렸다. 그때는 협박할 계획 같은 건 세우고 있지 않았고, 당연하지만 이천만 엔이라는 돈도 갖고 있지 않았다.

어둡게 가라앉은 기분으로 가게에서 나온 케이코는 집으로 향했다.

돌아가는 길에 그 맨션이 눈에 들어왔다. 쿠니에다는 분명 태풍이 불던 날, 이 맨션에서 발을 끌며 나왔다.

같은 맨션에서 같은 시각에 두 살인사건이 일어나고, 쿠니에다가 저지른 사건은 아직 발각되지 않았을지도 모른다. 몇 달 뒤에, 이불에 싸인 백골 시체가 발견될 가능성도 있겠지.

케이코는 또 자신 좋을 대로 추론을 해봤지만, 죄책감이 사그라들지는 않았다.

오후 8시가 지났을 때, 엄마에게 전화가 왔다.

엄마와도 얘기하고 싶지 않았지만, 휴대전화를 귀에 댔다.

"이런 시간에 전화하다니 별일이네. 무슨 일 있어요?"

"저녁에 백화점에서 스미다랑 딱 마주쳤는데, 그때 네 얘기가 나왔어."

스미다 노리코는 어머니의 소꿉친구로, 셔츠 가게를 하고 있다.

"너 요시키 주점 아들하고 사이가 좋다며."

"스미다 씨가 어떻게 그런 걸 알고 있는 거야?"

"치에코한테 들었대."

치에코는 코타로의 여동생. 스미다 셔츠 가게 근처에 코타로의 부모님 집이 있어서, 스미다 부인과 치에코가 얘기할 기회는 얼마든지 있다. 코타로가 언젠가 여동생에게 나에 관한 얘기를 한 거겠지.

"요시키 씨 아들, 코타로라고 했지?"

"응."

"코타로랑 사귀고 있는 거야?"

"그냥 친구야."

"여동생은 네가 오빠의 여자친구라고 오해하고 있는 거 같은데?"

"싫네. 왜 그렇게 된 걸까."

"코타로 씨, 큰 섬유회사에 다니고 있지?"

"갑자기 그건 왜."

"나이는 스물일곱에 같은 고향이고, 집도 가깝고……."

"잠깐."

케이코의 목소리가 뒤집힐 뻔했다.

"엄마, 내가 코타로랑 결혼했으면 좋겠어?"

"우린 딱히 대를 이어야 할 가게도 아니고, 요시키 주점의 아들이면 괜찮지 않을까 해서."

"엄마 무슨 소리 하는 거야. 나 아직 학생이야. 상대가 누구든 결혼 생각 같은 건 하고 있지 않아."

"당장은 하지 않아도 되지만, 취직이 정해지지 않으면 시집 가는 것도 염두에 둬야지."

엄마는 태평하다. 부러울 정도로 태평하다.

엄마도, 코타로도, 코타로의 여동생도, 스미다 씨도 모두 자신과는 다르게 세상을 밝게만 보고 있다. 그렇게 생각하니 더욱 기분이 가라앉았다.

"기회 되면 스미다 씨한테 가서 오해를 풀어줘. 코타로는 내 남자친구도 뭣도 아니라고. 이야기하기 편한 상대, 그뿐이야."

"처음은 그걸로 돼. 깊은 연애는 삐꺽거릴 일도 많으니까."

"이제 이 얘기는 그만해. 결혼 같은 건 한참 나중의 일이야."

"그렇구나. 그럼 어쩔 수 없지. 스미다 씨한테는 말 전해놓을게."

"그렇게 해줘."

"내일 쌀 보낼게."

"많이 안 보내줘도 돼. 혼자 살고 있으니까."

"코타로 씨에게도 나눠주는 게 어때? 고향 쌀을 받으면 그도 기뻐하겠지."

"더는 코타로 얘기하지 마."

케이코의 말투는 평소보다 날카로웠다.

"그럼 이걸로 끊을게. 꽤 추워졌으니까 감기 걸리지 말고."

"엄마도."

휴대전화를 테이블에 놓고, 케이코는 침대에 누워 풍타를 꼭 끌어안았다.

코타로는 여동생에게 무슨 말을 한 걸까. 우리가 사귀고 있다는 식으로 말한 걸까.

그렇다면 곤란하다. 그렇지만 코타로가 그런 짓을 할 것 같진 않았다. 아마도 여동생이 멋대로 오해한 거겠지.

하지만 뭐가 됐든 지금 케이코에게 중요하지 않은 문제다.

엄마와 전화를 한 것만으로 녹초가 되었다. 그러다 코타로의 연락을 모두 무시하고 있다는 게 떠올랐다.

> 전화도 못 받고, 메일도 답장 못 해서 미안해요. 오늘은 회사 쉬는 날이라 여유가 있으셨나 보네요. 다음 주 토요일은 일이 있어서 만날 수 없어요. 제가 나중에 다시 연락할게요.

엄마에게 들은 얘기는 일절 하지 않았다. 만약 하게 되면, 코타로는 뭔가 구구절절 얘기할 게 분명하다. 그의 거슬리는 목소리를 듣고 싶지 않았다.

얼마 지나지 않아, 휴대전화가 울렸다. 코타로였다.

> 전화도 메일도 반응이 없어서 걱정했어. 토요일에 만나지 못하는 건 아쉽지만, 연락 기다리고 있을게. 고민거리가 있다면 사양말고 내게 얘기해줘. 아무런 도움이 되지 못할 수도 있지만.

> 신경 써주셔서 기뻐요. 코타로 씨에겐 뭐든지 얘기할 수 있어서,
> 든든한 아군이라고 생각하고 있어요.

귀찮았지만 바로 답장을 보내두었다.

또 메일이 오면 신경질이 날 뻔했지만, 휴대전화는 울리지 않았다.

케이코는 쿠니에다와 만나서 무슨 얘기를 해야 할지 고민했다.

떠보는 건 무리라고 생각하고 있다. 그렇지만 어렴풋이라도 좋으니, 수수께끼의 형태가 잡힐 정도의 이야기를 하고 싶다. 하지만 어떻게 하면 좋을지 전혀 아이디어가 떠오르지 않았다.

아무런 해결책도 찾지 못한 오전, 케이코는 쿠니에다에게 메일을 보냈다.

◆　◆　◆

케이코는 오후 6시 즈음, 도쿄 미드타운 앞에 도착했다. 쿠니에다는 아직 오지 않았다. 긴장되어 손에 땀이 났다.

주변은 밤이 되어, 어두운 노을 색으로 물들어 있었다.

눈앞에 택시가 멈췄다. 택시에서 내린 건 쿠니에다였다.

쿠니에다는 회색 트위드 재킷에 검은 바지를 입고 있었다. 그리고 체크무늬의 셔츠에 검은 니트 넥타이를 매고 있었다. 신발은 바닥 부분만 하얗게 되어있는 짙은 감색의 운동화였다. 손에는 서류 가방을 들고 있었다.

"기다리게 해서 미안해."

쿠니에다가 눈웃음을 지으며 사과했다.

"저도 지금 막 온 참이에요."

케이코는 쿠니에다의 뒤를 따라 도로를 건넜다.

그에게 안내받은 가게는 구석에 있는 조용하지만 멋들어진 이탈리안 레스토랑이었다.

한번 동반으로 온 적 있는 가게였지만, 케이코는 쓸데없는 소리는 하지 않았다.

검은 벽에 조용한 분위기의 가게다.

식전주는 키르 로열로 정했다.

건배를 하고 쿠니에다가 말했다.

"이 가게, 인터넷에서 알아보고 골랐어. 나는 이런 가게를 잘 몰라서."

"멋진 가게네요."

쿠니에다가 슬쩍 케이코를 쳐다봤다.

"처음 온 건 아니잖아? 사실대로 말해도 돼."

"네. 꽤 예전에 한 번 온 적 있어요. 근데 어떻게 아셨나요?"

"가게에 들어온 순간, 네가 그런 얼굴을 했으니까."

"거짓말."

"거짓말이야. 그렇지만 아마도 알고 있는 가게가 아닐까, 하고 생각했어."

"처음은 아니지만, 이 가게 좋아해요. 조용하고 기분이 진정되니까요. 아주 좋은 선택이라고 생각해요."

"아야나 씨가 좋아하는 가게라서 다행이야."

그렇게 말하며 쿠니에다는 메뉴판을 집었다.

둘이서 전채요리를 두 종류 골랐다. 술은 백포도주로 주문했다.

이 남자는 어째서 협박에 응한 것일까. 쿠니에다와 떨어져 있을 땐 그것만을 내내 생각했는데, 이렇게 둘이서 있자니, 문득 그 일을 잊을 것만 같았다.

가장 안심할 수 없는 상대인데 가장 안심하고 있다. 케이코는 어처구니없는 마음의 모순을 품은 채, 바냐 카우다를 집었다.

"쿠니에다 씨는 도쿄 출신인가요?"

"태어난 건 아키타인데, 두 살 때 삿포로로 이사 갔어. 하지만 그곳에서도 그다지 길게 있진 않았어. 부모님이 전근이 잦아서, 여러 곳을 전전하다가 도쿄에 살게 된 건 대학에 입학한 뒤부터야."

"부모님은 지금 뭐 하세요?"

"두 분 모두 먼 옛날에 이미 돌아가셨어."

거기까지 말하고, 쿠니에다는 눈을 치켜뜨고 케이코를 응시했다.

"오늘 아야나 씨 조금 이상하네."

"그런가요?"

"평소보다 딱딱한 느낌이 들고, 갑자기 내 과거를 물어오고……"

케이코는 눈을 내리떴다.

"같이 식사하는 건 처음이라서, 긴장하고 있어요."

"애프터 때는 술이 들어가니까 편히 있을 수 있는 거구나."

"아마 그런 거 같아요. 제가 낯을 많이 가려서."

"그래서 그 뒤로 취직은 어떻게 됐어?"

"답을 기다리고 있는데 아무 말도 없는 걸 보아하니, 잘 안된 것 같아요. 그래도 괜찮아요. 계속 취업 준비는 할 거니까요."

"출판사만 아니라면, 일자리를 찾아줄 수 있는데."

"쿠니에다 씨 회사라면 들어가고 싶어요."

케이코는 농담조로 말했다.

"우리 회사라. 요전번에 사무직 여자애가 그만뒀는데, 새로운 사람을 막 뽑은 참이야."

진지하게 그렇게 대답한 쿠니에다의 표정이 누그러졌다.

"널 내 비서로 삼을 수 있다면 좋을 텐데."

"비서라니, 저한텐 안 어울려요."

"그렇지 않아. 그렇지만 비서는 이미 있어서, 남자지만 말이야. 네가 비서라면 즐거울 것 같다고 생각했을 뿐이야."

"저도 쿠니에다 씨의 비서라면 기쁘게 받아들일게요."

만약 쿠니에다의 비서가 된다면, 수수께끼를 풀 기회가 찾아올지도 모른다. 아니, 그렇게 일이 쉽게 풀리진 않겠지. 회사에 개인적인 비밀을 가져올 리 없으니까.

뭐가 됐든 현실적으로 쿠니에다가 자신을 비서로 쓰는 일은 없으리라. 호스티스였던 자신을 회사에 넣게 되면, 사원들에게 여러 소문이 퍼질 게 분명하니까.

주요 메뉴로 둘 다 황새치 그릴 구이를 주문했다.

"난 잘 모르겠지만, 너희 클럽은 수입이 좋은 편이야?"

"그렇지도 않아요. 손님이 없을 때는 정말 없어서요."

"몸을 파는 호스티스도 있겠지?"

"왜 그런 걸 묻는 거죠? 전 절대 그런 짓 안 해요."

"아야나 씨가 그렇다고 생각한 적 없어. 자주 그런 얘기를 들으니까 실제로는 어떤가 해서."

"숫자는 모르겠지만, 그런 짓을 해서 손님을 손에 넣은 호스티스는 저희 가게에도 있어요. 가게를 그만두고 AV 배우가 된 아이도 있고, 각성제를 한 손님을 협박해서 잡힌 호스티스도 있어요."

"손님을 협박하다니 굉장하네."

쿠니에다가 중얼거리듯이 말했다.

케이코는 아무 말 없이 황새치의 살을 입으로 옮겼다.

"호스티스나 종업원이 약을 하는 일도 있을까."

"저희 가게에선 들은 적 없지만, 있는 모양이에요."

"그런 건 롯폰기 쪽이 긴자보다 많으려나."

"꼭 그렇진 않아요. 긴자의 어떤 클럽은 종업원이 모두 약을 하고 있어서, 전부 잘렸단 이야기를 들은 적이 있어요."

"그런 가게가 있단 말이야? 잘 생각해보면 무서운 세계네."

"극히 일부로 나쁜 부류가 있을 뿐이고, 지금 얘기도 소문에 불과해요."

"아야나 씨는 긴자의 클럽에서 일할 생각은 없어?"

"없어요. 지금 가게도 그만두고 싶다고 생각하고 있는 걸요."

"그랬었지. 미안, 미안. 이상한 걸 물어봐서."

"쿠니에다 씨, 물장사하실 생각이신가요?"

"그럴 리가. 아야나 씨와 알게 되지 않았다면, 흥미조차 생기지 않았을 거야."

"제가 알고 있는 범위에 한해선 뭐든지 가르쳐 드릴게요."

"롯폰기에서 일하는 아이가 긴자로 옮기는 일은 흔한 일 같던데, 스태프는 어때?"

"롯폰기에서 긴자로 옮기는 스태프도 많은 편이죠. 그 반대도 있어요. 저희 가게 부장은 옛날에 긴자에서 스태프 일을 했다고 들었어요."

"긴자의 스태프와 롯폰기의 호스티스가 교류하는 것도 흔한 일일까?"

"있을 만한 일이라 생각해요."

케이코는 의아한 얼굴로 쿠니에다를 바라봤다.

"내가 이상한 질문만 하고 있네. 그래도 네가 있는 세계를 잘 알지 못해서, 묻고 싶었어."

쿠니에다의 말을 그대로 믿을 수 없었다.

쿠니에다는 대체 뭘 신경 쓰고 있는 걸까. 협박범이 호스티스 혹은 스태프일지도 모른다고 생각하고 있는 걸까. 그렇다 치더라도 이상하다. 요전번에 만났을 때는 그런 질문을 전혀 하지 않았는데.

케이코는 쿠니에다가 순순히 돈을 보낸 이유를 조금이라도 캐내 보려 했지만, 계기가 될 만한 이야기조차 할 수 없었다.

집 근처의 맨션에서 살인사건이 일어나 범인이 잡혔다. 평소라면 가벼운 분위기로 꺼낼 수 있는 이야기지만, 무서워서 입 밖으로 낼 수가 없었다. 그 살인사건과 쿠니에다가 관계없다고 해도, 알려지고 싶지 않은 그의 비밀이 그 맨션에 있는 것 같으니까. 태풍이 불던 밤에 관해 얘기했을 때, 그는 집에 있었다고 거짓말했다. 쿠니에다가 그 맨션에서 만난 건 꽃꽂이 교실의 강사가 아니라, 다른 인물일 수도 있다. 그 인물이 쿠니에다의 애인일지도 모르지만, 쿠니에다에게 숨겨둔 여자가 있다는 느낌은 이제 들지 않는다. 그렇다면 그 맨션에서 쿠니에다가 만나고 있던 사람이 애인이 아니라고 하면, 대체 누구인 걸까.

수수께끼는 깊어져 갔지만, 아무것도 할 수 없었다. 케이코는 살짝 짜증이 났다.

"근데 일본의 호스티스 클럽 시스템은 신기해. 이런 건 미국이나 유럽에는 없으니 말이야."

"예전엔 매춘 클럽이라고 착각하는 외국인 손님들뿐이었다고 해요."

"착각해도 어쩔 수 없지."

"저도 그렇게 생각해요." 케이코는 천천히 잔을 비웠다.

"쿠니에다 씨, 외국에 가보신 적 있나요?"

"난 가본 적 없어."

"중국이나 한국도요?"

"응. 실은 비행기가 좀 무서워서. 물론 배를 타고 외국에 갈 수도 있지만."

"그럼 국내 출장 갈 때도 비행기는 안 타시나요?"

"줄곧 철도로 다녔는데, 최근에 겨우 눈을 감고 비행기를 탈 수 있게 됐어."

케이코는 짧게 웃었다.

"눈을 감고 비행기에 탄다니, 표현이 재밌네요."

"정말 그 말 그대로야. 기내에서는 밖을 절대로 보지 않아.

특히 착륙 때는 무슨 일이 있어도 말이지. 아야나 씨는 외국에 가본 적 있어?"

"없어요. 비행기를 타본 적도 없어요. 비행기가 무서운 건 아니에요. 나중에 유럽 여행 가보고 싶어요."

"유럽이라고 말해도 넓은데, 특별히 가고 싶은 곳은 있어?"

"어디든지 가보고 싶은데, 처음 여행한다면 프랑스? 시칠리아섬에 있는 아그리젠토 유적에도 가보고 싶어요. 텔레비전에 나온 걸 보고 멋지다고 생각했을 뿐이지만."

"나도 본 기억이 있어. 세계유산으로 지정된 곳이지."

"네. 쿠니에다 씨는 바다랑 산, 어디가 좋으세요?"

"젊었을 땐 바다를 동경했지만, 이 나이가 되고 나니 산이 더 좋아. 속세와 떨어져서 자연생활을 보내는 게 꿈이야."

"쿠니에다 씨, 가루이자와에는 가본 적 있으시죠?"

쿠니에다의 포크와 나이프의 움직임이 멈췄다.

"왜 그러세요?"

"아니, 예전 일에 대해 떠오른 게 있어서. 별일 아닌데, 미안, 미안."

쿠니에다는 얼버무리듯이 웃었다.

"가루이자와 말이지? 가본 적 없어. 아야나 씨는 어때?"

"같은 과에 금수저 친구가 있는데, 그 친구 집이 가루이자와에 별장을 가지고 있어요. 재작년 이맘때 친구들과 함께 갔죠."

"그래서 어땠어?"

"정말 좋은 곳이었어요. 친구의 별장 주변에 아무도 살고 있지 않아서, 별장 안을 산책하는 것만으로도 무척 기분이 좋았어요. 같이 간 다른 친구는 지루해했지만. 걔는 원래 걸어서 갈 수 있는 거리 안에 편의점이 없으면 살 수 없는 아이예요."

"편의점이 없으면 살 수 없다니."

쿠니에다는 피식하고 웃었다.

문득 떠오른 게 있었다. 입에 담을까 망설였다. 그 얘기를 꺼내는 게 조금 두려웠기 때문이다. 하지만 이야기해 보기로 했다.

"그 별장에서 예전에 살인사건이 일어났대요."

쿠니에다는 아무 말 없이 식사하고 있었다. 아무런 반응도 없는 모습에 케이코는 위화감을 느꼈다.

"사람이 살해당한 별장을 사다니, 저라면 도저히 못살 거 같아요. 귀신이 나올 것 같아서."

"사연 있는 물건은 싸니까."

쿠니에다가 담담한 어조로 말했다.

"그래서 친구의 아버지가 산 모양이에요. 그 친구한테 신경 쓰이지 않냐고 물으니까, 괜찮다고 말하는 거 있죠? 좀 놀랐어요."

"누가 살해당한 거야?"

"그 당시의 소유주라고 해요."

"그래서 범인은 잡혔대?"

"친구도 그 이상 자세한 건 모른다고 말했었어요."

"건물은 그대로 쓰고 있는 걸까."

"그런 것 같아요."

"나도 아야나 씨와 같은 생각이야. 사연 있는 물건은 사고 싶지 않아."

쿠니에다가 황새치를 칼질하는 것을 본 순간, 한 가설이 머릿속에 떠올랐다.

가루이자와의 살인사건을 오늘 언급하지 않았다면, 생각도 하지 못할 가설이다.

'쿠니에다 고로 씨, 당신은 살인범. 틀림없는 사실이지…….'

이 협박문에 쿠니에다는 반응했다.

언제 어디서 누굴 죽였는지는 모르겠지만, 쿠니에다는 사람을 죽였다. 그렇기에 순순히 돈을 보낸 게 아닐까.

케이코는 꽃꽂이 교실 강사를 살해한 범인이 쿠니에다라고 단정 짓고 협박장을 보냈다. 터무니없는 착각이었지만, 쿠니에다는 자신이 범한 다른 살인이 들켰다고 생각해 돈을 보낸 것이다.

이렇게 생각하면 앞뒤가 맞는다.

어째서 이런 단순한 걸 눈치채지 못했을까. 역시 당황해서 정신이 없었다고밖에 말할 수 없다.

쿠니에다가 누굴 죽였는지 알 길이 없고, 알아볼 생각도 없

다. 쿠니에다가 살인을 저지른 적이 있기만 하다면 케이코의
죄책감은 줄어든다.

"왜 그래?"

쿠니에다가 케이코의 표정을 살펴보고 말을 걸었다.

"네?"

"혼자 웃는 것처럼 보여서."

"저 웃고 있었나요?"

"응."

"역시 쿠니에다 씨와 같이 있으면 웃음이 나는 것 같아요."

쿠니에다는 케이코를 응시하고 있었다. 기세에 눌린 케이
코는 시선을 피했다.

"내일 다른 동반 일정 있어?"

"아뇨."

"매일 밤은 성가시려나?"

"쿠니에다 씨, 내일도 동반해 주시나요?"

"아야나 씨가 괜찮다면."

"고마워요. 그렇게 해주시면 기뻐요."

"아야나 씨와 만나는 건 동반도, 애프터도 아니야. 단지 나
에겐 데이트라고 생각하고 있어."

쿠니에다는 쑥스러운 듯이 말했다.

"저도 마찬가지예요. 저희 사이에선 동반이라든지 애프터
라든지, 그런 말을 쓰는 건 그만둬요."

쿠니에다가 눈웃음을 짓고 크게 끄덕였다.

8시 15분 정도에 케이코는 가게에서 나왔다. 그날 밤, 쿠니에다는 한 시간 정도 더 가게에 있다가 돌아갔다. 하나 신경 쓰이는 점이 있었다. 쿠니에다는 근무 중인 남자 종업원에게 시선을 향하는 일이 잦았다.

대체 뭘 신경 쓰고 있는 걸까. 역시 협박범이 누군지 알아 내려는 것일지도 모른다.

다음 날에도 케이코는 쿠니에다와 저녁을 함께하고, 같이 가게에 들어갔다.

"쿠니에다 씨, 아야나한테 푹 빠졌네."

케이코를 스카우트한 종업원에게 그런 말을 들었다.

쿠니에다는 정말로 자신에게 빠져있는 걸까. 그런 느낌은 전혀 들지 않았다. 쿠니에다가 자신에게 수컷 냄새를 풍겨온 적은 한 번도 없었다.

"내일은 토요일이니까, 쉬는 날이지?"

쿠니에다는 다른 호스티스가 자리를 떠났을 때 물어왔다.

"네."

"마루노우치에 있는 라이브 하우스에서 개최되는 콘서트 표를 받았는데, 아야나 씨와 같이 가고 싶어서."

"누구 콘서트인가요?"

"그게 말이지."

쿠니에다가 멋쩍은 웃음을 지었다.

콘서트는 옛 포크송 가수들로 구성되어 있었다. 한마디로 노년층을 대상으로 한 콘서트였다.

"……아야나 씨에겐 지루할 테니까 거절해도 괜찮아. 이렇게 어린 네게 같이 가자고 하다니, 내가 봐도 머리가 어떻게 됐다고 생각하고 있으니까."

아야나는 70년대에 유행한 포크송이나 옛날 음악에는 전혀 흥미가 없었다.

그렇지만 쑥스럽게 같이 가자고 제안하는 쿠니에다를 보고 있자니, 같이 가도 좋을 것 같았다.

"밥은 거기서 먹을 수 있어. 시간 상관없이 아야나 씨와 저녁을 같이 먹고 싶어. 콘서트가 끝나면 한 잔 마시러 가자."

"그렇게 해요."

그렇게 케이코는 쿠니에다와 사흘 연속으로 만나게 되었다.

쿠니에다가 데려다준 라이브 하우스는 노년층 대상으로, 젊은 관객은 거의 없었다.

하지만 콘서트는 생각보다 즐거웠다. 들어본 적도 없는 곡이 태반이었지만, 토크도 재밌어서 지루할 틈이 없었다.

그 사실을 콘서트가 끝나고 간 바에서 쿠니에다에게 전했다. 쿠니에다는 눈을 가늘게 하고 미소 지었다. 정말 기뻐서 짓는 웃음처럼 보였다.

쿠니에다와 자신의 관계를 잊고 케이코는 편히 시간을 보냈지만, 집에 돌아오자 검은 생각이 뭉게뭉게 가슴 속에서 솟아올랐다.

쿠니에다가 자신과 자주 만나게 된 건 그 협박 사건 때문이지 않은가.

그는 나를 협박범이라고 의심하고 있는 걸까. 아니, 그럴리는 없다. 마음속에 깃든 공포심이 만들어 낸 망상에 불과하다.

케이코는 그렇게 자신을 달래며, 불안을 지우려 했다.

◆　◆　◆

타구치에게 전화가 온 건, 다음 주 월요일의 일이었다.

"케이코, 미안해."

첫마디부터 타구치는 사과를 해왔다.

"잘 안된 모양이네요."

"네 문제가 아니야. 사장한테 말해보니까, 올해 안에 회사를 접는다고 하더라. 부채가 꽤 있는 모양이야. 그런 출판사를 권한 책임은 내게도 있어. 다른 곳도 알아볼 테니, 조금 더 기다려주지 않을래?"

파산할 회사라면, 더 할 얘기가 없다.

"어쩔 수 없네요. 그래도 타구치 씨의 친절에 깊게 감사하고 있어요."

"도움이 되지 못해서 면목 없어."

"괜찮아요. 신경 쓰지 말아 주세요."

"다른 얘기인데, 오늘 밤에 가게에 들러도 괜찮을까."

"……."

"부끄러워?"

"조금요."

"신경 쓰지 않아도 돼. 내 동료 중에 지금 주간지 부서에 있는 편집자가 네 가게를 가끔 들르고 있어. 그와 같이 갈 테 니까, 영업이 끝나면 한 잔 마시자."

"그건 괜찮지만, 너무 길게 있는 건 좀……."

"돌아가고 싶을 때 돌아가게 해줄게."

거절할 수 있는 상황이 아니었기에, 승낙할 수밖에 없었다.

타구치가 일자리를 찾아주고 있는 건 틀림없다. 그렇기에 소중히 대해야 할 사람임은 틀림없다. 하지만 타구치가 자신 을 유혹하려 드는 게 눈에 보인다. 귀찮게 되었다. 케이코는 깊게 한숨을 쉬었다.

타구치가 주간지의 편집부에 있는 미야니시라는 남자와 함 께 가게에 나타난 건, 오후 11시가 지났을 때였다.

미야니시는 가게에 왔었다고 했지만, 케이코의 기억에는 없는 얼굴이었다. 미야니시의 담당은 렌이라는 베테랑 호스 티스였다.

타구치가 케이코에게 미야니시를 소개했다. 그리고 귓가에
대고 이렇게 말했다.

"미야니시한테 네 얘기를 해두었어."

케이코는 조금 곤란한 표정을 지었다.

"신용할 수 있는 녀석이니까 괜찮아. 게다가 그는 업계에
대해 나보다 잘 알아. 여기 오는 길에도 네 취직 얘기를 해두
었어."

케이코는 감사를 표했지만, 자신이 호스티스 일을 하고 있
다는 것이 업계 사람들에게 퍼져나가는 게 싫었다.

"코타로는 계속 만나고 있어?"

타구치가 물었다.

"아뇨. 메일과 전화만 하고 있어요."

"내가 여기에 온 걸 알면, 녀석이 질투할지도 모르겠네."

"그럴 일은 없을 거예요."

"근데 케이코 아니, 미안. 아야나는 예쁘네."

타구치는 노는 데 익숙한 듯이 등받이에 편하게 몸을 맡기
고, 눈썹에 힘을 풀고 케이코를 바라봤다. 낮에 만날 때와는
아주 다른 분위기이다.

미야니시가 졸업논문의 주제를 묻기에 솔직하게 대답했다.

"다자이라. 그립네."

"그러고 보니, 미야니시가 도쿄대 문학부에서 쓴 졸업논문
이 사카구치 안고였었지."

"아야나에겐 미안하지만, 다자이보다 안고가 훨씬 재밌어."

"저, 안고도 좋아해요."

"미야니시 씨, 도쿄대 출신이구나. 머리 엄청 좋은가 보네."

렌이 미야니시의 담뱃불을 붙여주며 말했다. 하지만 진심으로 놀라거나, 감탄하고 있는 느낌은 들지 않았다.

호스티스 중에 손님의 학력에 흥미를 느끼는 사람은 거의 없다. 그녀들이 신경 쓰고 있는 건, 주머니 사정뿐이라고 해도 과언이 아니겠지. 고등학교도 제대로 나오지 않았다 해도, 샴페인을 펑펑 터트려주는 남자가 도쿄대를 졸업하고 평범한 위스키를 시키는 남자보다 가치가 높다는 얘기다.

화제는 게임으로 이어졌다. 서로가 빠져있는 게임에 관해 이야기하기 시작했다. 게임을 하지 않는 케이코는 그저 듣기만 했다.

폐점 시간이 다가왔다. 미야니시가 렌에게 애프터 요청을 했지만, 렌은 선약이 있다고 거절했다.

계산은 미야니시가 카드로 결제했다.

케이코는 틀림없이 셋이서 마시러 간다고 생각했지만, 그렇지 않았다. 밖으로 나오자 미야니시는 "들르고 싶은 곳이 있어서." 하고 자리를 떠났다.

케이코와 단둘이 된 타구치는 빈 택시를 향해 손을 들었다.

"어디로 가는 거죠?"

"긴자."

"전화로도 말했지만, 그렇게 길게는 못 있어요."

"알고 있어."

렌에게 거절당한 미야니시가 들르고 싶은 곳이 있다고 말한 건, 적당한 변명이었다는 생각이 들었다. 타구치가 미리 미야니시에게 눈치껏 빠지라고 말해둔 걸지도 모른다.

택시에 타고, 머지않아 타구치가 물어왔다.

"케이코는 호스티스 아르바이트 몇 년째야?"

"2년 반 정도 지났어요."

"그런 것 치고는 이쪽 분위기가 전혀 안 나네."

"그런가요? 제가 느끼기엔 꽤 접대 업무에 물든 것 같은데."

"겉보기엔 화려하지만, 말투는 그냥 대학생 같아."

"연기가 서툴러서요."

"잘할 필요는 없어."

그런 이야기를 하는 사이, 택시는 긴자에 도착했다.

타구치가 데려간 바는, 칠십 대로 보이는 백발 남성이 혼자서 운영하고 있었다. 카운터만 있는 가게였다.

일을 막 끝낸 호스티스로 보이는 여자가 혼자서 술을 마시고 있었다.

타구치는 위스키를 스트레이트로, 목이 말랐던 케이코는 맥주를 주문했다.

"이 가게엔 혼자서 마시러 올 때가 많아."

"타구치 씨의 아지트 같은 가게인가 보네요."

"뭐, 그런 셈인가. 나는 롯폰기보다 긴자를 더 좋아해서."

"롯폰기는 시끌벅적하니까요."

"손님들이 다 나이를 먹으니 긴자의 가게도 힘든 모양이지만, 역시 긴자는 마음이 편해져."

"긴자의 호스티스는 롯폰기와 비교하면 연령층이 높죠? 타구치 씨는 캬바죠 같은 여자가 시끄럽게 말하는 가게는 별로 좋아하지 않으신가 보네요."

"그 말대로야. 나보다 나이가 많은 호스티스가 많지만, 난 나이에 연연하지 않으니까. 게다가 긴자의 클럽에는 학생 때부터 다니고 있으니까 친숙해."

"학생 때부터 긴자에 다니고 계셨나요? 대단하네요."

"아버지가 날 자주 데려다줬어. 지금도 부자 둘이서 다니고 있는 가게가 있지."

"아버님은 연세가 어떻게 되세요?"

"예순일곱."

"멋지네요. 아버지와 아들이 같은 클럽을 다닌다니."

"아버지의 비밀도 여러 개 알고 있어."

타구치는 미소를 짓고 담배에 불을 붙였다.

"타구치 씨는 도쿄 출신이시죠?"

"응."

"도쿄 어디인가요?"

"덴엔초후. 난 거기에 살고 있지 않지만."

"그럼 다카이라는 곳, 알고 계세요?"

"잘은 모르지만, 코타로한테 들은 적 있어."

"같은 과 친구 집이에요."

"그래?"

"타구치 씨 집도 부자인가 보네요. 타구치 씨 회사는 역시 집이 좋지 않으면 뽑아주지 않는 걸까."

"그건 오해야. 계약직에서 정사원이 된 녀석도 있으니까 집 안은 관계없어."

"내년이라도 상관없으니까 계약직 자리가 비면, 저 타구치 씨의 회사에 들어가고 싶어요."

"인사담당 임원한테는 네 얘기를 이미 해두었어. 잘 풀릴지 어떨지는 모르겠지만."

타구치는 잔을 단번에 비우고, 같은 술을 주문했다.

케이코는 감사를 표했다.

타구치의 잔에 술이 따라졌다. 타구치는 잔을 가볍게 쥐었 지만, 입에 대지는 않았다.

"케이코, 사귀고 있는 사람 없다고 했지?"

"네, 뭐……."

"애매한 대답이네. 전에는 없다고 딱 잘라 말했었는데."

"타구치 씨, 왜 그런 걸 알고 싶으신 건가요?"

"서른넷 남자와 사귀고 싶은 생각은 없나 해서."

타구치는 정면을 바라본 채, 제대로 말했다.

"그 말은 타구치 씨와……."

"난 네가 마음에 들었어. 나와 사귀어 보지 않을래? 내가 말하는 것도 이상하지만, 널 즐겁게 해줄 수는 있다고 생각해."

"타구치 씨, 여자한테 손을 대는 게 빠를 것 같네요."

"코타로가 뭔가 말했구나."

"그는 아무 말도 하지 않았어요. 제가 느낀 인상이에요."

"그 녀석이 쓸데없는 소리 했겠지만, 난 평범해. 그 녀석이 그런 일에 소극적이니까 내가 빠라 보이는 거야. 갑자기 들은 말에 '네, 그렇게 해요'라고는 답하기 힘들겠지만, 둘이서 유쾌하게 노는 정도로 생각해줬으면 하는데."

"타구치 씨는 멋진 사람이에요."

타구치 씨는 케이코를 보고 쓴웃음을 지었다.

"그건 거절하기 위한 말이지?"

"아니에요. 정말 그렇게 생각하고 있어요. 전 제대로 딱 말하는 사람을 좋아해요. 이런 걸 확실하게 시원스레 말할 수 있는 사람은 거의 없다고 생각해요. 그렇지만, 타구치 씨와 사귈 마음이 들지는 않아요."

"왜? 내게 가정이 있으니까?"

케이코는 고개를 저었다.

"아까 사귀고 있는 사람에 관해 물었을 때, 망설이다 대답했지? 그때 누군가 머릿속에 떠올랐어?"

"……."

"코타로?"

케이코는 무심코 뿜어버렸다. "아니에요."

"그럼 손님 중 한 명?"

케이코는 입을 다물고 말았다.

"어떤 사람?"

"조용하고 상냥한 사람이에요."

"조용하고 상냥한 사람은 그런 클럽에 가지 않는다고 생각하는데."

"친구 분하고 같이 와주세요."

"그 사람한테 고백받은 거야?"

"아뇨. 제가 일방적으로 호감을 느끼고 있는 것뿐이에요."

타구치가 쓴웃음을 지었다.

"그 사람 얘기하는 얼굴이 정말 즐거워 보이네."

케이코는 잔을 입으로 옮겼다.

'손님 중 한 명?'이라는 질문에 바로 떠오른 건, 쿠니에다의 얼굴이었다.

자신이 협박한 상대. 살인범이 틀림없는 남자. 그런 쿠니에다를 염두에 두며 이야기를 하는 자신이 신기했다. 하지만 마음이 그렇게 말하고 있었다.

쿠니에다의 동향을 알고 싶었다. 그렇기에 그의 옆에 있으려 한 것은 사실이지만, 그에게 강하게 의지하고 싶은 기분이 들 때도 있었다. 얼마 전, 60대 중반을 넘긴 포크송 가수들의 콘서트에 갔을 때, 그걸 강하게 느꼈다. 타구치나 코타로와 같이 있을 때는 그런 기분이 들었던 적이 없다. 쿠니에다가 아버지뻘의 남자라는 것도 있지만, 비단 그뿐만이 아닌 것 같았다. 쿠니에다에겐 사람을 포근하게 감싸는 따뜻함이 있었다.

사람을 죽였을 터인 인간이 이렇게 따뜻할 리가 없다. 쿠니에다가 자아내는 분위기는 냉혹함을 감추기 위한 연기일지도 모른다. 그 연기를 긴 세월 이어가는 사이에 연기하던 모습이 진짜 성격이 된 것일지도 모른다.

인간은 모순 가득한 생물이다. 상냥함과 잔인함이 딱 잘라 나누기 힘들 정도로 엉켜있는 경우가 태반이다.

뭐가 됐든, 케이코는 긴장하면서도 쿠니에다와 함께 있는 걸 좋아했다.

자신은 쿠니에다에게 반한 걸까. 잘 모르겠다. 하지만 이렇게 잠시만이라도 그의 곁에 있고 싶다는 마음은 분명했다.

큰 오해와 착각으로 케이코는 쿠니에다를 협박했다. 쿠니에다에겐 어두운 과거가 있어서 협박에 응했다. 그 결과, 케이코는 '공갈'이라는 범죄를 저질렀다. 쿠니에다와 자신은 같은 범죄자인 것이다. 그 사실에 친밀감을 동반한 기묘한 심리가 작동됐다는 것을 그녀는 어렴풋이 의식했다.

"손님을 짝사랑이라."

타구치가 과장되게 어깨를 들썩였다.

"짝사랑이라 할 정도는 아니지만, 어쨌든 지금은 누구와도 사귀고 싶지 않아요."

"케이코의 마음은 잘 알았어. 난 뒤끝 없는 성격이니까, 이 이상 귀찮게 하진 않을게. 안심해."

"전 타구치 씨를 신뢰하고 있어요."

"너무 신뢰받는 것도 남자로서 어떤 건지 생각하게 되지만, 뭐 됐어."

타구치의 고백을 거절한 것으로, 그는 이제 자신의 취직 활동에 협력적이지 않게 될지도 모른다. 그건 어쩔 수 없는 거겠지.

잔을 비운 타구치가 한 잔만 더 마시자고 제안했다.

고백을 거절한 것도 있어서, 바로 돌아간다 말하기도 어려웠기에 케이코는 와인을 한 잔 주문했다.

바의 문이 열리고 남자가 들어왔다.

캐멀색의 재킷에 흰색 바지를 입고, 선글라스를 쓰고 있었다.

혼자서 마시고 있던 여자가 어깨너머로 남자를 쳐다봤다.

"상무님?"

"어라? 혼자서 마시고 있다니, 웬일이야."

남자는 꽤 취한 것 같았다.

"오늘은 가게가 한가해서요. 상무님이 이 가게에 오실 줄이야."

"마스터랑 예전부터 아는 사이라서. 맞다, 하나 말해두면

나, 가게 그만뒀어."

"독립하시려고요?"

"뭐 그렇지."

그렇게 말하며 여자의 옆에 앉으려고 한 남자가 타구치 쪽으로 눈을 돌렸다.

타구치가 가볍게 인사했다. 남자는 여자의 옆에 앉지 않고, 타구치 쪽으로 다가왔다. 남자가 선글라스를 벗었다. 그리고 수염을 기른 턱을 조금 올리고, 두툼한 입술을 반쯤 열어 타구치에게 웃어 보였다.

"카즈마사잖아?"

"오랜만입니다."

남자는 케이코를 빤히 쳐다봤다. 둥근 눈에는 생기가 하나도 없어서, 조금 무서운 느낌이 드는 남자였다.

"가게는 어디?" 남자가 물어왔다.

그 건방진 말투에 케이코는 울컥 화가 치밀어 올랐다.

"이 친구는 긴자에서 일하는 애 아니에요."

타구치가 말했다.

"그럼 롯폰기인가."

"네."

대답한 건 케이코 자신이었다.

가게 이름을 묻기에, 케이코는 자세를 바로잡고 남자에게 명함을 건넸다.

남자는 명함을 보고 히죽거렸다.

"쿠로키네에 있구나."

쿠로키는 스태프 중 한 명으로, 직책은 부장이다.

"난 카즈마사의 소꿉친구야. 그렇게 말해도 내가 훨씬 연상이지만."

타구치가 남자를 소개했다.

이름은 유우키 테루히사라고 했다.

유우키 테루히사는 타구치의 옆에 앉아, 미즈와리 위스키를 주문했다.

타구치는 옆자리에 앉는 테루히사를 민폐라는 표정으로 쳐다보고는, 입을 열었다.

"유우키 씨는 말이지, 우리 형의 초 · 중학생 때 반 친구로, 한때 내가 소속한 소년 야구팀의 주장이었어."

"그러고 보니 그런 일도 있었지."

유우키 테루히사는 그렇게 내뱉고 아련한 눈빛을 지었다.

◆ ◆ ◆

타구치를 소꿉친구라는 이 남자에게 맡기고, 먼저 자리를 떠야겠다고 생각한 케이코는 잔을 비웠다.

"타구치 씨, 전 이만."

"같이 나갈게."

"카즈마사, 너무하잖아. 난 막 온 참이라고. 수십 년 만에 만났는데 말이야."

유우키 테루히사라는 남자가 타구치를 붙잡았다.

"하지만 이 친구가 돌아간다고 하니."

유우키 테루히사가 케이코를 쳐다봤다.

"타구치는 네 손님이잖아?"

케이코는 눈을 내리떴다.

"아닌 건가. 둘은 사귀고 있는 거야?"

"아닙니다." 타구치가 당황하며 끼어들었다.

"그녀의 클럽에 들르고 돌아가는 길이에요."

"그럼 역시 이 사람은 네 손님이잖아."

거기까지 말하고 유우키 테루히사는 케이코가 건넨 명함에 시선을 향했다.

"아야나, 손님과 마지막까지 어울리는 게 예의잖아?"

"그렇지만 두 분께서 할 얘기가 많은 것 같아서요."

"있든 없든 손님이 돌아간다고 말할 때까진 입 다물고 자리에 앉아 있으면 돼. 게다가 난 아야나한테도 할 얘기가 있으니까."

"제게 말인가요?"

"응."

"무슨 얘기인가요?"

"어쨌든 좀 더 여기에 있어."

타구치가 케이코를 쳐다봤다. 그리고 면목 없다는 얼굴로 이렇게 말했다.

"좀만 더 어울려줘."

그렇게 부탁하면 조금 더 있을 수밖에 없었다.

"넌 지금 뭐 하고 있는데."

유우키 테루히사가 타구치에게 물었다.

타구치도 유우키 테루히사에게 명함을 건넸다.

"일류 출판사에서 근무하고 있구나. 너희 사원들, 긴자에 놀러 와서 자주 마시고 있어."

"유우키 씨는 어떠세요?"

"아무것도 안 하고 있어." 그렇게 말한 유우키 테루히사의 눈에 비굴함이 묻어나 있었다.

"대학을 그만두고 여러 장사를 하다, 최근 10년간 긴자의 클럽에서 일하고 있었어. 마지막으로 일한 클럽은 상무까지 달았지만 그만뒀어. 가게를 옮기는 건 이걸로 네 번째네."

잠시 침묵이 흘렀다.

"제게 하실 얘기라는 건?"

케이코가 입을 열었다.

유우키 테루히사가 마스터를 바라봤다.

"그녀에게 같은 거로. 내가 살 테니까."

다시 한번 같은 질문을 하려고 했을 때, 유우키 테루히사가 풀린 눈으로 케이코를 쳐다봤다.

"솔직히 벌이는 어때?"

"전 보조라서 클럽 매출과는 크게 상관없어요."

"동반은?"

"최근엔 전혀 안 해서, 가게에서 한 소리 듣고 있어요."

"그래도 신경 안 쓰는 모양이네."

"그렇진 않아요. 잘리면 곤란하니까요."

"유우키 씨, 이 친구는 아직 학생이에요."

타구치가 끼어들며 말했다. 타구치가 불안해하는 건 분명했다.

"사치를 부리고 싶어서 호스티스가 된 거야."

"그렇지 않아요."

타구치가 간단하게 케이코에 관해 얘기하고, 그와의 관계를 알려주었다.

"허, 수업료도 생활비도 전부 스스로 벌고 있는 건가. 기특하네. 대출받은 건 언젠가 갚아야 하잖아? 학자금 대출도 지금은 소비자 금융처럼 독촉이 심하다던데."

"그래서 하루빨리 제대로 된 곳에 취직해야 해요."

"타구치의 출판사는 급여 좋아 보이는데, 떨어졌다면 어쩔 수 없네. 호스티스 일을 이어가는 게 돈벌이엔 좋아."

"전 접객 업무에 맞지 않아요."

"맞지 않는 여자가 성공한 사례는 많이 있어."

거기까지 말하고, 유우키 테루히사는 노골적으로 케이코를 바라봤다.

"아직 젊지만, 아야나는 긴자에 어울려."

"긴자는 문턱이 너무 높아요."

"내년에 새로운 가게를 동료와 오픈할 예정이야. 그때 아야나가 와줬으면 좋겠네."

"……."

"그전에 긴자의 가게에서 일 배우지 않을래? 좋은 가게가 있으니 소개할게. 할당량도 빡빡하지 않은 곳이야. 상장기업이 뒤에서 운영하는 클럽이니까."

"유우키 씨, 이 친구를 더는 호스티스 일에 끌어들이지 마세요. 편집자를 지망하고 있으니까."

"그렇게 말해도, 일자리가 정해지지 않았잖아. 일단 긴자로 옮기고 나서……."

타구치가 유우키 테루히사의 말을 끊었다.

"유우키 씨, 스카우트하려는 건가요?"

"좋은 아이가 있으면 소개해달라고, 여러 곳에서 부탁받고 있어. 난 물건이 될 호스티스를 찾는 걸 잘해서 말이야. 몇 년 전에 발견한 여자애는 영업 같은 걸 하나도 안 하는데 손님이 왕창 붙어서 지금은 넘버원이 되어있어."

유우키 테루히사는 자랑스럽게 말하고는 잔을 비웠다. 인상이 나쁜 남자이다.

말하고 있는 게 진짜든 아니든, 이런 남자의 혀에 휘둘려 가게를 바꾼다는 건 말도 안 되는 소리다.

혼자서 마시고 있던 호스티스가 일어났다.

"유우키 씨, 먼저 갈게요."

"잘 벌어."

"여러 일이 있으니까, 다음에 얘기 들어줘."

"언제든지 연락해. 지금은 한가하니까."

"그럼 내일 전화할게."

여자는 가게를 떠났다.

"새로 가게를 여신다고 하셨는데, 대단하네요. 돈깨나 들죠?"

조금 지나 타구치가 입을 열었다.

"혼자서는 무리야. 동료하고 자금을 같이 대고 있어."

"유우키 씨는 집이 부자니까 혼자서도 어떻게 되지 않나요?"

유우키 테루히사가 힐끗 타구치를 쳐다봤다.

"우리 집이 부자였던 건, 아주 먼 옛날이야기. 어머니는 어느 정도 돈이 남아있지만, 날 위해 쓰는 일은 없어. 자금은 스스로 벌고 있어."

고작 클럽에서 상무 일을 한 정도로 목돈을 준비할 수 있는 걸까. 조금씩 착실하게 모았다면 가능할지도 모르지만, 그가 저금할 성격으로는 보이지 않는다. 부잣집 도련님한테 빌붙어서 돈을 내게 할 생각일지도 모른다.

뭐가 됐든 케이코와는 관계없다. 타구치가 빨리 이야기를 끝내주기만을 기도했다.

유우키 테루히사가 담배를 입에 물고, 라이터를 손에 들었다. 하지만 불은 붙이지 않았다. 라이터를 손으로 가지고 놀며, 정면을 본채 이렇게 말했다.

"카즈마사, 네 회사의 주간지에서 미제사건은 안 다뤄?"

"제가 주간지에 있을 때 한번 다룬 적 있어요. 미궁에 빠진 살인사건을 특집으로 냈었죠."

"내 아버지가 왜 죽었는지는 알고 있지?"

타구치는 눈을 피하고 작게 끄덕였다.

"사건의 시효는 지났지만, 범인은 아직도 잡히지 않았어. 그런 사건의 특집을 낼 순 없을까."

"제게 그런 걸 말씀하셔도, 지금 전 총무로 일하고 있으니까요."

"그래도 편집장에게 한 마디 정도 할 수 있잖아."

타구치는 입을 반쯤 열고, 입가에 웃음을 띠었다.

"지금 편집장은 독재자라서 다른 사람 말 같은 건 듣지 않아요."

"그런가. 역시 안 되는 건가."

"유우키 씨, 범인을 찾고 싶으신 거죠?"

타구치가 작은 목소리로 말했다.

유우키 테루히사의 아버지는 살해당한 모양이다. 케이코는 깜짝 놀랐지만, 얼굴에 당황을 드러내지 않고 술잔에 입을 대었다.

"당연하지. 그 남자는 어딘가에서 태평하게 살고 있어. 그걸 생각하는 것만으로도 부아가 치밀어 올라."

유우키 테루히사가 말을 곱씹듯이 대답했다.

"하지만 이미 죽었을 가능성도 있어요."

유우키 테루히사는 담배에 불을 붙였다. 그리고 케이코를 보고 눈가에 힘을 풀었다.

"아야나에게 들려줄 만한 얘기가 아니었네."

"아버님이 살해당하셨나요?"

"20년 전에 가루이자와에서."

"가루이자와에서?" 자신도 놀랄 정도로 목소리에 힘이 들어가 있었다.

유우키 테루히사의 눈빛이 바뀌었다.

"왜 그래? 뭔가 알고 있어?"

"아무것도 몰라요. 단지 친구가 가루이자와에 별장을 갖고 있는데, 2년 정도 전에 그곳에 놀러 간 적이 있어요. 그 친구네 별장에서 예전에 사람이 살해당했다고 말한 걸 떠올렸을 뿐이에요."

"무슨 별장인데?"

케이코는 떠올리는 데 시간이 걸렸지만, 어떻게 겨우 대답할 수 있었다.

"긴 돌담이 있는 단층집 별장이었어?"

"네."

"네가 머문 별장은 틀림없이 예전에 우리 집이 가지고 있던 별장으로, 내 아버지가 살해당한 곳이야. 아야나와 나는 인연이 있네. 내가 어렸을 때 부모와 같이 살았던 별장에 들어갔으니까."

그런 일로 친근함을 느껴도 곤란하다. 그렇게 생각했지만, 당연히 입에는 담지 않았다. 그런데 또 살인 얘기를 듣게 되었다. 왠지 쿠니에다의 얼굴이 눈에 아른거렸다.

"아버지가 살아있었다면 회사는 도산하지 않았고, 나는 지금쯤 뒤를 이었을지도 몰라."

유우키 테루히사는 중얼거리며 말했다.

"범인이 누군지 모르나요?' 케이코가 물었다.

"알고 있어. 하지만 도망쳐서 발견되지 않은 채 시효가 지나버렸어."

거기까지 말하고 유우키 테루히사는 재킷 품속에서 지갑을 꺼냈다.

"재밌는 걸 아야나에게 보여주지."

유우키 테루히사가 케이코에게 건넨 건 신문 조각이었다.

"그 당시 범행 현장의 사진이 실려 있어. 네가 친구랑 놀았던 그 별장일 거야."

케이코는 접혀있던 신문을 펼쳤다.

1990년 3월 30일, 이라고 구석에 손 글씨로 적혀있었다.

가루이자와 별장 살인사건
용의자는 출장업자

'29일 오전 5시경, 나가노현 기타사쿠군 가루이자와 나가쿠라의 별장에서, 별장주인 유우키 겐노스케 씨(67)가 서재에서 쓰러져 있는 걸 가족이 발견해 경찰에 신고했다. 방에는 다툰 흔적이 있었으며, 유우키 씨는 방에 있던 둔기에 맞아, 살해당한 것으로 보인다. 소동을 들은 유우키 씨의 아들(14)이 서재로 달려가자, 동상을 들고 있던 남자가 쓰러져있는 유우키 씨의 옆에 서 있었다고 한다.

남자는 아들의 존재를 눈치채고, 동상을 버려 도주했다. 도망친 남자는 해당 지역에서 가전제품 가게를 운영하는 시모오카 코우헤이(29)로 판명되었다. 시모오카 용의자는 범행 뒤 집에 들렀지만, 곧바로 모습을 감추었다. 나가노현 경찰은 가루이자와 경찰서에 수사본부를 설치하고, 시모오카 용의자의 체포장을 발주해, 70명의 수사 인원을 동원해 행방을 쫓고 있다. 시모오카 용의자는 유우키 씨의 별장에 출입하던 업자로 유우키 씨의 부인(41)과 친밀한 관계로 추측하고 있다. 경찰은 부인

으로부터도 자세한 사정을 듣고 범인의 동기를 해명하려 하고 있다.'

사진이 3장 실려 있었다.

케이코는 먼저 범행 현장이 된 별장 사진을 봤다. 확실히 자신이 머문 별장이었다.

피해자는 눈빛이 날카로운 음침한 느낌의 남자로, 용의자는 젊은 남자였다.

신문의 접힌 부분이 용의자 얼굴 한가운데를 지나고 있어, 얼굴이 구겨져 있었다. 케이코는 구겨진 부분을 폈다.

스물아홉보다 젊어 보인다. 볼이 통통한 남자였다.

누군가와 닮았다고 깨달을 때까지 조금 시간이 걸렸다. 다시 한번 구겨진 부분을 펴고, 구멍이 뚫릴 정도로 용의자의 얼굴 사진을 응시했다.

심장 고동이 격해지고 얼굴이 피가 쏠렸다. 손이 떨릴 것만 같았다. 케이코는 신문 조각을 카운터에 놓고, 앉아 있던 의자의 가장자리를 쥐었다.

사진 속 인물은 쿠니에다 고로. 지금의 그와는 꽤 다르지만, 그가 틀림없다고 생각했다.

타구치는 멍하니 있는 케이코를 빤히 쳐다봤다.

"왜 그래? 얼굴이 파랗잖아."

"제가 머문 별장이에요."

케이코의 목소리가 떨리고 있었다.

"그 정도 일로 놀란 거야?"

유우키 테루히사의 눈에는 의심이 가득했다.

"이렇게 사진으로 보니 심장이 덜컹해서. 신문에 실린 아들은 유우키 씨죠?"

"맞아."

유우키 테루히사는 시큰둥하게 대답했다.

"그 사실에도 놀라서요. 아버지가 살해당한 현장을 14살 소년이 봤다는 건……."

"충격적이었어. 그렇지만 죽은 아버지는 친아버지가 아니었으니까, 아버지의 죽음이 크게 슬프진 않았지."

"어미님이 범인과 친했다고 적혀있는데요."

"아버지는 교통사고로 휠체어 생활을 했어. 그런 아버지를 어머니는 정성껏 돌봤지. 그렇지만 아마 욕구가 쌓여 있었을 거야. 다른 남자를 만들고 놀아 다니더군. 범인인 가전제품 가게 남자도 어머니가 끌어들여, 몰래 만났던 상대야. 아버지는 탐정을 고용해서 어머니의 행동을 감시하고 있었는데, 탐정이 몰래 찍은 비디오를 아버지가 가전제품 가게 남자에게 보여준 모양이야. 그게 원인이 되어 다투고, 가전제품 가게 남자는 근처에 있던 동상으로 아버지를 때려죽인 거야."

"지금도 이 신문 조각을 지니고 계신 건, 수십 년 동안 범인을 스스로 찾으려고 했기 때문인가요?"

타구치가 물었다.

"시효가 지났어도 녀석이 있는 곳을 찾고 싶어. 주간지에서 다뤄주면 찾기 쉬워질 거야. 그래서 아까 부탁한 거고. 그래도 무리일 것 같으니 포기했어."

그렇게 말하고 유우키 테루히사는 단번에 잔을 비웠다.

"타구치 씨, 슬슬."

케이코가 말했다.

타구치가 손목시계로 시선을 떨궜다.

"벌써 이런 시간인가. 유우키 씨, 저희는 이만."

"연락처 교환해두자."

둘은 휴대전화 번호와 메일 주소를 서로 가르쳐주었다. 교환을 마친 뒤에, 유우키 테루히사가 케이코에게 말했다.

"네 번호와 메일 주소도 알려줘. 가게 일로 연락할 일이 생길 것 같으니까."

케이코는 내키지 않았지만, 그는 가게의 쿠로키 부장과 아는 사이이다. 거절할 수도 없는 노릇이었다.

타구치와 케이코의 몫까지 유우키 테루히사가 계산하겠다고 해서, 케이코는 감사 인사를 전하고 허리를 숙였다.

"쿠로키한테 잘 부탁한다고 전해줘."

"네."

케이코는 타구치와 같이 바에서 나왔다.

"데려다줄게."

"그러고 보니, 타구치 씨 동네를 모르네요."

"세이부 신주쿠선의 사기노미야역이야. 지나가는 길은 아니지만, 그다지 떨어져 있지도 않아. 어차피 택시비는 회사에 청구할 거니까."

케이코는 그 말에 따르기로 했다.

좀 더 유우키 테루히사에 대해 타구치에게 묻고 싶었다. 어째서 그런 기분이 드는 건지는 자신도 모른다. 유우키 테루히사의 존재를 쿠니에다에게 알려줄 일은 없을 텐데.

소토보리 거리로 나와 택시를 탔다.

운전사에게 고속도로로 들어가 달라고 지시하고, 타구치는 크게 한숨을 내쉰 뒤, 케이코를 쳐다봤다.

"미안해. 이상한 남자와 만나게 해서."

"타구치 씨의 친구분이라고는 생각할 수 없는 사람이었네요."

"엄밀히 말하면, 친구는 아니야. 집이 가까워서 초등학교 때부터 그 녀석을 알고 있었어. 그 정도야. 우리 형과 같은 나이였으니까 우리 집에 가끔 놀러 오기도 했고, 손버릇이 나빠서 우리 집에 있던 장난감을 훔쳐 간 적도 있었지. 나중에 그 녀석의 엄마가 돌려주러 와서 진심으로 사과했던 게 아직도 기억에 남아있어."

"집이 부자였다는 말을 하시던데, 아닌가요?"

"그 녀석, 아까 말한 대로 아버지와는 피가 이어져 있지 않

아. 재혼할 때 맞이한 아이라서, 뭔가 채워지지 않는 부분이 있던 거겠지. 야구는 열심히 했었는데, 그때부터 삐뚤어지기 시작했어. 여러 번 경찰 신세를 지고, 고등학교도 두 번이나 퇴학당했다고 소문으로 들었어. 아까 대학은 갔었다는 식으로 말을 했지만, 진짠지 어떤지 모르지."

택시는 가스미가세키에서 고속도로로 진입했다.

"아버지가 살해당해서 회사가 망하고, 생활이 완전히 달라졌다면 불쌍하네."

케이코는 중얼거리듯이 말했다.

"불쌍하다고 생각할 필요는 없어. 그 아버지는 투기꾼이었으니까. 아버지가 죽은 게 원인이라기보다는 버블경제가 끝난 게 도산한 원인이야."

"어머니가 출장 기사랑 바람을 피우다니 엄청난 얘기네요."

"어린 시절에 잠깐 본 정도니까 기억은 자세히 안 나지만, 그 녀석의 엄마는 예쁜 사람이었어."

거기까지 말하고, 타구치가 좌석 시트에서 몸을 들어 올려 케이코를 바라봤다.

"케이코, 그 녀석한테 흥미 있어?"

"없어요. 그렇지만 제가 2년 전에 묵은 별장이 그 사람의 아버지가 살해당한 곳이라니 조금 신경 쓰여서요."

케이코는 웃음으로 얼버무렸다.

타구치가 좌석 시트에 몸을 돌려놓았다.

"근데 놀랐어. 그런 옛날 신문을 품에 지니고 있다니."

"저도 깜짝 놀랐어요."

"주간지를 이용해 찾자니, 뜬금없는 소리나 하고 말이지."

"아버지를 죽인 범인이니까, 시효가 지났어도 찾고 싶은 거겠죠."

타구치가 고개를 갸웃거렸다.

"그 녀석 뭔가 꾸미고 있는 걸지도 몰라."

"꾸미다니, 뭘요?"

"범인을 찾아서 돈을 요구한다든지 말이야. 혼자서는 찾기 힘드니까 주간지를 이용하려는 걸지도 몰라."

"주간지에 내서 범인을 찾게 되면, 돈을 요구할 수 없게 되잖아요."

"뭐, 그렇긴 하지만, 날 이용해서 주간지에 들어온 정보를 얻어내려 한 걸지도 몰라. 모 아니면 도지만, 그 녀석에겐 뾰족한 수가 없으니까 그렇게 말해본 걸지도 모르겠네. 양아버지와 각별한 사이도 아니었으니, 아버지의 복수를 위해 찾고 있는 것 같진 않아. 그건 그렇고, 케이코가 묵은 별장이 테루히사의 아버지가 살해당한 곳이었을 줄이야. 이거 또 엄청난 우연이네."

케이코는 바로 대답이 나오지 않았다.

"그렇게 신경 쓰여?"

"아뇨. 하지만 뭔가 이상한 기분이 들어서."

"케이코, 의외로 예민하네."

"저, 무척 신경질적인 부분이 있어요."

"그래도 그런 점이 또 귀엽네."

여자니까 귀엽다는 말을 들으면 기분이 나쁘지는 않지만, 뭐든지 귀엽다는 한마디로 끝내는 남자에겐 짜증이 날 때가 있다. 좋아하는 남자에게 듣는다면 또 다르겠지만.

"테루히사는 널 점찍은 것 같은데 조심해. 방금 만나봐서 알겠지만, 별로 좋은 남자는 아니니까."

"솔직히 말해서, 그런 타입의 남자는 별로예요. 그 사람의 요청에는 절대로 응하지 않을 거예요."

"하지만 그 녀석 꽤 끈질겨. 분명히 또 연락할 거야."

"연락이 오더라도 상대하지 않을 거예요."

케이코는 딱 잘라 말했다.

택시는 신주쿠에서 고속도로를 빠져나와, 오메카이도를 달렸다.

"취직에 대해서는 앞으로도 주변 사람에게 부탁해볼게."

"잘 부탁드립니다."

"케이코, 사귀는 건 차치하고, 나와 또 편히 만나줄래?"

케이코는 작게 끄덕였다.

이윽고, 꽃꽂이 교실의 강사가 살해당한 맨션 앞에 택시가 다다랐다.

케이코는 타구치에게 등을 보이며, 맨션을 바라봤다.

"뭔가 신경 쓰이는 일이라도 있어?"

타구치가 물어왔다.

"그냥 멍하니 있었을 뿐이에요."

몸을 원상태로 돌린 케이코는 타구치에게 미소 지었다.

"맨션은 어디쯤이야?"

"다다음 신호에서 내려주세요."

"집 앞까지 보내줄게. 늦은 시간이고, 무슨 일이 있으면 위험하니까."

타구치에겐 맨션 위치를 알려줘도 상관없겠지. 케이코는 맨션의 자세한 위치를 택시 운전사에게 전했다.

택시가 맨션 앞에 멈췄다.

"오늘 밤은 여러모로 감사해요."

"또 연락할게."

"네. 조심히 들어가세요."

택시에서 내린 케이코는 타구치에게 머리를 숙이고 맨션으로 향했다.

방에 들어오자 케이코는 침대에 정면으로 누웠다. 방 안이 차갑게 느껴져, 리모컨으로 난방을 틀었다. 그리고 쿵타를 끌어안았다.

타구치에 대해서도, 취직에 대해서도, 머릿속에 들어있지 않았다.

쿠니에다에 관한 생각만이 가득했다.

시모오카 코우헤이. 쿠니에다의 본명을 알게 되었지만, 그녀에게 그는 어디까지나 쿠니에다 고로다.

쿠니에다가 가루이자와의 가전제품 가게 주인이었고, 유우키 테루히사의 어머니와 관계를 맺고 있었다. 그것이 원인이 되어, 그는 테루히사의 양아버지를 죽였다.

큰 착각으로 자신은 쿠니에다에게 협박장을 보내버렸지만, 쿠니에다는 거기에 응하고 돈을 보냈다.

그 이유가 오늘 밤 밝혀졌다. 케이코를 불안하게 만들던 수수께끼가 풀린 것이다. 수수께끼가 풀리면 가슴이 탁 트이리라 생각했지만, 안개가 개고 햇빛이 활짝 비치는 상황으로 반전되지 않았다.

자신이 무엇을 신경 쓰고 있는지 알 수 없었다.

얼마 전, 쿠니에다와 식사를 했을 때 가루이자와의 별장에서 일어난 살인사건을 얘기했다. 쿠니에다는 대화를 듣고 아무런 반응도 하지 않았다. 케이코는 그때 위화감을 느꼈다. 쿠니에다는 속으로 무척이나 당황한 게 분명하다.

그건 그렇고, 이 무슨 기구한 운명일까.

가루이자와에서 일어난 살인사건의 피해자 아들이 결과적으로 쿠니에다의 정체를 알려준 셈이니까.

자신이 머문 그 별장에서 쿠니에다는 별장의 주인을 죽였다. 믿을 수 없다.

쿠니에다를 살인범이라 단정하고 협박한 주제에, 가루이자와 살인사건을 알게 되자, 쿠니에다는 사람을 죽일 수 없다고 생각했다. 엄청난 모순이다.

바보 같아.

케이코는 마음속으로 자신을 비웃었다.

소년이었던 테루히사는 쓰러져있는 양아버지의 옆에 쿠니에다가 서 있는 것을 목격했다. 그 후에 그는 흉기인 동상을 버리고 도망자가 된 뒤, 행방을 감췄다.

쿠니에다 외에 범인은 없다. 그렇게 생각해도 무서워지기는커녕, 마음 한편으로 그를 동정하고 있었다.

살해당한 남자가 나쁜 녀석이고, 쿠니에다는 운 나쁘게 흉행을 저지른 착한 사람이라고, 케이코는 그렇게 생각했다. 아니 그렇게 믿었다.

쿠니에다와 만나면서 느낀 그의 인상은 살인범과는 아주 멀었다. 쿠니에다에게 동정을 품게 된 건 다른 이유도 있었다. 유우키 테루히사라는 남자의 인상이 매우 나빴기 때문이다. 테루히사는 쿠니에다를 찾고 있다. 그 남자가 쿠니에다를 발견하면 어떡하지. 케이코가 걱정하지 않아도 되는 일인데, 애간장이 탔다.

케이코의 머릿속은 완전히 혼란에 빠져있었다.

◆　◆　◆

　쿠니에다가 가게에 온 건, 그 주의 금요일이었다. 혼자가
아니었다. 치과의사 미노베와 함께였다. 미노베는 샴페인을
주문했다. 담당하는 손님이 비싼 술을 시켜주면, 인센티브가
올라간다. 담당인 마미는 만면에 미소를 띠고 있었다.

　미노베는 이미 꽤 취해있었다. 긴자의 클럽에 다녀왔다고
한다.

　"나는 말이지, 롯폰기보다 긴자가 더 좋지만, 이 가게는 달
라. 마미가 있으니까."

　미노베는 그렇게 말하며, 옆에 앉아 있는 마미의 손을 잡았
다.

　"선생님 딸의 결혼이 정해진 모양이야. 지금 기쁨 반, 외로
움 반이니까 취해있는 거야."

　쿠니에다가 슬며시 알려주었다.

　케이코는 신문에 실린 쿠니에다의 옛날 사진과 눈앞의 쿠
니에다를 무의식중에 비교하고 있었다.

　꽤 친한 사이가 아니라면, 동일 인물이라고 눈치채지 못할
것이다. 젊은 시절 쿠니에다의 볼은 조금 통통했지만, 지금
은 홀쭉하다. 사진 속 그는 치아가 약간 돌출되어 있었지만,
지금은 다르다. 어쩌면 틀니일지도 모른다. 그건 그렇고, 가

장 바뀌어 있는 건 분위기다. 사진 속 쿠니에다는 생기발랄했지만, 지금은 그 상큼함이 온데간데없다. 애당초 특징이 없는 얼굴이지만, 세월의 풍파와 오랜 도망 생활이 더욱 이렇다 할 특징조차 없는 사람으로 바꾼 것 같았다.

그렇지만 콧대는 똑같았고, 당시 친했던 사람이 본다면 바로 누군지 알아볼 수 있을 것이다.

"치과 일을 하고 있으면 인간은 평등하다고 느껴."

미노베의 목소리가 귀에 들어왔다.

"왜?" 마미가 물었다.

"입안은 그로테스크하잖아? 겉모습이 예쁜 마미의 입안도 그로테스크. 노숙자도 국무총리도 모두 같아. 그래서 사람은 평등하다고 느끼게 돼."

"그래도 잘 관리된 입과 방치한 입은 다르잖아요?"

케이코가 끼어들었다.

"그건 그렇지. 하지만 입안의 형태는 모두 같잖아?"

"뭐, 그렇죠."

"그래도 환자가 예쁘면 역시 의욕이 다르지 않나요?"라고 마미가 말했다.

"그건 그래. 남자나 할머니 입안을 보는 것보단, 젊은 여자의 입안을 보는 게 기분이 좋아."

"선생님 이상한 생각은 안 하죠?"

마미가 놀리듯이 말했다.

"바보야, 그런 걸 생각할 여유는 없어. 마미가 환자였다면 여러 상상을 하겠지만."

"저, 선생님은 정말 좋아하지만, 절대로 선생님에겐 진찰받고 싶지 않아요."

케이코는 그런 시시한 대화를 샴페인으로 입술을 적시며 듣고 있었다. 확실히 입안은 치열 같은 게 달라도 모두 같은 형태를 하고 있다. 입안 사진만으로 누구 입안인지 구별하는 건 힘들겠지. 그런 의미로 보면 인간은 특별히 다를 게 없다. 그렇다고 해도, 그런 이유로 인간이 평등하다고 말하는 건 지나친 소리다.

생활비도 학비도 용돈도 모두 부모가 뒤를 봐주고 있는 사람과, 집에서 조금의 도움도 받지 못하는 사람이 평등하다고 생각하지 않는다.

케이코는 '인싸'라는 단어를 좋아하지 않는다. 자신이 '인싸'가 아니라서 싫어하는 건 아니다. 케이코는 도쿄에 오고 나서, 남자가 꼬이는 일이 많았다.

"케이코는 남자들한테 인기 있어서 부럽네. 나 같은 건 아무도 상대해주지 않는데. 케이코가 돈 때문에 고생하고 있는 건 알지만, 내가 볼 때 케이코는 진짜 '인싸'야. 인기 없는 내가 보기엔 부러워."

그 아이를 믿고, 호스티스 아르바이트를 하고 있다는 걸 알려줬지만, 곧바로 고등학교 동창들에게 그 사실이 퍼졌고, 돈을 위해 애인을 만든다는 소문까지 나게 되었다.

그녀가 말하고 다닌 게 명백했다. 필사적으로 사는 걸 조롱당한 기분이 들어, 부아가 치밀어 올랐다. 케이코는 그녀에게 편지를 쓰고 절교했다.

혼자서 살아가는 게 외로웠지만, 남자에게 의지하고 싶다는 생각은 전혀 하지 않았다. 그런 자신이 '인싸'라고?

개소리 집어치워.

케이코는 친구에게 보낼 절교 편지를 쓸 때, 그렇게 중얼거렸다.

미노베를 중심으로 분위기가 달아올랐지만, 케이코는 이야기에 맞춰 억지웃음을 띄우면서도 마음은 다른 곳에 있었다. 쿠니에다도 적당히 얘기를 맞춰주고 있었지만, 진심으로 대화하는 것처럼 보이진 않았다.

미노베와 마미가 골프 얘기를 시작했다.

쿠니에다가 케이코를 바라봤다.

"오늘 밤은 미노베 선생님을 보내고 돌아가야 해서, 내일 밤에 시간 있어?"

케이코는 아무 말 없이 고개를 끄덕였다.

"신주쿠에서 고객과 식사 선약이 잡혀있는데, 오후 9시 전에는 끝나. 그 뒤에 한잔하지 않을래?"

"좋아요."

약속장소는 메일로 정하기로 했다.

쿠니에다와 미노베는 1시간 정도 후에 가게를 떠났다.

그날 밤은 애프터가 없었기에, 바래다주는 차를 타고 집으로 돌아갔다.

차 안에서 메일을 받았다. 쿠니에다 일 거라 예상했지만 코타로였다. 전화로 얘기하고 싶다고 적혀있었다. 케이코는 집에 돌아가는 중이니, 집에 도착하면 전화하겠다고 답장했다. 집에 도착한 케이코는 먼저 샤워를 했다. 그리고 코타로에게 전화를 걸었다.

"늦어져서 미안해요."

"괜찮아. 오늘 밤은 애프터가 없었나 보네."

"네."

"타구치 씨한테 얘기 들었어. 취업 소개가 잘 안 됐다고 들어서, 풀 죽어있을 것 같아 전화했어."

"실망은 했지만, 회사가 망한다면 어쩔 수 없죠."

"타구치 씨도 참. 좀 더 좋은 회사를 소개해주지."

"타구치 씨 탓이 아니에요."

코타로는 타구치가 가게에 온 것도 알고 있었다. 뭔가 떠보는 느낌이 들어 성가셨다. 좋은 상담 상대라 생각하고, 뭐든지 얘기해 온 마당에 이런 생각 하면 안 되겠지만, 코타로의 여동생이 자신을 오빠의 여자친구라고 말하고 다닌다는 것을 듣게 된 뒤로, 조금 거리를 두고 싶어졌다.

"내일은 시간 되니?"

"미안해요. 선약이 있어요."

"그렇구나. 바쁘군."

코타로의 목소리에 낙담이 묻어나 있었다.

"타구치 씨와 만날 때 동석하지 않을래요?"

"언제 만나는데?"

"아직 아무런 약속도 하지 않았어요. 그럴 일이 있으면 같이 만날까 해서."

"그 녀석이 계속 데이트 요청을 하지만, 케이코는 그 녀석한테 흥미가 없다는 얘기네."

"어쨌든 내일은 힘들어요. 나중에 만나요."

케이코는 다시 한번 사과하고, 전화를 끊었다.

그로부터 30분 정도 지나, 쿠니에다에게 메일이 도착했다. 오후 9시에 신주쿠 돈키호테 앞에서 만나는 것으로 약속을 했다…….

다음 날은 저녁부터 비가 내리기 시작했다.

약속 시각보다 조금 늦게 돈키호테 앞에 도착했다. 쿠니에다는 이미 와있었다. 그는 우산을 들고 있지 않았다.

"비가 오네. 우산을 사 올 테니까 조금 기다려줘."

"오늘 갈 가게는 멀리 있나요?"

"이 근처야."

"그럼 우산은 하나여도 괜찮아요."

케이코는 쿠니에다에게 우산을 씌워 주었다.

"그럼 같이 쓰고 갈까."

쿠니에다는 씩 웃었다.

야스쿠니 거리 상가주택 안에 있는 바에 이끌려 들어갔다. 쿠니에다에게 이천만 엔을 받아낸 호텔에서 그다지 멀지 않은 곳이다. 바깥 거리의 소음이 마법처럼 사라지는 아주 조용한 가게였다.

"멋진 가게네요."

"손님이 소개해준 가게인데, 나도 오늘이 두 번째야. 난 신주쿠가 됐든 롯폰기가 됐든 아는 가게가 몇 없어서."

"긴자는 어때요?"

"똑같아."

쿠니에다는 되도록 정체를 감추기 위해, 단골 가게를 만들지 않는 것 같다.

케이코와 쿠니에다는 서로의 잔을 부딪쳤다.

"이렇게 비 오는 날에 만나자고 해서 민폐를 끼친 건 아닐까, 걱정했어"

"아니에요."

그렇게 말하고 케이코는 입가에 미소를 머금었다.

"다른 손님이었다면, 안 나오려고 꾀병을 부렸을지도 모르겠지만."

쿠니에다가 쑥스러워하는 얼굴로 잔을 입에 옮겼다.

"아야나 씨에게 그런 말을 들으면, 매일 밤 가게에 가고 싶어져."

"영업 멘트가 아니에요."

"영업 멘트라고 해도 기뻐."

쿠니에다는 단숨에 잔을 비우고, 같은 술을 주문했다.

대화가 끊겼다.

케이코는 화제를 찾으려고 했지만, 좀처럼 떠오르지 않았다. 가루이자와에서 일어난 살인사건의 범인이 쿠니에다라는 것을 알게 된 지금, 그의 사생활에 대해서는 일절 묻지 않으려 했다.

하지만 그런 상황임에도 불구하고, 어색한 기분은 들지 않았다.

어쩌면 쿠니에다를 좋아하게 된 걸지도 모른다. 애인이 될 생각은 전혀 없고, 사랑에 애가 타고 있는 것도 아닌데, 쿠니에다와 있을 때면 코타로나 타구치와 만날 때 전혀 느낄 수 없는 마음속 울렁임을 느꼈다. 자신이 협박한 상대이며, 쿠니에다는 살인범이라는 것을 알고 있는데 말이다.

"아야나 씨, 오늘은 조용하네."

"긴장이 풀려서 그래요."

"그럼 다행이지만, 지친 건 아닐까 해서."

"전혀 아니에요. 쿠니에다 씨, 신주쿠에 자주 오나요?"

"그다지 안 가. 오늘 저녁에 만난 거래처 사람은 지방 사람이라서, 신주쿠에 호텔을 잡아놨어. 그래서 신주쿠에서 만나밥을 먹게 된 거야."

"밤놀이에 같이 어울리자고 하지 않던가요? 이런 시간에 호텔로 돌아가도 할 일이 없을 것 같은데."

쿠니에다는 히죽거렸다.

"예리하네."

"네?"

"그 사람은 말이지, 어제까진 니시신주쿠의 초일류 호텔에서 묵고 있었는데, 오늘은 구청 거리에 있는 작은 호텔로 옮겼어."

구청 거리에 있는 작은 호텔이라면, 혹시 '호텔·보테'가 아닐까.

"어째서 그런 번거로운 짓을 한 건가요?"

"가부키초에 있는 호텔이 업소녀를 부르기 편하기 때문이야. 그런 걸 정말 좋아하는 녀석이라 도쿄에 올 때마다 그러고 있어. 자식 바보에 아내와도 잘 지내고 있고, 성실한 남자인데 말이지. 뭐, 그런 이유로 그는 혼자가 되고 싶을 테니 식사만으로 끝날 거라 예상했어. 덕분에 이렇게 아야나 씨와 만나게 되었고."

거짓말을 하는 것 같진 않았지만, 케이코는 내심 안절부절못했다. 약속장소를 신주쿠로 정하고, 구청 거리에 있는 호텔을 입에 담다니.

자신은 가루이자와의 살인사건을 그에게 얘기했었다. 우연히 그런 이야기가 나왔지만, 쿠니에다는 그렇게 받아들이지 않았을 가능성도 충분하다. 그 결과, 케이코를 의심하게 된 것일지도 모른다.

하지만 떠볼 방법은 없다. 냉정해야 한다.

쿠니에다는 호텔의 이름을 입에 담은 게 아니다. 손님의 성벽에 관해 얘기했을 뿐이다.

뒤가 켕겨서 불안함을 느끼고 있을 뿐이다. 쿠니에다는 조금도 자신을 의심하고 있지 않다. 케이코는 몇 번이고 그렇게 자신에게 되뇌었다.

쿠니에다는 다시 같은 술을 주문했다. 그리고 케이코의 잔에 시선을 향했다.

케이코의 잔은 반 정도밖에 줄어있지 않았다.

"천천히 마실게요."

쿠니에다는 조용히 끄덕였다.

오늘 밤의 쿠니에다는 평소보다 술을 마시는 속도가 빨랐다. 사소한 일이지만 케이코는 신경 쓰였다.

"곤란한 일이 있어."

쿠니에다가 옅은 웃음을 짓고, 중얼거리듯이 말했다.

"곤란한 일이요?"

"응."

"저와 상관있나요?"

케이코는 조심스레 물어봤다.

이번엔 아무 말 없이 끄덕였다.

"어떤 일이죠?"

케이코는 애써 가벼운 느낌으로 말했다.

정적이 흘렀다. 그 정적을 버티기 힘들었다.

"빨리 말해주세요."

"그렇게 재촉하면, 말하기 힘들어져."

쿠니에다가 단숨에 잔을 비웠다.

케이코는 눈을 내리떴다.

"만나고 싶어서 죽는 줄 알았어."

쿠니에다가 술이 놓인 찬장에 시선을 향한 채 혼잣말처럼 말했다.

"누구를요?"

"누구라니……. 정해져 있잖아."

긴장된 마음이 한 번에 풀렸다.

"아무 말 하지 않으려 했는데, 네 얼굴을 보고 있자니 도저히 참을 수가 없어."

"……."

"난 널 애인으로 삼고 싶다든지, 깊은 관계가 되고 싶다는 그런 생각은 전혀 없어. 가게 외의 장소에서 오늘 밤처럼 잠깐이라도 만날 수 있다면 그걸로 좋아. 미노베 선생님이 들으면 바보 취급하겠지만, 그 이상의 일은 생각하고 있지 않아. 아야나 씨와 같이 있으면 무척 즐겁고, 살아있다는 느낌이 들어. 미래가 있는 널 소중히 하며, 관계를 이어나가고 싶어. 네가 돈이 필요하다면, 도와줘도 괜찮다고 생각하고 있어. 하지만 그걸 구실삼아 뭔가 할 생각은 없어. 이런 얘기를 하는 건 부끄럽지만, 아야나 씨를 향한 내 마음은 플라토닉 사랑이야."

그렇게 말하고 쿠니에다는 눈가에 웃음을 가득 담아 케이코를 바라봤다.

"아야나 씨는 아무 말도 하지 않아도 돼. 내가 하는 말은 구애가 아니니까. 아버지뻘 남자의 헛소리라고 생각하고 한 귀로 흘리면 돼. 그저 앞으로도 시간이 있을 때 같이 어울려 줬으면 해."

"언제든지 불러주세요. 쿠니에다 씨라면 무조건 갈게요. 저도 쿠니에다 씨와 언제든 만나고 싶다고 생각하고 있어요. 일자리가 정해지지 않고, 하고 싶지도 않은 호스티스 일을 하다 보면 때때로 몹시 외로운 기분이 들지만, 쿠니에다 씨와 같이 있으면 힘든 일을 전부 잊게 돼요."

"그렇게 말해주니 기뻐."

쿠니에다는 진지한 목소리로 말했다.

그의 눈이 울먹이고 있다는 걸 깨달았다. 케이코는 시선을 피했다. 쿠니에다에게 한 말이 거짓말은 아니지만, 쿠니에다의 눈물을 본 순간, 자신이 악녀라고 생각하게 되었다.

이렇게 마음이 따뜻한 남자라는 것을 알았더라면, 그에게 협박 같은 걸 하지 않았을 텐데.

사실을 말하고 돈을 돌려주는 것도 가능하겠지. 시효가 지났다고 해도 쿠니에다는 살인범이기에, 자신을 협박죄로 신고할 순 없을 것이다.

그렇다고 해도 말할 수 있을 리 없다. 자신이 가진 추악한 인간의 본성을 쿠니에다에게 절대로 들키고 싶지 않았다. 쿠니에다의 앞에서 좋은 아이처럼 앉아 있는 자신에게 토가 나올 것 같았다.

협박을 처음 떠올렸을 때는 머릿속에 돈밖에 없었다. 대학을 졸업하고 호스티스 일을 그만뒀을 때 필요한 돈을, 사람을 죽인 돈 많은 남자로부터 뜯어낸다. 그게 뭐가 나빠. 그렇게 생각했다. 그런 생각에 사로잡힌 건, 아마도 마음 깊은 곳에서 일렁이고 있던 비뚤어진 본성 때문일 것이다. 고생 같은 건 하나도 모르는 야요이 같은 친구들과 어울리며 뒤틀린 생각이 자연스레 자라나, 그게 병균이 증식하는 것처럼 늘어난 것이리라.

하지만 어찌 되었든 과거를 돌릴 순 없다.

쿠니에다의 죄가 발각되지 않기를 바라면서, 그에게서 뜯어낸 돈은 잘 써야겠다고 생각했다.

"얘기하니, 마음이 편해졌어."

"쿠니에다 씨 같은 남자는 보기 드물다고 생각해요. 음흉한 마음 없이, 이렇게 말할 수 있는 쿠니에다 씨는 멋져요."

"전혀 멋지지 않아. 보통 남자라면 매력 있는 여자에게 좀 더 과감히 다가가기 마련이니까. 나도 젊었을 땐 좀 더 적극적이었지만."

쿠니에다는 유부녀와의 관계가 원인이 되어, 사람을 죽였다. 그 여자를 사랑했던 걸까. 쿠니에다는 심심풀이로 아무 여자와 어울릴 남자로 보이지 않는다. 아마도 상대를 진심으로 좋아하게 된 게 틀림없다.

케이코는 시선을 천장으로 향했다.

"쿠니에다 씨가 어떤 사랑을 해왔는지 알고 싶어요."

"다른 사람에게 자랑할 만한 사랑 얘기는 없어."

"그래도 누군가를 좋아해서, 쫓아다닌 적은 있었죠?"

"학생 때, 통학하는 버스 안에서 만난 친구를 좋아하게 되어 연인관계가 되었지만, 크게 차였어. 그 뒤로 사랑을 하는 게 무서워져서 여자를 피하게 되었지."

쿠니에다는 먼 산을 바라보듯이 말했다.

"부인과 결혼할 때까지 다른 사랑은 하지 않았나요?"

도망 중이었다는 걸 알고 있는데 이런 질문을 하는 건 잔인하다고 생각했지만, 유우키 테루히사의 어머니와의 관계가 어땠는지 묻고 싶어졌다.

"연상의 여자와 불륜관계가 된 적이 있었지."

"쿠니에다 씨가 불륜이라니, 뭔가 믿기지 않네요."

케이코는 짧게 웃었다.

"유혹에 넘어가 관계를 갖게 되었는데, 사랑을 해버렸어. 상대의 가정을 부술 생각은 없었으니까 자연스럽게 관계가 끝났지만."

"그때 쿠니에다 씨는 독신이었었군요."

"응."

"상대방은 쿠니에다 씨를 어떻게 생각하고 있었을까요."

"조금의 마음은 있었겠지만, 잠깐의 불장난에 불과했던 것 같아. 어쨌든 난 사랑이 서툴러."

"저도에요."

쿠니에다가 똑바로 케이코를 바라봤다.

"이번엔 아야나 씨가 얘기할 차례야. 어떤 사랑을 해왔는지 알려줘."

"저도 대단한 사랑은 하지 않았어요. 고등학교 때 동급생이랑 사귀었지만 불타오르는 사랑은 아니었어요."

"왜 헤어졌어?"

"제가 하는 일에 꼬치꼬치 간섭해오는 남자였어요. 호스티스 일을 시작했다고 말하니까, 무척 화를 냈어요. 좋아서 하는 게 아닌데, 그걸 하나도 헤아려주지 않았죠."

"그 남자의 마음도 이해가 되네. 좋아하는 여자가 여러 남자를 상대하는 일을 하게 되면 싫을걸."

"쿠니에다 씨도 제가 호스티스 일을 하는 게 싫나요?"

"난 아무렇지 않아. 그 가게에 가지 않았더라면, 너와 만나지 못했을 테니까. 헤어진 남자친구는 동갑이지? 그 나이엔 네가 호스티스를 하는 것에 화를 내는 게 당연해."

쿠니에다가 케이코의 잔으로 시선을 향했다.

"더?"

"마실게요."

쿠니에다가 케이코의 술을 주문했다.

케이코는 화장실에 멈춰섰다.

쿠니에다가 작업을 건 것은 아니지만, 자신의 사랑을 은은하게 고백한 것과도 같다.

만약 쿠니에다가 좀 더 과감하게 다가온다면, 어떻게 할까. 자신이 저지른 협박이 마음에 걸려, 절대로 깊은 관계는 될 순 없을 것이다. 여기서 더 특별한 사이가 된다면 그녀의 정신으론 버틸 수가 없다.

지금 같은 관계를 이어가는 게 최선일 것이다.

그런데 정말로 쿠니에다는 자신을 의심하고 있지 않은 걸까. 있을 수 없는 일이라고 생각하면서도, 역시 불안해졌다.

립스틱을 고쳐 바르고, 화장실에서 나갔다.

새로운 손님이 카운터 끝에 앉아 있었다.

그 손님은 깜짝 놀란 표정으로 케이코를 보며 말했다.

"혼자야?"

コタロ가 어째서 이 바에…….

케이코는 너무 놀라, 입이 열리지 않았다.

"혼자가 아니구나."

코타로는 그렇게 말하며 쿠니에다를 슬쩍 봤다.

케이코는 정신을 차리고, 코타로에게 쿠니에다를 소개했다. 인사를 끝낸 뒤에도 코타로는 쿠니에다를 빤히 쳐다봤다.

"괜찮으면 같이 마시죠."

쿠니에다가 온화한 어조로 코타로에게 제안했다.

"사양할게요. 두 분의 데이트를 방해하고 싶진 않습니다."

"그런 거 아니에요. 전 슬슬 갈 테니까."

쿠니에다가 잔을 비웠다.

"쿠니에다 씨가 돌아간다면 저도."

"왠지 내가 잘못 온 것 같네."

코타로가 끼어들었다.

난감해진 케이코가 코타로에게 말했다.

"셋이서 마셔요."

"정말 괜찮아?"

그렇게 묻는 코타로를 무시하고, 케이코는 원래 자리로 돌아가 앉았다. 코타로는 술잔을 들고 자리를 옮겨, 케이코의 옆에 앉았다. 조금 전에 둘을 소개했다고 해도, 이름만 알려 줬을 뿐이었다. 케이코는 먼저 쿠니에다에게 코타로를 소개했다. 친구 집에서 만났다는 것, 같은 고향이라 친해지게 되었다는 사실을 연달아 얘기했다. 쿠니에다에 관해서는 가게의 손님이라고만 짧게 소개했다.

"명함이 있었던가."

고개를 갸웃거리며 코타로는 지갑을 꺼냈다.

"한 장 있었네."

쿠니에다도 윗옷 주머니에서 명함을 꺼냈다.

"회사가 고난에 있군요."

코타로가 쿠니에다의 명함을 보며 말했다.

"네. 왜 그러시죠?"

"제가 사는 곳이 시나가와예요. 다카나와 출구 쪽인데 고난 쪽에도 가끔 나가요."

"고난 쪽에는 아무것도 없죠?"

"조깅하러 자주 가요. 최근에 살이 올라서."

그렇게 말한 코타로가 케이코에게 시선을 돌렸다.

"넌 고난 쪽에 가본 적 있어?"

"없어요."

코타로는 쿠니에다의 회사가 어떤 일을 하고 있는지 물었다. 쿠니에다는 담담히 대답했다.

"엔지니어의 파견회사인가요. 드문 직업이네요."

"예, 뭐."

"그녀의 가게에는 자주 가시나요?"

"가끔 갑니다."

케이코의 귀에는 코타로가 던지는 질문이 모두 심문하는 것처럼 들렸다.

"저도 한번 가보고 싶은데, 그녀가 싫어해서요."

"아야나 씨, 왜 싫어?"

쿠니에다가 케이코에게 물었다.

"지인에게 접객하는 모습을 보이는 건 쑥스러워요."

"그렇지만 타구치 씨는 손님으로 갔잖아."

"취직으로 신세를 지고 있으니 어쩔 수 없었어요."

쿠니에다 앞에서 이런 얘기를 하게 만드는 코타로에게 짜증이 났다. 평소에도 거슬리던 목소리가 지금 이 순간은 버티기 힘들 정도로 불쾌했다.

"그건 그렇고, 이 가게에는 자주 와요?"

케이코가 하고 싶었던 질문을 쿠니에다가 대신 물었다.

"동창들하고 몇 번 온 정도예요."

"오늘 밤 신주쿠에서 일이 있었나요?"

케이코가 물었다.

코타로는 눈을 가늘게 뜨고 케이코를 바라봤다.

"어느 여자애를 불렀었는데, 선약이 있다고 거절당해서 말이야."

케이코는 코타로의 시선을 피하고, 잔을 입으로 옮겼다.

"그래서 요츠야역에 사는 친구랑 이 근처 가게에서 술을 마셨어. 이 가게를 소개해준 것도 그 녀석인데, 처제가 교통사고를 당했다고 연락이 와서, 더 마시고 있을 상황이 아니게 됐지. 혼자 이대로 집에 가는 것도 애매해서 여기에 들른 거야."

코타로가 술을 다시 주문했을 때, 케이코는 쿠니에다에게 눈으로 신호를 보냈다.

"아야나 씨, 슬슬 나갈까요?"

신호의 의미를 이해한 쿠니에다가 그렇게 말했다.

"네."

"벌써 돌아가는 거야?"

코타로의 표정은 "나는 이제 막 왔는데….".라고 말하는 듯했다.

"한곳 더 그녀를 데려가고 싶은 가게가 있어서요."

계산을 끝낸 쿠니에다가 차분히 코타로에게 말했다.

"아, 그런 건가요. 실례했습니다."

"기회가 있다면 또 봅시다."

쿠니에다가 코타로에게 가볍게 인사하고 출구로 향했다.

"그럼 코타로 씨, 저도 이만."

코타로는 그 말에 대답하지 않고, 그저 케이코를 바라봤다. 입은 웃고 있었지만, 눈은 그렇지 않았다.

등으로 코타로의 시선을 느낀 채, 케이코는 가게를 나섰다. 엘리베이터를 타자마자 케이코는 한숨을 내쉬었다. 그 모습을 보고 있던 쿠니에다가 미소 지었다. 케이코도 웃어 보였다. 보도에 선 쿠니에다가 조금 멀리 떨어진 네온사인을 가리키며 말했다.

"저기에 bar라고 적혀있는데, 들어가 볼까?"

"그래요."

"안에 들어가 보고 마음에 들지 않으면 나가면 돼. 가게는 얼마든지 있으니까."

"작은 모험이네요." 케이코가 말했다.

"아야나 씨와의 작은 모험. 즐겁네."

"제 본명 알려드렸죠?"

"오카노 케이코, 그게 왜?"

"본명으로 부르셔도 괜찮아요."

"그게 좋아?"

"딱히 그렇진 않아요. 아야나라는 이름이 꽤 마음에 드니까요."

들어선 바에는 사람이 많은 데다 시끄러웠다.

"여긴 그만두자."

쿠니에다가 말했다.

"위층에도 바가 있는 것 같아요."

엘리베이터를 타지 않고 계단으로 올라갔다.

재즈 음악이 흐르는 조용한 바였다. 큰길에 접한 2인석이 비어있었다.

"저기로 갈까요?"

케이코가 2인석 자리를 가리켰다.

쿠니에다는 리키를 주문했다. 케이코도 같은 칵테일을 주문했다.

"아까 한 얘기 말인데, 아야나라는 이름으로 알게 되었으니까 그쪽이 부르기 편해. 게다가……."

쿠니에다가 말을 얼버무렸다.

"왜요?"

"술이 나왔다."

"어쨌든, 다시 한번 건배."

케이코와 쿠니에다는 잔을 부딪쳤다.

쿠니에다가 등받이에 몸을 기대고, 창밖으로 시선을 돌렸다.

"본명으로 부르는 건 너무 가까운 느낌이 들어."

케이코는 슬쩍 웃었다.

"조금 야단스럽지 않나요?"

"그럴지도 몰라. 하지만 관계를 진전시킬 생각이 없으니까, 본명이 아닌 가명의 이름으로 부르는 편이 좋아."

쿠니에다도 가명을 쓰고 있다. 그는 그걸 의식하고 그렇게 말한 걸까. 설마 그렇게까지 생각하고 있을 것 같진 않지만,

뭐가 됐든 쿠니에다의 정체가 세상에 드러나지 않는다면, 본명으로 그를 부를 일은 없다.

쿠니에다 고로와 후지키 아야나.

서로를 가명으로 부른다. 이것이 우리의 관계를 상징하고 있는 것 같았다.

"코타로 씨를 좀 차갑게 대하던데, 피하고 싶은 거야?"

"뭐든지 편하게 얘기할 수 있는 사람이었는데, 솔직히 최근 들어 좀 성가시다고 느끼고 있어요."

"왜?"

케이코는 엄마에게 들은 코타로의 여동생 얘기를 했다.

"……코타로 씨가 저와 사귀고 있다고 부풀려 얘기를 하진 않았겠지만, 오해당하는 게 싫어서요. 게다가 어머니는 제가 코타로 씨와 장래에 결혼했으면 좋겠다고 생각하는 모양이에요. 그가 예전부터 운영된 주점의 아들이고 일류기업의 사원이니까, 만난 적도 없는데 좋은 인연이라고 멋대로 꿈꾸고 있으시죠."

"하지만 아야나 씨에게 그런 마음은 없고?"

"전혀 없어요."

"그래도 그는 널 좋아해. 아까 내가 보니까, 그의 눈에 질투의 불꽃이 잔뜩 들어있었어."

"전혀 그런 느낌 없었는데."

"열심히 숨기고는 있었지만 느껴졌어. 혼자 들어온 바에 좋아하는 여자가 다른 남자와 만나고 있었으니, 많이 충격받은 게 아닐까?"

"실은 오늘 밤, 코타로 씨가 만나자고 했었는데, 쿠니에다 씨와 선약이 있어서 거절했어요."

"아, 그래?"

쿠니에다의 눈가에 웃음이 고였다.

"아까 어느 여자애한테 거절당했다고 한 건, 비꼬는 말이었구나."

"불쾌했어요. 그런 말을 들을 이유는 없으니까요."

케이코는 딱 잘라 말했다.

"그의 기분도 이해는 돼. 차인 것과도 같으니까."

"지금 생각난 건데, 전에 한 번 집 근처에서 뵌 적 있었죠?"

"택시 안에서 네게 말을 걸었을 때 말이지?"

"네. 그때 코타로 씨 집에서 돌아가는 길이었어요. 하지만 오해하지 말아 주세요. 단둘이 아니었으니까."

케이코는 그때의 일을 얘기했다.

"집이 가까우니까 그와 우연히 만날 일이 생길지도 몰라요."

"만나게 되면 술이라도 같이 마시자고 해볼까."

"그만두세요."

유유자적한 시간이 흘러갔다. 둘 다 아무 말도 하지 않고, 자동차가 지나다니는 큰길을 내려다볼 때도 있었다.

그런데도 케이코에겐 만족스러운 시간이었다.

쿠니에다가 구청 거리에 있는 호텔에 대해 말을 꺼냈을 땐, 떠보는 게 아닐까 하는 불안에 휩싸였었다. 하지만 평온한 사랑 고백을 듣고 나서는, 가슴을 덮고 있던 구름이 점점 사라져갔다.

오전 1시까지 바에서 술을 마셨다.

케이코에게 택시비를 건넨 쿠니에다가 빈 차를 잡아주었다.

"이렇게 가볍게 계속 만나고 싶어."

"언제든지 불러주세요."

택시에 탄 케이코는 쿠니에다를 향해 크게 손을 흔들었다. 쿠니에다와 기묘한 관계가 되어버렸다. 뜯어낸 돈을 생각하면, 가슴이 찔린 듯이 아팠지만, 이 꼬인 인연을 원래대로 돌리진 못한다. 그 돈은 유용하게 쓸 것이다. 그렇지만 지금 바로 호스티스를 그만둘 생각은 없다. 적어도 올해까지는 일해서 조금이라도 목돈을 늘릴 생각이다.

타구치가 일하고 있는 출판사엔 지원하기 힘들 것이다. 다른 대형 출판사에 들어가는 것도 어려울 것 같다. 계약사원이라도 상관없으니, 문예 편집자로서 일할 수 있는 회사에 취직할 수만 있다면 그걸로 만족이다. 그렇게 말하지만, 계약사원의 문도 좁다. 지금은 타구치의 인맥을 기대할 수밖에 없지만, 대학 선배 중 출판사에 근무하고 있는 사람을 찾아서 편지를 보내보는 것도 하나의 방법이다. 상대해주지 않을지도 모르고, 낯 두껍다고 생각할지도 모르지만, 할 수 있는 일은 다 해보자고 결심했다.

집에 돌아온 케이코는 오랜만에 돈을 숨겨놓은 티슈 상자를 손에 들어보았다.

묵직하다. 그 무게가 케이코를 안심시켰다.

제3장
후미에의 의심

◆ ◆ ◆

지금은 쿠니에다 고로라는 이름을 가진 오빠가 케이코와 신주쿠에서 만나고 있을 때, 여동생인 후미에는 오기쿠보의 술집에 있었다. 동행자는 토미나가 슌지였다.

테루히사가 집에 찾아온 뒤, 바로 토미나가에게 연락하는 것을 자제했다. 초조함을 들키고 싶지 않았기 때문이다. 이번 협박 사건이 토미나가와 무관하다고 확신할 수는 없었기에 그를 용의선상에서 배제할 수 없었다.

슬슬 연락을 취해, 차라도 같이 마시자고 제안하려 했을 때, 토미나가에게 먼저 전화가 왔다. 가끔은 같이 술을 마시 자는 연락이었다. 그리하여, 토요일 오후 9시에 토미나가와 만나기로 했다. 늦은 시간이 편하다고 말한 건 후미에였다. 식사까지 같이할 기분은 들지 않았기 때문이다.

역의 남쪽 출구에 있는 술집에서 만났다. 둘 다 알고 있는 가게였다. 후미에가 도착했을 땐, 이미 토미나가가 먼저 안쪽 4인석에 앉아 있었다. 그는 오토오시[1]로 나온 수랑[2]을 집어 먹으며, 차가운 술을 마시고 있었다.

[1) 주문하지 않아도 나오는 음식
[2) 조개의 일종

모둠회나 정어리 포, 시샤모 등을 대충 주문했다. 후미에의 술은 레몬 사워였다.

"토미나가 씨한테 연락해야겠다고 생각하고 있었어."

술이 나오자, 후미에가 입을 열었다.

토미나가의 눈이 누그러졌다.

"테루히사 때문이지?"

"얘기 들었나 보네."

"그래서 너한테 먼저 연락한 거야."

"정말 기분 나빠. 토미나가 씨와 만난 직후에, 갑자기 찾아와서는 돈을 빌려달라고 하니까."

"그때 그 녀석 정말 돈에 쪼들려있었으니까. 나한테까지 돈을 빌려달라고 했어."

요리가 나왔다. 토미나가는 참치 회를 입으로 옮겼다.

"지금은 괜찮은 거야?"

"동료와 긴자에 클럽을 낸다는 얘기를 했으니, 어디선가 돈줄이라도 찾은 모양이야."

"형편이 좋아진 건 언제부터야?"

"언제부터였더라."

토미나가는 담배에 불을 붙였다. 그리고 힘껏 연기를 내뱉었다.

"10월 말부터였던 것 같아."

오빠가 보낸 돈이 협박범에게 건네진 건 20일이다. 신주쿠의 호텔에서 여자가 받은 이천만 엔을 테루히사가 전달받았다면 앞뒤가 맞는다.

"열흘 정도 전에 우리 집에 왔을 때, 또 돈을 빌려달라고 했어. 목돈을 손에 넣었다면 어째서 나한테 또 돈을 달라고 찾아온 걸까."

"그 녀석은 네가 코우헤이랑 연락하고 있다 믿고 있어."

"나한테도 그렇게 말했어."

토미나가는 잔을 비우고, 스스로 술을 따랐다.

"오빠가 죽인 남자의 아들이 끈질기게 따지면, 돈을 줄지도 모르지. 만약 돈을 주면 여동생은 오빠가 어디 있는지 안다는 게 돼. 그 녀석이 그렇게 말했어. 어쨌든 그 녀석은 코우헤이를 찾고 싶은 모양이야."

토미나가가 하는 말이 맞는다면, 이천만 엔을 보내도록 협박한 건 테루히사가 아니라는 말이 된다.

"뭐가 됐든 그 남자 기분 나빠. 최근 한동안은 아무 말도 없었지만, 또 연락이 올 것 같은 느낌이 들어."

"내버려 두면 돼."

"그럴 생각인데, 전화를 안 받을 수도 없잖아."

그렇게 말하고 후미에는 똑바로 토미나가를 쳐다봤다.

"토미나가 씨, 그 녀석이 나랑 오빠에 대해서 당신한테 말한 걸 전부 얘기해줘."

토미나가가 몸을 앞으로 내밀어, 눈을 치켜뜨고 후미에를 봤다.

"역시 테루히사의 감이 맞은 모양이네."

"응?"

"후미, 코우헤이가 어디 있는지 알고 있지?"

"몰라."

후미에는 가벼운 어조로 말하고 미소 지었다.

"그렇게 귀여워하던 여동생에게 몇십 년간 전화 한 통 안 한다는 게 말이 안 돼."

"그렇지만 정말 연락하고 있지 않은걸."

유리로 된 술병이 비었다. 토미나가는 같은 술을 주문했다.

"그러고 보니, 재밌는 일이 있었어."

"뭔데?"

"11월에 테루히사의 어머니가 가루이자와에 있었대."

"누구한테서 들었어?"

"형한테. 형이 하는 찻집에 들른 모양이야."

"우리 오빠 얘기도 나왔을까?"

후미에는 넌지시 물어봤다.

"그런 얘기를 했다는 건 듣지 못했어. 그래도 그녀는 가루이자와 별장에 살던 시절을 그리워하고 있다고 해."

남편이 살해당한 장소인데 그립다니. 남자를 만들고 놀아다니던 여자답다고 후미에는 생각했다.

"이 얘기, 테루히사한테도 했어?"

"물론이지. 형한테서 전화를 받고 바로 얘기해줬어. 그 녀석의 어머니, 코우헤이와 만나고 싶다고 말한 모양이야."

테루히사가 한 말은 사실인 것 같다.

"후미, 어쨌든 테루히사를 조심해. 후미 말대로 무슨 생각을 하는지 모르는 남자니까. 게다가 끈질기고."

"토미나가 씨, 왜 그런데도 어울리는 거야?"

"악연이지. 지인인 부동산 브로커가 그 녀석과 한때 일을 했었어. 그래서 알게 됐는데, 이야기를 듣다 보니 코우헤이에게 살해당한 남자의 아들이란 걸 알게 됐어. 그게 계기가 되어 친해지게 된 거야. 가나가와현의 토츠카에 있는 토지를 돌면서 그 녀석과 같이 일을 했어. 그 일은 잘 풀리지 않았지만, 좋지도 나쁘지도 않은 사이로 지내고 있지."

"그 녀석이 우리 오빠나, 나에 대해 이상한 말을 하면 나한테 알려줘."

토미나가가 시샤모를 입으로 옮겼다.

"나보고 스파이가 되라는 거야?"

"그런 거창한 건 아니지만, 그 녀석의 움직임을 알게 되면 조금은 불안함이 해소되니까."

"알았어. 이상한 낌새가 보이면 연락할게."

"고마워."

"나도 코우헤이가 테루히사한테 발견되어 돈을 뜯기는 일은 일어나지 않았으면 하니까."

토미나가가 그렇게 말하고 씩 웃었다.

토미나가도 테루히사처럼 자신이 오빠와 연락하고 있다고 믿는 것 같다.

후미에는 잔을 비웠다. 빈 잔을 테이블에 놓으려는 움직임이 한순간 멈췄다. 지금까지 생각도 하지 못한 가설이 머릿속에 떠오른 것이다.

유우키 테루히사는 협박범이 아니라, 오빠를 찾아내어 돈을 뜯어내려고 생각하고 있을 뿐. 이천만 엔을 손에 넣은 건 지금 눈앞에 있는 토미나가 순지가 아닐까? 태풍이 불던 그날 밤, 오기쿠보에서 택시를 타고 돌아가려 한 오빠를 목격한 게 토미나가 씨라면?

토미나가도 돈이 궁한 상태다. 협박을 계획했다 해도 조금도 이상하지 않다. 후미에는 같은 술을 주문하고, 정어리 포를 조금씩 입에 넣었다.

"근데 토미나가 씨, 일은 어때?"

"내년에 방콕으로 건너갈 생각이야. 그쪽에서 크게 장사를 하는 친구가 같이 일해보지 않겠냐고 해서. 일본을 떠나는 건 쓸쓸하지만, 이대로 도쿄에 있어도 답이 없으니까."

토미나가는 잔을 단번에 비우고, 힘없이 웃었다.

"방콕에 혼자서?"

토미나가가 의아한 표정을 지었다.

"난 이혼해서 지금은 혼자야."

"그래도 사귀고 있는 사람 정도는 있을 거 아니야."

"그런 여자가 있으면 방콕에 안 가겠지."

"자식은?"

"딸이 하나 있어."

"가끔 만나고 있어?"

"자주 만나고 있어. 딸이 엄마보다 아빠인 나를 더 잘 따라."

"몇 살이야?"

"스물하나. 인쇄회사에서 일하고 있어. 파견이지만."

딸이 아버지의 협박에 동참했다면…….

"딸 사진은 없어?"

"왜 그래? 내 딸에 흥미를 느낀 거야?"

"딱히 별 이유는 없어. 토미나가 씨는 꽤 미남이니까, 분명 딸도 귀여울 것 같아서."

"나랑 안 닮아서 귀여워. 사진은 지금 없어."

"괜찮아. 신경 쓰지 마."

그 뒤로도 후미에는 토미나가와 술을 마셨다. 가루이자와 시절 얘기로 추억에 잠기다 보니, 집에 도착한 건 오전 1시가 넘어서였다.

테루히사에 대해 큰 정보는 얻지 못했지만, 수확이 없던 건 아니다. 방콕은 도쿄와 비교하면, 물가가 상당히 쌀 것이다. 협박한 돈을 그곳에서 쓰면 꽤 편하게 지낼 수 있겠지. 아무런 증거도 없지만, 후미에의 의심은 토미나가로 향했다. 그렇지만 결정적인 증거를 잡을 수단은 전혀 없었다.

◆　◆　◆

다음 날, 일요일 즈음에는 틀림없이 코타로에게 연락이 올 것으로 예상했지만, 코타로에게서 아무런 연락도 오지 않았다. 자신의 연락은 무시하고, 케이코가 다른 남자와 만난 것에 대해 충격을 받은 걸지도 모른다. 그렇지만 전화나 메일로 변명을 할 정도는 아니다. 내버려 두기로 했다. 밤이 되고 나서 메일 한 통이 도착했다. 코타로가 아니라 쿠니에다에게서 온 메일이었다.

> 어제는 무척 즐거운 시간이었습니다. 제 마음이 제대로 전해진 것 같아 기쁩니다. 아야나 씨와 길게 만나고 싶지만, 좋아하는 사람이 생기면 말해주세요. 조금 섭섭하겠지만, 절대로 방해하지 않을 테니. 숨기고 있다가 나중에 알게 되면, 속은 기분이 들겠죠? 그렇게 되는 게 훨씬 싫습니다. '아야나'라는 이름을 쓰지 않는 게 당신의 바람이라면, 빨리 그렇게 되길 기도하겠습니다. 그래도 당신은 제게 케이코 씨가 아니라, 아야나 씨예요. 가게를 그만두더

라도, 전 당신을 아야나 씨라고 부르겠죠. 물론 당신이 싫어한다면 그렇게 부르지 않겠습니다. 내일모레 화요일, 동반까진 힘들겠지만, 가게에 들를게요. 애프터가 없다면 둘이서 가볍게 한잔하죠.

케이코는 바로 답장을 보냈다.

메일 고마워요. 가게를 그만두어도 쿠니에다 씨와의 관계를 이어가고 싶어요. 아야나라고 계속 부르고 싶으시다면, 단둘일 땐 상관없어요. 화요일의 만남을 기대할게요. 애프터도 물론 좋아요.

– 아야나

쿠니에다는 이모티콘을 거의 쓰지 않기에, 케이코는 아주 일반적인 이모티콘을 하나 첨부했다.

침대로 들어간 케이코는 퐁타를 안고 잠을 청하려 했다.

그때, 장식장에 올려놓았던 휴대전화가 어둠 속에서 빛나며 울리기 시작했다. 전화가 온 것이다.

이런 시간에 전화하는 건 코타로 밖에 없다. 역시 코타로였다. 받지 말까, 하고 생각했지만 이렇게까지 피하는 것도 실례라고 생각했다.

"미안. 자고 있었어?"

"응."

케이코는 가라앉은 목소리로 말했다.

"그럼 용건만 말할게. 내일 가게로 갈게. 괜찮으면 동반도 할 테니까."

"무리하지 않아도 돼요. 코타로 씨와 나, 그런 관계 아니잖아요."

"그런 관계가 아니라는 게 무슨 뜻이야?"

"코타로 씨는 친구니까. 손님이 아니라는 뜻이에요."

"그렇구나. 그런 의미구나. 그래서 내일은 어때? 다른 동반 일정 있어?"

"없어요."

"그럼 같이 식사하고, 너희 가게로 가자."

코타로도 손님 중 한 명이라고 생각하면, 그의 제안을 기쁘게 받아들였을 것이다. 케이코는 성가신 기분을 억누르고 말했다.

"주문하는 술의 종류에 따라 다르고, 있는 시간에 따라 다르지만 십만 엔은 족히 들어요."

"타구치에게 대충 금액은 들었어."

"싸게 해주고 싶지만, 내 힘으로는 무리."

"신경 쓰지 않아도 돼. 식사는 일식, 양식, 중식 중에 뭐가 좋아?"

같은 표현으로 데이트 신청을 받은 기억이 있다. 생각났다. 태풍이 불던 그 날 밤, 집까지 바래다주려고 했던 시마자키라는 손님이 했던 말이다. 시마자키가 택시 안에서 만져대지 않았다면, 나카노사카우에역에서 내릴 일은 없었다. 그곳에서 혼자가 되지 않았더라면, 살인사건이 일어난 맨션에서 나온 쿠니에다를 목격할 일도 없었다.

그로부터 아직 두 달도 지나지 않았는데, 먼 옛날 같이 느껴졌다.

케이코는 가게 바로 근처에 있는 중화요리점을 골랐다. 동반할 때 자주 가는 가게 중 하나였다.

다음 날 오후부터 수업에 나간 케이코는 급하게 집으로 돌아와, 옷을 갈아입고 롯폰기로 향했다. 코타로는 동반하는 가게에서 직접 만나기로 했다.

케이코는 약속 시각에 조금 늦었다. 코타로는 입구 근처 자리에서 팔꿈치를 괴고, 따분한 표정을 짓고 있었다.

케이코는 지각한 것을 사과했다.

코스 요리를 주문할 정도로 배가 고프지 않았다. 춘권, 칠리 새우, 달걀흰자와 가리비 수프 등 여러 음식을 둘이서 골랐다. 코타로는 사오싱주를 주문했지만, 케이코는 맥주를 골랐다.

코타로는 라이벌 의식을 느끼고 동반을 하겠다 말한 거겠지. 누굴 의식하고 있는 걸까? 아마도 쿠니에다와 타구치 둘 다일 것이다.

"엊그제는 놀랐어."

코타로가 말했다.

"저도."

"손님과 데이트하고 있을 줄은 생각도 못 했어."

중요한 손님이 데이트 요청을 해서 어쩔 수 없이 어울렸다. 그런 변명이 머릿속에 떠올랐지만, 어째선지 입에는 담지 못했다.

"케이코, 그 사람과 사귀는 거야?"

케이코는 웃고 고개를 저은 뒤, 맥주잔에 입을 대었다.

"그래도 구애받고 있지?"

"쿠니에다 씨와는 무척 좋은 관계예요."

"그런 말을 듣게 되니, 조금 질투가 나네."

코타로는 눈썹에 힘을 풀고, 농담조로 말하고는 잔을 비웠다.

"……."

"쿠니에다 씨의 회사에 대해서 인터넷으로 알아봤어."

"뭐?! 왜 그런 짓을……."

"그렇게 화낼 일은 아니잖아. 케이코가 데이트한 상대라서 신경 쓰였어. 케이코는 내 여동생 같은 존재니까. 파견업은 무책임한 회사도 많은데, 그 사람 회사는 제대로 된 회사인 것 같아."

"당연해요."

케이코는 입술을 앙다물고 즉답했다.

"그를 무척 신뢰하고 있나 보네."

케이코의 가슴에 검은 그림자가 드리웠다.

"신뢰하지 못할 일이 있었다는 듯한 말투네요."

"홈페이지에 사장의 경력이 하나도 올라와 있지 않았어. 그게 조금 신경 쓰여서 말이지."

"그는 데릴사위예요. 숨길 일은 아니지만, 굳이 공표하고 싶진 않으니, 그런 거 아닐까요?"

"그 부분만 빼고 출신지라든가 지금까지 해온 일이라든가 소개 글을 올리면 좋을 텐데."

케이코의 젓가락이 조금도 움직이지 않고 있었다.

"그런 건 아무래도 좋아요. 쿠니에다 씨는 무척 좋은 사람이거든요. 전 아빠 없이 자랐으니까, 그 정도로 연상인 사람이 맞는 것 같아요. 그와의 사이에 진전이 있으면, 코타로 씨에게도 알려줄게요. 날 여동생처럼 생각하고 있다면 어떤 이야기라도 들어줄 거죠?"

그렇게까지 말할 필요는 없었지만, 쿠니에다에 대해 조사해봤다는 말을 듣자, 케이코의 가슴에 짓궂은 마음이 싹터버렸다.

코타로는 사오싱주를 술잔 가득히 따르고, 토라진 듯이 말했다.

"케이코의 마음은 잘 알았어."

"이 이야기는 이제 그만 해요."

"그래. 내가 잘못했어."

코타로는 눈을 내리깔고 사과했다.

"성 친구들은 만나고 있나요?"

케이코가 화제를 바꿨다.

"아니, 모두 바쁘니까 좀처럼 시간이 안 맞아서. 요네지마 씨, 기억하고 있지?"

"네. 절 신주쿠 역에서 봤다는 사람 말이죠?"

"그가 봤던가."

코타로가 멍한 표정을 지었다.

"뭐야, 까먹으셨나요? 긴자의 닭꼬치 집에서 식사하면서 코타로 씨가 말했잖아요?"

"아, 그랬었지."

"그래서, 요네지마 씨가 왜요?"

"얼마 전에 아이가 생겼는데, 일란성 쌍둥이인 모양이야."

"남자애? 아니면 여자애?"

"둘 다 여자애인 모양이야."

"같은 얼굴을 한 여자애가 둘이라니. 아빠는 귀여워서 어쩌지 못하겠네요."

"맞아. 만나면 아기 얘기밖에 안 해."

분위기가 풀리는 대화로 넘어가게 되어, 케이코는 한숨 돌렸다.

식사를 끝내고 가게에 들어간 건, 8시 반 조금 전이었다. 시간이 이른 데다, 손님이 적어서 코타로에겐 케이코 말고도 두 명의 호스티스가 추가로 붙었다. 타구치와 달리, 이런 가게에 익숙하지 않은 코타로는 세 여자에게 둘러싸여 꽤 긴장하고 있는 것 같았다.

최근 들어 영 별로인 코타로였지만, 이 점만은 귀여워서 호감이 들었다.

코타로는 한 시간 반 정도 가게에 있다가 돌아갔다. 결제한 금액은 십만 엔이 넘었다.

케이코는 깊게 머리를 숙이고 감사를 전했다.

일이 끝나고 애프터를 나가기 전, 코타로에게 메일을 보냈다.

> 오늘 밤은 와주셔서 고마웠어요. 비싸서 죄송합니다.
> 그래도 괜찮다면 또 들러주세요.
>
> — 아야나

코타로와 거리를 두고 싶었던 케이코는 일부러 가게에서 쓰는 이름을 썼다.

그날 밤 애프터 장소는 니시아자부에 있는 회원제 다이닝 바였다. 여러 호스티스가 모였다. 손님은 전국에 카페 가맹점을 낸 회사 사장의 아들로, 미국에 있는 대학을 졸업했다는데, 정신연령은 중학생 정도로 띄워주는 것에 엄청나게 약했다. 그걸 알고 있는 마마가 그를 잘 띄워주니 신명이 나서 비싼 샴페인을 터트렸다.

지루한 애프터. 케이코는 절로 나오는 하품을 세 번이나 억지로 참았다.

그런 와중, 코타로에게 메일이 왔다. 다음 주 토요일에 만나줬으면 좋겠다고 적혀있었다.

만날 생각이 없는 케이코는 고급 와인으로 입술을 적시며, 거절할 구실을 생각했다.

다음 날 오후, 코타로에게 메일을 보냈다. 여자애들끼리 만나기로 해서 만날 수 없다. 그렇게 보내자, 모임이 끝난 뒤는 어떠냐고 물어왔다. 답장하는 것도 귀찮았지만, 힘들다고 상냥한 말투로 답했다. 그 뒤로 코타로에게 메일이 오지 않았다.

쿠니에다가 가게에 오는 날이다. 애프터로 뭘 입을지 고심하며 옷을 골랐다. 가슴이 뛰고 있었다.

저녁부터 비가 내렸다. 옷에 달라붙는 듯한 얇은 빗줄기였다. 동반이 없었던 케이코는 8시에 가게로 들어가, 스태프가 불러주길 기다렸다. 9시가 지나고부터 갑자기 가게는 바빠지기 시작했다.

쿠니에다는 10시 반이 지나도 나타나지 않았다. 온다고 해놓고 오지 않는 손님은 꽤 있지만, 쿠니에다는 약속을 지키는 사람이다. 만약 오지 못할 상황이라면, 반드시 연락을 줄 것이라 믿었다.

IT 회사의 사장이 샴페인 원샷을 여러 번 강요했다. 호스티스를 취하게 만드는 걸 즐기는 악취미의 손님은 상당수 존재한다. 안 좋은 자리에 불렸다고 생각하자. 한층 더 빨리 쿠니에다와 만나고 싶어졌다.

쿠니에다가 모습을 나타낸 건 11시 조금 전이었다. 스태프에게 호출된 케이코는 손님에게 인사하고, 자리에서 일어났다. 자신도 놀랄 정도로 발이 휘청거리고 있었다.

"아야나 씨, 괜찮아?"

호스티스 중 한 명이 케이코의 허리 부근에 손을 대며, 걱정하듯이 그녀를 바라봤다.

케이코는 고개를 젓고 그 자리를 떠났다.

쿠니에다는 기둥 그림자에 가려진 벽 쪽 의자에 앉아 있었다. 다른 호스티스가 이미 자리에 붙어 있었다. 아유라는 들어온 지 얼마 안 된 아이였다.

케이코는 쿠니에다의 옆에 앉으려 했다.

"오늘은 많이 마셨네."

"손님이 샴페인을 원샷하게 해서요."

"그럼 물을 마시는 게 낫겠네."

"네."

아유가 잔에 얼음을 넣고, 그 잔에 물을 따랐다. 케이코는 들이키듯이 물을 마셨다.

"오늘은 바로 집에 돌아가는 게 좋을지도 모르겠네."

"괜찮아요."

"무리는 금물이야."

쿠니에다가 포근한 웃음을 지었다.

아유가 쿠니에다를 바라봤다.

"오늘 처음 뵀는데, 쿠니에다 씨는 참 상냥하시네요."

"맞아. 쿠니에다 씨는 최고의 손님이야."

케이코는 노래를 부르듯이 말했다.

스태프가 자리에 와서 아유를 불렀다. 아유가 자리를 떠났다.

단둘이 되자, 케이코는 넋이 빠지기 시작했다. 안도감 때문인 것 같았다.

"쿠니에다 씨, 늦었네요."

"미팅이 끝나는 게 늦어졌어."

쿠니에다의 잔이 비어있었다. 케이코는 술을 만들고, 자신의 잔에는 물만 따랐다.

"코타로 씨가 어제 가게에 왔어요. 동반도 해줬고."

"그래도 괜찮았어?"

"괜찮지 않았어요."

"동반도 해줬는데."

"그건 고맙지만, 또 이번 주 토요일에 만나자고 연락이 왔어요. 귀찮으니까 거절했지만."

"나와 같이 있는 걸 본 게 자극이 됐나 보네."

"그런 것 같아요."

"그는 몇 살이더라?"

"스물일곱이에요."

"좋은 회사에 근무하고 있긴 해도, 거액을 내면서 이 가게에 자주 오는 건 힘들겠지."

"아마 더는 오지 않을 거로 생각해요."

"그 대신에 주말에 만나려고 하는구나."

"전에는 가볍게 만났지만, 이젠 싫어요."

"그렇게까지 싫어할 필요는 없잖아."

"만나고 싶지 않은 건 만나고 싶지 않은 거예요, 그에겐 미안하지만."

"여자는 상대를 싫어하게 되면, 철저하게 싫어하는 구석이 있단 말이지. 잔잔한 호수에 작은 돌이라도 던지면 파문이 크게 퍼지는 거랑 비슷하다고 해야 하나. 뭐가 됐든, 남자로선 알지 못할 부분이야."

"여자에겐 그런 구석이 있죠. 저 자신도 여자가 무섭다고 생각해요."

"여자 때문에 인생을 잃는 남자도 적지 않지."

쿠니에다가 중얼거리듯 말했다.

평소라면 쿠니에다 씨는 그럴 일 없잖아요, 라고 말할 테지만 순간 말이 나오지 않았다.

케이코는 순식간에 출입구 쪽으로 시선을 돌렸다. 술이 단번에 깼다. 쿠로키 부장과 얘기하고 있는 남자의 뒷모습이 낯익었다.

유우키 테루히사였다.

테루히사가 쿠니에다를 코앞에서 보게 된다면, 그의 정체를 단박에 알아차릴 것이 분명하다.

지금은 기둥 그림자에 가려져, 유우키 테루히사 쪽에선 쿠니에다가 보이지 않는다. 하지만 자리에 앉을 때 자신이 눈에 들어오면, 필연적으로 옆에 있는 손님도 보이게 된다. 멀리서 본다면 눈치채지 못하고 지나갈지도 모르겠지만, 아주 위험한 상황임은 틀림없다.

케이코는 진지한 표정으로 유우키 테루히사의 움직임을 좇고 있었다.

"아야나 씨, 왜 그래? 속이 안 좋아?"

무의식에 케이코는 양손으로 입을 막고 있었다.

쿠니에다가 몸을 케이코 쪽으로 붙여왔다.

"기둥 뒤에 숨어있어."

케이코는 목소리를 떨며, 자신도 모르게 그렇게 말했다.

"왜 내가 숨어야 해."

쿠니에다는 태평한 목소리로 그렇게 말하고, 케이코에게 더욱 다가가, 그녀의 시선을 따라갔다.

케이코는 쿠니에다의 몸을 밀쳤다.

가게의 주요 통로는 두 곳이다. 유우키 테루히사는 케이코와 쿠니에다가 있는 장소에서 먼 위치에 있는 통로의 안쪽을 향해 걷기 시작했다.

케이코는 몸을 흔들며, 손에 들고 있던 라이터를 쿠니에다의 허벅지 사이로 떨어트렸다.

"죄송해요."

쿠니에다는 테이블에 머리를 붙여 바닥으로 시선을 옮겼다.

유우키 테루히사가 끔벅끔벅 케이코를 보고 있었다. 쿠니에다의 얼굴은 절대 보이지 않는다.

머지않아 테루히사는 자리에 앉았다. 테루히사가 앉은 자리에서 이쪽은 잘 보이지 않을 것이다. 그렇지만 케이코는 초조함을 감출 수 없었다.

쿠니에다가 라이터를 발견하고 주우려고 했다. 케이코는 쿠니에다의 등에 손을 얹었다.

"오늘은 이만 돌아가요."

쿠니에다가 케이코의 손을 치웠다.

"무슨 일이라도 있어?"

케이코는 아무 말 하지 않고 끄덕였다.

"아무것도 묻지 말고 돌아가세요, 좀."

"이유를 알고 싶어. 알려 줄 때까진 돌아가지 않겠어."

쿠니에다의 안색이 바뀌어 있었다.

"저, 다른 손님이 불러서요."

"그게 어때서? 불리면 상대하고 오면 되지."

스태프가 케이코 쪽으로 오는 게 보였다.

"나중에 연락할 테니까 바로 돌아가."

케이코의 말에 힘이 실렸다.

쿠니에다의 표정도 굳어졌다. 날카로워진 눈이 흔들리고 있었다.

"너⋯⋯."

"아야나 씨."

스태프에게 불린 케이코는 자리에서 일어났다. 그리고 당황한 얼굴로 앉아 있는 쿠니에다를 슬쩍 보고, 작은 목소리로 이렇게 말했다.

"나를 지명한 손님이 유우키 테루히사야."

쿠니에다는 미동도 하지 않고, 케이코를 쳐다보고 있었다.

"오늘 고마웠어요."

케이코는 접객용 표정을 만들고 깊게 머리를 숙인 뒤, 쿠니에다의 테이블을 떠났다.

앞 통로의 출입구를 향해 걷고, 다른 한 통로를 통해 안으로 나아갔다.

테루히사의 옆에는 쿠로키 부장이 앉아 있었다. 시바스 리갈 병이 놓여있었지만, 테루히사가 주문한 건 아닌 듯했다. 아마도 쿠로키가 준비한 하우스 보틀[1]이겠지.

---

[1]손님의 세트 요금에 포함된 술. 빈 병에 술을 따라 넣는 경우가 많다

"아야나, 유우키 씨와 만났다며."

"부장님한테 말씀드리는 걸 깜빡했어요. 죄송해요."

"뭐, 일단 앉아."

유우키 테루히사의 옆에 앉은 케이코의 시선은 흘깃 쿠니에다의 자리를 향했다.

쿠니에다의 앞에는 아유가 앉아 있어서, 유우키 테루히사의 자리에서 쿠니에다는 전혀 보이지 않았다. 쿠니에다는 계산을 하는 중인 것 같았다. 어쨌든 한시라도 빨리 떠나줬으면 했다.

"아야나, 뭘 멍하니 있는 거야."

쿠로키의 말을 들은 케이코는 허둥지둥 테루히사의 표정을 살핀 뒤, "미즈와리로 괜찮나요?"라고 물었다.

테루히사는 아무 말 없이 끄덕이고, 담배를 꺼냈다. 불을 붙인 건 쿠로키였다.

테루히사가 찬찬히 케이코를 바라봤다.

"드레스 입은 모습도 꽤 예쁘네."

"감사합니다."

"유우키 씨, 빼돌리지 말아 주세요." 쿠로키가 끼어들었다.

"이 아이, 꽤 손님들한테 인기 많으니까."

"얼마 전에 만났을 땐, 잘릴까 걱정하고 있었어."

"아야나를 자르다니, 그럴 일 없어요."

스태프가 케이코를 부르러 왔다.

"이전 손님이 가신대서, 배웅하고 올게요."

쿠니에다가 통로를 걷고 있는 모습이 눈에 들어왔다. 뒤에는 아유가 따라가고 있었다.

출입구에서 아유와 함께 엘리베이터 앞까지 쿠니에다를 배웅했다.

케이코와 아유의 배웅 인사에 쿠니에다는 아무 반응도 하지 않은 채, 엘리베이터를 타고 사라졌다.

케이코는 유우키 테루히사의 이름을 쿠니에다에게 말해버린 것을 후회했다. 좀 더 좋은 방법으로 그를 가게에서 바로 내보낼 방법이 있었을 것이다. 그렇지만 너무나도 갑작스러운 일이었다. 케이코는 냉정한 판단을 할 마음의 여유가 조금도 없었다. 유우키 테루히사의 이름이 나와버린 건 아마도 쿠니에다에게 위험인물의 존재를 바로 알려주고 싶다는 초조함이 있었기 때문이리라.

쿠니에다는 이제 어떻게 할까.

이대로 곧장 집에 돌아갈 것 같진 않다. 아야나라는 호스티스와 유우키 테루히사의 관계를 알고 싶어서, 어디선가 대기하고 있을 게 분명하다. 케이코는 쿠니에다의 연락을 기다리기로 했다.

유우키 테루히사의 자리로 돌아갔다. 쿠로키의 모습은 없었고, 키미카라는 호스티스가 그를 접대하고 있었다. 키미카는 전에 긴자의 클럽에서 일한 적이 있어, 유우키 테루히사를 알고 있었다. 유우키 테루히사는 신이 나서 친구의 소문 따위를 키미카에게 떠들고 있었다.

　케이코의 마음은 붕 떠 있었다. 어떤 전개가 기다리고 있을지 상상도 되지 않았지만, 그녀는 되도록 빨리 쿠니에다와 만나고 싶었다.

　"케이코, 어딘가 이상하네." 테루히사가 말했다.

　"죄송해요. 아까 샴페인을 연거푸 원샷한 탓이에요."

　유우키 테루히사가 담배를 손가락에 끼웠다. 케이코는 허둥지둥 불을 붙였다.

　"가게가 끝나면, 셋이서 밥이라도 먹으러 가자."

　"애프터가 있어서. 미안해요." 키미카가 사과했다.

　"유우키 씨, 저도 마찬가지예요. 손님이 노래방을 가자고 해서."

　"노래방에 불린 호스티스가 너 하나만은 아니잖아?"

　"네."

　"그럼 나랑 한잔하고서 늦게 참가하면 돼."

　"그건 힘들어요. 제게 좋은 손님이라서."

　유우키 테루히사가 젖은 눈빛으로 케이코를 봤다.

　"나도 좋은 손님이 될지도 몰라."

　"그래도 오늘 밤은 힘들어요. 죄송해요."

　"유우키 씨, 아야나의 상황을 이해해주세요. 이 업계에 대해 잘 아시잖아요."

유우키 테루히사가 몸을 일으켰다.

"키미카, 너 나한테 설교하는 거냐!"

"그럴 의도는……."

"웃기지 마! 애프터가 두 개 겹치면, 둘 다 어떻게든 소화하는 게 호스티스의 일이야."

큰 소리를 내는 유우키 테루히사에게 주변의 시선이 쏠렸다.

"죄송해요. 제가 나빴어요."

쿠로키 부장이 날아왔다.

"아야나, 토다 씨라는 사람한테 전화가 왔어."

케이코는 "실례하겠습니다." 하고 양해를 구한 뒤에 자리에서 일어났다.

쿠로키가 무슨 일이 있었는지 유우키 테루히사에게 묻는 목소리가 귀에 닿았다.

토다라는 손님은 모른다. 어쩌면 쿠니에다일지도 모른다.

계산대 옆에 놓인 수화기를 들었다.

"나예요. 오늘 밤, 무조건 만나고 싶어."

"저도."

"어디서 기다리면 돼?"

"노래방에서 만나요."

"노래방?"

"누군가에게 얘기가 들릴 걱정은 없으니까요."

"그렇군."

케이코는 대로변에 있는 큰 노래방을 골랐다.

만에 하나 유우키 테루히사에게 떠나는 모습을 들켜도, 노래방에 들어가는 모습이면 이해하고 넘어가겠지.

자리로 돌아가자, 유우키 테루히사의 기분은 풀려있었다. 쿠로키가 잘 달래준 모양이다.

"내가 잘못했어. 큰 소리를 내서."

유우키 테루히사가 케이코에게 사과했다.

"아니에요."

키미카가 다른 손님에게 불린 뒤로는, 케이코 혼자서 유우키 테루히사를 상대했다.

"내년에 여는 새 가게의 이름은 정해졌나요?"

케이코가 물었다.

"아니. 아직이야. 아야나, 넌 편집자 지망이니까 멋진 이름 좀 생각해줘."

"전 그런 센스가 없는 것 같아요."

"다음에 내가 올 때까지 숙제야."

"네."

폐점 시간을 알리는 음악이 흐를 때까지, 유우키 테루히사는 최근 호스티스들의 수준이 얼마나 떨어졌는지에 대해 얘기했다.

케이코는 진절머리가 났지만, 물론 표정으로 드러내지 않고, "앞으로 저도 주의해야겠네요." 하고 마음에도 없는 소리를 하며 호응을 했다.

드디어 유우키 테루히사가 계산을 했다. 계산은 현금이었다. 신용카드를 만들지 못하는 것일지도 모른다.

유우키 테루히사를 배웅하고서, 바로 옷을 갈아입고 뒤 계단으로 가게를 나섰다.

유우키 테루히사가 근처에 없는지 주변을 살피며, 대로변으로 나왔다.

노래방 앞에서 다시 한번 주변을 감시하고, 안으로 들어갔다.

쿠니에다의 이름으로 방이 잡혀있었다.

632호실의 문을 두드렸다.

"네."

안에서 쿠니에다의 가라앉은 목소리가 들려왔다.

"저예요."

문을 연 쿠니에다는 케이코의 얼굴을 보지 않고 소파에 앉았다.

"뭘 마시고 계신 건가요?"

"위스키야."

"먼저 주문할게요. 같은 거로 괜찮나요?"

"아니, 와인으로 하자. 병으로 주문해줘. 그편이 느긋하게 얘기할 수 있으니."

케이코는 내선전화로 와인을 주문했다. 적당히 같이 먹을 만한 음식도 주문해두었다. 그리고 휴대전화의 전원을 끄고 가방에 넣었다.

유우키 테루히사의 전화가 오거나, 코타로의 메일이 오면 마음이 심란해진다.

오늘 밤은 서로 숨기고 있던 모든 것을 얘기해야 하니까.

쿠니에다가 피고 있던 담배를 끄고, 창가에 섰다.

"네 정체가 대체 뭐야."

케이코는 그 말에 대답하지 않고, 쿠니에다의 옆으로 천천히 이동했다.

◆　◆　◆

케이코는 창문 아래로 지나가는 자동차, 보도에 몰려 있는 사람들을 멍하니 보고 있었다.

쿠니에다는 살짝 고개를 떨군 채로 입을 열지 않았다.

어디서부터 얘기해야 좋을지, 좀처럼 떠오르지 않았다.

무거운 침묵을 깬 건 쿠니에다였다.

"이렇게 되면 재판을 받아도 돼. 난 너희들과 동반 자살할 거야."

"너희들?" 케이코는 반문했다.

"시치미 떼지 마! 너와 유우키 테루히사는 같은 편이지? 오늘 밤에 내가 가게에 오는 걸 알고, 너는 테루히사한테 연락하고 계획을 세운 거야. 내 공포심을 부채질해서 또 돈을 뜯어낼 심산이지?"

"오해예요."

"여기까지 와서, 아직도 모르는 척할 셈이야?!"

"쿠니에다 씨, 저는……."

"아무 말도 하지 마."

쿠니에다는 시간이 갈수록 더 흥분하고 있었다.

케이코는 그 자리에서 떨어졌다.

"노래 틀어놓을게요."

"……."

쿠니에다가 화를 내도, 다른 방까지 들릴 일은 없겠지만, 음악이 흐르지 않는 건 이상하다. 케이코는 리모컨을 손에 들었다.

"쿠니에다 씨, 뭐가 좋나요?"

쿠니에다가 찢어발길 듯한 눈으로 케이코를 노려봤다.

손님이 부르고 싶은 곡을 호스티스가 리모컨으로 입력한다. 이때까지 몇 번이고 반복해온 일을 이런 상황에서도 하는 저 자신에게 놀랐다.

쿠니에다가 보면 태연한 것처럼 보였겠지만 케이코가 그런 질문을 쿠니에다에게 던진 건, 자신의 이성을 잡으려고 한 결과였다.

케이코는 아무로 나미에의 노래를 여러 곡 골랐다.

반주뿐이긴 해도 방이 떠들썩하게 되었다.

"얼마 원해."

쿠니에다가 빠르게 담배를 피우며 물어왔다.

"제가 유우키 씨와 만난 건, 오늘로 두 번째예요. 제 일자리를 찾아주고 있는 타구치 씨라는 분에 관해선 얘기했었죠? 그가 소개해줬어요."

케이코는 긴자의 바에서 테루히사를 만난 일과 타구치와 테루히사의 관계를 알려주었다.

"그런 얘기를 믿을 거 같아? 넌 어떻게… 내 정체를……."

"알게 된 건 우연이에요. 유우키 씨가 낡은 신문 조각을 지니고 있어서, 그걸 제게 보여줬어요. 그건 가루이자와의 별장에서 일어난 살인사건의 기사로, 용의자의 얼굴 사진이 실려 있었어요. 그 사진을 보고 금방 쿠니에다 씨라고 눈치채지는 못했지만."

"그게 언제 얘기야."

"저번 주 월요일이었어요."

쿠니에다가 미즈와리에 입을 대었다. "그럼, 얼마 전 토요일에 나와 만났을 때는 알고 있던 거네."

"네."

쿠니에다가 갑자기 머리를 싸맸다. "모르겠어. 네가 대체 무슨 생각을 하고 있는지 모르겠어."

"저도 제가 한 일을 이해 못 하겠어요."

쿠니에다가 고개를 들었다.

"네가 한 일이라니?"

"유우키 씨가 가게에 들어온 걸, 쿠니에다 씨에게 알려준 거요."

"그가 날 발견해도 너와 아무런 관계없는 일이잖아."

"그 말대로예요."

"그럼 어째서."

"한 번밖에 만나지 않았지만, 저 본능적으로 유우키 씨가 싫어요. 그런 남자에게 쿠니에다 씨의 정체가 들키는 건 참을 수 없었어요. 좀 더 능숙하게 가게에서 내보낼 방법을 찾았다면 좋았을 텐데, 너무 갑작스러운 일이라 그의 이름을 쿠니에다 씨에게 전할 수밖에 없었어요."

"네가 말하고 있는 게 사실이라면, 난 네게 감사해야 하는데 뭔가 걸린단 말이야."

"기분은 이해해요. 하지만 이것만은 믿어주세요. 전 절대로 유우키 씨의 동료가 아니에요."

"그와 만나는 건 오늘 밤이 두 번째라는 게 정말이야?"

"네. 만약 의심하신다면, 저희 가게의 쿠로키라는 부장을 떠보세요. 유우키 씨는 쿠로키 부장의 지인이라서, 그와 제가 만났을 때의 일을 증명해줄 거예요."

"더는 네 가게에 가지 않겠어. 아니, 못 가."

"죄송해요. 그렇네요."

"유우키 테루히사가 네게 무슨 말을 했지?"

"아버지를 살해한 인간이 태평하게 살아있다고 생각하면 부아가 치민다고 했어요. 처음엔 무슨 말인지 몰랐어요. 그러다 가루이자와에서 일어난 사건이란 말에 흥미가 생겼어요. 전에 쿠니에다 씨에게도, 가루이자와에 있는 친구의 별장에서 예전에 살인사건이 일어났단 얘기를 했었죠? 그 일이 떠올라서……."

쿠니에다가 아무 말 없이 끄덕이고 잔을 비웠다. 케이코는 우선 쿠니에다의 잔에 술을 따르고 그리고 비어있진 않지만, 자신의 잔에도 술을 조금 따랐다.

아무로 나미에의 곡이 모두 끝나있었다. 이번엔 B'z를 틀어 놓기로 했다.

"그 별장 이야기를 들었을 때는 깜짝 놀랐어. 그때는……."

"그 사건과 쿠니에다 씨가 깊게 관련되어 있었을 줄은 몰랐어요. 우연히 떠올랐을 뿐이에요. 같은 이야기를 유우키 씨에게도 하니, 신문 조각을 보여줬어요. 그는 주간지의 힘을 빌려서라도 쿠니에다 씨를 찾고 싶다고 했어요."

"주간지를 어떻게 쓸 생각인데."

케이코는 그 바에서 들은 얘기를 쿠니에다에게 전했다.

"……타구치 씨가 그 자리에서 바로 거절했으니까, 주간지에 실릴 일은 없을 거예요."

"나를 찾아내서 돈을 뜯고 싶은 거로군."

쿠니에다가 중얼거리듯이 말했다.

"타구치 씨도 비슷한 말을 했어요."

쿠니에다는 새로운 담배에 불을 붙이고, 지긋이 정면을 바라본 채 입을 열지 않았다.

케이코는 조금씩 진정되기 시작했다.

내선전화가 울렸다. 케이코는 쿠니에다에게 양해를 구하지 않고 시간을 연장했다.

"넌 나와 같이 있는 게 무섭지 않은 거니?"

"전혀요."

"네가 읽은 기사 내용을 알면서도?"

"쿠니에다 씨는 결백한가요?"

쿠니에다는 등받이에 몸을 쓰러트렸다.

"아쉽게도 아니야. 테루히사의 아버지를 때려죽인 건 나야. 변명할 생각은 아니지만, 상대방이 먼저 금속 배트로 덮쳐왔어. 그렇지만 그렇게까지 할 필요는 없었어. 상대는 휠체어에 탄 사람이었어."

"상대의 여자에게 마음이 있어서……."

"그럴지도 모르겠네. 테루히사의 아버지는 부인도 죽이겠다는 말을 했고, 난 발끈했어. 냉정한 행동을 취했어야 했는데, 지금 와서 후회해도 어쩔 수 없지만."

"다른 사람한테 절대로 말하지 않을 거예요."

쿠니에다는 슬쩍 케이코를 보고, 입술을 깨물며 눈을 피했다.

"아직도 절 신용할 수 없나 보네요. 유우키 씨와 손을 잡는 일은 죽어도 없어요."

쿠니에다는 납득했는지 몇 번이고 끄덕이고서 자세를 고쳤다.

"네게는 진심으로 감사해. 네가 기지를 발휘해주지 않았더라면, 난 테루히사의 먹이가 되어있었을지도 몰라. 고마워. 정말 고마워."

쿠니에다가 깊이 머리를 숙이자, 케이코는 뭐라 형용할 수 없는 싫은 기분에 휩싸였다.

"쿠니에다 씨, 고개 들어주세요."

그 말에 쿠니에다는 지긋이 케이코를 바라봤다. 케이코는 눈을 맞출 수 없었다.

"너와 긴 관계를 이어가고 싶다고 했는데도 괜찮아?"

"네. 제 마음은 변함없어요. 전 토요일에도 쿠니에다 씨의 정체를 알고 있었는걸요."

"정말 내가 살인범이라는 게 아무렇지도 않아?"

"신문 속 인물이 쿠니에다 씨라고 깨달았을 때는 몸이 떨렸어요. 그렇지만 제가 알고 있는 쿠니에다 씨는 살인과 거리가 먼 사람이었으니까, 그렇게 된 데에는 깊은 사정이 있었으리라 생각해요. 물론 신경은 쓰이죠. 하지만 그런 이유로 만남을 끊고 싶지는 않아요."

와인 잔을 테이블에 돌려놓은 순간이었다. 쿠니에다가 갑자기 케이코를 끌어안아, 입술을 포개왔다. 상상도 하지 못한 쿠니에다의 행동에 당황한 케이코는 저항했다.

쿠니에다가 몸을 떨어트렸다.

"미안. 이럴 생각은 없었는데, 네 상냥함에 이끌려서……."

케이코는 쿠니에다의 손을 잡았다.

"긴 관계를 이어나가요."

"응. 그러자."

쿠니에다의 볼에 웃음이 번져, 눈빛이 부드러워졌다.

키스 정도는 제대로 해도 좋았다. 그 마음을 방해한 건, 자신이 한 협박이 뇌리를 스쳤기 때문이다.

"앞으로는 주말을 이용해 만나요."

"응."

"유우키 씨와 관련된 새로운 정보를 알게 되면, 바로 전달해드릴게요."

"그건 정말 고마운 일인데, 어째서 그렇게까지."

케이코를 보는 쿠니에다의 눈에 두려움이 깃들어 있었다. 케이코가 이번 일에 깊게 관계되어, 자신의 아군이 된 것이 오히려 두려움을 부른 것 같았다.

"저도 잘 몰라요."

케이코는 얼굴 전체를 희미하게 누그러트리고, 쿠니에다를 바라봤다.

"두려워졌어."

"뭐가요?"

"내 마음이."

나도. 케이코는 그렇게 마음속으로 중얼거리고, 손목시계로 시선을 떨궜다.

"쿠니에다 씨, 슬슬 돌아가요."

케이코와 쿠니에다가 노래방을 나선 건 오전 3시쯤이었다. 테루히사가 아직 롯폰기에 있을 수도 있으니, 주의하는 편이 좋다고 생각하여 보도로 나온 둘은 서로 다른 방향으로 걷기 시작했다.

먼저 타게 된 택시 안에서 빈 차를 잡으려고 하는 쿠니에다가 보였다.

쿠니에다에게 도움을 줬다는 게 왠지 무척 기뻤다.

쿠니에다에게 메일이 온 건 다음 날 오후였다.

> 어제는 덕분에 살았어요. 고마워요. 그래도 그런 곳에서 누구의 방해도 받지 않고, 단둘이서 있었다니. 생각지도 못한 일이었어요. 이제 가게에는 가지 않겠지만, 마음 편히 만날 곳은 얼마든지 있다는 거겠죠? 아야나 씨는 하루라도 빨리 호스티스 일을 그만두고

싶은 거죠? 언제든지 빠져나가요. 뒷일은 어떻게든 될 테니까.

아야나 씨가 원하는 곳에 취업 될 때까지, 날 응원단이라고 생각해도 좋고. 나 같은 인간에게 의지하고 싶지 않겠지만, 마시고 싶지 않은 술을 마시고, 이야기하고 싶지 않은 남자들을 상대하는 것보다는 낫겠죠. 다음에 만나면 더 깊게 이야기해요.

쿠니에다는 음흉한 마음 없이 원조를 해주겠다, 말하고 있다. 시효는 끝났다고 해도, 정체가 들키면 사회적으로 말살당한다. 그렇기에 자신은 쿠니에다의 생명의 은인이라고 해도 과언이 아니다. 그런 상대에게 보답하고 싶다는 마음은 이해가 간다. 하지만 그에게 신세를 질 생각은 조금도 없다. 이천만 엔이라는 돈을 협박해서 뜯어낸 상대. 심지어 알면 알수록 정이 느껴지는 남자를 두 번 속이는 짓은 절대로 하고 싶지 않다.

게다가 누구에게도 신세 지지 않고, 생활고를 버텨내기 위해 협박이라는 범죄까지 저지르며 손에 얻은 돈이다.

참으로 아이러니한 일이다. 자신이 협박한 상대가 자신을 도와주려고 하고 있다니.

코타로의 메일도 와있었다.

출장으로 센다이에 와서, 돌아가는 건 내일모레라고 적혀 있었다. 연인도 뭣도 아닌데, 하나하나 자신에게 보고하는 코타로에게 짜증이 치밀었다.

가게에 나가기 전에, 케이코는 롯폰기의 책방에 들렀다. 사고 싶은 책이 없어도 자주 책방에 들른다. 쭉 늘어선 책을 보고 있는 것만으로도 기분이 안정되었다.

문예 담당자가 될 수 있다면, 서점에 취업하는 것도 하나의 방법이라고 생각했다. 자신이 좋아하는 책을 직접 독자에게 권할 수 있는 건 서점 직원뿐이다.

서점에 정사원으로 들어가는 것도 그리 간단하진 않겠지만, 내년에는 지원해볼 예정이다.

서점에서 나와, 롯폰기의 교차로로 향했다.

찻집 앞을 지나가려고 할 때, 쓱 하고 남자가 다가왔다.

"역시 오카노 씨네."

말을 걸어온 건 코타로의 집에서 만난, 자동차 회사에 근무하는 요네지마였다.

"오랜만이에요. 잘 지내고 계세요?"

케이코는 미소를 지어 보였다.

"나야 잘 지내지. 어디 가는 거야?"

"개인 용건이 있어서요."

케이코는 친하지도 않은 요네지마에게 호스티스 아르바이트를 하고 있다는 걸 말하고 싶지 않았다.

"요네지마 씨는 어쩐 일로……."

"여기서 친구와 만나기로 했어."

"요시키 씨한테서 들었는데, 아기가 태어났다면서요? 심지어 쌍둥이. 축하드려요."

"고마워. 설마 쌍둥이가 태어날 줄은 몰랐어."

요네지마는 쑥스러운 듯이 웃었다.

"너와 요시키의 맨션에서 만난 그다음 주부터 한 달 동안 디트로이트에 출장을 갔었어. 그래서 출산을 지켜보지 못할 줄 알았는데, 딱 귀국한 다음 날에 태어났지 뭐야."

"쌍둥이들이 아빠가 돌아오기만을 기다리고 있었나 봐요." 그렇게 말한 순간, 케이코의 얼굴이 어두워졌다.

"요네지마 씨, 10월에 계속 디트로이트에 계셨었나요?"

"맞아."

"이상하네."

케이코가 고개를 갸웃거렸다.

"뭐가 이상해?"

"10월 중순에 요네지마 씨가 저를 신주쿠에서 봤다고 코타로한테 전해 들었거든요."

"말도 안 돼. 10월 중순에는 계속 일본에 없었으니까. 정말 요시키가 그런 말을 했어?"

"제가 잘못 들은 걸지도 몰라요."

그렇게 말한 자신의 얼굴이 굳어져 가는 게 느껴졌다.

"오카노 씨의 착각이야."

"그런 것 같네요." 케이코는 웃으며 얼버무렸다.

검은 코트를 입은 두 남자가 요네지마에게 다가왔다. 요네지마의 친구들이었다.

"그럼 난 이만."

"이상한 착각한 거, 요시키 씨한테는 말하지 말아 주세요. 부끄러우니까."

"쓸데없는 말은 안 해. 것보다, 오카노 씨도 우리 성 보러 다니는 활동에 참여하면 좋겠는데."

"제대로 취업이 되면 생각할게요."

케이코는 요네지마와 그 일행에게 머리를 숙이고, 걷기 시작했다.

이상하다. 코타로는 확실히 요네지마가 신주쿠역에서 자신을 봤다고 말했다. 그건 10월 14일. 협박장을 보내던 때의 일이다.

코타로가 거짓말을 한 게 틀림없다.

그럼 누가 신주쿠에 있던 자신을 본 걸까. 코타로밖에 없다. 그런데 코타로는 어째서 말을 걸지 않았던 걸까. 자신의 행동이 이상해서 말을 걸기 힘들었던 걸까?

그렇다고 해도, 요네지마가 봤다는 거짓말을 할 필요는 없지 않은가.

코타로는 어떤 방법으로 자신의 행동을 살펴보고 있었다. 설마라고 생각하지만…….

지금 당장 묻고 싶지만, 코타로는 도쿄에 없다.

추궁하기 전에, 그가 어떤 인간인지를 좀 더 알고 싶어진 케이코는 타구치에게 상담해보기로 했다.

타구치는 바로 전화를 받았다.

"오, 케이코 오랜만."

"오늘 밤에 시간 되시나요?"

"지금 몇 시더라."

"8시 조금 전이에요."

"9시 후에는 괜찮지만, 오늘은 가게에 못 가."

"가게는 안 오셔도 되니까, 어딘가에서 만나지 않을래요?"

"무슨 일 있었어?"

"얘기는 만났을 때 할게요. 가게는 쉴 테니까, 장소와 시간을 정해주세요. 롯폰기만 아니면 좋겠어요."

"그럼 아카사카의 바에서 만나자. 장소는 메일로 보내놓을게. 거기서 9시 반 어때?"

"알겠어요."

바로 가게에 연락해, 몸이 안 좋아서 쉰다고 전했다.

그리고 걸어서 아카사카를 향했다. 도중에 타구치에게 메일이 왔다. 가게는 아카사카미츠케 거리에 있는 바였다.

아카사카에 있는 전자제품 판매대와 돈키호테에서 시간을 죽이고, 지정받은 바로 향했다.

바는 상가주택의 8층이었다.

타구치가 창가의 2인석을 예약해 놓았다. 그 자리만 구석에 있었고, 다른 자리는 없었다.

생맥주를 주문하고 조금 입에 댔을 때, 타구치가 도착했다.

타구치는 카운터 안에 있던 50대 남자와 친근하게 대화하고서, 케이코와 똑같이 생맥주를 주문했다. 그리고 그녀의 앞에 앉았다.

얼마 지나지 않아 타구치의 생맥주가 나왔다. 케이코는 휴대전화의 전원을 끄고, 가방에 넣었다.

"심각한 얘기?"

"타구치 씨, 절대로 다른 사람한테 말하지 않겠다고 약속해 줬으면 해요."

"꽤 중요한 얘기인가 보네."

"그런 건 아니지만, 아무에게도 얘기하지 않았으면 해요."

"알았어. 약속할게."

"실은 코타로 씨에 대한 일이에요."

"그 녀석이 뭘 했어?"

"아뇨. 뭘 한 건 아닌데, 이상한 거짓말을 했어요."

케이코는 요네지마와 우연히 만난 얘기부터 타구치에게 설명했다.

"……코타로 씨는 제가 신주쿠역에 있던 걸 알고 있었어요. 요네지마 씨한테 들은 게 아니라는 건 명백하죠?"

"그건 이상하네."

"여기까지 오는 길에 생각해봤는데, 타구치 씨와 회사 근처 초밥집에서 만났을 때, 코타로한테 전화가 왔었죠?"

"왔었지."

"요전번 토요일, 손님에게 데이트 신청을 받아서 신주쿠의 바에서 마시고 있었을 때, 코타로 씨가 나타났어요. 우연이라고 했고, 그때는 저도 그렇게 생각했는데 코타로 씨가 GPS를 써서 제 움직임을 관찰하고 있다는 생각이 들어요. 억측일지도 모르지만."

타구치가 맥주를 비우고, 아드벡을 미즈와리로 주문했다.

"평소에 잘해주는 코타로 씨를 의심하고 싶진 않지만, 신주쿠 얘기는 거짓말이고, 손님과 마시고 있던 바에 우연히 왔다는 것도 이상해요."

"지금 휴대전화는 가방 안에 있어?"

"네. 전원 꺼두었어요."

타구치 앞에 미즈와리가 놓였다. 타구치는 담배에 불을 붙이고, 창밖으로 시선을 향했다.

"코타로는 좋은 녀석이지만, 착각이 심한 부분이 있어."

"과거에도 다른 여자 행동을 몰래 관찰한 적이 있었나요?"

"성을 같이 보러 다니는 회원 중에 아르바이트하면서 극단에 소속해있던 여자애가 있었어. 내가 소개했는데, 코타로가 그 아이를 좋아하게 됐지. 그녀가 나오는 연극은 반드시 보러 가고, 너랑 똑같아. 그녀에게 자주 식사를 청하곤 했어. 그 아이는 정말 눈이 컸는데 근시라서 상대를 빤히 보는 버릇이 있었어. 코타로는 그걸 오해해서 자신을 좋아하니까 그렇게 바라봐준다고 착각했어."

"그래서 그녀에게 고백했군요."

"갑자기 결혼하자고 말한 모양이야."

케이코는 힘없이 웃을 수밖에 없었다.

"그 아이는 당연히 거절했지. 그러자 그녀의 뒤를 미행하거나, 극단원의 뒤풀이에 얼굴을 내밀게 되었어. 그녀가 나한테 힘들다고 털어놔서, 내가 코타로한테 얘기하고 스토커 행위를 그만하게 설득했어."

"효과는 있었나요?"

"응. 그 이후로 그녀에게 민폐를 끼치는 행동은 없어졌어. 근데 그 뒤에 말이지."

"무슨 일이 있었나요?"

"코타로가 조금 이상해져서, 그녀와 간 장소를 혼자서 돌아다니게 되었어."

"노이로제에 걸려 버린 거네요."

"증상은 가벼웠던 것 같지만."

"믿을 수 없어요."

케이코는 중얼거리듯이 말했다.

"다른 사람 얘기를 잘 들어주는 상냥하고, 온화한 사람이었으니까. 스토커 행위를 하는 사람이라고는……."

"조금 이상한 느낌은 들었지?"

"네. 저를 지켜보고 싶다고 말한 적이 있는데, 그 말에 위화감을 느꼈어요."

"사귀어달라고 고백한 적은 없어?"

"없어요."

"케이코는 손님 중에 좋아하는 사람이 있다며."

케이코의 얼굴이 바뀌었다.

"코타로 씨가 말했나요?"

"응. 그 손님의 회사까지 갔다면서."

"네? 그 사람 회사에 갔던 적 없어요."

타구치가 히죽거렸다.

"누굴 말하는 건지 아는 모양이네."

"네."

"토요일에 같이 마셨던 손님은 그 사람?"

"네. 하지만 애인도 아니에요. 코타로 씨가 오해하고 있을 뿐이에요. 근데 왜 그 사람 회사에 갔다고 말한 걸까."

"그 사람 회사는 미나토구 고난에 있댔지?"

"그렇게 들었어요."

"코타로는 네가 시나가와역의 고난 출구로 향하는 걸 봤다고 해. 하지만 넌 고난 쪽에는 간 적이 없다고 말했지. 코타로는 네가 그 손님의 회사에 들렀기 때문에, 거짓말을 했다고 생각하고 있어."

쿠니에다가 꽃꽂이 교실의 강사를 죽인 범인이 아니란 것을 알게 된 후에, 그의 회사 근처까지 가버렸다. 그때 코타로는 회사를 쉬고, 시나가와의 상점에서 장을 보고 있다는 메일을 보냈다. 자신이 시나가와역 주변에 있다는 걸 알고, 그런 메일을 보낸 게 분명하다.

"확실히 저 고난 쪽을 어슬렁거렸어요. 하지만 좋아하는 손님의 회사가 고난에 있다는 건 잊고 있었어요."

케이코는 얼버무렸다.

"고난에 간 적이 있냐는 질문을 받았을 때는 손님이 이상하게 생각할 수도 있어서 거짓말을 한 거예요."

타구치가 옅은 웃음을 지었다.

"상당히 그 손님을 의식하고 있구나."

"딱히 그렇지는⋯."

케이코는 눈꼬리를 내렸다.

"뭐 그런 건 아무래도 좋아."

케이코는 고난에 있었을 때, 코타로에게 온 메일에 관해 얘기했다.

"틀림없이 코타로는 GPS를 써서, 네가 있는 곳을 관찰하고 있었던 것 같네."

"어떻게 그런 일을 할 수 있죠?"

"나도 잘 모르지만, 코타로는 컴퓨터나 휴대전화에 대해 꽤 박식해." 그렇게 말하는 타구치는 험악한 표정을 짓고는 입을 다물어 버렸다.

"왜 그러세요?"

"코타로의 집에 갔을 때, 휴대전화를 두고 돌아갔었지?"

"아."

케이코는 무심코 목소리를 높이고 말았다.

"돌아갈 때, 테이블 위에 놓인 네 휴대전화를 발견한 건 나거든."

"코타로가 신주쿠까지 가지고 와줬어요."

"휴대전화 잠겨 있었어?"

케이코는 고개를 저었다.

"코타로가 네 휴대전화에 뭔가 할 시간은 충분히 있었다는 소리네. 잠깐 휴대전화 보여줘"

케이코는 가방에서 휴대전화를 꺼내, 전원을 켠 다음 타구치에게 건넸다.

타구치는 아무 말 없이 휴대전화를 조작했다.

"원격 보조 앱 안 들어있지?"

"쓸데없는 앱은 되도록 지우고 있어요."

타구치는 다시 휴대전화를 만지기 시작했다. 그리고 갑자기 휴대전화 화면을 케이코에게 보여주며, 흥분한 목소리로 말했다.

"찾았어, '니할'이라는 원격조작 앱이 설치되어 있어."

케이코의 심장박동이 격해졌다.

"어떡하면 좋죠…?"

"지울래?"

"네……아니, 잠깐만요. 그대로 놔주세요. 증거가 없어져 버리니까."

타구치는 휴대전화 전원을 끈 뒤, 케이코에게 돌려줬다.

"가방에 넣어둬."

케이코는 그 말에 따랐다.

"그 앱은 예를 들면, 어떤 게 가능해요?"

"상대의 위치, 메일 내용, 음성 녹음, 마음대로 사진을 찍는 것도 가능한 모양이야. 전원을 끄고 있어도 카메라를 작동시킬 수 있는 것 같아."

케이코는 정신이 아득해졌다.

만약 타구치가 말한 기능을 코타로가 사용했다면, 쿠니에다와 나눈 메일을 들키는 정도로 끝나지 않는다. 쿠니에다에게 했던 협박이 들켰을 가능성도 있다.

아니, 협박문을 만들 땐 아무 말도 하지 않았으니까, 녹음했다 해도 아무것도 모를 터이다. 하지만 변장을 하고, 요코타라는 이름으로 호텔·보테에 체크인 한 건 들켰을지도 모른다.

"최근에 배터리가 빨리 닳는다고 느낀 적 없어?"

"배터리는 예전부터 상태가 안 좋아서, 딱히 못 느꼈어요."

"녹음 기능 같은 걸 장시간 쓰고 있으면, 배터리가 금방 닳는다는데. 코타로가 녹음 기능은 그다지 쓰지 않은 걸지도 모르겠네."

니할 앱이 아무리 뛰어나다고 해도, 코타로가 24시간 자신의 대화와 행동을 감시하고 있었을 거라고는 생각하지 않는다. 그에게도 일이 있으니 말이다. 모든 음성을 녹음했을 가능성도 없으리라. 듣고 싶어졌을 때 도청했다고 생각하는 게 맞겠지.

뭐가 됐든 이대로 내버려 둘 순 없다. 코타로와 싸워야 한다. 그런데 코타로가 이 앱을 무단으로 설치했다는 증거가 없다. 시치미를 떼면 거기까지이다.

"케이코, 그렇게 무서워하지 마."

"기분이 나빠서."

"내가 그에게 얘기해볼까?"

"아뇨, 괜찮아요. 솔직하게 그가 인정해준다면 괜찮은데, 그렇지 않으면 코타로 씨와의 관계가 나빠지잖아요."

"그 녀석 말고, 앱을 설치할만한 놈은 없지."

"제가 어떻게든 처리할게요. 그가 한 짓은 죄가 성립되나요?"

"물론. 부정 지령······뭔가 하는 법이 있어. 지인 남성의 휴대전화에 원격조작 앱을 멋대로 설치해서 잡힌 여자도 있고."

뭐가 됐든, 코타로가 올바르지 못한 일을 하고 있다는 걸 인정시켜야 한다. 얘기는 그때부터다.

케이코는 옆에 놓인 가방을 손에 들었다.

"타구치 씨. 정말 감사합니다."

"벌써 돌아가는 거야?"

"충격에서 헤어나지 못해서요."

"다른 가게로 가서 더 마시자."

"여기 계산은 제가 할게요."

"그런 거 신경 쓰지 않아도 돼. 정말 돌아가는 거야?"

"나중에 보답으로 제가 저녁이라도 대접하겠습니다. 오늘은 이대로 돌아가게 해주세요."

깊이 고개를 숙이고, 케이코는 자리에서 일어났다.

코타로가 도쿄에 돌아오면 그를 몰아 붙여주겠다. 어떻게든 증거를 잡아주지.

케이코는 무서운 얼굴을 하고, 지하철역을 향해 걷기 시작했다.

◆　◆　◆

케이코가 타구치와 만나고 있을 때, 쿠니에다 고로는 후미에의 맨션에 있었다.

여동생이 그를 부른 것이다.

차를 따르고서, 후미에는 토미나가와 만난 얘기를 시작했다.

고로는 담배를 피우며 후미에의 이야기를 들었다.

"……토미나가가 협박범일 가능성도 있어. 그러니까 난 그와 좀 더 친하게 지내면서, 정체를 알아보려 해."

"설마, 그가 그런 일을 할 것 같진 않아."

"오빠가 여기 왔을 때, 오빠를 목격하고 뒤를 밟은 거야. 자택을 알게 되고, 오빠가 뭘 하고 있는지도 알게 돼서 돈을 뜯어내야겠다는 생각이 든거지. 뭐가 됐든 그는 무직 백수에 지금 돈이 없으니까."

"그래도 아버지라면 딸에게 범죄를 도와달라고 하진 않겠지."

후미에는 코웃음을 쳤다.

"오빠, 생각이 물러. 아빠와 딸이 짜고 범죄를 저지르는 일은 드문 일이 아니야."

"뭐, 그렇지." 고로는 천천히 차를 마셨다.

"오빠 왜 그래? 뭔가 기운이 없는데."

고로는 여동생에게 어젯밤의 일을 설명할까 고민하고 있었다. 얘기하면 후미에는 아야나를 의심할 게 분명하다. 테루히사가 새로운 방법을 생각해내, 동료 호스티스를 이용했다고 말하겠지. 아무리 자신이 반론해도, '오빠는 물러.'라고 말하며 믿어주지 않을 게 분명하다.

그렇지만 이대로 말하지 않을 수도 없는 노릇이다. 자신을 위해서, 협박범이 누구인지 찾으려고 애쓰는 여동생에게 숨김없이 얘기해야 한다.

"실은 위험한 상황이 있었는데, 어느 사람 덕분에 피했어."

"위험한 상황이라면, 정체가 들통나는……."

고로는 아무 말 없이 끄덕였다.

"언제 어디서 누구한테."

후미에는 안색을 바꾸고, 화난 듯한 어조로 물어왔다.

"롯폰기 클럽에서 술을 마시고 있을 때, 유우키 테루히사가 나타났어."

"그에게 얼굴을 보였어?"

고로는 고개를 저었다.

후미에는 눈을 깜빡이며 고로를 응시했다.

"유우키 테루히사는 어린 시절 이후로 만난 적이 없는데, 어떻게 그 남자가 유우키 테루히사라는 걸 바로 안 거야?"

"알려준 사람이 있었으니까."

고로의 목소리에는 힘이 없었다.

"무슨 말을 하는지 모르겠어. 가게에 있던 누군가가 유우키 테루히사가 나타났다고 알려 준거야?"

"내 상황을 알고, 유우키 테루히사가 왔다는 걸 알려준 사람이 있어."

"무슨 말인지 모르겠어."

후미에는 중얼거리듯이 말했다.

"얼마 전에 여기 왔을 때, 롯폰기에서 일하는 호스티스한테 메일이 왔었지? 그때의 오빠, 무척 즐거워 보이는 표정을

짓고 있었어. 지금 얘기한 클럽은 그 호스티스가 일하고 있는
가게야?"

"응."

"오빠 설마 그 아이를 좋아하게 돼서, 정체를 스스로 밝힌
건 아니지?"

"그럴 리 없잖아."

"유우키 테루히사가 가게에 들어온 걸 알려준 사람은 누군
데? 그 아이 아니야?"

고로는 입을 다물고 말았다.

"그 아이네."

고로는 힘없이 끄덕였다.

"그럼 그 아이, 오빠의 정체를 전부터 알고 있었다는 거
야?"

"우연히 유우키 테루히사와 바에서 만났을 때, 사건에 관한
신문 조각을 본 모양이야. 네가 본 것과 아마도 같은 거겠지.
신문에 내 젊었을 적 사진이 실려 있는 걸 보고 내 정체를 알
았다고 해."

"유우키 테루히사와 우연히 만나서 오빠의 정체를 알게 됐
다는, 그 거짓말을 정말로 믿어?"

"그녀는 거짓말을 하고 있지 않아."

"그 아이가 유우키 테루히사와 언제 어디서 어떻게 만났는
지 나한테 다 말해."

고로는 아야나에게 들은 이야기를 되도록 정확하게 여동생에게 전했다.

"그녀가 그 별장에 갔었다고 오빠한테 말한 거네."

"맞아. 그 얘기를 들었을 때, 그녀와 깊은 인연을 느꼈어."

"하아."

후미에가 얼굴을 찌푸리고, 천장을 올려다봤다.

"오빠는 왜 이렇게 순진한 거야? 그 여자는 예전부터 유우키 테루히사를 알고 있었을 게 뻔해. 그 녀석한테 조종당하고 있는 거야."

"처음엔 나도 그렇게 생각했어. 하지만 그녀의 이야기를 들어보니, 테루히사와 한패라고 생각되지 않아. 넌 만나본 적 없으니까 모르는 게 당연하지만, 정말 좋은 아이야. 게다가 나를 구해준 건 그녀야."

"전부 짠 거야. 그 호스티스는 전부터 유우키 테루히사와 아는 사이였고, 언젠가 그 신문 조각을 본 거지. 그 뒤에 그녀는 알게 된 거야. 신문에 실린 남자가 자신의 가게에 종종 오는 손님, 쿠니에다라는 걸. 그리고 그 사실을 테루히사에게 말한 거지. 테루히사는 몰래 오빠를 보고, 틀림없는 시모오카 코우헤이란 걸 깨달았어. 지금 오빠가 한 회사의 사장이고, 시나가와의 좋은 곳에서 사는 것도 알게 된 테루히사는 협박을 하게 된 거지."

거기까지 말한 후미에는 턱을 가볍게 들고, 고로를 날카롭게 쳐다봤다.

"그 호스티스, 학생이라고 했지?"

"맞아. 돈이 없으니까, 원치 않는 호스티스 일을 하고 있어."

"테루히사와 남녀관계로 만나고 있는지는 모르지만, 둘은 한패야."

후미에는 휴대전화를 손에 들었다.

"오빠, 다시 한번 내가 호텔·보테에서 찍은 여자의 사진을 봐봐."

고로는 건네진 휴대전화에 시선을 향했다.

"잘 봐. 그 아이와 닮지 않았어?"

고로는 사진을 응시했다.

단발머리에 큰 선글라스를 쓴, 왼쪽에서 비스듬하게 찍힌 사진. 옆얼굴조차 확실히 보이지 않는다. 그런데…….

처음 사진을 봤을 때도, 누군가와 닮았다는 기분이 들었다. 사진을 처음 본 순간, 아야나의 몸매가 떠올랐었다.

휴대전화를 여동생에게 돌려줬다.

"아니야. 전혀 닮지 않았어."

"정말로?"

고로는 고개를 저었다.

몸매가 아야나와 닮았다는 건, 어째선지 입에 담을 수 없었다. 가뜩이나 후미에는 아야나를 의심하고 있다. 그녀를 감싸고 싶어진다. 어째서일까. 자신도 잘 몰랐다.

"호텔에 나타난 여자는 다른 사람일지라도, 오빠가 친하게 지내고 있는 호스티스는 테루히사의 동료야."

"좀 전까지는 토미나가를 의심하고 있었잖아."

"그때는 이런 중요한 정보를 몰랐으니까."

"아야나는……. 그 아이가 가게에서 쓰는 이름은 '아야나'라고 하는데, 그녀는 테루히사를 싫어하고 있어. 내 앞에서 보인 태도가 거짓말 같지 않아."

"그런 게 감쪽같은 연기인 거야."

후미에는 틈을 두지 않고 딱 잘라 말했다.

"네 말이 맞는다 치면, 테루히사의 목적은 뭔데?"

"그날 테루히사한테 안 들키게 오빠를 구해준 그 호스티스를 생명의 은인이라고 생각하고 있지?"

"응."

"돈에 쪼들리고 있는 그녀가 도와달라고 한다면, 경제적으로 도와줄 거지?"

정곡을 찔렸다. 고로는 쓴웃음을 짓고, 피우던 담배를 껐다.

"테루히사는 그 여자를 이용해서 오빠한테 또 돈을 뜯어내려고 하는 거야. 정체를 들키지 않고 몇 번씩이나 반복해서 협박하는 건 어렵겠지. 그러니까 그런 방법을 생각해낸 거야. 여자를 시켜서 처음엔 적당한 돈을 요구하고, 머지않아 여러 이유를 대면서 돈을 더 뜯어낼 심산인 거지."

"난 네 말이 전혀 실감이 안 나. 그녀를 이용해서 거기까지 계획을 세우고 있다면, 굳이 널 만나러 올 필요가 없잖아."

"테루히사는 오빠가 어디 있는지 모른다는 이미지를 내게 심어주고 싶었던 게 아닐까? 그 녀석은 우리 남매가 계속 연락하고 있다고 믿고 있어. 우리 사이가 좋았던 걸 알고 있는 토미나가 씨도 그렇게 생각하고 있으니까. 그래서 테루히사는 어머니 이야기까지 꺼내며 오빠를 흔들었어. 반 정도는 오빠를 괴롭혀서 재미를 볼 생각이었겠지만, 남은 반 정도는 자신이 한 짓을 숨기기 위함이라고 생각해."

사진에 찍힌 여자의 몸매는 아야나와 몹시 닮아있었지만, 테루히사와 공범이라고는 생각할 수 없었다.

아야나는 가게에 테루히사가 들어왔을 때, 필사적으로 자신의 얼굴이 그에게 보이지 않게 해주었다. 그 태도가 연기라고는 생각할 수 없었다.

"오빠, 앞으로 어떻게 할 생각이야?"

"어떻게 하다니, 뭘?"

"태평하네. 테루히사에게 정체를 들킨 게 틀림없어. 평생 달라붙을 게 뻔해."

"몇 번이나 말하지만, 아야나가 테루히사와 손을 잡고 있을 리 없어."

"그럼 왜 위험에 빠져가면서까지, 오빠를 구해준 건데?"

"……."

"그 아이랑 가게 밖에서도 만나고 있어?"

"얼마 전 토요일에도 같이 술을 마셨어."

"그녀가 오빠에게 거짓말을 하지 않았다고 치자. 그러면 토요일의 데이트는 그 아이가 테루히사의 신문을 보기 전이 야?"

"아니, 신문을 본 뒤야."

후미에는 기가 막힌다는 얼굴로 고로를 쳐다봤다.

"오빠가 사람을 죽인 인간이란 걸 알면서도, 데이트하는 여 자는 없어."

"네 말대로일지 모르지만, 나와 그 아이는 묘하게 잘 맞아. 나는 그녀와 있으면 안정이 돼. 그녀도 진심으로 편히 있는 게 느껴져. 아야나는 모자가정에서 자라서 대출을 받아가며 학교도 다니고, 호스티스 일도 하면서 열심히 살고 있어. 그 런데 아직 취직이 안 돼서, 외로운 인생을 보내고 있는 셈이 지. 나도 옆에 든든한 여동생이 있지만, 역시 도망자의 고독 함이 치유되지는 않아. 꽤 옛날이지만 원조교제가 화제가 된 적이 있었지. 그때 누군가가 이렇게 말했어. 원조교제는 여고 생이 중년남성에게 돈으로 몸을 파는 것과도 같지만, 그 이면 에는 회사에서 잘 풀리지 않는 중년 남성과 학교에서 소외된 여고생이 있다고. 그 말은 즉, 마음이 외로운 사람들끼리 만 나게 된다는 거야."

"오빠랑 그 아이의 관계도 그렇다고 말하고 싶은 거야?"

"응. 서로가 허무한 인생을 보내고 있는 걸 느끼고 있어."

"관계는 했어?"

고로는 고개를 저었다.

"그녀의 장래를 생각하면, 나와는 관계를 맺지 않는 편이 좋아. 연애할 생각도 없어."

"오빠, 그 아이에게 반해있구나."

잠시 미동도 하지 않은 고로였지만, 후미에를 똑바로 보고 미소 지었다.

"오랜만에 여자를 좋아하게 되었어."

"테루히사의 어머니를 좋아하게 된 이후로 처음이라는 소리야?"

"아내에겐 감사하고 있고, 정도 쌓였지만, 아내를 사랑한 적은 없었어. 그러니까 후미에 네 말대로일지도 모르겠네."

"오빠, 왜 이리 낙관적인 거야? 그 아이는 오빠를 속이고 있을 뿐이야."

"더는 말하지 않겠지만, 그 아이는 테루히사랑 한패가 아니야."

후미에가 메모용지와 펜을 손에 들었다.

"그 아이의 본명은?"

"후미에. 그녀를 조사할 생각이야?"

"알 수 있는 건 알아두고 싶어. 그 아이의 거짓말을 밝힐 방법을 찾게 될지도 모르니까. 오빠, 나한텐 뭐든지 말해줘야 하잖아."

고로는 아야나의 본명을 가르쳐주고, 다니고 있는 대학도 알려주었다.

"어디에 살고 있어?"

고로는 쓴웃음을 지으며, 이 근방에 있다고 대답했다.

후미에가 기막히다는 얼굴로 등받이에 몸을 쓰러트렸다.

"이 근처에 살고 있다고 해서, 협박과 관계되어 있다고는 할 수 없잖아. 그녀가 네 존재까지 알고 있을 리 없고."

"그렇지만 수상한 느낌이 드네. 그녀가 2년 전에 가루이자 와 별장에 묵었다고 말했었지?"

"응."

"그게 거짓말이라면, 오빠도 속은 걸 인정할 거야?"

"물론이지."

"그 아이에게 별장주인을 자연스레 물어봐 줘."

"해보겠지만, 네가 그 별장을 조사하는 건 부자연스럽지 않 아?"

"전화로 누군가에게 물어보면 이상하게 생각할 수도 있으 니까, 가루이자와에 가볼게. 그래, 토미나가의 오빠가 하는 찻집에 가서 자연스레 떠볼게. 테루히사의 어머니도 갔었다 고 했으니까, 얘기하기 편해."

"마음대로 해. 난 그녀를 믿고 있어."

그렇게 말하고, 고로는 자리에서 일어났다.

"어쨌든 아야나라는 호스티스와 만나면, 그 별장주인의 이름을 물어봐."

"응. 네겐 정말 신세만 지네."

"무슨 말을 하는 거야? 우린 남매야."

고로는 후미에와 눈이 마주치자, 가슴이 뜨거워졌다.

택시를 잡고, 집으로 향했다.

여동생이 보여준 사진이 신경 쓰였다. 몸매가 아야나와 닮았다.

만약 아야나가 그 협박 사건에 연루되어 있다는 사실을 알게 되면, 자신은 그녀에게 어떤 마음을 품게 될까.

속았다는 사실에 증오를 느끼게 될까? 그래도 그녀에게 품고 있는 어렴풋한 연정을 지우진 못할 것 같다.

별장주인의 이름을 물어볼 때, 아야나를 흔들어보고 싶어졌다. 그녀가 호텔·보테에 나타난 여자라면, 아야나도 범죄자다.

아야나도 다른 사람에게 말할 수 없는 비밀을 갖고 있다. 그러면 친밀함이 더해지겠지.

터무니없는 생각임을 알고 있으면서도, 아야나가 협박과 관계되어 있다고 생각하면 생각할수록, 그녀가 사랑스러워졌다.

◆ ◆ ◆

케이코는 두려움에 떨고 있었다. 생각하지 않으려고 노력하면 할수록, 되려 최악의 사태만 머릿속에 떠올랐다.

원격조작 앱을 써서, 자신을 감시한 코타로가 협박을 눈치챘다면? 케이코는 그 생각이 머릿속에서 떠나지를 않았다. 협박을 눈치챘는지 떠보기 위해선, 먼저 원격조작 앱을 자신의 휴대전화에 몰래 설치한 사실을 코타로가 인정하게 해야 한다. 찍소리도 하지 못하게 코타로를 몰아붙이려면 어떻게 해야 할까.

코타로가 우연을 가장하며 자신의 근처에 접근했듯이, 질투 나게 하는 메일을 읽게 해서 근처에 오게 해야 한다. 타구치와 만난 뒤, 집에 돌아온 케이코는 줄곧 그 작전을 생각했다.

새로운 남자와 만나고 있는 것처럼 보이는 메일을 코타로가 읽게 하는 건 어떨까. 상대 남자에게 질투를 느낀 코타로가 데이트 장소에 나타날 가능성이 있다.

얼마 전, 그는 우연을 가장하고 쿠니에다와 데이트를 하던 바에 얼굴을 내밀었다. 그렇지만 그런 짓을 연속해서 할 수는 없겠지. 그래도 자신이 새로운 남자와 만나는 장소 근처까지는 찾아올 게 분명하다.

가공의 남자와 주고받을 메일은 어떻게 하는 게 좋을까. 타구치에게 도움을 요청할 수는 없다. 그는 코타로의 친구니까. 쿠니에다를 끌어들일 생각도 없다. 그렇다면……. 상대는 여자여도 상관없다. 학교 친구에게 부탁할까. 아니, 그것도 좀 그렇다. 될 수 있으면 아무에게도 들키지 않게 진행하고 싶다.

그래. 자신이 새로운 휴대전화를 사면 된다. 새 휴대전화로 메일을 보내고, 그 메일에 답장하면 다른 사람에게 도와달라고 하는 것보다 안전하고, 가공의 연락을 혼자서 만들게 되니 만족할 만한 퀄리티가 나오겠지.

다음 날, 학교에서 돌아오는 길에 신주쿠에 있는 휴대전화 가게에 갔다. 그날은 아침부터 만일에 대비해 휴대전화 전원을 끄고 있었다.

새로운 휴대전화를 손에 넣고 집에 돌아와, 시간을 들여 메일 내용을 만들었다.

> 어제는 깜짝 놀랐어. 케이코와 그렇게 재회하게 되다니. 고등학교 때부터 좋은 사람이라고 생각하고 있었는데, 그때보다 더 예뻐져서 심장이 두근거렸어. 성급하긴 하지만, 토요일에 약속 없으면 저녁 같이 먹고 싶어. 어때?
>
> - 키미와다 토오루

내용을 다시 읽었을 때, 얼굴이 빨개졌다. 이렇게까지 해야 하는 이유가 있다고 해도, 자신이 자신을 칭찬하는 게 무척 뻔뻔한 짓이라고 생각했다.

메일을 보내고 새 휴대전화의 알림 소리를 끈 뒤, 원래 들고 있던 휴대전화를 가방에서 꺼냈다. 그리고 주방에서 전원을 켰다.

전원을 꺼둔 동안, 다른 메일은 한 통도 오지 않았다.

키미와다 토오루가 보낸 메일을 열었다. 그리고 약간의 간격을 두고 답장했다.

> 메일 고마워요. 저도 다시 만나게 되어, 무척 기뻐요. 키미와다 씨가 이렇게 재밌는 사람이었다니, 왜 몰랐죠? 잘생겨서 도도하신 분이라고만 생각했는데, 전혀 아니라서 안심했어요. 키미와다 씨처럼 싹싹하고, 얘기하기 편한 상대는 주변에 없어요. 토요일 식사는 물론 괜찮아요. 기대하고 있을게요.
>
> - 케이코

이모티콘은 코타로와 연락할 때 쓰던 건 피하고, 좀 더 마음이 담긴 것처럼 느껴지는 걸 골랐다.

휴대전화를 주방에 놓고 케이코는 방으로 돌아갔다. 그리고 침대 위에 던져놓은 새로운 휴대전화를 손에 들었다.

> 좋은 답장을 받아서 무척 기뻐. 맛있는 걸 먹고, 마음 편히 시간

을 보내고 싶어. 벌써 토요일이 기다려진다. 약속장소와 시간은 나중에 연락할게. 케이코를 어디에 데려갈지 지금부터 열심히 생각할게.

- 토오루

기대하고 있을게요.

- 케이코

주방으로 돌아와서, 그렇게 입력했다.

마지막 문장이 조금 지나친 것 같기도 하지만, 이 정도로 느끼하게 말해두는 편이 코타로를 더 자극할 수 있겠지.

가공의 약속장소는 어디로 정할까. 코타로가 잘 보이는 곳으로 하고 싶다. 케이코는 롯폰기 교차로에 예전부터 자리한 찻집이 떠올랐다.

그곳 2층이라면 지나가는 사람들의 움직임이 잘 보인다. 물론 사각지대는 있지만.

그 찻집에서 오후 7시에. 라고 케이코는 자신의 휴대전화로 메일을 보냈다.

코타로에게 전화가 걸려 온 건 금요일 저녁이었다.

"출장에서 돌아오신 건가요?"

케이코는 가벼운 느낌으로 말했다.

"방금 막 돌아와서, 지금은 회사야."

"일이 많이 바쁘신가 보네요."

"케이코, 무슨 좋은 일이라도 있었어?"

"아무 일도 없는데, 왜 그런 걸 물으세요?"

"목소리가 무척 밝으니까."

"지금까진 어두웠다는 소리예요?"

"그런 건 아니지만."

"그래서 무슨 일이에요?"

"최근 케이코 많이 바뀌었네. 얼마 전까진 이렇게 차가운 말투가 아니었는데."

"아무것도 바뀌지 않았어요."

코타로는 조금 시간을 두고, 이렇게 물어왔다.

"내일 시간 있어?"

"아쉽지만 고향에서 친구가 와요."

"고향 친구라."

목소리에 웃음이 섞여 있었다.

"사실은 얼마 전에 만난 쿠니에다 씨였나, 그 사람과 데이트 하는 거 아니야?"

"그는 그저 손님이에요."

"케이코의 말투 역시 엄청 차가워. 뭔가 바뀌었네."

"코타로 씨, 지나친 생각이에요. 슬슬 나갈 준비를 해야 하니 이제 끊을게요."

"또 연락할게."

"네."

전화를 끊은 케이코는 휴대전화를 책장 위에 놓았다. 카메라 기능까지 조작할 수 있다는 얘기를 들으니, 조심하고 싶었다. 책장 위에 두면 모습이 보일 걱정은 없다.

키미와다 토오루라는 가공의 인물과 메일을 주고받은 걸 코타로는 훔쳐봤다. 그렇기에 굳이 내일 만나자고 한 것이다. 함정에 빠졌다고 봐도 되겠지.

휴대전화가 또 울렸다. 쿠니에다의 전화였다. 받을지 말지 망설였다. 코타로가 도청하고 있다고 생각하고, 조심해서 얘기해야 한다. 어떻게 해야 할지 고민하며, 케이코는 휴대전화를 귀에 댔다.

"아야나 씨와 잠깐이라도 만나고 싶은데, 오늘 밤 일이 끝난 뒤에 저번 장소에서 만나지 않을래?"

"지금 잠깐 다른 사람하고 있어서, 다시 걸어도 될까요?"

"기다리고 있을게."

코타로가 듣고 있다면, 거짓말로 쿠니에다와 만남을 피했다고 생각하겠지. 이걸로 케이코의 앞에 나타난 새로운 남자를 더욱 질투할 것이다.

휴대전화를 책장 위에 놓기 전에 쿠니에다의 전화번호를 암기하고, 새로운 휴대전화를 들고 방을 나섰다. 그리고 길가로 나가 쿠니에다에게 문자를 보냈다.

'아야나입니다. 이 번호로 전화 주세요.'

바로 쿠니에다에게 전화가 걸려왔다.

"휴대전화를 두 대 갖고 있어?"

쿠니에다가 의아한 듯 물어왔다.

"여기에는 사정이 있어요."

케이코는 원격조작 앱으로 감시당하고 있는 걸 쿠니에다에게 말했다.

"……그러니까 쿠니에다 씨와의 대화도 도청되었을 가능성이 있어요."

쿠니에다는 피식 웃었다.

"왠지 스파이와 사귀고 있는 듯한 기분이네."

"농담이 아니에요. 저도 잘 몰랐는데, 요즘은 엄청난 걸 할 수 있는 모양이에요. 니할이라는 원격조작 앱에 대해 인터넷으로 찾아보세요. 등에 소름이 돋을 테니까."

"누가 그런 걸 네 휴대전화에 설치한 거니?"

"얼마 전에 신주쿠의 바에서 만난 그 사람이에요."

"요시키 씨라고 했었지?"

"맞아요. 요시키 코타로가 범인이에요."

"그가 했다는 증거는 있어?"

케이코는 코타로의 집에 휴대전화를 두고 온 것부터, 요네지마가 신주쿠에서 자신을 봤다는 거짓말까지 간단하게 얘기했다.

"그럼 틀림없네."

쿠니에다는 낮게 신음하듯이 말했다.

"그 바에 우연히 나타난 것도 생각해보면 이상하네."

"노래방에서 나눈 대화는 들키지 않았을 거예요. 그때 유우키 테루히사에게 전화가 오면 받지 않으려고, 휴대전화 전원을 끄고 가방에 넣어두었으니까요."

"그래서 오늘은 시간 괜찮아?"

"물론이에요. 애프터가 들어와도 거절할게요."

"얼마 전, 신주쿠에서 갔던 두 번째 바에서 기다리고 있을게."

"1시 반이 넘어도 괜찮나요?"

"그 바는 오전 4시까지 한다고 적혀있었으니까, 그때부터라도 느긋하게 있을 수 있어."

"되도록 서둘러갈게요."

"도청당하지 않도록 조심해."

"네."

오늘 밤 쿠니에다와 만나는 건 기뻤다. 코타로를 잡을 작전에 대해 쿠니에다에게는 얘기해도 좋다. 그에게 얘기하면 마음이 한결 편해지겠지. 그렇게 생각한 순간, 몸에서 열이 빠져나가는 싸한 느낌이 들었다. 자신은 쿠니에다를 협박한 사람이다. 그 사실이 불현듯 떠오른 것이다.

♦　♦　♦

　쿠니에다 고로는 야스쿠니 거리를 지나는 차를 멍하니 보며, 아드벡의 미즈와리를 조금씩 마시고 있었다.

　2시가 되기 조금 전, 아야나가 나타났다.

　"늦어서 죄송해요."

　"더 늦어져도 기다렸을 거야."

　아야나는 백포도주를 한 잔 주문했다.

　고로는 담배에 불을 붙이며, 종업원에게 메뉴를 주문하고 있는 아야나의 몸 선을 응시했다.

　후미에가 보여준 사진 속 여자와 몸매가 역시 닮았다. 하지만 동일인물이라고는 딱 잘라 말할 수 없었다.

　만약 아야나가 호텔·보테에 돈을 가지러 간 여자라면, 뒤에서 그녀를 조종한 사람은 유우키 테루히사밖에 없을 것이다. 토미나가를 의심하는 건 비약하다.

　그렇지만 아야나는 유우키 테루히사와 두 번밖에 만나지 않았고, 싫은 남자라고 격한 어조로 말했다.

　아무리 생각해도 그게 거짓말 같지는 않다. 무언가가 계기가 되어, 자신이 도망 중인 살인범이라는 걸 알게 되어 혼자서 협박한 것이라면 어떨까. 아니, 말도 안 된다. 이 아이가 그런 짓을 할 수 있을 리 없다.

"쿠니에다 씨 왜 그러세요?"

그 한마디에 제정신으로 돌아왔다.

"네가 감시당했단 걸 듣고 놀라서 말이야. 왠지 지금도 그 남자가 우리의 만남을 지켜보고 있는 건 아닐까, 그런 기분이 드네."

"그건 괜찮아요."

아야나가 휴대전화를 테이블 위에 올려놓았다.

"전원은 꺼두었어요. 원격조작으로 휴대전화를 켜면 바로 알게 되겠지만."

고로는 크게 끄덕였다.

"니할에 대해 검색해봤어. 여러모로 엄청난 걸 할 수 있는 앱이더라."

"니할의 의미 알고 계세요?"

"그것도 알아봤어. 토끼자리의 별 이름인 모양이야. 그리고 니할의 의미는 '목마름을 축이는 낙타들'."

거기까지 말하고 고로는 피식 웃었다.

"원격조작 앱을 쓴 스토커들이 상대의 정보를 얻어 목마름을 축이고 있다는 걸까? 근데 왜 앱을 지우지 않는 거야? 지우는 건 간단해."

"그가 몰래 설치했다는 증거를 잡을 때까지는 지우지 않기로 했어요."

"어떻게 증거를 잡으려고?"

아야나가 무엇을 하려는지 자세히 얘기했다.

"……그가 찻집에 혹은 그 주변에 나타나면, 그를 잡아서 경찰에 넘길 거라 말할 거예요."

"정말 경찰 소동을 낼 생각이야?"

아야나가 고개를 저었다.

"겁을 줄 뿐이에요. 그에게도 무서움을 느끼게 해줘야 기분이 좀 풀릴 것 같아요."

"스토커 행위를 하는 인간 중에는 경찰에 신고해도, 계속하는 사람이 있다고 하잖아. 더 심해져서 네게 위험을 가할 가능성도 있어. 충분히 조심해."

"그 사람은 소심하니까 아무것도 하지 못 할 거예요."

고로는 담뱃불을 끄고, 잔을 비운 뒤 같은 술을 주문했다.

"얕보지 않는 게 좋아. 소심하고 착각이 심한 남자일수록 엄청난 짓을 할 가능성이 있으니까."

아야나는 고로를 바라보고, 입가에 미소를 머금었다.

"쿠니에다 씨가 얘기를 들어준 것만으로 마음이 안정돼요."

"네게 더 도움이 되고 싶지만, 해줄 수 있는 일이 없네. 일이 꼬여서 혼자서 대처하기 힘들어지면, 날 불러줘."

"쿠니에다 씨에게 민폐 끼칠 수는 없어요."

아야나가 시선을 피했다.

"쿠니에다 씨의 신변을 생각하면 눈에 띄는 행동은 피해야 해요. 가장 좋은 건, 밖에 돌아다니지 않고 모습을 감추고 있는 거지만."

고로는 똑바로 아야나를 봤다.

"되도록 빨리 아야나 씨와 단둘이 편하게 있을 수 있는 비밀의 장소를 빌리고 싶다고 생각하고 있어."

아야나의 얼굴에서 표정이 사라졌다.

"너무 노골적인가. 그래도 전부터 여러 번 말한 대로, 난 널 애인으로 삼을 생각은 전혀 없어. 내 신분이 발각되면 너한테까지 피해가 가게 되니까."

"알고 있어요. 그래도 방을 빌리면……."

아야나가 눈을 내리떴다.

"네가 싫다면 안 할게."

"……."

"이 얘기는 그만하자. 그것보다 네게 묻고 싶은 게 있어."

"어떤 거요?"

"유우키네가 갖고 있던 별장 말인데, 지금은 쿠메 씨라는 사람이 갖고 있어?"

"아뇨. 마츠우라 씨라는 사람이 갖고 있어요. 근데 그게 왜요?"

"실은 고객 중 한 명이 가루이자와에서 중고 별장을 샀다고 해서. 고객의 별장이 그 별장 근처라고 하니, 설마 유우키네 물건이었던 별장이 매물로 나온 건가 생각한 거야. 주인 이름이 다르니까, 다른 별장인 모양이네."

고로는 그렇게 말하고 다시 담배에 불을 붙였다.

이걸로 그 별장의 현 주인 이름을 들었다. 아야나는 바로 대답했다. 아마도 정말로 그 별장에 간 적이 있던 거겠지.

"잠깐 실례할게요."

아야나가 화장실로 향했다. 그 뒷모습이 눈에 들어온 고로는 심장이 쿵 하고 울리는 것을 느꼈다.

사진에서 본 여자의 분위기와 아주 흡사하다.

역시 후미에의 말대로 아야나는 협박범의 동료인가. 모르겠다. 고로는 어떤 결과가 기다리고 있든지 진실을 알고 싶어졌다. 그렇지만 진실에 다가갈 방법이 전혀 떠오르지 않았다.

아야나가 돌아왔다.

고로도 백포도주를 한 잔 주문했다.

"얼마 전에 지방에서 올라온 고객이 신주쿠 호텔에 머물면서 일탈한 얘기, 했었지?"

"네."

"그게 부인한테 걸려서 큰일이 난 모양이야."

"어째서 들켰나요?"

백포도주가 나왔다.

잔을 손에 든 고로는 웃으며 아야나를 봤다.

"구청 거리에 보테라는 호텔이 있는 거 알아?"

"아뇨. 그 주변은 전혀 안 가니까요."

아야나는 전혀 동요를 보이지 않았다.

"난 틀림없이 업소녀를 불렀다고 생각하고 있었는데, 아니었어. 출장으로 도쿄에 올 때마다 그 호텔에 어느 호스티스를 묵게 한 거야. 다른 방을 그녀의 이름으로 예약하고 말이지. 그런데 이전번에 묵었을 때, 그녀가 침대에서 심장발작을 일으켜서, 구급차를 부르게 되었어. 그는 병원까지 따라갔지. 그런데 운 나쁘게도, 그 병원에서 일하고 있던 간호사 중 한 명이 그의 부인의 친척이었어. 그가 아내에겐 비밀로 해달라고 부탁했지만, 결국 아내의 귀까지 들어간 거야."

고로는 큰 거짓말을 하는 자신이 싫어졌다. 잔을 단숨에 비우고 같은 술을 주문했다.

"이혼 소송까지 갔나요?"

아야나가 물어왔다.

"별거한 모양이야. 그건 그렇고 호텔이라는 곳에선 여러 일이 일어나고 있나 봐. 표면으로 나오지 않았을 뿐."

"그렇겠죠."

아야나는 담담히 대답했다.

호텔·보테를 더 화제로 삼아 그녀의 모습을 관찰하고 싶었지만, 너무나도 부자연스러운 전개에 그만뒀다.

"아까 얘기 말인데요."

아야나가 이어 말했다.

"아까 얘기라니."

"방을 빌리는 얘기요. 그런 짓 하지 말고, 가끔은 우리 집에서 만나요."

"아야나의 집에서?"

아야나는 아무 말 없이 끄덕였다.

자신도 모르게 고로는 얼굴에 웃음꽃을 피워버렸다.

"기쁘지만, 정말 괜찮아?"

"물론이에요. 지금까지 사는 곳에 남자를 들인 적은 한 번도 없어요. 하지만 쿠니에다 씨라면……."

"시간이 되면, 사양 않고 갈게."

"좁은 방이지만 편히 계실 수 있을 거예요. 내일모레 밤에집에서 만나지 않을래요?"

"내일 밤은 일요일을 말하는 거지?"

"일요일은 역시 어렵나요?"

"그렇진 않지만, 무슨 일 있어?"

"내일 코타로 씨가 함정에 빠져줄지 모르겠지만, 잘 풀리면쿠니에다 씨에게 바로 얘기하고 싶어질 거 같아서요."

"내일은 골프를 치고, 밤에는 고객과 식사를 할 예정이지만, 사양 말고 메일 보내줘. 그때 일요일에 상황 봐서 어떻게할지 정하자."

둘이 거의 동시에 잔을 비웠을 때, 아야나가 집 주소를 알려주려고 했다.

"알려주지 않아도 돼. 널 바래다준 다음에 집으로 돌아갈 테니까."

"반대 방향이에요."

"괜찮아. 신경 쓰지 마."

계산을 끝내자 고로는 아야나를 데리고 밖으로 나왔다. 지금까지 아야나의 휴대전화에 변화는 없었다.

택시 안에서 아야나는 휴대전화를 손에 쥔 채, 내일 어떻게 될지 불안해하며 혼잣말을 하고 있었다.

"내일 네 계획대로 풀리지 않는다면, 어떤 대책을 세워야 할지 일요일에 같이 생각하자."

"쿠니에다 씨가 저의 의지할 곳이 되어주고 있어요. 고마워요."

"감사 같은 건 하지 않아도 돼."

고로는 그렇게 말하고 밖으로 시선을 향했다.

이윽고 후미에가 사는 맨션 앞을 지났다. 아야나에게 얻은 정보를 내일 가장 먼저 여동생에게 전하기로 했다.

고로는 아야나를 그녀의 맨션 앞까지 바래다주었다.

아야나는 고로가 탄 택시가 보이지 않을 때까지 밖에 서 있었다.

◆　◆　◆

집에 돌아온 케이코는 닫은 문에 몸을 기대고, 크게 숨을 뱉었다.

신경 쓰이는 건 하나뿐. 어째서 쿠니에다는 지방에서 올라와 놀고 있는 고객이 머무는 호텔의 이름을 물어본 걸까. 호텔명은 말하지 않아도 고객의 이야기를 할 수 있었을 터이다. 너무 깊게 생각하는 걸까. 그렇게 여기며 방으로 들어가 침대 가장자리에 앉았다.

유우키 테루히사에 대해 알려주고, 자신이 쿠니에다의 정체를 알고 있다는 것을 말한 뒤로 역시 쿠니에다는 의심을 다 버리지 못한 듯하다.

이 방에서 만나자고 제안한 건, 편히 있을 수 있는 장소에서 쿠니에다를 떠보고 싶었기 때문이다.

하지만 그런 속셈이 있다고 해도, 쿠니에다에게 마음이 없었다면 절대로 자신의 집에 들이지는 않았을 것이다.

케이코는 머리맡에 놓인 풍타를 꼭 끌어안았다.

쿠니에다에게 저지른 행동과 쿠니에다를 향한 마음이 음기와 양기로 뒤섞여 혼란한 상태가 되었다. 괴롭다. 이대로라면 영원히 평정심을 잃고, 마음속에 벼락이 떨어질 것 같다.

한동안 풍타를 끌어안고 있던 케이코는 휴대전화를 손에 들고 전원을 켰다. 메일이 2통 와있었다. 하나는 타구치였다.

그 뒤로 어떻게 됐는지 걱정하고 있어. 연락해줘.

다른 한 통은 코타로였다.

> 내일은 케이코와 만날 수 없으니까, 친구랑 신주쿠에서 술을 마실 거야. 그쪽 일이 빨리 끝나면 여기로 놀러 오지 않을래?

답장은 일어나서 하기로 하고, 휴대전화를 책장 위에 놓았다. 침대에 들어가도 잠이 오지 않아, 친구로부터 받은 정신안정제를 먹었다…….

여러 번 눈이 떠졌지만, 결국 대낮까지 자버렸다.

두통이 생기고, 생리를 예고하는 불쾌한 기분이 아랫배를 덮쳤다.

최악이다. 시리얼로 식사를 하고, 그 뒤에 타구치에게 메일을 보냈다.

조만간 만나요, 라고 적었다.

코타로한테도 답장을 보내려 했지만 무시하기로 했다. 연락하지 않으면, 누구와 만나는지 더 알고 싶어질 것이다.

롯폰기의 교차로에 도착한 건 오후 7시가 되기 조금 전이었다. 교차로에 있는 찻집의 2층으로 올라갔다. 운 나쁘게도 창가 자리가 가득 차 있었다. 어쩔 수 없이 계단 근처에 자리를 잡고, 커피를 주문했다.

가게 안에서 코타로의 모습은 보이지 않았다.

아직 생리는 시작되지 않았지만, 케이코는 생리 시작 전부터 통증을 느끼는 타입이었다.

케이코는 새로운 휴대전화를 들고, 화장실로 향했다.

그리고 화장실에 들어가, 원래 갖고 있던 휴대전화로 메일을 보냈다.

> 미안. 그쪽으로 가지 못할 것 같아. 이이쿠라 가타마치 쪽으로 와
> 줘. AXIS 빌딩 앞에서 기다리고 있을 테니까.
>
> - 토오루

화장실에서 나온 케이코는 자신이 보낸 메일을 보고, 커피를 반 정도 마신 뒤 찻집을 나섰다.

밖으로 나와 하늘을 올려다봤다. 비가 내릴 것 같지도 않은데 어두운 날씨다. 그렇게 주변을 살펴봤다. 코타로 같은 사람이 보이진 않았다. 도쿄 타워 방면으로 천천히 걷기 시작했다.

쿠니에다와 몰래 만났던 노래방 앞을 지나쳤다. 가끔 건물의 창문을 보는 척하며 뒤를 살펴봤지만, 신경 쓰이는 인물은 나타나지 않았다.

AXIS 빌딩에 점점 가까워져 간다.

코타로는 먼저 와있을지도 모른다.

AXIS 빌딩 앞에 섰다. 1층은 레스토랑이다.

길을 건너면 애완동물 가게와 편의점이 있다.

찾았다. 코타로는 편의점 안에서 이쪽을 살펴보고 있었다.

케이코는 차도로 나와, 편의점을 향했다.

코타로의 모습이 사라졌다. 하지만 밖으로 나가는 모습은 보지 못했다. 편의점 안으로 사라진 모양이다.

케이코는 코타로에게 메일을 보냈다.

> 편의점에서 나오세요. 코타로 씨가 하는 짓은 전부터 알고 있었어요. 신주쿠에서 술을 마시고 있는 코타로 씨가 이 시간에 롯폰기 편의점에 있는 건 이상하잖아요.

메일을 보내고 잠시 뒤에, 코타로가 편의점에서 나왔다. 히죽거리는 얼굴에 소름이 끼쳤다.

케이코는 빠르게 휴대전화 녹음 기능을 켰다. 코타로가 자신에게 불리한 걸 말하면 지울 거니 문제없다.

"날 따라와."

"어디 가?" 코타로가 정색했다.

"경찰은 부르지 않을 테니 걱정하지 마."

케이코와 코타로는 나란히 롯폰기 교차로 쪽으로 돌아갔다.

케이코가 코타로를 데리고 간 곳은, 얼마 전 쿠니에다와 만난 노래방이었다.

방 안에 들어가자마자, 케이코는 코타로에게 물었다.

"뭐 마실래요?"

"아무것도 필요 없어."

케이코는 맥주와 피자를 주문했다.

이제부터 승부다. 코타로가 협박에 대해 알고 있는지 어떤지 확인해야 하니까. 만약 알고 있다면 어떻게 할까. 그걸 생각하니 눈앞이 캄캄해졌다.

주문한 음식이 도착할 때까지 두 사람 모두 입을 열지 않았다.

코타로는 소파에 앉아 머리를 감싸고 있었다. 케이코는 휴대전화가 든 가방을 그의 옆에 두고 창가에 섰다. 그리고 멍하니 밖을 바라보고 있었다.

이윽고 맥주와 피자가 나왔다. 종업원이 나가자, 쿠니에다와 여기서 만났을 때처럼 노래를 틀었다. EXILE의 노래만 고른 데엔 딱히 이유가 없었다.

케이코는 코타로의 옆에 앉았다. 둘 사이에는 케이코의 가방이 놓여있었다. 가방 속에서 휴대전화의 녹음 기능이 작동하고 있다.

"코타로 씨, 왜 이런 짓을 한 거야?"

코타로는 고개를 들었다.

"이런 짓이라니?"

"시치미 떼지 마요. 니할이라는 원격조작 앱을 내 휴대전화에 몰래 설치한 건 코타로 씨잖아요."

"나 아니야. 내가 왜 그런 짓을."

"코타로 씨의 집에 내 휴대전화를 두고 간 게 실수였어. 10월에 긴자에서 닭꼬치를 먹을 때, 요네지마 씨가 신주쿠역에서 날 봤다고 말했었지?"

"말했어. 그게 왜?"

"그때 요네지마 씨는 디트로이트에 있었어. 디트로이트에 있던 사람이 어떻게 신주쿠역에서 날 볼 수 있는 거야?"

코타로의 미간이 일그러졌다.

"내가 타구치 씨와 만나고 있을 때, 코타로 씨는 타구치 씨에게 확인 차 전화했었지. 내가 쿠니에다 씨와 신주쿠의 바에서 만나고 있었을 때도 우연처럼 나타났어. 내가 있는 곳을 앱을 써서 알아내고, 메일을 몰래 읽고, 전화도 도청하면서 날 감시했어. 니할을 설치한 사람은 당신 말고 없어."

"내가 했다는 증거는 없잖아?"

"그렇게 잡아뗄 거면 경찰에 신고할게요. 일본에 없던 요네지마 씨가 신주쿠역에서 날 봤다는 거짓말. 그것만으로도 경찰은 당신을 의심할 게 분명해. 부정 지령 전자적 기록[1]에 관한 범죄에 해당한다고. 3년 이하의 징역 또는 50만 엔 이하의 벌금인 모양인데 회사는 잘리고, 신문에도 실릴 거야."

"······."

"오늘 밤 내가 만나려고 한 상대가 누군지 모르나 보네."

"형사인가." 코타로의 목소리가 떨려있었다.

---

[1] 해킹에 쓰이는 악성코드 등을 만들거나, 설치하는 행위

케이코는 슬쩍 미소 지었다.

"글쎄, 어쩌려나."

코타로가 다시 머리를 싸맸다. 그리고 얇은 목소리로 울기 시작했다.

"미안해 용서해줘. 네가 두고 간 휴대전화를 봤을 때, 이걸로 너를 더 잘 알 수 있을 거라고 생각했어."

"어째서 이런 음침한 행동을 한 건지 이해할 수 없어."

"처음 봤을 때부터 난 네가 좋았어. 하지만⋯⋯."

"하지만, 뭐?"

"어차피 나를 상대도 해주지 않을 거란 걸 알았어. 그래서⋯⋯. 케이코, 부탁이니까 경찰까진 가지 말아줘."

"얼마나 자주 나를 도청하고, 카메라를 작동시킨 거야?"

"날마다 다르지만, 휴식 시간에만 했어. 나도 일이 있고, 니할을 너무 작동하면, 그쪽 휴대전화 배터리가 빨리 닳으니까 조심했어."

아무래도 협박에 대해선 아무것도 눈치채지 못한 모양이다. 쿠니에다가 살인범이라는 것도 알지 못하는 것 같다.

하지만 불안이 해소되진 않았다.

"카메라 기능을 써서, 라이브로 내가 뭘 하는지 본적도 있지?"

"있어."

"옷 갈아입는 것도 봤어?"

"아니. 휴대전화를 주로 책상 위에 올려놔서, 케이코가 보인 적은 거의 없어."

노래방 기계는 한참 전에 멈춰있었다. 다음으로 케이코가 고른 건 니시노 카나의 곡이었다. 원래 자리로 돌아가, 맥주잔을 손에 들었다.

코타로는 아무것도 마시지 않고, 아무것도 먹지 않았다.

잠시 침묵이 흘렀다.

코타로가 눈을 치켜뜨고 케이코를 봤다.

"케이코, 호스티스 말고도 다른 아르바이트 하고 있어?"

"뭐?"

"신주쿠 구청 거리를 어슬렁거리다가, 보테라는 호텔에 들어갔지?"

"내 사생활을 거기까지 침해한 거야? 용서할 수 없어."

케이코는 내뱉듯이 말했다.

분노와 동요가 합쳐져서 가슴을 압박했다.

"가발을 쓰고 있는 걸 봤고, 아침 일찍부터 신주쿠역 주변을 어슬렁거린 것도 알고 있어. 뭔가 이상한 짓 하고 있는 거 아니야?"

"이상한 짓이라니, 무슨 짓?"

"매춘일까 생각했는데, 잘 모르겠어."

"매춘 같은 거 안 해."

케이코는 정색하고 대답했다.

"뭐가 됐든 케이코에겐 다른 사람에게 말할 수 없는 비밀이 있다는 기분이 들어. 학자금 대출을 받고, 밤에는 호스티스 아르바이트를 하며, 출판사 입사를 목표로 하는 성실한 여대생이라고 생각했는데 케이코에겐 다른 얼굴이 있는 것 같네."

요코타라는 가명을 쓰고, 호텔·보테에 짐이 도착했는지 어떤지 물었을 때는 공중전화를 썼다. 휴대전화는 가방 안에 있었고, 가방은 발밑에 두었다. 도청하려고 해도 잘 들리지 않았을 것이다. 케이코는 가슴을 쓸어내렸다.

"가발을 쓰거나, 신주쿠 호텔에 들어간 것만으로 무슨 나쁜 짓이라도 한 것처럼 표현하지 마. 법에 걸리는 짓을 한 건 코타로 씨니까."

코타로는 케이코의 행동에 수상한 점이 있다고 생각하고 있다. 그렇지만 협박에 대해선 아무것도 모르는 것 같다. 눈치챘다면 신고당하지 않기 위해, 역으로 자신을 협박했을 것이다.

매춘이라고 착각하고 있다면 그건 그거대로 괜찮다. 하지만 호텔·보테에 간 사실을 코타로가 알고 있다. 쿠니에다에게만 그 사실이 들키지 않는다면 상관없지만, 무척이나 불쾌한 기분이 들었다.

"아직 경찰에 신고하진 않았지?"

"상담도 하지 않았어."

"그럼 키미와다 토오루라는 남자는……."

"당신을 끌어내기 위해, 내가 만든 가공의 인물이야."

"쿠니에다라는 남자와 계략을 짠 건가."

코타로의 말투가 거칠어졌다.

"쿠니에다 씨는 관계없어."

"거짓말하지 마. 둘이서 날 바보 취급하며, 함정에 빠트릴 방법을 생각한 거잖아."

"코타로 씨, 쿠니에다 씨를 질투하고 있구나."

"난 케이코를 좋아해."

코타로는 턱을 들고, 초점 없는 눈으로 중얼거리듯 말했다.

"쿠니에다 씨는 멋진 남자야. 미안하지만 코타로 씨는 어린애. 그것도 겁쟁이 꼬맹이야."

"처음엔 그렇게 생각하지 않았잖아. 내게 뭐든지 상담했었으니까. 그 남자가 나타나고 바뀌었어."

"코타로 씨, 쿠니에다 씨를 원망하고 있는 거야?"

"……."

"그런 게 적반하장이야. 코타로 씨, 좀 어른이 돼."

"나와의 관계는 이걸로 끝이야?"

코타로가 한심한 목소리로 물어왔다.

"이 이상, 내게 달라붙으면 어떻게 될지 알잖아? 두 번 다시 내 앞에 나타나지 마."

케이코는 가방 속에서 새로 산 휴대전화를 꺼냈다.

"코타로 씨와의 대화는 새로운 휴대전화에 녹음해두었어.

무슨 일이 생겼을 때의 보험을 위해."

"그렇게까지 하지 않아도……."

코타로의 말을 무시하고, 이번엔 쓰고 있던 휴대전화를 가방에서 꺼냈다.

"지금부터 니할을 지우겠습니다."

삭제가 끝나고, 새로운 휴대전화의 녹음 기능을 껐다.

"코타로 씨, 먼저 나가. 지금까지 얻어먹은 답례로 여기 요금은 내가 낼 테니까."

"모두 인정했으니까. 녹음한 건 지워주지 않을래?"

"사라져. 빨리 꺼져버려." 케이코는 코타로를 노려보고, 윗입술이 뒤집힐 정도로 크게 말했다.

"케이코."

"꺼지라고 말하고 있잖아!"

코타로는 천천히 일어났다. 그리고 미련 가득한 눈빛을 남기고 방에서 나갔다.

혼자가 되자, 몸에 힘이 빠졌다. 잠시 멍하게 의자에 앉아 있었다.

조금 진정을 되찾자, 갑자기 공복이 몰려왔다. 식은 피자를 한입 물고, 미지근해진 맥주를 마셨다.

격하게 쿠니에다와 만나고 싶어졌다.

다시 피자를 먹고서, 케이코는 쿠니에다에게 메일을 보냈다.

> 지금 얘기가 끝났어요. 니할을 제 휴대전화에 설치한 걸 인정했어요. 두 번 다시 저한테 다가오지 말라고 말해두었지만, 무척 불안해요. 쿠니에다 씨에게 메일을 보내는 것만으로 안심이 되네요. 내일 만나는 걸 기다리고 있어요.

메일을 다 입력한 케이코는 1층 접수처에서 계산을 끝내고 밖으로 나갔다.

그때 쿠니에다에게 답장이 왔다.

> 계획대로 된 모양이네. 다행이야. 내일 3시쯤에 아야나 씨의 맨션에 갈 수 있어. 이야기 나누다가, 밥이라도 먹으러 나가자.

> 나가는 건 귀찮으니, 집에서 먹지 않을래요? 샤부샤부 같은 간단한 요리밖에 하지 못하지만.

> 아야나 씨가 해주는 요리라면 다 좋아.

케이코는 역을 향해 걸음을 뗐지만, 숨이 멎는 느낌과 함께 멈춰 섰다.

코타로가 어딘가에서 자신을 감시하고 있는 듯한 기분이 들었다.

집에 도착할 때까지 몇 번이고 주변을 살펴봤지만, 문제는 없는 것 같았다.

◆　◆　◆

후미에는 일요일 점심 전에 렌터카를 빌려, 가루이자와로
향했다.

오빠에게 연락이 와서, 유우키네가 갖고 있던 별장의 현 주
인은 마츠우라라는 걸 알게 되었다.

가루이자와에 도착하자, 후미에는 곧장 유우키네의 별장이
있던 장소로 향했다.

8년이 지난 사이, 국도에 늘어선 가게들도 많이 바뀌어 있
었다. 큰 초콜릿 가게는 후미에가 살았을 때 없었다. 예전부
터 있었던 찻집이 눈에 들어오자 안심했다.

유우키네가 있던 별장지에 들어가고서 조금 헤매고 말았
다. 구불구불 이어진 언덕길을 너무 올라간 모양이다. 유턴하
고 천천히 언덕을 내려갔다.

바람이 세차게 불어, 도로 위에는 마른 잎이 가볍게 굴러가
고 있었다.

두 번째 모퉁이에서 왼쪽으로 꺾었다. 이윽고 긴 돌담이 나
타났다.

틀림없이 돌담에 둘러싸여 있는 곳이 유우키네가 갖고 있던 별장이다.

이름표가 걸려 있었다. 확실히 마츠우라였다.

오빠의 정체를 알고 있는 호스티스는 거짓말은 하고 있지 않았다. 후미에는 조금 실망했다.

별장에서 나간 뒤에 오빠에게 전화를 걸었다. 오빠는 바로 전화를 받았다.

"지금 예전 유우키네 별장에 와봤어. 그 호스티스 말대로 마츠우라라는 사람이 갖고 있네."

"그녀가 거짓말하고 있다고 생각하지 않았어."

"그래도 이것만으로 결백하다곤 할 수 없어."

"지금 나는 그 수상한 인물의 집으로 향하는 중이야."

"그녀가 오빠를 집에 초대했어?"

"응."

"역시 속셈이 있는 것 같아."

"그걸 알아보기 위해서라도, 초대에 응하는 게 좋을 거 같아서."

후미에는 코웃음을 쳤다.

"오빠. 그 아이한테 푹 빠졌네."

"그렇지 않아. 나도 그녀를 절대적으로 믿고 있는 건 아니야."

"정말로? 내 앞이니까 그렇게 말하는 거 아니야?"

"그렇지 않아."

"뭔가 수상한 점이 있으면 숨기지 말고 나한테 말해줘."

"물론 그럴 생각이야. 그래서 오랜만에 가본 가루이자와는 어때?"

"역시 고향이네. 안정돼."

"나도 한번 가보고 싶지만, 평생 돌아가지 못하겠지."

오빠는 쓸쓸한 듯 그렇게 말하고 전화를 끊었다.

후미에는 토미나가 슌지의 오빠가 운영하는 찻집으로 향했다.

찻집은 구 가루이자와 긴자의 로터리 근처에 있었다. 일요일에도 영업하고 있을 것이다.

역시 영업을 하고 있었다. 전용 주차장에 주차했다.

관광객은 드문드문했다. 근처를 지나가는 관광객은 중국어로 얘기하고 있었다.

찻집의 문을 밀었다. 스무 석 정도 있는 가게지만, 손님은 거의 앉아 있지 않았다.

카운터 안에서 나온 남자가 후미에를 보고 "오." 하고 웃음을 보였다.

"오랜만이에요."

후미에는 토미나가 마사토에게 고개를 숙였다.

"잘 지냈어?"

"그럭저럭 잘 지내고 있어요."

후미에는 카운터 석에 앉았다. 그리고 블렌디드 커피를 주문했다.

마사토는 커피를 달이고서, 후미에의 앞에 섰다. 오랜만에 만난 사이에 많이 늙어 있었다. 얼굴이 잘생긴 만큼 용모가 늙은 게 되려 눈에 띄는 거겠지.

"후미는 하나도 안 바뀌었네."

"토미나가 씨도."

"거짓말하지 마. 이 하얀 머리를 봐."

마사토가 어깨를 들썩이며 웃었다.

"도쿄에서 슌지랑 만났다며."

"얼마 전에 같이 술 마셨어요."

"그 이야기는 못 들었는데. 그 녀석, 변함없이 무직이지?"

"태국에 간다고 말했었어요."

"잠깐 들었지만, 어떻게 될는지."

마사토가 가볍게 어깨를 움츠렸다.

"저희 오빠가 잘못을 저지른 집의 아들이 슌지 씨와 어울리고 있다는 것도 알고 있죠?"

"응."

"얼마 전에 그 아들이 저를 만나러 왔어요."

"그건 몰랐어. 뭐 하러?"

"저랑 오빠가 연락하고 있다고 착각해서, 협박하면 돈이 되지 않을까 생각하고 있는 거 같아요."

마사토가 힐끗 후미에를 쳐다봤다.

"후미, 오빠와 만나고 있지?"

"슌지 씨에게도 말했지만, 연락이 온 적은 한 번도 없어요. 오빠는 내가 도쿄로 이사한 것도 모르겠죠."

"오빠와 만나고 싶지?"

"물론. 하지만 이미 어딘가에서 죽었을지도 모르죠."

후미에는 눈을 내리뜨고, 한숨 섞인 말을 작게 내뱉었다.

"슌지한테 들었을지 모르지만, 유우키 부인이 자주 가루이자와에 오고 있어. 지금도 가루이자와에 있고."

"이 가게에 온 적 있다는 얘기는 슌지 씨한테 들었는데, 또 여기에 와 있다고요?"

"어제도 여기에 와서 내일 또 봐요, 라고 말했으니까 올지도 몰라. 그녀도 네 오빠와 만나고 싶어 했어."

후미에는 고개를 갸웃거리며 마사토를 봤다.

"옛 남자와 재회하는 게 취미인 걸까."

"어떠려나? 그래도 가루이자와에 별장이 있던 시절이 가장 그립다고 말했어. 그 사람, 네 오빠한테는 진심이었던 모양이야."

"어떤 여자가 되어있죠? 지금도 예전처럼 기세가 좋으려나?"

"전혀. 어딘가 아픈 걸지도 모르지만, 홀쭉해졌어."

아들 테루히사에 대해 정보를 얻을 수 있을지도 모른다. 만약 유우키 하츠코가 이곳에 나타난다면, 이야기해 보고 싶다고 후미에는 생각했다.

그로부터 30분 뒤, 마사토와 옛이야기로 꽃을 피우고 있을 때쯤 문이 열렸다.

"역시 왔네."

마사토가 작게 알려주었다.

등을 꼿꼿이 세우고 다니던 시절의 하츠코의 모습은 온데간데없었다. 몸이 한층 줄어들어, 생기가 전혀 느껴지지 않았다. 도수 없는 안경을 쓰고 있다. 길에서 지나쳐도 누구인지 몰랐겠지. 그렇지만 자세히 보니, 나이에 비해선 여전히 예뻤다.

걸치고 있던 검은 코트를 벗었다. 연지색으로 된 폴라 원피스를 입고 있었다.

카운터 석 끝에 앉으려는 하츠코에게 후미에가 다가갔다.

"유우키 하츠코 씨죠?"

하츠코가 작게 끄덕였다.

"저 기억 안 나세요?"

하츠코가 눈을 끔뻑이며 후미에를 바라봤다.

"아, 혹시 코우헤이 씨의……."

"여동생인 후미에입니다."

"가게를 접고 도쿄로 이사했다고 들었는데."

"일이 있어서 오랜만에 돌아왔어요. 유우키 씨, 잠깐 둘이서 얘기하지 않을래요?"

"좋아요."

후미에는 새로 커피를 주문하고, 안쪽 칸막이 석으로 옮기 겠다 마사토에게 말했다. 하츠코는 레몬티를 주문했다.

주문한 음료가 올 때까지, 후미에도 하츠코도 입을 열지 않 았다.

찬찬히 하츠코의 얼굴을 보고 있자니, 그 사건이 일어난 시 절이 되살아나는 듯했다.

마사토가 음료를 테이블에 놓고, 슬쩍 후미에를 보고 나서 떠났다. 둘의 대화에 마사토는 크게 흥미를 느끼고 있는 모양 이다.

"유우키 씨, 실은 당신의 아드님이 제게 연락을 하고, 만나 러 왔어요."

"어째서 아들이 그런 짓을……."

하츠코는 아무것도 모르는 듯했다.

"잘 모르겠지만, 오빠를 찾고 있는 모양이에요. 제가 오빠 의 위치를 알고 있다고 생각하는지 저를 떠보더군요. 이런 일 을 어머님께 말씀드리고 싶진 않지만, 아드님은 제게 돈을 빌 려달라고 전화로 부탁했어요. 오빠가 자신의 아버지를 죽였 으니까, 라고 협박 같은 말을 하면서."

"얼마가 필요하다고 한 거죠?"

"5, 6만 엔이에요. 물론 거절했어요. 저를 찾아온 건 그 뒤 에요. 오빠를 찾아내서 돈이 될 것 같으면 뜯어낼 생각인 것 같아요."

하츠코는 눈을 내리뜬 채, 입을 열지 않는다. 음료에는 거의 입도 대지 않고 있었다.

"아드님과는 자주 만나시죠? 집도 가깝고."

하츠코가 고개를 들었다.

"제가 어디에 살고 있는지 알고 있나요?"

"아드님이 가르쳐줬어요."

"그 아이가 저를 만나러 올 때는 돈이 부족할 때뿐이에요."

"어머님한테는 돈을 못 받는다고 말하던데요."

"그 아이는 지금까지 폐만 끼쳤으니까요. 제 저금통장과 도장을 써서 멋대로 돈을 뽑아 쓴 적도 있고, 무서워 보이는 남자들이 찾아와서 아들이 빌린 돈을 갚으라고 한 적도 있었어요."

"최근은 어때요? 그런 뻔뻔함은 없었나요?"

"아무 말도 하지 않았어요. 스폰서를 찾았으니까 내년에는 자기 클럽을 가지겠다 했는데, 어디까지 믿어도 될지 모르는 얘기예요."

그렇게 말하고 하츠코는 먼 산을 바라보는듯한 표정을 지었다.

"오빠분은 지금 어떻게 지내고 있을까요?"

"오빠와 만나고 싶으신가 보네요."

"시모오카 씨……."

"후미에라고 불러주세요."

"그럼 저는 하츠코라고 불러주세요."

후미에는 아무 말 없이 끄덕였다.

"후미에 씨, 여기선 말하기 힘든 얘기가 있어요. 제 호텔에 와서 얘기하지 않을래요?"

어떤 얘기일까. 바로 묻고 싶었지만, 후미에는 꾹 참고, 자동차로 가겠다고 하츠코에게 말한 뒤, 머무는 호텔의 이름을 물어봤다. 옛날부터 자리한 유명한 호텔이었다. 찻집 계산은 하츠코가 했다.

하츠코를 조수석에 태운 후미에는, 호텔을 향해 차를 몰았다.

"자주 가루이자와에 오시는 모양이네요."

한동안 차를 몰던 후미에가 입을 열었다.

"오빠분과 만나던 시절이 그리워서요."

같은 시절에 남편이 살해당했다. 그 일은 신경 쓰이지 않는 걸까. 후미에는 하츠코의 말에 위화감을 느꼈다.

호텔 안의 주차장에 차를 세웠다. 하츠코는 산장에 머물고 있다고 했다.

호텔 안을 지나, 뒤편에 펼쳐진 정원으로 나왔다. 산장에 도착할 때까지 두 사람 모두 입을 열지 않았다.

산장 안은 난방이 무척 잘 돌아가고 있었다.

하츠코는 우롱차를 준비하고, 의자에 앉았다.

"그래서 제게 어떤 할 얘기가 있나요?"

"어디부터 말하면 좋을까."

하츠코는 힘없이 말하고, 우롱차를 조금 마셨다.

"하츠코 씨도 제가 오빠의 위치를 알고 있다고 생각하고 있다면, 그건 틀렸어요."

"오빠분과 직접 만나서 얘기하는 게 맞지만, 오늘 우연히 여동생인 당신을 만난 것으로 마음이 정해졌어요. 어쨌든 시간이 별로 없으니까."

"요점을 말해주세요."

하츠코가 살짝 미소 지었다.

"그렇게 재촉하지 마세요."

"죄송해요."

"저 폐암이에요. 심지어 말기."

하츠코가 담담한 어조로 말했다.

"연명 치료는 하고 있지 않아요. 조용히 죽음을 기다리는 상태에요."

후미에는 뭐라 할 말이 없었기에, 조용히 듣기만 했다.

"지금 제 즐거움은 과거를 되돌아보는 것뿐이에요. 싫은 일도 잔뜩 있었지만, 오빠분과의 관계는 정말 즐거웠어요. 저 그쪽 오빠분한테 푹 빠져 있었죠."

"그건 오빠도 마찬가지였을 거예요."

"후미에 씨, 저와의 관계를 오빠분한테 들으셨나요?"

"아뇨. 하지만 그 시절의 오빠는, 그때까지의 오빠와 달랐어요. 왠지 안절부절못하고 있었고, 도쿄에 가는 횟수도 늘었죠. 저는 그 사건 이후에 오빠가 당신을 사랑했다는 걸 알았어요."

"저는 시모오카 코우헤이라는 남자를 좋아했지만, 배신했어요."

"따로 또 사귀는 사람이 있었다는 건가요?"

하츠코가 고개를 저었다.

"전 금방 사랑에 빠지는 여자였지만, 그런 짓은 하지 않았어요."

"그럼 뭘 했나요?"

하츠코가 천장을 올려다봤다. 눈이 울먹이고 있다. 좀처럼 입을 열지 않았다.

후미에는 꾹 참으며 하츠코의 말을 기다렸다.

"남편을 죽인 건 오빠분이 아니에요."

"⋯⋯."

후미에는 하츠코가 한 말이 와닿지 않아, 아무런 반응도 하지 않았다.

그보다 하츠코가 하는 말이 거짓말은 아닐까, 하고 의심했다. 오빠가 있는 곳을 캐내려는 또 다른 속셈은 아닐까. 남편이 살해당해 그 많던 자산을 처분해야 했다. 테루히사처럼 하츠코도 그렇게 생각하고 있는 게 아닐까. 어쩌면 어머니와 아들이 꼼수를 부리는 걸지도 모른다.

"후미에 씨, 괜찮으세요? 제 말이 믿기지 않는 건가요?"

"죽이지 않았는데, 오빠는 왜 도망친 거죠?"

"그가 근처에 있던 동상으로 남편을 여러 번 때린 건 사실이에요. 그걸 목격한 건 테루히사였죠. 오빠분은 남편이 이미 죽었다고 생각했겠지만, 제가 별장에 돌아왔을 때 남편은 살아있었어요."

후미에의 심장박동이 빨라졌다.

"그럼 누가 남편분을."

"테루히사예요. 별장에 돌아온 저는 남편의 서재에서 소리가 나서 가봤어요. 가보니 아들이 남편의 머리를 내리찍고 있었어요."

"오빠가 남편분을 때린 동상으로요?"

"네. 테루히사는 자신의 지문이 묻지 않도록 손수건으로 동상을 쥐고 있었어요. 저를 보고도 테루히사는 멈추지 않았죠. 제가 비명을 지르자 그제야 움직임을 멈췄어요. 저는 넋이 나가서, 그 자리에 주저앉아버렸죠."

"'엄마가 가전제품 남자랑 바람을 피우니까 이렇게 된 거야.'라고 말했을 땐, 아들이 무슨 말을 하는지 몰랐어요. 그렇지만 묻는 것조차 할 수 없었죠. 그러자 테루히사는 무슨 일이 있었는지 설명하기 시작했어요. 그리고 비디오를 재생했죠. 별장으로 돌아오는 큰길에서 코우헤이 씨가 운전하는 경트럭과 마주쳤는데, 그는 절 눈치채지 못했어요. 그때는 이상하다고 생각했지만, 테루히사의 얘기를 듣고 눈치채지 못한 이유를 알게 됐죠."

후미에는 굳어진 얼굴로 하츠코의 말에 집중했다.

"테루히사는 이런 말을 했어요. '죽었다고 생각했는데, 살아 있었어. 그래서 내가 마무리 지었지. 언젠가 죽여 버려야겠다고 생각하고 있었어. 엄마가 이런 남자와 결혼한 게 잘못이야. 내가 한 짓, 아무한테도 말 안 할 거지? 그 가전제품 놈은 자기가 죽였다고 착각하고 도망쳤어. 그대로 두면 돼. 엄마도 그렇게 생각하지?'라고 말이죠. 아들을 범죄자로 만들 순 없어서 코우헤이 씨에겐 미안하지만, 처음 때린 건 그니까 그에게 죄를 뒤집어씌우기로 한 거예요. 아무리 좋아하는 남자였다고 해도, 아들을 살인범으로 신고하는 짓은 할 수 없었어요."

"하츠코 씨, 사건이 일어난 직후에 우리 집에 전화하셨죠? 기억나시나요?"

후미에가 물었다.

"물론이에요. 남편이 죽은 걸 전해두고 싶었어요. 아들을 위해서. 설마 코우헤이 씨가 도망칠 줄은 생각지도 못했지만."

"지금 제게 한 이야기를, 오빠를 만나서 전하고 싶었던 거네요."

"죽기 전에 코우헤이 씨에게 사과하고 싶어."

"오빠가 지금 어디에 있는지 정말로 모르지만, 지금 얘기를 하츠코 씨가 밝힌다면 오빠가 나올지도 몰라요. 죽지 않았다면 말이죠."

"그때 테루히사를 감싼 게 결국 그 아이에게 좋지 않은 결과를 낳았어요. 깊이 반성하고 있어요. 그 아이는 제가 죽는 걸 기다리고 있어요. 유산이 넘어오길 기대하며 말이죠."

"왜 그렇게 생각하시죠?"

"말기 암이라고 했더니 아주 걱정하는 듯한 표정을 지으면서도, 생명 보험이라든지 여러 돈에 관한 질문을 했어요. 유일한 상속인이니 물어볼 권리가 있다고 생각하지만, 그 아이의 차가움에 깜짝 놀랐어요. 후미에 씨, 당신과 얘기할 수 있어서 다행이에요. 테루히사가 당신에게 한 짓을 듣게 되니 결심이 섰어요. 오늘 안에 가루이자와 경찰서로 갈게요. 어떤 취급을 받을지는 모르지만, 그때의 일을 전부 얘기할게요. 물론 매스컴에도 알릴게요. 테루히사는 곤란해지겠지만, 이미 시효가 지난 사건이니 처벌은 없겠죠. 그런 망나니가 되어버린 건 제가 응석을 다 받아준 탓이겠지만, 전 지금도 그 아이가 귀여워서 어쩔 수 없어요. 하지만 코우헤이 씨의 여동생한테까지 폐를 끼치는 테루히사를 이대로 내버려 둘 순 없어요. 제가 코우헤이 씨를 유혹하지 않았더라면 그런 일은 일어나지 않았을 테고, 더구나 남편을 죽인 진범은 코우헤이 씨가 아니니까."

"당신의 아들은 오빠를 원망하고, 저까지 만나러 왔어요. 자신이 범인인데 무슨 생각으로 그런 짓을 한 건지 이해할 수 없어요."

"거짓말을 하다 보면, 그 거짓말을 진짜라고 믿어버리는 경우가 있어요. 그 아이는 언제부턴가 정말로 오빠분이 범인이라고 믿고, 제 앞에서도 그렇게 말하기 시작했어요."

긴 침묵이 지나고, 후미에는 하츠코에게 날카로운 시선을 보냈다.

"사건이 일어난 직후에 모든 걸 얘기해야 했어. 그걸 이제 와서."

"미안해요. 그때는 역시 아들을 감싸는 게 우선이라 생각했어요."

하츠코가 고개를 떨궜다.

가루이자와 경찰서에 가서 자백하겠다고 말했으니, 하츠코가 한 얘기는 거짓말이 아닐 것이다. 이미 시효가 지난 사건을 경찰이 어떻게 취급할진 차치해두고, 매스컴이 알게 되면, 테루히사도 편히 있을 수 없는 상황에 몰리게 된다. 오빠는 어떻게 되는 걸까. 하츠코의 남편을 때린 것도 시효가 지났다. 피해자가 금속 배트로 덮쳐온 걸 입증할 수 있다면 명예도 회복할 수 있을 것이다.

하지만 가명을 써서 사회적으로 성공해있는 오빠가 스스로 이름을 댈 거라고는 생각되지 않았다. 현재의 입장은 물론, 부인과의 관계가 무너져버리고, 거짓 신분을 만든 것에 대한 형사책임 문제가 발생할 테니까. 매스컴이 요란해지면 오빠는 또 모습을 감출 수밖에 없을지도 모른다. 하지만 뭐가 됐든 살인범이 아니었다는 것만은 바로 알려주고 싶었다.

"하츠코 씨, 경찰서에 가신다고 하셨는데 제가 차로 모셔다드릴게요."

"그런 민폐는……."

"괜찮아요. 이제 도쿄로 돌아갈 일만 남았으니까."

"그럼….."

후미에는 하츠코와 같이 산장을 나섰다.

오후 4시를 조금 지난 시각이었다.

하츠코를 경찰서에 데려다주고, 오빠에게 전화하자.

그렇게 생각한 후미에는 가루이자와 경찰서를 향해 차를 몰았다.

◆　◆　◆

후미에가 토미나가 마사토의 찻집에 있을 때, 쿠니에다 고로는 아야나의 맨션에 도착했다.

아야나의 방은 4층에 있었다. 침대와 2인용 소파, 책상과 의자, 그리고 책장이 벽 한 면에 놓여있었다. 졸업논문의 주제라는 다자이 오사무의 책이 시선을 끌었다. 텔레비전은 꽤 낡은 제품이었다. 테이블은 접이식. 테이블 위에는 갈색의 유리 재떨이가 놓여있었다.

침대 위에 작은 토끼 봉제 인형이 오도카니 앉아 있다.

가구는 전부 값싼 것들이었고, 검소한 생활을 하는 건 확실했다. 이런 생활을 보내고 있는 여자가 협박에 가담했다고는 도저히 생각할 수 없었다. 하지만 사진으로 본 여자의 몸 선을 떠올리면, 가난이 이 아이를 미치게 했을 가능성도 있다고 생각했다.

아야나가 커피를 끓여주었다.

"사과 드실래요?"

"응."

아야나는 사과와 접시, 그리고 과도를 들고 방으로 들어왔다. 눈앞에서 사과를 깎기 시작했다.

"일단은 네 생각대로 일이 잘 풀린 것 같지만 조심해. 일방적으로 착각하는 성격을 가진 사람 중엔 자신의 욕망을 억제하지 못하는 사람도 있어. 그 남자는 척 보기엔 친절한 느낌이 들지만, 본성은 꽤 집요한 인간인 것 같아."

"겁주지 마세요."

"미안. 그럴 생각은 없었는데, 조심해서 나쁠 건 없다고 생각해서."

고로는 짧게 웃고, 깎은 사과를 베어 먹었다.

"그래서 그는 얼마나 널 감시하고 있던 거야? 24시간 내내

도청하지는 않았을 거 아니야."

"매일 도청한 건 아니겠지만, 자세한 건 잘 모르겠어요."

고로가 그런 질문을 한데에는 이유가 있었다. 아야나의 행동을 코타로가 매일 감시하고 있었다면, 호텔·보테에 갔을 아야나의 움직임을 그가 알고 있을지도 모른다고 생각한 것이다. 그렇지만 코타로와 몰래 만나서 캐묻는 짓은 할 수 없었고, 하고 싶지도 않았다.

아야나의 휴대폰이 울렸다.

"코타로 씨의 친구인 타구치 씨에요."

아야나는 휴대폰을 귀에 댔다.

"코타로 씨에게 뭔가 연락이 있었나요? 그렇군요…. 실은 어제 코타로 씨가 니할을 설치한 걸 자백하게 했어요. 더는 제게 접근하지 말라고 말해뒀지만, 조심할게요. 네?"

아야나의 표정이 일변했다.

"가쿠게이도우 출판은 자비출판을 주로 하는 회사죠…? 소개해주세요. 네, 알겠어요. 연락 기다리고 있겠습니다."

아야나가 통화하고 있는 동안, 고로는 그녀의 옆얼굴을 바라봤다. 아야나에게 자신이 품고 있는 의문을 부딪칠까 말까. 부딪힌다고 해도 단도직입적으로 묻는 건 하고 싶지 않다. 그럼 어떻게 해야 할까…….

"쿠니에다 씨, 왜 그러세요?"

쿠니에다는 그 말을 듣고 제정신으로 돌아왔다.

"아니, 아무것도 아니야. 코타로는 지금 전화한 타구치 씨에게 아무 말 하지 않은 거야?"

"그런가 봐요. 이제 그런 건 아무래도 좋아요. 들렸겠지만, 가쿠게이도우 출판회사에서 문예 편집자를 구하고 있는 모양이에요. 아직 어떻게 될지 모르겠지만, 사장님과 면접을 볼 생각이에요."

"자비출판을 하는 회사라고 들렸는데."

"그래도 프로 작가가 작품을 내고 있어서, 앞으로는 그쪽으로도 분야를 넓히려나 봐요."

"잘 되면 좋겠네."

"쿠니에다 씨, 사양 말고 마음껏 담배 피우셔도 돼요."

"가끔은 금연도 괜찮지 않을까 해서."

"오늘 쿠니에다 씨, 왠지 모르게 기운이 없네요."

"조금 지친 걸까. 시효가 끝났다고 해도 나는 살인범. 아야나 씨와 이런 사이로 지내도 될까, 라는 생각이 여기 와서 더 강하게 들었어."

"신경 쓰지 마세요. 제가 와달라고 부탁한 거니까."

"이상한 말 같지만, 아야나 씨가 같은 범죄자라면 좋겠다고 생각할 때가 있어."

고로가 진지한 어조로 말했다.

본심이었지만, 그녀를 떠보기 위한 한마디이기도 했다.

아야나는 고로의 시선을 피했다. 눈빛이 흔들리고 있는 건 명백했다. 하지만 아야나는 바로 태연한 얼굴을 만들고 이렇게 말했다.

"제가 비열한 범죄를 저질러도 괜찮나요?"

"난 사람을 죽였어. 그 이상 비열한 범죄는 없어."

"그런가요. 상황에 따라 다르지만, 사람을 속이거나 협박하는 쪽이 죽이는 것보다 죄가 깊을 때도 있다고 생각해요."

"그럴지도 모르지만, 아야나 씨가 죄인이라면 더욱 가깝게 느껴질 것 같아."

"비밀을 공유하면 더 가까워진 기분이 들죠."

"역시 아야나 씨는 내 마음을 이해해주네."

아야나는 갑자기 침대에 얼굴을 묻고, 울기 시작했다.

"왜 그래? 아야나 씨…."

아야나는 대답하지 않고 계속 울었다.

◆　◆　◆

갑자기 케이코를 덮친 눈물. 멈추려고 해도 멈춰지지 않는다.

쿠니에다는 케이코가 범죄자라면 좋겠다는 말을 하고 있다. 자신이 협박했다는 걸 어렴풋이 눈치채고, 그런 말을 한 것이리라. 얼마 전엔 호텔·보테의 이름을 물었었다. 조금씩 야금야금 몰아붙일 생각인 걸까.

케이코는 버틸 수 없게 되었다. 그에게 진실을 말하고, 돈을 돌려주자.

아니, 성급해지지 마. 쿠니에다가 용서해주지 않으면 경찰에는 신고하지 않아도 쿠니에다에게 커다란 상처를 입히는 것이다.

태풍이 불던 날, 맨션에서 일어난 살인사건의 범인을 쿠니에다로 오해한 결과, 케이코는 돈을 손에 넣었다. 그리고 쿠니에다와 육체관계도 없이 깊은 인연을 맺었다.

학자금 대출을 갚기 위해 호스티스 아르바이트로 생활을 이어나가던 케이코에게 돈은 꼭 필요했고, 진심으로 의지할 수 있는 사람도 필요했다.

역시 협박에 관해선 얘기하면 안 된다. 그렇지만 괴롭다. 정말로 괴롭다. 이 이상 쿠니에다를 속이는 건 할 수 없다.

"아야나 씨, 날 협박한 수수께끼의 인물이 있어. 난 그 사람이 유우키 테루히사라고 의심했어. 그런데 돈을 받은 건 그 녀석이 아니었지. 단발머리를 하고, 큰 선글라스를 쓴 여자야. 그게 너였다고 해도 난 용서할게. 돈 같은 건 돌려주지 않아도 돼. 난 진실을 알고 싶어."

케이코는 퐁타를 손에 들고 꽉 쥐어, 더 격하게 울기 시작했다.

"저……."

겨우 목소리가 나왔다.

쿠니에다가 케이코를 위에서 덮치듯이 끌어안았다.

"그 이상 말하지 않아도 돼. 이제 알았어. 유우키 테루히사가 부추긴 거지?"

"아니야. 하나부터 열까지 다 아니야."

케이코가 고개를 든 순간, 벨이 울렸다.

"누군지 보고 올게."

그렇게 말한 쿠니에다는 현관으로 향했지만, 곧바로 돌아왔다.

"요시키 코타로야."

"쿠니에다 씨, 쫓아내 줘요." 케이코가 울음 섞인 목소리로 말했다.

"오늘 쫓아내도 또 올 거야. 내가 얘기를 할게."

"……."

"괜찮으니 내게 맡겨."

쿠니에다가 다시 현관으로 향했다. 머지않아 잠금장치가 풀리는 소리가 들렸다. 쿠니에다는 한마디도 하지 않았다.

케이코는 일어나서 세면대로 향했다.

이윽고 다시 벨이 울렸다.

◆ ◆ ◆

　고로는 일단 현관문 렌즈로 상대를 확인하고서, 문을 열었다. 코타로는 고로를 보고 몸이 굳었다.

　"들어와."

　코타로는 멀찍이 서 있었다.

　"네게 해야 할 말이 있어."

　코타로는 입을 열지 않았다.

　"얘기는 전부 들었어. 자, 들어와."

　아야나는 세면대 입구에서 나와, 코타로를 노려봤다.

　"뭐하러 왔어?"

　"둘이서 얘기하고 싶은데."

　"무슨 소리 하는 거야!"

　아야나가 언성을 높였다.

　"쿠니에다 씨와 함께라면 들어줄게."

　코타로가 신발을 벗었다. 그리고 아야나의 뒤를 따라 방으로 들어갔다.

　"거기에 앉아."

　아야나가 2인용 소파를 턱으로 가리켰다.

　코타로는 그 말에 따랐다.

　고로는 침대 가장자리에 앉았다. 아야나는 방구석에 섰다.

그녀의 뒤는 베란다이다.

"너는 아야나 씨에게 접근하지 않겠다고 약속하지 않았어?"

"……."

"제대로 대답해."

"전 그녀를 잊을 수 없어서, 한 번만 더 만나려고 온 거예요."

"그녀는 널 무서워하고 있어. 이 이상 집착하면, 네 회사에도 말하러 가겠어. 그래도 괜찮아?"

고로는 아야나의 시선을 느꼈다. 눈에 띄는 행동을 할 수 있는 처지가 아닌 자신이 그런 센 발언을 한 것에 대해 놀란 것 같았다.

코타로가 고개를 들고, 차가운 시선을 고로에게 향했다.

"당신은 케이코의 애인인가요?"

"만약 그렇다면?"

"케이코는 처음에 저를 무척 신뢰하고, 오빠처럼 따라주었어요. 그런데 어느 순간부터 저를 피하게 됐죠. 그건 당신이 나타났기 때문이야."

"아니야."

아야나가 끼어들었다.

"얘기하기 편한 상대라고는 생각했지만, 싫은 구석이 있었어. 긴자에서 닭꼬치를 먹던 날 헤어질 때, '케이코를 지켜보고 싶어.'라고 말했었지. 그때 이상한 소리를 하는 사람이라고 위화감을 느꼈어. 역시 위화감은 맞았던 거야. 원격조작 앱을 써서, 날 지켜봤잖아. 기분 나쁜 남자."

코타로는 양손을 꽉 쥐고, 눈을 세게 감았다. 점점 숨이 거칠어져 간다.

'기분 나쁜 남자'라는 말을 버틸 수 없던 걸지도 모른다.

"다음에 또 내 앞에 나타나면 경찰서에 갈 거고, 회사에도 까발릴 거야. 그렇게 알고 있어."

"이런 남자의 어디가 좋은 거야?"

"전부야."

코타로가 눈을 크게 떴다. 아야나를 향한 눈빛에는 증오가 서려 있었다.

"이 남자한테 홀려서 어제 날 속이고, 오늘은 둘이서 날 웃음거리로 삼고 있었구나."

"자의식과잉이네. 우리는 너 같은 것보다 훨씬 중요한 얘기를 하고 있었어." 고로가 말했다.

코타로가 아야나를 노려봤다.

"기분 나쁜 남자라고 잘도 말하네. 여러모로 나한테 의지하고 상담한 주제에."

"경찰 부를게."

아야나가 책상 위에 올려뒀던 휴대전화를 집으려고 했다.

위험하다. 코타로의 시선이 접시 위에 올려져 있던 과도로 향하는 것을 고로는 놓치지 않았다.

자연스러운 움직임으로 접시에 손을 뻗은 순간, 코타로가 과도를 손에 쥐었다.

"날 경찰에 신고하겠다는 거야?"

코타로가 과도를 쥐고 아야나에게 다가가려 했다.

아야나가 비명을 질렀다.

고로는 재빠르게 일어나, 둘 사이에 끼어들었다.

"모두 날 바보 취급하고 있어."

떨린 목소리로 그렇게 말한 코타로는 돌연 고로에게 달려들었다. 오른쪽 손등에서 피가 흘러나왔다.

"케이코 같은 건 죽어버리면 돼."

고로가 코타로의 얼굴을 노리고 주먹을 날렸다. 하지만 고로의 주먹은 빗나갔다. 순간 배에 칼이 들어왔다.

무릎부터 쓰러진 고로를 향해, 코타로는 몇 번이고 칼을 휘둘렀다. 고로의 목에서 피가 뿜어져 나왔다.

점점 의식이 멀어져간다.

그때 웃옷 가슴 주머니에 넣어둔 휴대전화가 울리기 시작했다. 착신 멜로디는 Chicago의 'If you leave me now'였다. 이 착신 멜로디는 여동생인 후미에에게 전화가 올 때만 울리도록 설정해두었다. 거의 전화를 하지 않는 후미에이다. 무슨 일이 생긴 걸지도 모른다.

휴대전화를 주머니에서 어떻게 꺼냈지만, 귀에 댈 힘은 없었다.

'If you leave me now'가 울려 퍼지는 와중에 고로는 의식
을 잃었다.

◆　◆　◆

케이코는 아무것도 할 수 없었다. 피투성이가 되어 쓰러져
있는 쿠니에다가 눈에 들어왔다. 순간 사그라졌던 비명이 목
구멍을 흔들어 주변에 울려 퍼졌다.

현관문을 두드리는 소리가 났다.

경찰에 신고하려 휴대전화 자판에 손가락을 올려놓았지만,
손이 떨려서 제대로 자판을 칠 수가 없다.

코타로는 손에 들고 있던 칼을 그 자리에 떨구고, 베란다의
미닫이문을 열었다.

"뭐 하는 거야?" 겨우 목소리가 나왔다.

코타로는 뒤도 돌아보지 않고, 비틀비틀 걸어서 밖으로 나
갔다. 그리고 펜스를 기어오르려고 하고 있었다.

"그만둬!"

케이코는 기어가듯이 베란다를 향했다.

코타로는 케이코 쪽을 보려고 하지도 않고, 길 위에 머리부

터 떨어졌다. 차가 급브레이크를 밟는 소리가 나고, 무언가 부딪히는 소리가 들렸다. 주변이 시끄러워졌다.

케이코는 겨우 112를 눌렀다.

"사람이 살해당⋯⋯."

도중에 울음이 터져버렸다.

"진정하세요. 이름을 알려주시겠어요?"

전화를 받은 여자가 말했다.

"오카노 케이코예요."

"주소는?"

케이코는 겨우 목소리를 쥐어짜 냈다.

"사람이 칼에 찔렸어요⋯, 찌른 사람은 베란다에서⋯ 바로 와주세요."

경찰과 얘기를 끝냈을 때, 멈췄던 쿠니에다의 휴대전화 착신 음이 다시 울리기 시작했다. 아까와 같은 멜로디가 방안에 울리고 있다.

어디서 들은 적이 있는 곡이었지만, 누가 부르는지, 곡명도 몰랐다.

아름다운 발라드를 들으며, 케이코는 조용히 실금했다.

에필로그

처참한 사건이 일어난 지도 벌써 2년의 세월이 흘렀다.

오카노 케이코는 스물넷이 되었다. 타구치가 소개해준 가쿠게이도우 출판에서 문예 편집자로 일하고 있다. 아직은 자비출판을 하고 싶다는 작가들의 소설을 담당하고 있지만, 가까운 시일 내에 프로 작가의 작품을 다루는 부서로 옮기게 된다.

그날의 일은 기억이 애매한 부분이 있었다. 제정신이 아니었기에, 생각해내려고 해도 도무지 기억이 나지 않았다.

코타로가 휘두른 칼에 찔린 쿠니에다는 구급차로 이송되는 도중에 숨이 멎었다. 베란다에서 뛰어내린 코타로는 때마침 달려온 승용차에 치여, 내장파열로 사망했다.

현장검증 결과, 코타로가 쿠니에다를 찌르고 투신자살을 시도했다고 경찰은 단정 지었다. 그런데 코타로에게 자살 의지가 명확히 있었는지 어땠는지는 시간이 지난 지금 돌이켜봐도 케이코는 알 수 없었다. 코타로는 제정신을 잃고 쿠니에다에게 달려들었다. 그 뒤에 베란다로 나간 것을 코타로 본인은 기억하지 못할 수도 있다. 본인이 저지른 살인 현장에서 도망치려던 행동이었을지도 모른다.

피의자가 사망한 사건은 서류송검 되지만, 재판이 열릴 일은 없다. 하지만 케이코는 경찰의 조사를 받았다.

케이코는 코타로가 원격조작 앱을 써서, 자신의 행동을 감시하고 있었다는 걸 얘기했다. 그가 왜 갑자기 집에 찾아왔으며, 어째서 그런 흉행을 저지르게 된 건지 모르겠지만, 궁지에 몰리자 착각과 망상이 극에 달한 것 같다고 진술했다.

쿠니에다는 일하고 있는 클럽의 손님이지만, 여러 고민을 들어주는 아버지 같은 존재였다고 울면서 말했다. 육체관계는 없다고 딱 잘라 말했지만, 형사들이 믿었을지 어떨진 모른다.

사람이 살해당하고, 자살자까지 나온 맨션에선 살 수 없게 되었다. 생활용품과 협박으로 얻은 돈만 챙겨서, 위클리 맨션으로 옮겼다.

쿠니에다 고로가 시모오카 코우헤이였다는 뉴스가 나온 것은 사건이 일어나고, 1주일 정도 지났을 때의 일이었다.

경찰은 케이코에게 그 사실을 알고 있었냐고 물었지만, 끝까지 모르는 척 연기했다.

그로부터 며칠 뒤에 발매된 주간지에서 시모오카 코우헤이의 누명은 유우키 하츠코의 자백으로 벗게 되었다. 경찰은 유우키 테루히사를 조사했고, 그는 범행을 인정했다고 한다.

공소시효 만료로 법의 심판을 받을 리 없는 테루히사는 그 뒤로 어디서 어떻게 지내고 있는지 모른다.

위클리 맨션에서 오오타구 이케가미에 있는 맨션으로 옮긴 건, 사건이 일어나고 한 달 정도 지난 뒤였다.

케이코를 스토킹하던 남자는 몰랐다고 해도, 살인으로 지명수배 중인 남자를 찔러 죽이고 자살했다. 매스컴이 케이코를 가만둘 리 없었다.

그렇지만 케이코는 대학을 거의 쉬지 않고 나갔다. 그리고 취재하려고 달려드는 매스컴 사람들에게는 단 한마디도 하지 않았다.

호스티스는 그만두었다. 학교에서는 한동안 다른 사람들이 흘깃흘깃 보는 시선이 이어졌다.

완전히 잊고 있었지만 코타로는 같은 고향 출신으로, 그는 케이코가 알고 있는 주점의 아들이었다. 그의 부모님은 가게를 닫고 자취를 감췄다고 한다. 그 사실을 알려준 사람은 딸이 걱정되어 도쿄로 올라온 어머니였다.

"날 나쁘게 말하는 사람도 있지?"

케이코가 물었다.

"모르겠네."

어머니가 케이코의 눈을 피했다.

"거짓말. 엄마 안 좋은 일 겪고 있는 거 아니야?"

"그런 일은 없지만… 네가 코타로를 홀렸다는 소리를 하는 사람도 있는 모양이야."

"바보 같은 얘기네. 상대는 날 스토킹하고 있었다고."

"아마 여동생이 말하고 다니는 거겠지. 엄마는 하나도 신경 안 써."

어머니의 추측대로 자신의 악담을 하고 다니는 건 코타로의 여동생일 것이다. 인터넷에도 자신에게 상처를 주려는 게시글이 떠도는 걸 봤다. 그 후로 이번 사건에 관한 글을 인터넷에서 찾아보지 않았다.

충격적인 사건에 휘말린 케이코에게 가쿠게이도우 출판은 면접의 기회도 주지 않을 거라 포기하고 있었지만, 그렇지 않았다. 사장은 그녀를 좋게 봐주었고, 다음 해 4월부터 근무할 것을 제안했다. 케이코가 순조롭게 채용된 건, 사장이 아오모리 출신에 다자이 오사무의 신봉자였기 때문일지도 모른다.

케이코는 쿠니에다를 잊을 수 없었다.

코타로가 집에 찾아오기 전, 케이코는 울음을 터트리고 말았다. 그 눈물로 쿠니에다는 협박 사건에 케이코가 얽혀있다는 것을 알았다. 그래도 그는 자신과 관계를 이어나가려고 했다.

그런 일이 없었더라면, 자신과 쿠니에다는 어떤 관계가 되어있었을까.

아무리 생각해도 어쩔 수 없는 일이지만, 그런 생각이 머릿속에서 떠나질 않았다.

쿠니에다가 죽고, 케이코의 수상한 행동을 눈치챈 코타로도 이 세상을 떠났다. 이걸로 그녀의 협박이 누군가에게 밝혀질 가능성은 제로가 되었다.

가쿠게이도우 출판의 급여는 낮았지만, 쿠니에다의 돈을 쓰면서 대출도 매월 제대로 갚고, 어느 정도의 사치도 부릴 수 있었다.

케이코는 꼭 하고 싶은 게 있었다. 그건 쿠니에다 고로, 아니, 시모오카 코우헤이의 성묘였다.

하지만 너무나도 충격적인 이별이었기에, 2년 동안 무덤의 위치조차 찾으려고 하지 않았다.

겨우 마음이 진정 된 케이코는 시모오카 코우헤이의 무덤을 찾기로 했다.

쿠니에다 고로는 가명이니까, 쿠니에다 가문의 무덤에 묻힐 리 없다.

케이코는 유우키가의 별장에서 일어난 사건이 실린 신문을 찾아 읽었다. 그걸로 시모오카 코우헤이가 살고 있던 대략적인 장소를 알아냈다.

쉬는 날 가루이자와에 간 케이코는 시모오카 전기 주변의 상점에 방문해, 시모오카가의 무덤 장소를 물었다. 네 번째로 들어간 정육점 가게의 주인이 장소를 알고 있었다.

시모오카가의 무덤이 있는 묘원은 정육점에서 걸어갈 수 있는 거리에 있었지만, 일단 꽃집에서 꽃을 산 뒤에 택시를 탔다.

묘원 중앙에 시모오카가의 무덤이 있었다. 기분 좋게 맑은 날로 아사마산이 잘 보였다.

묘석에 시모오카 코우헤이의 이름이 새겨져 있었다.

집에서 가지고 나온 향에 불을 붙이고, 꽃을 바쳤다. 그리고 쭈그려 앉아 손을 맞대었다.

당신의 본명은 시모오카 씨이지만, 제겐 영원한 쿠니에다 씨예요. 쿠니에다 씨. 전 당신 덕분에 지금 생활을 유지하고 있어요. 그런 일이 없었더라면 우리가 어떻게 됐을지 모르지만, 쿠니에다 씨 몫까지 제 인생을 즐기고, 행복해지고 싶다고 바라고 있어요. 그걸 보고하고 싶어서 여기까지 왔습니다. 지금 휴가 중인데, 내일모레부터는 프랑스에 갔다 오기로 했어요. 꿈에 나온 고성을 보러 갈 생각이에요. 정말 많은 신세를 졌어요.

쿠니에다에게 얘기를 하고 있자, 자연스레 눈물이 북받쳐 올랐다.

겨우 자리에서 일어나 무덤을 떠나려고 했을 때, 한 여자가 케이코에게 다가왔다.

"오카노 케이코 씨죠?" 여자가 물었다.

"네."

"정육점 주인분한테 우리 집 무덤을 찾고 있는 젊은 여자가 왔다고 들어서. 전 코우헤이의 여동생인 후미에입니다."

여동생의 존재는 뉴스로 알고 있었지만, 그다지 얼굴이 닮지 않아서, 쿠니에다의 여동생이라고 생각되지 않았다.

여동생은 조금도 거리낌도 없이, 케이코를 빤히 쳐다봤다.

"성묘하러 여기까지 와 준 건가요?"

케이코는 아무 말 없이 끄덕였다.

"오빠는 당신을 좋아했어요."

후미에가 구슬픈 목소리로 말했다.

"저도예요."

"오빠는 제게 뭐든지 다 얘기했어요."

후미에는 케이코를 지긋이 바라봤다.

여동생은 뭘 말하고 싶은 걸까. 케이코는 불안해졌다.

"오빠가 살인범이란 걸 알면서도, 도와주셨다면서요."

"네. 유우키 씨라는 사람한테 들키면 큰일이라고 생각해서."

"아무리 좋아하는 사람이라도 살인범이란 걸 알게 되면, 거리를 두게 될 텐데요."

"쿠니에다 씨, 아니, 시모오카 씨가 사람을 죽였다니 도무지 믿을 수 없었어요. 누명이라고 생각했죠. 결국엔 그 유우키 테루히사라는 인상 나쁜 남자가 진범이었으니까."

"오빠는 살인범이라고 협박당해, 이천만 엔을 보냈어요. 돈을 보낸 곳은 신주쿠에 있는 호텔·보테라는 곳이었죠. 제가 로비에서 범인이 돈이 든 봉투를 받는 장면을 봤어요. 그리고 제대로 찍진 못했지만, 사진도 찍었어요."

쿠니에다의 여동생이라고 하는 여자는 가방에서 휴대전화

를 꺼내, 케이코에게 사진을 보여줬다.

사진 속 인물은 확실히 케이코였다.

온몸이 떨려왔다.

그렇지만 몸매는 닮았어도, 사진 속 여자가 오카노 케이코라고 확신할만한 화질의 사진이 아니었다.

케이코는 내심 안심했다.

여동생이 찍은 사진을 본 쿠니에다가 자신을 의심하고, 그렇게 말한 것을 처음으로 이해했다.

"이젠 아무래도 상관없지만, 이 여자가 당신일지도 모른다고 생각한 적도 있어요. 하지만 전혀 느낌이 달라. 오빠가 사랑한 사람을 의심하다니. 내가 미쳤었나 봐요."

무서운 한마디로 들렸다. 이 여자는 사진 속 여자가 케이코라고 생각하고 있는 걸까. 아니, 지나친 생각이다. 뜨끔한 게 있으니까 그런 해석을 해버리는 걸지도 모른다.

"쿠니에다 씨가 도망자가 됐을 때, 두 분은 몰래 만났나요?" 케이코가 물었다.

"지금이니 말할 수 있지만, 오빠가 도망친 날부터 계속 사람들 눈을 피해서 만났어요. 제가 지금은 가루이자와로 돌아왔지만, 한때는 당신 맨션 근처에 살고 있었죠. 오빠가 몰래 저의 맨션에 왔다 가길 반복했어요. 케이코 씨는 이미 이사하셨죠? 그런 일이 있었으니까."

지금까지 의문이었던 점이 이것으로 다 풀렸다.

태풍이 불던 그 날 밤, 쿠니에다가 나온 맨션에는 여동생이 살고 있었다. 그곳에서 우연히 살인사건이 일어났다. 자신은 그걸 오해하고, 쿠니에다를 협박하게 된 것이다.

케이코는 형용할 수 없는 기분에 휩싸여, 후미에를 바라봤다.

"오빠는 자신이 살인범이 아니었다는 걸 모르고 떠나버렸어요. 그게 미련이 남아요. 오빠에게 소식을 전해주려 전화했을 땐, 이미 변을 당한 모양이네요."

쿠니에다의 휴대전화가 몇 번이고 울리던 게 떠올랐다. 그건 사건의 진상을 알리는 여동생의 전화였다.

"일부러 무덤을 찾아서 와줬군요."

후미에는 분위기를 바꾸려 밝게 말했다.

"네."

"상냥한 사람이네요. 당신은."

"아뇨 그렇지 않아요⋯." 케이코는 괴로워져, "이만 실례할게요." 하고 깊게 고개를 숙인 뒤, 도망치듯 왔던 길을 되돌아갔다.

후미에는 떠나는 오카노 케이코의 뒷모습에서 눈을 떼지 못했다.

경찰은 그동안 오빠를 감춰주고 있었는지 의심했지만, 재회한 건 시효가 끝난 뒤라고 거짓말로 일관했다. 후미에에게 처벌은 없었다. 시효가 끝난 안건이고, 피의자는 죽었다. 그 이상 수사할 이유가 경찰에겐 없었다.

　조사를 받고 있을 때, 후미에는 오빠가 협박당한 사실을 경찰에게 얘기했다. 하지만 협박문도 발견되지 않고, 메일함에도 협박이 이루어진 증거가 남아있지 않았다. 오빠한테 들은 얘기만으론 경찰이 움직여주지 않았다.

　분한 마음을 버리지 못한 후미에는 탐정을 고용해서 케이코의 행동을 조사했다. 하지만 아무런 단서도 잡지 못했다. 행방을 감춘 유우키 테루히사와 접촉하는 모습도 없었고, 돈 씀씀이도 크지 않고 실로 검소한 생활을 보내고 있었다. 사귀고 있는 사람도 없는 것 같았다.

　너무 성실한 점이 수상하다. 그렇게 생각했지만, 후미에는 아무것도 할 수 없었다. 협박문을 익명으로 보낼까도 생각했지만, 만약 케이코가 협박과 관계가 없다면 자신이 콩밥을 먹게 된다. 그렇게까지 위험을 감수하면서 케이코를 몰아붙일 생각은 없었다.

　무덤에서 케이코와 만나고, 조금이지만 대화를 나눴다. 오빠는 이 여자를 좋아했던 모양이다. 케이코가 협박범이라는 의심은 사라지지 않지만, 오빠가 좋아했던 여자를 이 이상, 아무런 증거도 없는데 추궁하는 것은 의미가 없었다. 후미에는 협박에 대한 건 이제 잊어버리자고 마음먹었다.

　케이코는 성묘하고 이틀 뒤에 예정대로 프랑스로 떠났다. 새로 산 핸드백 안에는 퐁타가 들어있었다.

비행기에 탄 케이코는 창문으로 밑을 바라봤다. 땅에 있는 모든 것이 점점 작아져 갔다.

케이코의 얼굴이 희미하게 창문에 비치고 있었다.

자신은 악녀라고 다시금 생각했다. 하지만 스스로 이렇게 말하는 것도 그렇지만, 고분고분한 좋은 아이이기도 하다.

악녀이자 좋은 아이. 아마 쿠니에다만이 이 양면성을 이해해줄 유일한 남자겠지.

쿠니에다 씨의 돈으로, 파리의 고성을 보고 올게요. 고마워요.

벨트 착용의 사인이 사라졌다.

케이코는 옅은 웃음을 입가에 띄우며, 천천히 시트를 뒤로 젖혔다.

〈끝〉

해설
니시가미 신타(문예 평론가)

과연 그녀는 악녀일까.

후지타 요시나가의 최만년(最晚年)을 대표하는 본서를 처음 읽었을 때, 그리고 이번에 다시 읽게 되었을 때, 몇 번이고 자신에게 물었다.

〈최만년(最晚年)〉이라는 말을 쓰는 건 괴롭다.

작가 '후지타 요시나가'는 2020년 1월 30일에 폐선암으로 세상을 떠났기 때문이다. 향년 예순아홉. 후지타 씨는 생애 63권의 장편 소설과 26권의 단편소설을 출판했다. 그 외에 수필집 6권과 4권의 번역서가 있다.

본서 '사람들은 모두 가면을 쓰고 있다(원제 - 彼女の恐喝)는 최후에 간행된 단행본 '블루 블러드'의 전작이지만, 명실공히 〈최후의 작품〉이다. 왜냐하면, 본작의 연재완결은 2017년 4월이고, 그것이 후지타 씨의 마지막 연재였기 때문이다. 연재 종료로 이야기를 완결시킨 후지타 씨는 단행본 화를 앞두고 저서교정도 하고 있었다. 〈최후의 작품〉이라는 말에 무리가 없는 것이다.

후지타 씨는 1950년 후쿠이시에서 태어났다. 와세다 대학을 중퇴한 후, 1973년에 프랑스로 건너가 파리의 항공회사에 근무했다. 그곳에서 만난 게 '바이바이, 엔젤'을 집필 중이었던 가사이 기요시였다. 가사이는 일본으로 돌아가, 그 작품으로 1979년에 작가 데뷔를 이룬다. 가사이를 통해 일본으로 돌아온 후지타는 그에게 소개받은 편집자로부터 수필을 의뢰받아, 작가 세계에 첫발을 내딛게 되었다. 당시 첫 의뢰 작품은 '러브송의 기호학'(1985년)이다.

또한, 하야카와 서방의 '미스터리 잡지'에서 파리의 풍속과 문화를 주제로 한 수필 '미드나이트·인·파리'를 연재한 경험으로 프랑스 미스터리서 번역에도 참여하여, 1983년에 J·P·망셰트 '위험한 속삭임'(원제-Que d'os!)을 번역해냈다. 이후로도 다른 회사(중앙공론사)로부터 레오·말레 '상제르망 살인 광소곡(狂騷曲)'(원제-Le Sapin pousse dans les caves)등을 합쳐, 네 작품을 번역했다.

에세이스트, 번역가를 지나 드디어 창작을 시작한다. 그의 처녀작이 86년의 '야망의 미로'다. 그 후의 활약은 많은 말이 필요 없으리라. 쇼와 초기가 무대가 되는 '모던 도쿄 이야기'(1988년), '타락한 이카루스'(1989년), 사립탐정·마토야 켄타로 시리즈, 유일한 본격 미스터리 '기묘한 과실 살인사건'(1990년), 점령 하의 파리를 무대로 한 석유쟁탈전을 그린 '파리를 파헤

쳐라'(1992년), 가장 길게 집필하게 된 사립탐정·타케하나가 처음으로 등장하는 '탐정·타케하나와 보디·피어스의 소녀'(1992년) 등의 작품을 거쳐, 마침내 '강철 기사'(1994년)가 출판된다.

788mm×1091mm 크기에 870페이지가 넘는 초대작은 '강철의 도시락통'(확실히 일용직 노동자의 도시락통을 연상케 하는 형태)이라 불리게 되었다. 하지만 이 작품은 외향뿐만 아니라, 초대형급 내용으로도 충격을 주었다. 제2차 세계대전 전야의 유럽을 무대로, 후작 출신의 일본인 젊은이가 자동차경주에 도전한다는 이 작품은 제48회 일본 추리작가 협회상과 제13회 일본 모험 소설 협회 특별상을 더블 수상해, 1980년대부터 그의 진가를 인정받았다. 후나도 요이치, 시미즈 타츠오, 오사카 고우와 어깨를 나란히 하며 모험 소설을 대표하는 작품으로, 널리 알려지게 된다.

그 후에 후지타 씨는 연애 소설도 적극적으로 다루게 되어, '구애'(1998년)로 제6회 시마세 연애 문학상을, '사랑의 영토'(2001년)로 제125회 나오키상을 수상한다. 그리고 작가 인생의 도미로서, 폭설로 인해 한 마을에 갇힌 사람들의 인생을 다룬 연작 단편집 '폭설 이야기'로 제51회 후루카와 에이지 문학상을 수상한다.

여담이지만, 파트너인 코이케 마리코와 동시에 나오키상 후보에 오른 적도 있었다. 이때 코이케 씨가 '사랑'으로 수상하고, 후지타 씨는 눈물을 머금는 형태가 되었다. 후지타 씨의 수상은 그로부터 6년 뒤의 일이 되는데, 수상 직후 후지타 씨를 에워싼 그룹에 코이케 씨가 나타나 아주 자연스럽게 포옹을 하는 모습은 마치 영화 속 한 장면 같아서 보는 눈이 행복했다.

후지타 씨의 병이 판명되었을 때는 꽤 힘든 상황이라 전해 들었다. 하지만 새로운 치료법으로 증상이 회복되어, 집필 활동과 문학상 선고위원의 일도 재개했다. 어느 상의 수상식에서 이야기했을 때도, 이전과 전혀 다르지 않은 모습에 안심했다. 하지만 2019년 가을부터 병세가 급변해서…….

후지타 씨는 깔끔하고 조금도 거드름 피우는 일이 없어, 누구에게나 똑같이 대해주는 멋진 분이었다. 밝고 대화하는 것을 좋아해 한번 대화가 시작되면 멈추지 않았다. 그렇지만 상대를 배려하는 마음이 전해져 조금도 싫은 기분이 들지 않고, 그저 그 미성을 넋을 잃고 듣기 일쑤였다. 신작은 바랄 수 없게 되었지만, 방대한 저서를 다시 읽는 것이 그 무엇보다 애도가 되지 않을까.

태풍이 습격한 심야의 도쿄가 모든 일의 시작이었다. 아르바이트를 마치고 돌아가는 오카노 케이코는 비를 쫄딱 맞으며, 자택을 향해 정전 중인 거리를 걸어나갔다. 그때, 전조등 빛 속에서 낯익은 얼굴의 남자가 나오는 것을 본다. 남자는 인재파견회사의 사장·쿠니에다 고로다. 케이코의 자택 근처의 맨션에서 사람들의 눈을 피하듯이 나온 그는 심지어 다쳤는지, 오른발을 끌고 있었다. 태풍이 부는 밤에, 쿠니에다는 자신의 집과 떨어진 곳에서 뭘 하고 있던 걸까.

다음날, 그 맨션에 사는 여성이 살해당했다는 보도가 들린다. 살해 추정시각은 케이코가 쿠니에다를 목격한 시각에 가까웠다. 정전 중이었기에, 주위의 감시카메라는 작동하지 않았고, 케이코가 쿠니에다를 본 유일한 목격자다…….

케이코는 도내에 있는 여대의 문학부 4학년이다. 고향에서 올라와 혼자서 살고 있었지만, 가난한 모자가정이었기에 롯폰기 클럽에서 아르바이트로, 학비와 생활비를 해결하고 있었다. 쿠니에다는 그 클럽의 손님이었다. 호스티스 아르바이트를 하면서도, 케이코는 학업에 열중해 졸업논문을 작성하고 있었다. 하지만 희망하는 출판사의 취업은 지금까지 좋지 않은 결과만 남기고 있었다.

정해지지 않는 일자리. 이윽고 찾아오는 학자금 대출의 변제 기한. 미래에 대한 불안에 우울해 있던 케이코의 머릿속에 협박이라는 단어가 떠오른다. 살인범이 틀림없는 쿠니에다로부터 돈을 뜯어내는 것이다. 계획을 세운 케이코는 협박을 실행하고, 이천만 엔이라는 큰돈을 손에 넣는 데 성공한다. 하지만 그로부터 얼마 지나지 않아, 전혀 다른 사람이 체포당한다. 쿠니에다는 범인이 아니었던 건가, 그렇다면 어째서 그는 돈을 건넨 것일까.

케이코는 불안에 휩싸인다.

호스티스 아르바이트를 하고 있지만, 케이코는 품행도 좋고 조금도 경망스러운 부분이 없는 여성이다. 쿠니에다도 지인에게 이끌려 클럽에 왔을 뿐인 조용한 손님이다. 손님을 상대하는 걸 그다지 잘하지 못하는 케이코에게 쿠니에다는 안심할 수 있는 손님이며, 파더 콤플렉스 끼가 있는 그녀가 어슴푸레 호의를 품는 존재이기도 했다. 하지만 그녀는 미래가 불안해서, 범죄를 저지른다. 케이코는 빈곤이 낳은 격차사회의 피해자이기도 하다. 범죄에 이르는 그녀의 복잡한 마음속 움직임이 흥미롭다.

하지만 만약 쿠니에다가 재수 없는 남자였다면, 이번 계획을 세우지 않았을 것이다.

쿠니에다의 좋은 인품이 케이코를 안심시킨 결과, 협박을 강행하게 된 것이다. 근본적으로 쿠니에다를 좋은 사람이라 믿고, 그러면 괜찮을 거라는 기대를 품고 있었다. 그리고 그 기대가 범죄의 허들을 낮춰버린 것이다.

일반적으로 남성 작가가 그리는 여성 캐릭터에 흥이 깨져버리는 독자(특히 여성!)는 많다. 하지만 여성 독자가 봐도 케이코의 심정이 이해 가는 부분은 많이 들어있다.

그렇지만 케이코도 꽤 제멋대로인 부분이 있다. 같은 고향 선배인 요시키 코타로에게 목소리가 거슬린다는 본심을 전하지 않고, 그를 단지 자신의 투정 섞인 메일을 받아주는 상대로서 이용한다. 또한, 요시키를 통해 알게 된 대형 출판사에 근무하는 타구치에게는 일자리를 소개받기 위해 그의 속마음을 알면서도, 그걸 교묘하게 이용한다. 후지타 씨의 필치는 아마 케이코 자신도 알지 못하는 그녀의 께름칙한 부분을 부각해 나간다.

제2장은 완전히 바뀌어, 쿠니에다의 과거가 그려진다. 그리고 쿠니에다가 맨션에서 일어난 살인사건의 범인이 아니라는 것이 밝혀지며, 이야기는 생각지도 못한 방향으로 흘러간다. 케이코는 협박을 저지른 자신의 행동을 후회하면서도, 전보다 더 쿠니에다와 가까워지며 마음을 열게 된다. 한편 잊고 있던 과거가 되살아나자, 불안에 떠는 쿠니에다. 마음속 비밀을 숨기며, 서서히 거리가 좁혀지는 두 사람.

앞서 말한 케이코의 다면적인 성격이나, 두 사람의 관계를 묘사하는 필력은 연애 소설의 명수이기도 한 후지타 씨의 진가를 보여준 부분이라 할 수 있겠다.

하지만 애초에 세상은 두 사람만의 것이 아니다. 종장인 제3장에 다다르면, 케이코가 예측하지 못한 의혹이 떠오르고 이야기는 다른 양상을 보이기 시작한다.

케이코가 협박이라는 범죄를 저지르는 제1장의 왕성한 긴장감. 제2장에서 밝혀지는 쿠니에다의 과거. 그리고 급전개가 진행되는 제3장. 살인, 협박, 그리고 연애감정의 뒤얽힘.

마음속에 비밀을 안고 있는 자들이 교착함으로써 생기는 서스펜스를 능숙하게 그려낸 본 작품은 틀림없는 후지타 요시나가의 수작이다.

그리고 본서를 다 읽은 독자는 자문하게 된다.

과연 그녀는 악녀일까, 라고.

역자 후기

이 작품은 착각과 오해로 점철되어있다.

케이코가 맨션에서 나온 쿠니에다를 살인범이라 착각하면서 협박을 하게 되고, 쿠니에다는 협박범이 테루히사라고 착각해서 돈을 건넨다. 그의 여동생 후미에는 착각과 오해 속에서 빗나간 추리를 반복하고(결과적으론 그녀의 생각이 맞았지만), 코타로는 케이코가 자신을 좋아한다는 착각에 빠져 결국 흉행을 저지르게 된다. 또한, 시모오카 코우헤이의 도망 생활도 자신이 남편을 죽였다는 착각으로 시작된 것이다. 이러한 많은 착각과 오해가 엇갈리며 이야기는 흘러가는데, 재밌게도 케이코를 제외한 인물들은 결국 그 착각을 해소하지 못하고 이야기가 끝난다.

더불어 인물 대부분이 저마다 숨기고 있는 비밀이 있다는 점 역시도 이 소설의 재미난 요소이다. 그렇기에 해설에서도 말하듯, 독자들은 '케이코가 정말 악녀일까.'라고 생각하게 된다. 비슷하게 '살인범인 쿠니에다는 필요 이상의 죗값을 치르지 않았나.'라는 생각 역시도 품게 된다. 결국, 대부분 사람은 저마다 가면을 쓰고 있다는 것을 다시금 생각하게 만드는 작품이라고 할 수 있겠다.

이번 작품도 많은 분의 손길이 닿아있습니다. 밤낮으로 고생하시는 박건우 대리님, 새벽까지 여러 조언을 해주는 나의 친구 류시준, 항상 저를 도와주는 저의 약혼녀. 많은 분의 도움이 없었다면 출간하기 힘들었을 것 같습니다. 정말 감사드립니다.

마지막으로, 장년 간 수많은 좋은 작품을 내놓으시고 세상을 타계한 후지타 요시나가 작가님의 유작(遺作)이라고도 할 수 있는 본서를 번역하게 되어 대단히 영광이며, 진심 어린 깊은 애도를 표합니다.

이나라

후지타 요시나가 藤田宜永

1950년, 후쿠이현 태생. 와세다 대학 제1 문학부 중퇴 후, 프랑스로 건너가 에어프랑스에서 근무한다. 귀국 후, 프랑스 미스터리의 번역이나 에세이를 다루고, 1986년 '야망의 미로'로 소설가 데뷔. 1995년 '강철 기사'로 제48회 일본 추리작가 협회상, 제13회 일본 모험 소설 협회 특별상을 수상. 1999년 '구애'로 제6회 시마세 연애 문학상, 2001년에는 '사랑의 영토'로 제125회 나오키상, 2017년에는 '폭설 이야기'로 제51회 후루카와 에이지 문학상을 수상. 범죄소설, 하드보일드, 서스펜스부터 연애 소설, 가족소설까지 여러 분야의 작품을 집필. '사랑하지 않고선 있을 수 없어' '갈채' '피의 조기' 등 저서 다수. 2020년 1월 30일, 서거.

살인범 협박 시 주의사항

초판 1쇄 ㅣ 2021년 08월 25일

지은이 후지타 요시나가 ㅣ **옮긴이** 이나라
펴낸이 서인석 ㅣ **펴낸곳** 제우미디어 ㅣ **출판등록** 제 3-429호
등록일자 1992년 8월 17일 ㅣ **주소** 서울시 마포구 독막로 76-1 한주빌딩 5층
전화 02-3142-6845 ㅣ **팩스** 02-3142-0075 ㅣ **홈페이지** www.jeumedia.com

ISBN   979-11-6718-026-1
★파본은 구입하신 서점에서 교환해 드립니다.

  ㅣ **제우미디어 트위터** twitter.com/jeumedia
  ㅣ **제우미디어 페이스북** facebook.com/jeumedia

만든 사람들
출판사업부 총괄 손대현 ㅣ **편집장** 전태준
책임편집 황진희 ㅣ **기획** 홍지영, 신한길, 안재욱, 양서경
영업 김금남
디자인 총괄 디자인그룹 헌드레드